ミダスの河

名探偵・浅見光彦vs.天才・天地龍之介

柄刀一
Hajime Tsukato

祥伝社

ミダスの河

名探偵・浅見光彦vs.天才・天地龍之介

目次

The River of MIDAS

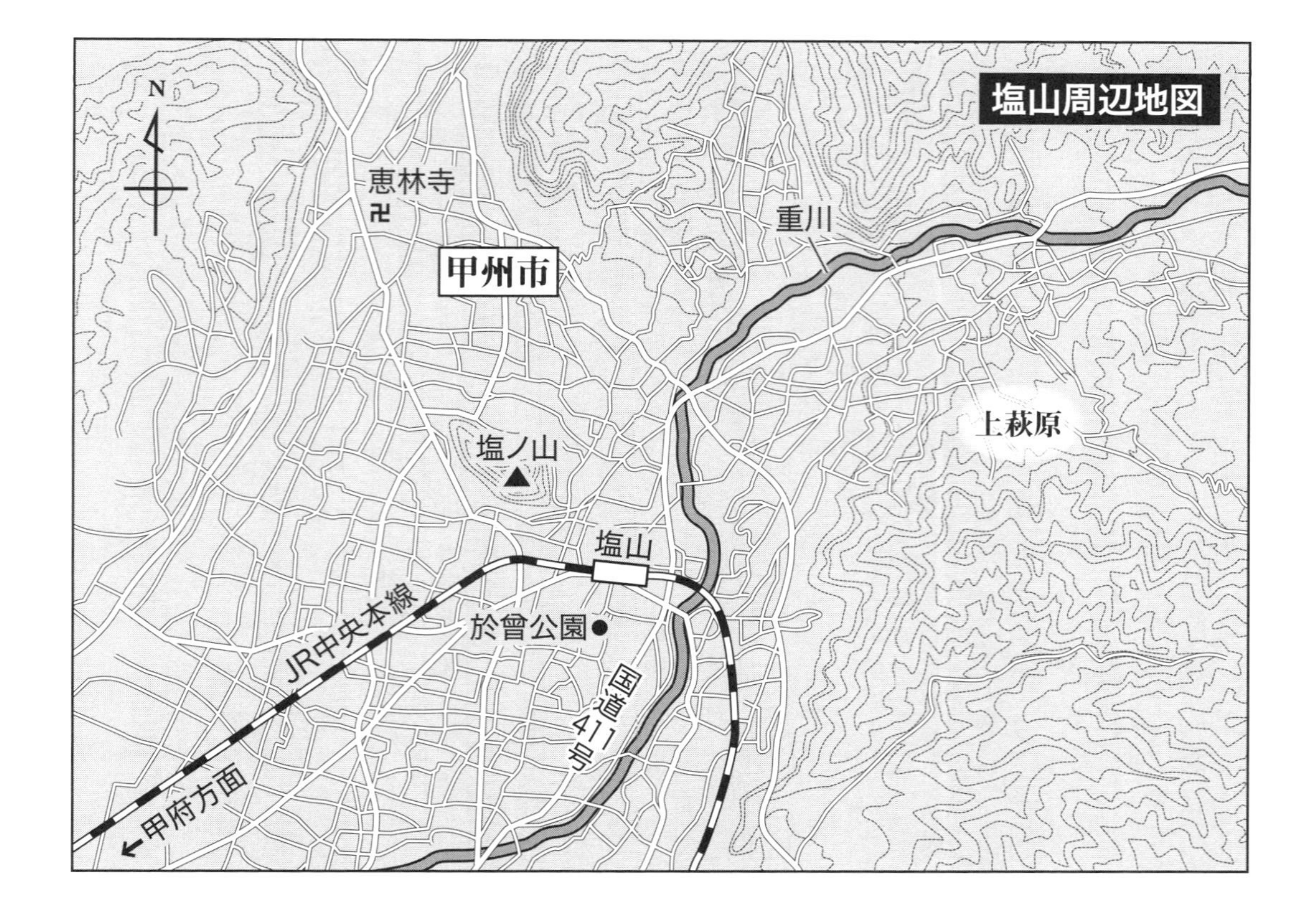

塩山周辺地図
N
恵林寺
重川
甲州市
上萩原
塩ノ山
塩山
JR中央本線
於曽公園
国道411号
←甲府方面

ミダスの河
名探偵・浅見光彦 vs. 天才・天地龍之介

主な登場人物

浅見光彦	フリーランスのルポライター
天地龍之介	生涯学習施設の未来の所長
天地光章	龍之介の従兄弟
長代一美	光章のガールフレンド
藤田克夫	『旅と歴史』の編集長
犬山省三	砂金採りマニア
山内美結	末梢血幹細胞移植を待つ患者
原口 茜	ドナー側のコーディネーター
上園望美	ドナー
ひとし	ドナーを連れ去った謎の男
小津野 陵	小津野財団　会長
小津野英生	陵の次男
楢崎聡一郎	小津野財団本部　相談室長
楢崎 匠	聡一郎の息子
瀧 満紀	五年前の失踪者
吉澤警部補	山梨県警察本部　捜査一課の刑事
添島刑事	日下部警察署　刑事課の刑事
田中刑事	日下部警察署　生活安全課の刑事

装丁　高柳雅人

カバー写真
Bridgeman Images/アフロ
stilllifephotographer/The Image Bank/Getty Images

第一章　失踪と出現

1

朝の活気がある駅ビル四階の書店で、浅見光彦は歴史書が並ぶコーナーに目を向けていた。この甲府は、昭和四十六年には甲州金が出土しているし、武田信玄の金山でも全国的に知られている。浅見もその辺の資料集めを進めようとしているところだ。

ルポをいつも載せてもらっている雑誌、『旅と歴史』からの依頼ではない。以前に少し学んでいた金山を巡る歴史を追加で取材し直すのもいいだろうと思っている。

ここで携帯電話が鳴り、表示されたその相手を見て浅見は、内心溜息をつきたくなった。噂をすれば影、ではないが、意識に浮かべたことが現実に影を落としてしまったらしい。掛けてきたのは『旅と歴史』の編集長、藤田克夫だった。ここをやり過ごしても、彼のことだ、しつこく電話をしてくるに違いない。

周りに客の姿はないし、相手をすることにして小声で応じると、軽佻な声が響いてきた。

『どうしたの浅見ちゃん、こそこそしちゃって』

「そうしたほうがいい環境で急いで相手をしてるってこと、察してくださいよ」

『おや。横で寝ている女を起こしたくないとか？　まあ、もちろん冗談だけど』

その手の艶っぽいことなど無縁には違いないが、冗談百パーセントの決め打ちでしか口にされないというのもしゃくに障る。

『それで、どこにいるの？』口調が少しは真面目になっていた。『自宅……っていうか、居候先ではないんだね？』

どこまでも憎まれ口を叩く。三十代半ば近くになっている次男坊が生家で起居しているというむずがゆい屈託を、藤田は軽々と揶揄してくる。

「山梨県まで来てるんです」

吐息混じりで正直に伝えた。この相手に、居場所をごまかすようなことをしていても時間の無駄である。

『ほう！』

かなり大きく、変に高らかな声だ。嫌な予感がする。嫌な予感しかしない。この編集長が気持ちを高ぶらせるということは、周囲には迷惑しか生じない。

もう一度、

『ほう！』

と一声発すると、藤田はこう続けた。

『山梨で、なにかネタを見つけたの？』

どうも、最初の彼の興奮の内容は隠して、金のにおいのする話題を先に進めるようだ。そうした藤田の呼吸が、浅見にも判るようになっていた。なってしまっていて、とても残念だと感じる。

『舞鶴城公園の石垣に血塗られた謎が浮かびあがったとか、信玄の遺体の諏訪湖埋葬説の新説とか、はたまた、日蓮の史跡の再追跡とか？』

「そうしたものは一向に。まったく別件で仕事が入っているのですよ。歴史ものとは畑が違うので、そちらとはかぶりませんので」

『へえ……。いや、安心したよ』

「安心？　なにがです？」

『少し間があいちゃったから、浅見ちゃんと、次の仕事のネタを探る打ち合わせをしようと思ったんだけど、それなら心配ない』

「どうして？」

『浅見ちゃんのことだからどうせ、犯罪に巻き込まれて、その解決のためならどうしても歴史的な背景にかかわることになるって』

「嫌なこと言いますねえ」

『期待値高いよ。歴史色豊かなその土地にいるんだからね。いいネタを発掘できたらこっちに回してよ。いやあ、楽しみだなあ。で、少しでも早く実感で知りたいから、そっちに行くよ』

「えっ？」

『実はおれ、今、相模湖の近くにいるんだ』

「えっ⁉」

『山梨の県境だね。幸運なる奇遇ってやつだね』

どこが幸運だ。

どうやらこれが、最初の「ほう！」の理由だったらしい。二人とも東京から離れて、たまたま同じような方角の場所にいた。その偶然に驚いたのだろう。

『昨夜遅くまで、ある作家先生の地元での慰労会に参加していたんだよ。東京に向かわずに、逆方向にちょっと足をのばせば浅見ちゃんに会える。どこ？　甲府？』

「そうですが——、いえいえ、お忙しいでしょうからご足労いただくには及びません。お気づかいなくお願いいたします」

なぜだかとても丁寧(ていねい)な口調になってしまっている。

『飯ぐらいおごるからさ。取材の手伝いだってできるかもしれない。甲府に着いたら連絡するよ』

言い返す間(ま)もなく、電話は一方的に切られていた。

呆(あき)れすぎて、声が大きくなっていたろうか。

隣にいつの間にか人が来ていたし、それほどの長話にならなかったのをよしとするしかないだろう。崩(くず)れかけていた平積(ひらづ)みの本を真っ直ぐに直していた隣のその男は、書店員ではないようだった。「りゅうのすけ」と呼ばれると、その声のほうに気安い調子で向かったのだから。背の高さはあるのに少年を思わせる気配もあって不思議だったのだが、後ろ姿を見るとやはり青年だった。

捉(とら)えがたい雰囲気に奇妙に気が引かれたが、意識を切り替え、浅見はまた本棚に目を戻した。

藤田の電話で気持ちを乱されて集中し切れないとはいえ、地元の歴史や伝承を扱った書籍が見当たらないのはすぐに判った。奇妙といえば奇妙だが、そうした資料はすぐそばの大きな図書館におさまっているということなのだろう。

浅見にしても、ちょっと立ち寄った書店の小さなコーナーで、簡単に新しい情報が見つかると本気で期待していたわけではない。時間を調整するついでにうまく取っかかりでも見つかれば、という程度の思いつきだったのだ。

藤田編集長にも言ったとおり、山梨までやって来たのは、歴史とは無縁の別件のルポルタージュのためである。

腕時計で確認すると、次の予定に移る時刻だった。

(あの少女は、健気(けなげ)な笑顔を保っているだろうか……)

階下へ向かう途中、浅見は窓から甲府駅前のロータリーを眺めおろした。藤田の言葉を契機にするまでもなく、日蓮聖人の伝説もからんでいた女性宝石デザイナーらの殺人事件の記憶が浮かんでくる。しかしあの頃よりも、駅前の光景はすっきりとしてしゃれているように感じられた。真夏の日射しに白く染めあげられているせいだろうか。

日傘を差す者、差さない者……、軽装の人々が各々のリズムで行き交っている。

十分後には浅見は、ソアラを駆って県道3号を南に向かっていた。


七階まで来れば、控えめな病院内のざわめきも完全に遠ざかる。

静謐さの中に清潔感が満ちているのは当然としても、この一角の空気から緊張感も感じるのは浅見だけではないだろう。

山梨医療大学附属病院の無菌病棟。

ここでは八月二十五日の今日、末梢血幹細胞移植が行なわれようとしている。一般的にイメージするならば、骨髄移植がそれに近い。受けるのは七歳の少女だ。

無菌室・クリーンルームの前室には、三人の大人が顔を揃えていた。

患者の名は、山内美結。その両親がクリーンルームから出て来て、マスクをはずしたところだ。主治医の早見久也と言葉が交わされるより早く、全員がすぐに浅見に気がついた。

山内敬は、「浅見くん」と声を出し、妻の秋子は、「浅見さん」と口にした。

早見は一揖を送ってくる。中肉中背の彼は浅見と同年齢だが、若白髪が目立つ。白衣姿で、いつもどおりマスクをしたままだ。

去年までは東京の造血幹細胞移植の専門病院に勤務しており、この医大附属病院で骨髄移植を本格的に展開するために引き抜かれたらしい。有能なのは間違いなく、人当たりもいい医師だ。

「いよいよ本番を迎えますね」

挨拶（あいさつ）を返した後、浅見は全員にその言葉をかけた。

「山場です。ですが、なに、心配はいりません」

マスクの下で、早見は自信ありげに言う。クリーンルームの中まで聞こえるはずもなかったが、浅見は声を潜（ひそ）めた。

「感染症が良くなったわけではないのでしょう？」

「そこは平衡（へいこう）状態です」

浅見はクリーンルームの窓に近づいた。ベッドの上の少女と目が合う。血色がほとんどない白い顔に、かろうじて微笑（びしょう）が浮かんだ。

浅見は笑みを見せ、手を振った。

彼女は可愛い模様の入ったヘアキャップをかぶっているが、あの下にどれほどの髪の毛が残っているだろうか。

免疫機能の要（かなめ）である骨髄にある造血幹細胞が幾種類もの血液細胞を作り出すが、これが正常でなくなった時にまったく新しいものと入れ替えるのが〝骨髄移植〟だ。正確に分類すれば、移植内容は大きく三つに分けられる。骨髄液を移植する骨髄移植。血液から抜き出された成分を移植する末梢血幹細胞移植。へその緒から採取しておいた成分を移植する、さい帯血（たいけつ）移植。

こうした移植のためにはまず、患者の骨髄機能をゼロにしなければならない。山内敬の言葉を借りれば、一度更地（さらち）にして、そこに新しい造血工場を造りあげることになる。

骨髄機能を更地にする時に用いるのが、放射線照射や抗がん剤投与だ。放射線治療といっても、骨髄移植の場合、これはもともと備（そな）わっている機能を段階的に破壊していく行為に他ならない。もちろん治療の過程の一つであるのだが、患者から免疫機能を奪うことをまずしなければならないわけだ。

放射線も使った抗がん治療と同じ処置を行なうのだから、副作用も避けられない。吐き気を伴う食欲の低下、倦怠、全身の脱毛など……。

どんどん重くなるそうした症状と闘いながら、自分の免疫機能がゼロへと向かう日々をほぼ隔離状態で送る。そして、移植が成功したとしても、新しい造血幹細胞が完全にうまく適合するという保証はない。移植後が本当の勝負だとも聞く。

命が助かるためにはそれしか道がないとしても、取り組むための覚悟が大の大人でも相当に必要だという。

それに、まだ七歳の少女が挑んでいる。


ベッドの上から動けない今も、美結は点滴を受けているが、患者は大抵なにかの点滴処置をされていて、浅見が初めて窓越しに対面した時もそうだった。細っこく、まだ小さな女の子が、自分で点滴スタンドを押しながら挨拶に来てくれた。

免疫機能を低下させていくのだから、患者たちは無菌室・クリーンルームで過ごすことになる。人との接触は極限まで制限される隔離状態だ。それでも今は、山内夫妻が入室していたことからも判るとおり、一定の消毒処置をすれば家族は中まで入って見舞うこともできるようになっている。互いの表情を間近に見て話せるし、手を握り合うこともできる。

しかし以前は、ほぼ完全な隔離状態に近く、よほどのことがない限り、両親であろうと配偶者であろうと、ガラス越しの対面しかできなかったらしい。

現在は多少自由がきくようになっているとはいえ、患者は移植前後の何週間も、感染に対して無防備な肉体で単身の闘病をし続けなければならない。口内炎の危険も高く、歯科衛生士の指導に則った歯磨きを続けなければならないとも聞いた。
臆病なところのある浅見は、自分ならこうした治療に耐えられるだろうかと自問して、情けない思いに沈む。副作用に苦しみ、わずかな雑菌との接触にも怯え、孤独感を募らせていけば、なにかと口うるさいお手伝いのあの須美子の小言さえ、待ち焦がれるのは間違いないところだろう。

浅見は、バッグの中から小さなビニール製の人形を二つ取り出した。それを見せると、美結の顔が晴れやかに輝いた。

「浅見さん、それ……」

秋子の瞳の中にも、温もりを感じさせる灯が点った。ほぼノーメイクでも憔悴の色を面から払拭しようと努めている細身の女性だ。

「リサとガスパールです」

赤いマフラーをした白い犬のようなキャラクターがリサ。黒いのがガスパール。それぞれ個別包装されている。

「〝リサとガスパールタウン〟に行きたいと美結ちゃんが言っていたので、プレゼントです」

富士吉田市の富士急ハイランドの隣にある絵本のようなテーマパークが、山内美結が行きたいと憧れている場所だ。

彼女は左手を布団から出すと、オリジナルの手話で喜びを伝えるかのようにパタパタと振った。口が、「浅見のおにいちゃん、ありがとう」と動いている。

「山内さん。元気になったら自分の足で遊びに行って、もっといいぬいぐるみでも選ぶように言ってください」

「……浅見くん、ありがとう」

肩幅も胴回りもがっしりとしているその体を、山内敬はゆっくりと深く折り曲げた。

こんな風に丁寧に礼をされると、照れるというか反応にまごついてしまう浅見は、「あ、いえ、なに……」と曖昧な声を返すしかなかった。

浅見が骨髄移植の現状を深く知るようになったのは、大学時代の三年先輩であるこの男との出会いがきっかけだった。

2

二ヶ月ほど前の夜、取材帰りの浅見は、秋葉原駅に近い大きな洋風居酒屋の前で、「よう、浅見じゃないか」と声をかけられた。どうやらそこは、浅見の母校であるＴ大学の同窓会会場の近くであり、その流れで多くの卒業生たちが集まっている店だったのだ。同期の男に引っ張り込まれると、同窓生たちが年代ごとに席を囲んでいた。

浅見は、自分の手元に同窓会の案内がきたのかどうかも覚えていなかったが、ともあれ、二次会には急遽の参加となった。

いたずら好きだった男との話はそれなりに盛りあがったが、酒が進むにつれて、飛び交う言葉の内容は、勤め先である企業名やまかされている仕事の大きさを競い合うようなつまらないものへと変容していき、そうした中で浅見は、隣の席での会話の中身に耳をそばだて始めていた。

その話の主が、山内敬だったのだ。どうやら三期先輩らしいが、学部が違うし面識はない。

一人娘が白血病と診断されて一年以上が経つという。懸命にあらゆる治療を続けてきたが、どれも効果が薄くなり、最終的な手段、末梢血幹細胞移植を医師に勧められたのだとか。

移植するためには、提供者・ドナーと患者との間で、ＨＬＡという白血球の型がある程度一致する必要がある。親子では稀（まれ）にしか一致せず、他人同士では数百から数万人に一人しか一致しないという低い確率になる。だから、善意のドナーたちがＨＬＡ型を登録しておく骨髄バンクが必要になってくるのだ。患者が造血幹細胞が必要になった時、型が一致する人を探すための広大な分母がなければスタートラインにも立てない。バンクはその仲介を果たし、登録者はまったく赤の他人のために、幾（いく）種類かのリスクも承知したうえで造血幹細胞の提供に備えている。

　山内の娘は珍しい型ということもあり、適合者をなかなか見つけることができなかった。常に予断を許さない重い病を抱えたまま、一日一日と時がすぎていく。

　山内敬は口にこそ出さなかったが、その日々は、娘の命の残り時間が徐々に減っていくことを告げる砂時計を見つめているも同然だったのではないだろうか。ある程度型が一致する登録者が見つかっても、諸般の事情で提供までには至らなかったりと、気持ちが激しく浮き沈みする経験も繰り返される。

　そうした日々を何ヶ月も過ごす中で、次の適合者が現われた。そしてつい先日、そのドナーが造血幹細胞提供に同意してくれたのだ。

　山内敬がこう告げた時、席を囲む者たちからは期せずして歓声があがった。安堵（あんど）する思いで浅見も小さく拍手しながら、そちらの席へと移動した。そして名乗り、フリーのルポライターだと告げた。

　概要しか知らなかった骨髄移植のことを当事者の口から聞き、浅見はもっと知るべきだと感じたのだ。物書きの端くれとして、書き伝えるべきだとの直観が頭をもたげた。

　その直観を意志に変えて数日後、移植が決まった時には泣いて喜んだという患者の少女はもちろん、医療現場の医師たちからも取材の許可を得ることができた。

　これが、今、浅見光彦が取り組んでいるルポの内容だ。

二つの人形を高く掲げて美結にもう一度見せてから、浅見は主治医の早見に顔を向けた。

「消毒処理して、渡すことはできますよね？」

美結の枕元には、小学校二年の級友たちから贈られた千羽鶴が飾ってある。

「……新品ですし、その素材なら大丈夫でしょう」

この大事な時期の感染リスクが頭を過った様子の早見だったが、

「今の美結ちゃんには、新しい心の支えがとても必要かもしれません」

との判断を口にして、人形を受け取った。

「一応、上級医の確認を取りますが、輸注が済んだ頃には手にできているんじゃないかな」

「輸注か……」

手術を受ける当人になったかのような気分でもある浅見は、そんな自分の不安を振り払うつもりで医学的知識を口にした。

「骨髄移植などと聞くと僕のような一般の者は、大事の手術を思い描きますが、実際はメスを使うこともないわけですものね」

「ええ」早見は頷く。「届けられた造血幹細胞を、静脈に点滴するだけです」

「美結ちゃんは横になっていればいい」

「何時間かかかる時もありますが、そう、極端な話、眠っていてもいいわけです。移植は治療行程の山場ですが、患者さんにとっては楽な部類の施術でしょうね。むしろ、慎重さも必要な長い闘いはその先にある」

血球数が一定数以上に回復することを生着というらしいが、そう簡単に事は進まないのだという。

そもそも移植は、ワクチンや特効薬の接種ではない。その途端に症状が改善していくものではないのだ。新しい造血幹細胞が骨髄に定着し、そこからじわじわと増えて健康的な機能を取り戻すまでは何ヶ月も――時には一年もかかるのだ。この間に様々な障害が発生してしまうことも多い。それをクリアして社会復帰できたとしても、病気が再発してしまうこともあるという。

山内美結はスムーズに回復するようにと祈るばかりだ。

彼ら親子は適合するドナーを何ヶ月も心待ちにしたが、待ち時間にしてはこれは短く、好運なほうだという。命の瀬戸際（せとぎわ）で数年も適合者を待ち続けている患者たちもいる。

浅見は、そうした現状を広く知ってもらいたく思い、ルポにまとめようとしているのだが、社会派を気取るつもりはまったくなかった。詰まるところ自分は、提灯（ちょうちん）持ち記事や虚構すれすれの雑文も書く一介のライターだ。

ドナー登録者が増えることを望みながら、当の自分がまだ登録に踏み切れていないという、その程度の小人（しょうじん）である。

しかし、思いもかけず警察批判のリポートを書いた時もそうだったが、執筆欲がわき起こってきているのなら、それをあえて否定することもあるまい。

藤田編集長には〝仕事〟だと言ったけれど、依頼を受けたのでも掲載予定があるのでもない。書きあげてから売り込み先を探すつもりだ。

廊下から足音が聞こえてきた。

見ると、コーディネーターの鎌田信子（かまだのぶこ）だった。

ドナーと患者側それぞれの身近にいて、移植の段取りを進めるのがコーディネーターだ。もちろん浅見も何度も顔を合わせている。取材を通して、神経を使う大事な役割であることを知った。

鎌田は五十歳に近いベテランだが、今は表情が強張っており、珍しく足早でもあった。少し離れた場所で足を止めた。

目の色といい、患者の家族のもとから主治医を離そうとしている様子だ。

敏感に察知したものか、早見は前室を出てそちらに足を進めた。浅見もそれとなく近付く。

「原口さんから連絡です」と、鎌田はスマホを見せた。

「向こうのコーディネーターだね」

日本骨髄バンクに仲介を頼んでいる場合、一件の移植にコーディネーターは二人。患者の担当になるコーディネーターは移植する病院の職員であり、ドナーには骨髄バンクに属するコーディネーターがつく。

ドナー側のコーディネーターが原口茜だ。適合者のもとへ出向き、移植の具体的な内容やそれへ向けての準備の説明を行ない、時には家族や職場の人間とも話し合いを持ち、最終同意を目指す。その後も、ドナーの健康を気づかいながら日程調整を進め、採取病院などと連携する。

基本的に、採取する病院と移植を行なう病院は別である。採取は、ドナーが通院可能である認定施設で行ない、患者が入院している病院へ造血幹細胞を運ぶ。場合によっては沖縄で採取して北海道へ運ぶというケースも有り得るが、コーディネーターたちは最短時間で輸送できるよう手はずを整えなければならない。

しかしその点、今回は好運だった。ドナーは同じ県下におり、採取病院は甲府からさほど遠くはない甲州市内の塩山にある。

早見はこれから鎌田と共に採取病院へ出向き、造血幹細胞を受け取って来る段取りなのだ。

しかしその段取りに支障でも生じたのだろうか。鎌田の表情は深刻である。

眉間に力を込めた早見はマスクをはずした。

「どうかしたの？」

鎌田の発した一言は、想像もしないものだった。

「ドナーが連れ去られたって言うんです」

3

晴天を貫くような、女性インストラクターの元気のいい声が響く。

「では、信玄公時代の金山衆に負けない量をゲットしましょう！」

隣にいる緑色のジャージを着た中年男性の口から出た、「金山衆は砂金じゃなく金山での採掘師だろうが」との小声での文句は、子供たちの歓声で掻き消された。

滅多になく、それ故に地元のテレビ局も撮影に来ている、川を使っての天然の砂金採りイベントには、子供連れの家族の姿が多く見られる。しかし大人たちだけでの参加者もかなりの数で、かく言う私たち三人もそのくちだ。

私、天地光章。年下の従兄弟である、天地龍之介。そして、個人的に付き合ってもいる同僚の長代一美さんの三人。

それぞれ目を光らせて、教えてもらったばかりの砂金が集まっていそうな場所を探して川岸を歩く。川には多少の蛇行があり、流れが淀みとなっている場所はある。他には、川から覗く草の根元も狙い目らしい。

ここは重川の上流。山梨県甲州市塩山の北東に位置し、両側を低山に挟まれている地形だ。さらに上流には、大菩薩峠で有名な大菩薩連嶺があり、なにより、黒川金山遺跡で知られた、標高千七百メートルを超える黒川鶏冠山もそびえている。川は南西方向に流れていき、一級河川笛吹川と合流する。

ここの川幅は五メートルほどだけれど、大きな岩がゴロゴロあったりして川底の凹凸は複雑で、流れの中央に近付くのは禁止されている。

上流に向かって私たちが進んでいるのは左岸。どちらかといえば平らな岩場である。

「でも、驚いたなあ」

大学の先生が先ほどしていたミニ講演の内容を思い出しながら私は言った。

「日本の九割の川で砂金が採れるとはね」

龍之介が楽しそうに応じる。

「多摩川でも採れるそうですよ」

「ほんとか」

「でも、だからといって、多摩川は砂金採集のできる川だ、と呼称するのは実態とかけ離れているかもしれません」

「まあそうだろうな。あの広大な流域面積のごく一部で採れたことがあったとしても、それ目当てで探し回るのは時間の無駄って感じがする」

「でもわたしたちは今、砂金採集のできる川、にいるのよね。誇張ではなく」

ささやかな特別感を味わうようにそう言った一美さんは、強い日射しから目を逸らすように、せせらぎの音を立てる川面に視線を落とす。

「そろそろ、水に手を入れたいわね」

予報では今日の気温は三十度を少し越える程度で、猛暑とはならないようだ。

私たち三人はそれぞれ、イベントの主催者が貸し出した麦わら帽子をかぶっている。

元々ただならぬ童顔である龍之介は、いっそう少年っぽさが増していて、昆虫採集セットでも持たせたいところだ。

　私は、不器用に野菜栽培をしている週末の都市型サラリーマンに見えるのではないか。

　それなのに、ボルドーカラーのTシャツとスキニージーンズ姿の一美さんがかぶっているのは麦わら帽子とは呼ぶ気にならず、もはやストローハットと見なすしかない。リゾートの装いではないか。同じ品のはずなのに、どうしてこうも印象が変わるのか。一美さんにかぶられたストローハットはラッキーだ。

　ふとイメージが膨(ふく)らんで帽子の運不運などを頭に描いたのは、広告代理店勤務という職業柄かもしれない。職場のチームでここしばらく取り組んでいる仕事の一つが、ペット用のお守りの宣伝だ。

　私は秋田支社にいて、龍之介と同居している。

　一美さんは東京本社で受付業務をしている花形だ。

　こうして会える週末は貴重だった。

　彼女はアクセサリーならまだしも、宝石や高級宝飾品にはあまり興味を示さないタイプだ。審美的な感嘆はするけれど所有欲はさほどない。だから今回のこの砂金採りも、金(きん)を手にしたいというより、自然を相手に体を動かし、ちょっとした冒険気分を味わうために参加している。誰にしろ、砂金採りなど滅多に体験できることではない。

　そこに熱意を込められる一美さんは、行動的で、少々勝ち気である。

　そもそも、金(きん)が目当てであるなら、これほど効率の悪いイベントもない。これから一時間が採集タイムだが、砂金が数粒採れれば大収穫と思ってください、と主催者は前もって告げている。砂金をまったく採れなかった者には、なんらかの土産(みやげ)を用意しているようだ。

「この辺にする？」

細かな砂の多い川底を見て一美さんが言った。

時刻は十一時を回ったところ。

あと一時間弱の勝負だ。

足下に気をつけながら、ザブザブと浅瀬に入る。

私たちはもちろん長靴を履(は)いている。普通に見かける半長靴ではなく、膝(ひざ)の近くまである丈夫(じょうぶ)なロングタイプで、これも主催者から借り受けていた。

集合場所にはキャンピングカーや大型テントがあり、参加者は身の回り品を預けたり靴を履き替えたりしている。

この流域は山梨県が管理しており、県と地元有力新聞社、大手企業が協賛してこのイベントを開催した。権利関係をすべてクリアするのはなかなか大変らしく、金山跡や砂金の採れる川の多い山梨県でも、こうした大型企画は稀にしか実現しないという。いや、まずないらしい。とてもレアな機会であり、知的探究心の旺盛(おうせい)な龍之介が飛びついたのは当然のことで、彼から話を聞いた私と一美さんも即断した。予約人数はすぐに埋まったというから、我々はその時点から好運だといえる。

その点を再度口に出して、私は景気づけに、

「きっと砂金集めでも好運に恵まれるぞ」と声を高めた。

「採取量一位を目指しましょう！」一美さんは、やる気満々だ。

龍之介も、無論張り切っている。

「俺が、まず砂利(じゃり)を掬(すく)うよ」

と、私はバケツを持った。

陽の光が強烈に反射して水底が見えにくい。自分の体で影を作って川底の様子を窺う。粒の小さな砂利が集まっている場所を見つけてバケツを入れた。

軍手に染み込んできた川の水の冷たさが心地いい。

砂利を掬うが、水ごとだと重たい。水を流し、砂利を、まずはレディーファーストで一美さんが持っているザルに少しずつあけていく。

ザルの下には、パン皿と呼ばれる洗面器状の物がある。大きめの、深皿とも言える。

ザルもパン皿も、樹脂製で、黒い。もちろん、色々な材質、形状、色があるらしい。

パン皿はパンニング皿の略で、砂から砂金を選り分ける作業がパンニングだ。

大きめの砂利がザルで漉された後の川砂が、一美さんのパン皿にある。一美さんはしゃがみ込んだ姿勢で、水中にあるパン皿を注視している。教えられた手順をきちんと思い出して実行しようと、少し緊張している様子が伝わってきた。

ハンドルを激しく左右に切る要領で、彼女のパン皿は揺すられた。そうやって、比重の重い砂金を砂利の下に落としていくのだ。

私は次に、龍之介のパン皿にも同じように細かな川砂利を入れた。

「ありがとうございます」

と礼を言ってから、龍之介は一旦、パン皿を置き、私用の砂利を掬うためにバケツを手にした。

この間、一美さんのパンニングは進んでいた。ある程度揺すったら、皿を斜めにして上のほうの砂利を捨てていく。これを繰り返して、粒の小さな川砂を残すのだ。

最終的には、手の平に載る程度の量を残す。これをゆっくり水中へ流していくが、パン皿の内側には、弧を成して三本ほどの出っ張りがあり、最後の段階でここに金の粒が引っかかることになる。

　その最終段階にいく前に、一美さんが声を高めた。

「さっきから、キラキラした粒が見えてるんだけど……」

「えっ？」

　同じような声をあげて、私と龍之介は彼女のパン皿を急いで覗き込んだ。

　確かに、金色に見える小さな粒が二、三ある。

「ああ……」龍之介が残念そうに言う。「砂の上に載ってるものね。金なら沈んでる」

「そうかぁ」一美さんも納得した。「それは雲母(うんも)ですね」

　レクチャーにはなかったが、自分たちでちょっと勉強した時にこの情報に触れていた。雲母の小片は比重が軽く、川砂の上でキラキラ光っていることが珍しくない。砂金や貴石(きせき)が採れる川では雲母もよく見つかるようだ。光の反射具合で金色にも見えるが、まあ、価値はない。

　一美さんは、そうっと最後まで砂を流したが、砂金の発見には至らなかった。

　もちろん、天然の砂金がそう簡単にゲットできるはずもない。

　私と龍之介もパンニングに取りかかったが、やはり成果はなしだ。
　三、四回やっていると、高校生の一団がにぎやかにやって来た。テレビの取材に答えていたので、素性(すじよう)は判(わか)っている。近県の生徒たちで、山梨県のある博物館で開催している、全国の中高生たちによる〝砂金掘り甲子園〟に参加している常連校のメンバーらしい。競技は用意された水槽のような場所で競うらしく、自然の川で採取するのは腕試しであり実践的訓練でもあるようだ。
　彼らの姿を見ているのも楽しそうだったが、私たちは集中できる静けさを求めて移動することにした。その際、緑色のジャージを着たおじさんの姿も小さく目に入り、私は彼の言葉も二、三思い出した。個人参加であり、ほとんど独り言のように口にしていた内容だ。

彼はどうやら、砂金採りマニアだ。

砂金を求めて日本中歩いているようである。山梨県は地元なので重川にもよく来ているとか。この重川は、砂金採集を趣味としている人の間では知られた名所らしいが、この近辺でメッカといえるのは、黒川鶏冠山の東部などを下る沢だという。ただ、ちょっとした登山もしなければならない地形であるため、初心者が気軽に楽しめる採取スポットとは言いがたい。

ジャージのおじさんは、この川原で岩をこじってひっくり返す砂金採取方法が今回許可されるのではないかと期待したらしいが、当てがはずれて愚痴（ぐち）っていた。

少々癖（くせ）があって自分の欲求を前面に出すタイプの男性だけれど、お宝探しにのめり込んでいるわけではないようだ。砂金を集めても金銭的な欲望は満たされない。採取しても実利など、まずないはずだ。十粒、二十粒集めても、精錬や加工の代金を考えれば足代を回収することすらままならないだろう。

ではなぜ、様々な場所を巡るのか？

自分たちも今、砂金採りを楽しんでいるが、まったくの空振りに終わることも多いはずで、それでも長い間打ち込める理由はなんなのか……。

上流遥（はる）か、夏空の下にそびえる山を見ながら、私は先ほどのミニ講演で聞いたことを思い浮かべる。

歴史的な背景だ。黒川金山は、県南部にある湯之奥（ゆのおく）金山と並び、甲斐（かい）国を支えた重要な資金源であったらしい。その時代の活況は遺構となって残り、一つの村落ともいっていい住居群や、宗教施設跡とみられるものも発見されている。国史跡指定を受ける規模であり、価値を持つ。

だが当時のその金山も産出量が枯渇（こかつ）し、廃山と時を合わせるかのように、勇名を馳（は）せた武田家は信玄の息子勝頼（かつより）の時代に潰（つい）える。

採掘できる金山はなく、栄えた一族ももういない。それでも、金の粒は川を流れてくるか……。

金というのは地球上で最も安定した鉱物の一つだから、この先何百年も川底をきらめかせるのだろう。

そんな風にイメージを広げられる者ならば、砂金に、歴史や地質学的なロマンも見るのかもしれない。

だがなにも、そうした心理的なスローガンをあえて掲げることはないし、それが本音のすべてでもないのではないか。競馬好きの人間は、競馬にロマンを見るのだと語ることがあり、酒飲みの中にも酒造りのロマンに浸る者はいる。

基本は、その人に合った楽しみということだろう。

私たち三人は、右に向かって緩やかに蛇行する川に沿って上流へ進んだ。

少し先に、赤い旗が立っているのが見える。イベントが許可されている区域はそこで終わりだ。

他の参加者の声がかすかに下流から聞こえてくるけれど、姿は見えず、自分たちだけの採掘場所にたどり着いたトレジャーハンターの気分にちょっとなった。

4

パンニングを再開して数分後、龍之介が「あっ！」と声をあげた。

パン皿の中を食い入るように見ている。

「これ、そうじゃないでしょうか」

私はザバザバと長靴を動かして急いで近寄り、一美さんも川岸から龍之介の手元に見入った。

わずかに残った黒い川砂の縁に、小さな金色の粒が顔を覗(のぞ)かせている。

「うわっ、これはそうだよ」一美さんが喜色を浮かべた。

「やったな、龍之介。初ゲット成功！」

ほっとした様子ながら、龍之介もにやけるほどの満足顔だ。

「マッチ棒だ、マッチ棒」私は促(うなが)す。

砂金を取りあげる際に使う道具だ。素手でも、乾かした指先で触れれば砂金がくっついてくるそうだが、軍手をはめて作業をしているここではマッチ棒を使う方法を教えられた。

龍之介はポケットからマッチ棒を取り出す。

着火剤のない反対側を砂金に近付ける。すると、すっと砂金が見えなくなり、棒に付着したようだ。

その先端部分を上にして見詰める龍之介が、慌てた。

「あれっ、見えません！　落とした？」

「落ち着け、龍之介。光の加減で見づらくなる時があるって話だったろう？」

「そ、そうですね」

でも確かに、棒の色に紛(まぎ)れて、本当に砂金がそこにあるのかどうか判らない。

パン皿を置いた龍之介が、今度は、小さく細いガラス瓶(びん)を取り出す。中には水道水が入っている。キャップをはずし、マッチ棒を水に近付けていく。

「慎重にね」

龍之介の不器用さを熟知している一美さんからの助言だ。

マッチ棒の先端を水中に入れ、少し振ると、金の粒が水の中をゆっくりと落ちていくのが見えた。

「あったぞ！」思わず叫んでしまう。

　きゃあ、と悲鳴のような声をあげて、ストローハットを押さえた一美さんも歓喜のジャンプ。

「ありました。ありました」と、龍之介は貴重な一粒に見入る。

　こうした時のこいつの、三十歳近い男とも思えない無邪気さや、はたまた、気弱そうなほどのどこか頼りない様を見ていると、とてもＩＱ１９０の持ち主とは思えない。このＩＱの数値だと、軽々と天才のレベルだ。平均値は１００だったはず。

　しかしいまだもって信じられない。いや、確かに、そうした力が発揮される場面は何度も目にしてきた。該博な知識を縦横に駆使し、精密な記憶力で洞察力を支え、驚くような発想のジャンプで物事の実相を明らかにする。私たちが巻き込まれた不可解な事件でも、龍之介でなければ迅速に解決できなかった例は多い。

　そうした目の覚めるような経験を重ねていても、すんなりと納得しがたいというか、タヌキに化かされているようなイメージのずれがつきまとう。この男が天才とは。

　なるほど。童話か。最先端の知見もテクノロジーもどんどん吸収していくが、この男は自分を童話の中で生かしているのかもしれない。

　まあとにかく、お人好しなほどに底の抜けた、素朴な男である。

　ほんの一、二年前まで彼は、小笠原諸島にある小さな島で、祖父と二人だけで暮らしていた。両親は不幸にも早くに亡くし、祖父徳次郎が育ての親だ。

　時に自然は厳しくても、日々のほとんどがのどかな島暮らし。感性をのびやかに広げ、足ることを知り、人や万象とのつながりを太くする生活。

　そうした環境が育てた一例というよりも、龍之介というこの個人が、そうした環境そのものと稀なほどにシンクロしたのだろう。性格よりも深いところで、この男は育った世界を体現している。

彼の二十歳の祝いに、徳次郎は信頼できる複数の知能指数テストを受けさせたらしい。祝いでどうしてこんなことを思いつくんだ。まあその結果、平均値がおよそ１９０だったらしい。

そしてここからの徳次郎の教育方針がユニークだったのではないかと私は想像する。浮世離れしているけれど、隠者にして賢者であったと伝わってくる徳次郎の接し方だ、通り一遍のものだったはずがない。そうでなければ今の天地龍之介は存在しなかったのではないか。

まあ、教育方針などというお堅いことではなく、二人の過ごし方だ。知能指数の高数値を見たからといって、徳次郎はちやほやと英才教育などはしなかったろう。むしろ逆の、あるいは残りの部分を育て続けることを旨として暮らした。楽しく。

現在の龍之介を通して想像する、二人の姿だ。

龍之介にとって祖父は、大きな存在だったに違いない。

しかしその徳次郎も亡くなる。龍之介は故郷を離れ、当時東京暮らしだった私の部屋に間借りすることになった。物心がついてから初めての都会暮らしだ。エスカレーターになかなか乗れなかったことも思い出す。人混みでは酔ってしまって、めまいを抑えるかのように目を閉じていた。

ここまで彼を見てきて驚くことの一つは、彼の人柄の変わらなさだ。

都会の荒波に揉まれ、人の悪意も浴び、利己、打算、競争原理といった社会システムもこの年月彼は身近にした。しかしこうした、気持ちを曇らせかねない大きな変動だったろう経験も、彼の、陽の温もりを蓄えた木綿のような性質を変えることはできなかった。

目の前にいる天地龍之介は、島から出て来た時の天地龍之介のままだ。ほぼ。

……よく考えるとこれは、彼の内面のとんでもない強靭さを示しているのだろうか。

そういえば、一美さんと、龍之介のただ一人の女友達といっていいのかもしれない中嶋千小夜さんが言っていたことがある。日頃はへなちょこぶりが（千小夜さんはもっと穏当な言葉を使ったが）目につく龍之介ではあっても、周囲を安心させるほどの揺るがない基礎を強固に持っているはずだ、と。

言ってみれば、ピュアなどと表現される純朴さや善良さってやつは、一種の力も伴わなければすぐに変質してしまうものではないだろうか。鈍感ではない人間がそれを維持するのにはなにが必要なのか……。

龍之介に関してもう一つ驚くのは、この若さとこの非力さからは信じがたいことに、彼が創設中の施設の長であるという事実だ。

ある知育施設の所長である。


龍之介の祖父徳次郎も、知的水準に突出した人物だった。彼は龍之介と違って、その才で財産を築く経済のセンスにも長けていた。実用的で規模の大きな発明品も数多く、そのパテント料や、企業とのプランナー契約、相談役や顧問としての収入などで莫大ともいえる額の蓄財をしていた。

紆余曲折を経てそれを遺産として受け取った龍之介は、子供たちにも色々なジャンルの勉強に楽しく興味を持ってもらうためのゲーム感覚の生涯学習施設の建設を思い立つ。そして秋田のにかほ市に格別の中古物件を見つけ、改築工事に取りかかっているのだ。

融資を得るために何度も足を運び、利権に嗅覚を働かせて雑音を持ち込む者たちをさばき、煩雑な権利取得や契約事項を詰めるといった、およそ似合わず慣れていない交渉活動を龍之介は懸命にこなしていた。失敗すれば彼の人生を左右するだろう一大事業だが、この学習プレイランドは徳次郎の夢の実現でもあると龍之介は意識しているようだった。

よくここまできた……。

それが実感だ。

龍之介のように性格が温和で世知に乏しい者が、まだスタートラインに立ったばかりとはいえ、施設建設を実現するとは。

ここでもいえるのは、龍之介一人だけの力では絶対にこのようなことは不可能だということだ。どうも頼りない従兄弟には、私はもちろん一美さんまでが、ついつい助力に熱をあげてしまうところがあるが、そこにはどうも、もっと本質的な作用が働いているのかもしれないと最近思っている。

龍之介の周りには、私のことはともかく、彼を支える有能な人材が集まって心地よい調和を作っていく。そうした縁や、信頼できる人との巡り合わせに、彼は不思議なほど恵まれている。相手が心をひらいてくれる。

〝体験ソフィア・アイランド〟と名付けられた学習プレイランドの各学科を担当してもらうインストラクターも、全国を歩いて声をかけたところ、心性のいい素晴らしいメンバーが集まった。これも、待遇面における条件とか、キャリアの将来性とか、そうした交渉が招き寄せたものとは違うはずだ。雇われる側から見れば、龍之介は第一印象では頼りない。しかし結果、彼らは天地龍之介を大らかに見ていたくなる。

吹けば飛ぶような枯れ葉をいじりに来た者が、気がつけば、多くの枯れ葉に包まれていると寒気をしのげるものだな、との味わいを得る。そんな経験をする者が少なくないはずだ。

……もしかすると、それが彼の本当の能力なのかもしれない。人をそらさない、生来の共和的な性根。童話の気配を消さずに生きていける力だ。知能レベルの高さなどは、むしろ、付随的な特徴なのではないか。

ＩＱが二十もひらくと、スムーズなコミュニケーションは取れなくなるともいう。知能指数の高い者は、相手の理解の遅さをもどかしく感じてしまうからだ。自分では自明の考察部分を省くと、結論だけを押しつけて高飛車だとか、利口ぶっているとか、気取って莫迦にしている、共感力がないという反応が返ってくる。賢い者からすると、知的な交流の成り立たない者との会話など時間の無駄だと思えてくるらしく、知力の差が居心地の悪さを生む。

しかし龍之介には、そうした点はまったくない。

彼は何物とも謙虚に接し、差を受け入れることを楽しんでいる。

ＩＱ１９０とやらに存在理由を置いて自らを特例化するタイプだったならば、天地龍之介は孤独な人間だったのではないだろうか。

5

麦わら帽子の下、目を輝かせて龍之介が見詰めるガラス瓶の底には、確かに天然の砂金がある。鑑定してもらわなければ確実なことはいえないが、まず間違いないだろう。

私たちのテンションはいうまでもなくあがった。

「龍之介でも採れたんだ。一美さん、僕たちの大収穫は確約されたも同然だよ」

「その言い方はさすがに失礼でしょう、光章さん」

たしなめるように言いつつも、一美さんの視線の先はすでに水面下を走っていた。

希望を胸に、地道な作業に没頭する。

でも数分がすぎた頃、背筋をのばした一美さんが、どこかのおばさんのように腰をトントンと叩(たた)いた。

「きついわ～」

同意する。まだ十数分だけの作業だけれど、楽ではない。

「さっき、採取量一位を目指しましょうって言ったけど、撤回する」一美さんはそう言った。

「子供たちにいっぱい採ってほしいわね」

「……そうだね」

一時間もの作業だ。気をつけないと腰は痛くなるし、夏とはいえ、川の水を相手にしていれば指も冷たくなる。それだけ真剣に作業を続けて、子供が一粒も採取できなかったというのはなあ……。

「そうですね」

龍之介も柔らかく言った。

だがふと、その龍之介の目元に怪訝(けげん)そうな色が浮かぶ。

「あれ、なんでしょう？」

上流のほうに向けられている彼の視線を追うと、高い位置にある路上の車が見えた。左岸。この辺りの土手は傾斜がやや急で、その際(きわ)を細い車道が走っている。それにしてもその車は、斜面に近付きすぎだった。下流に頭を向けている白いワンボックスカーで、その後部は車道である地面からはみ出している。

脱輪⁉

見えている右側の後輪が、空中にあるようだ。

運転手はアクセルを踏んだようだが、タイヤは空転している。——と、次の瞬間。

「あっ！」

三人揃ってそんな声を発していた。

空転の振動が影響したのか、路肩が崩れた。そして、車が大きく傾く。

「落ちるっ？」

一美さんが悲鳴交じりの声をあげた。

一瞬の出来事だった。斜めになったところで車の動きは止まったが、路肩が崩れた時の衝撃が作用したのだろう、バックドアが跳ねあがっていた。そして、車内にあった荷物が滑り落ちてくる。ビニールシートや工具箱のような、いかにも荷台にありそうな雑多な品がある中で、ある物体は群を抜いて目を引いた。一際大きなそれは、残酷なまでの勢いを感じさせて落下する。

人体⁉

瞬間そう感じて、顔の皮膚が強張った。

落下した荷物——それは、手足のある人間の体のように目に映った。それは雑草の生えている斜面を転がり落ちてくる。そして川原に落下、岩や草の陰になって見えなくなった。

自分がなにか見間違えをしたのか確かめたくなって、二人に目をやった。

彼らも同じものを見たようだ。顔色がそれを如実に物語っている。

「人が落ちたのよね？」

呪縛を解くように一美さんが言う。

私は車のほうに走りだしていた。といっても、足場は悪く、長靴も重たいのでもどかしい速度にしかならない。

川の蛇行や地形の起伏具合からすると、他のイベント参加者にはこの事態は見えていないと思われる。

路肩から落ちかかっているワンボックスカーから人がおりて来る様子はない。

なんとか、〝落下物〟のある場所までたどり着いた。そして息を呑む。

やはり人間だった。人形ではない。工具箱や荷造りロープの束などが散らばる中……。四肢を無秩序に投げ出し、右の横顔を見せている。三十代の半ばほどの年齢の男性。そしてなぜか、全身が濡れていた。顔に擦過傷があるのは、急斜面を転がり落ちた時のものか？

「大丈夫ですか！」

声をかけ、しゃがみ込んだ。龍之介と一美さんの足音も後ろで止まった。

男から返事はなく、目もあかない。肩をつかんで揺すってみるが、反応はなしだ。

作業服を着ていると思ったが、似たような色合いのグレーの上下を身につけていた。ワークシャツとチノパンだ。それが濡れているので黒っぽく見える。我々と同じような、ロングサイズの長靴を履いていた。

龍之介が不安そうに上を見上げている。ワンボックスカーの尻が見えていた。いつ落ちてくるか判らない。

「その場所から離れたほうがいいわ」一美さんは自らそうしながら、ジーンズのポケットからスマホを取り出した。「救急車を呼ぶね」

私と龍之介で、男の体を移動させることにする。車が落ちてきたら、どれほどのダイナミックな弾み方をするか判らない。川のほうに遠ざかるのは得策ではないだろう。二十メートルほど上流に大きな岩があってガードになりそうなので、そちらへ移動した。

運び終え、息を整えながら、私は路肩を見上げた。

車の周辺にはまだ、人影がまったく現われない。少なくともドライバーはいるだろうに、下の様子が気にならないのか？　まさか、車から人が転落したことに気づいていないのか？

男の意識はまだ戻らず、その首筋に指先を当てていた龍之介が、「脈が感じられません……」と青ざめる。

それでも彼は男の体に馬乗りになると、胸をリズミカルに押す人工呼吸を始めた。人が大勢集まる施設を運営する者として、龍之介は病気やけがに対する応急処置も学んでいた。ＡＥＤの使い方や避難誘導など。

私は再度、上に目をやったが、その時、ボッというかボオッというか、そのような破裂音に似た物音が聞こえた気がした。そしてしばらくすると、黒い煙が見え始めた。

土手からは離れた位置にいる一美さんには、角度的にもっとよく事態が見えたらしい。

「火が出たわ！」と叫び声をあげた。

車が火を噴(ふ)いたのか。

「まずい！」

この時、閃(ひらめ)いていた。運転手は、車から出られなくなっているのではないか。火が出たということは事故を起こしていたのだろう。その影響でドアがあかなくなっているとしたら。

「助け出さないと」

私は斜面をのぼり始めた。砂金採取以外では、この長靴がとにかく邪魔だ。爪先(つまさき)がうまく岩の隙間(すきま)を捉えられず、身軽さを奪う。

「わたしは水を」

一美さんは川へ走った。

燃える炎の音が私の耳にはっきり聞こえるようになった。

真下のルートはもちろん避け、車体の右、運転席側を目指す。雑草につかまり、岩の突起に指をかけ、角度のある斜面をのぼっていく。

思ったより時間がかかってしまったが、のぼり切った。

意外だったのは、運転席側のドアがあいていることだ。だとすると、ドライバーは外に出ているはず。しかし周りに人の姿はない。炎は運転席から噴き出している。車体の前部ではなく、内部が燃えているようだ。

息を整えながら、下の様子を見た。バケツに水を汲んだ一美さんが土手の下までやって来ていた。そこで、龍之介と役目を交代するようだ。一美さんが人工呼吸を引き継ぎ、龍之介が水入りのバケツを持って土手をのぼる。

「あああっ」

と、見ていて声が漏れる。さっそく躓(つまず)いて水をこぼしそうになっている。危なっかしい。

視線を戻した私は炎から身を反(そ)らせ、熱さをこらえながら、サイドドアの窓から車内を確認した。後部座席にも荷台にも人はいない。

爆発しないだろうな。恐怖心を抑え込み、助手席側に回り込む。

窓ガラスを割って炎が立ちのぼっているが、ここにも人はいないようだ。道や近くの林を見回しても誰の姿も見えなかった。

運転席側に戻ると、龍之介が「はあはあ」言いながらバケツを持ちあげて来たところだった。

もう一人、川原に男の姿が見えた。緑色のジャージのおじさんだ。車から煙も立ちのぼっているし、事態に気づき始めた人たちもいるらしい。おじさんは、自分に割り当てられているバケツに川の水を汲んでこちらに駆けつけて来る。

バケツを私に渡した龍之介は力を使い果たし、その場にへたり込んだ。

私は運転席の中に勢いよく水をぶちまけた。

予想以上に効果的だった。炎のほとんどが姿を消した。焼け落ちた物などを載せて燃えていた床も、溜(た)まった水が鎮火させていく。炎が残っているのは、一部の天井と助手席のドアの内装部分だ。

少し安堵したこの時になって、視覚を通した奇妙な情報を私は意識し始めていた。

金色――。

物の燃えた異臭と煙が残る車内。焼けただれている黒い部分と同じほどの面積で、助手席周辺は金色に覆(おお)われているように見える。瞬時には理解しがたく、しっかり見直そうとした時、

「おい！」と声がかかった。

ジャージのおじさんだ。路肩にバケツを置き、息を切らしている。

私はそのバケツを引っつかみ、車内に向き直る。

天井を中心に水をぶちまけた。それでもまだバケツの中に多少水が残ったので、それをドアにかける。

ほぼ鎮火した。しかし、助手席側ドアの内側にはチロチロと炎が残っている。勢いをぶり返す危険があるだろうか……。

「あのドアをあければ……」

龍之介だった。ふらふらと寄って来て状況を把握し、荒い息で途切れ途切れに言う。

「車内への……延焼は……防げるかも……」

「そうだな」

「ドアハンドルは熱いだろうから……」

「判ってる」

助手席側へ走り、濡れている軍手に熱が伝わる前にドアをあけた。黒い灰を浮かべた水が流れ

出てくる。だがこれで、最後の火種は車体から離れたことになる。もう少しすれば、次のバケツも届くかもしれない。

この時、

「なんでしょうこれ?」と、車内を覗き込む龍之介が言った。

「どうなってんだ?」ジャージのおじさんも驚きの声を出す。

二人とも、車内の金色に気がついたのだ。

改めて見てみる。

運転席を中心に燃え方が激しい。ハンドルなど原形をとどめないほどだ。エアバッグも溶け切っているのだろう。シートもほとんど焼け落ちている。そうした中で助手席の前、ダッシュボード近辺はそこまでの燃焼被害は受けていない。そこやフロントガラスの内側が金色に輝いている。塗装ではない。金色に塗られているということではないのだ。一部、ダッシュボードの黒い色は覗いているし、フロントガラスも狭い面積だけが金色だ。

この表面の金色は、ドロドロと、なにか少し荒々しい印象で、ダッシュボードの下は銀色にも見え、様相は混沌(こんとん)としている。

助手席側が金に変質する途中で溶けかかっているかのようだ。

なんなのだ、いったい。目をあざむくような、まばゆいばかりのこの異変は。

6

病院の前庭で、原口茜は二台のスマートフォンを手に緊張していた。

一台は、連れ去られたドナー、上園望美(うえぞののぞみ)の所持品。

もう一台は茜自身のもので、浅見光彦とつながっている。

この事態、当初はもちろん、移植病院のコーディネーターである鎌田に連絡したが、途中からは浅見に進行具合を伝えるようになっている。二人は向こうの病院をただちに発ち、それぞれの車でこちらに向かっているところだ。

浅見は携帯電話をハンズフリー状態で使っている。とはいえ今は、伝え合う内容もないので通話は切られているけれど。

「原口さん。通常の誘拐事件ではないのは確かなのだろうね？」

そう訊いてくるのは、この山梨県立先端医療センターの副院長だ。

いかつい顔で答えを求められても、自分は刑事事件の専門家ではない。

「連れ去った男は、どうやら、上園さんの顔見知りのようなのです」

茜がおずおずとそれだけを伝えると、

「見たという人は、具体的にはどんなことを話したんだい？」

報告の先を促すように内科部長が言った。高身長の彼からは見下ろされる格好になる。

この場にいるのはこの三人だ。

正面玄関からは脇に入った前庭スペースで、高さのある生け垣の陰である。人目につかないような場所を選んだのだ。病院の偉い人が揃ってこんな場所でこそこそするのは初めてのことだろうな、と茜は頭の隅でぼんやり思った。

茜は正面玄関のほうへ視線を送り、先ほど見つけ出すことができた目撃者の話を正確に思い出す。目撃者は、外来患者である中年の婦人だ。

「車が玄関前に走り込んで来ました。濃いブルーの車です。停まった車のドアがあき、男が飛び出します。若い男だったそうです。その男に走り寄られ、女性が棒立ちになりました。もちろん、この女性が上園望美さんです。二、三言葉が交わされた後、男が上園さんの腕をつかみました。そして車に引き込もうとします。上園さんは抵抗して声を張りあげました。その後、揉み合いながら二人が大きな声で言い合ったので、目撃した患者さんも、内容が多少聞き取れたのです」

「どのような内容だ？」副院長が両目を厳しく窄(すぼ)める。

「上園さんは、『どうして判らないの、ひとし！』と言い、男は『いいから来い、のぞみ！』と叫んだそうです」

「のぞみ……」内科部長が繰り返した。「男は、上園望美さんの名前を知っていたわけだ。それどころかファーストネームで呼ぶということは、親しい間柄だ。そして、男の名前はひとし、か」

「身内……ではないとしても、知人が連れ去ったということだ」と副院長。

「身代金目的の誘拐をする犯人が、こんな人目につく場所で堂々と拉致(らち)はしないでしょうしね」

内科部長は推論を語る。「計画性はない、感情的な近しい人物の取った行動ではないでしょうか」

副院長も、最大級の緊張感からは抜け出した面持ちだ。病院の敷地内で移植協力者が略取誘拐されたなどとなれば、世間を騒がせる大事件であり、病院側の大失態ともなる。

誘拐事件発生かと、一時騒然となった時のことを茜は思い返す。

茜自身、上園望美が連れ去られる場面を離れた場所から目にしていたのだ。

ロビーの広いガラス壁越しに、外を歩く上園を何気なく見ていた。

上園望美は山梨市に住む派遣社員で、茜より六歳年下の二十三歳。彼女は末梢血幹細胞を提供するドナーとして、四日前から入院している。白血球を増やすためのＧ－ＣＳＦという注射を毎日定期的に受けていたのだ。そして今日がいよいよ、採取日だ。大量に増やされた造血幹細胞が血液にも流れ出しているので、循環式の採血をして、分離装置で造血幹細胞だけを取り出す。

注射と副作用チェック以外は、ドナーは自由に過ごしていていい。上園望美はじっとしているのが苦手らしく、よく歩き回っていた。ドナーは心身共に安定していてほしいので、気晴らしも必要だ。

そうした思いで、前庭を散歩している上園を茜はコーディネーターとして見詰めていた。

そんな時だ、正面玄関に向かって車が進入して来た。コンパクトカーで、間近で目撃した外来患者の話のとおり、車体の色はダークブルーだ。

荒々しい速度で進入してきたが、急患を運んで来たのだろうと茜は思っていた。

しかし、車から飛び出した男は、上園望美に向かって突き進んで行った。途中で男に気づいた上園が唖然（あぜん）となって身動きを止めた。少し言葉を交わした後、二人は小競（こぜ）り合（あ）いを始めた。

上園の体の陰になっていて、男の人相風体はよく判らなかった。若い男であるのは間違いなさそうだ。

そのうち、上園の腕をつかんだ男がむりやり車のほうへ引っ張り始めた。この時になって茜は、不測の事態が出来（しゅったい）していると察し、院内であるのもかまわず走りだしていた。

だが、玄関の外へ走り出た時にはもう、車は敷地の外へ姿を消すところだった。

この出来事を近くで見た者は二、三人いたが、人さらいのような犯罪が行なわれたとは認識しなかったようだ。病院では色々なシーンが見られる。大の大人でも注射を嫌がって騒ぐことがあるし、リハビリを拒否して逃げ出す患者もいる。

後で話してくれた外来患者も、この時は痴話喧嘩（ちわげんか）だろうと思っていたそうだ。

ドナーが連れ去られて呆然（ぼうぜん）としていた茜は、アスファルトの上にスマホが落ちているのに気がついた。上園望美のものに間違いないだろう。使っているところを何度か見ているし、後ろには

N・Uというイニシャルがデコレートされている。

気を取り直した茜が事態を主治医に伝えると、報告が各所に伝わっていくに従い院内には動揺が広がった。

騒然としたその空気も、上園と男は顔見知りだったという新しい目撃談が出たことによって、幾分(いくぶん)緊迫感を減じたところだ。

「原口さん。上園さんの移植受諾に強く反対する人が、家族の中にいたのじゃないだろうね？」

ゆっくりと吐き出された副院長の声には、問い詰める気配があった。

コーディネーターとしての不手際を指摘されたも同然で、茜は憤慨の血がのぼるのを感じた。

しかし、強く言い返せるタチではない。

「上園さんには、近しいお身内はいないのです。一人でご判断なさっていました」

「恋人はどうだね？」内科部長が訊く。

「いないと思います。その話は出てきませんでした」

「元カレというのか、以前の恋人がつきまとっているのかもしれないな」

内科部長のこの意見の後、副院長は厳しく眉間を狭めた。

「通報をどうするか、だ。警察に通報するべきかどうか」

誘拐はともかく、ストーカー的な行為だったとしても警察に知らせるべきなのだろうと茜も思う。でも、病院業務に余計な混乱を引き起こすのも問題だ。上園望美は男と話をつけて、すぐにも自力で戻って来るかもしれないのだ。

「上園さんがスマホを持っていてくれればなあ」

茜の手の中にあるスマホに目をやって、内科部長は残念そうだ。

「誘拐でないならば、通話ぐらいはできたかもしれない。そうすれば、状況説明や先の見通しも聞けた」

茜は自分のスマホのほうを見詰めていた。

事態が、医療判断よりも事件への対処を求め始めている今、浅見光彦がこちらに向かっていることが心強かった。

浅見光彦。受けるイメージに幅があり、捉えがたいけれど、不思議と興味を引かれる男性だ。この二ヶ月弱、折々取材を受けてきた。

骨髄移植の現場を真摯に知ろうとする思いは真っ直ぐで、瞳をきらめかせている。お坊っちゃん的なふわっとした雰囲気に気持ちが和らぐ時がある一方、ふっと警戒心を刺激されるほど、色々な物事から隠されている意味を鋭く切り出してきたりもする。見透かされると困るような内面を持っている者は、彼の優しさからも遠ざからなければならないのかもしれない。

ルポの仕事で全国を歩いていて、素人探偵のように幾つもの事件を解決してきたことも知った。浅見が来ていることを知った毎朝新聞甲府支局の井上英治という記者が、強引に割り込んできたのだ。ある事件を通して旧知の仲だったらしい。その当時井上は現場の記者だったが、今はデスクである。

その事件は大きなもので、この時も浅見が重要な役割を果たしたらしいけれど、語る両者に温度差があった。それも、活躍したはずの浅見のほうが、たまたま出会った女性と一緒に事件に巻き込まれただけだと、あっさり語ろうとする。しかし井上の話では、浅見はその女性――伊藤木綿子を悲劇から必死に守り、山梨の宝飾界に根深くあった秘密にメスを入れたという。

……伊藤木綿子。どういう女性なのだろう。

そんな思いに意識が揺れた瞬間にスマホが鳴ったものだから、茜は跳びあがりそうになった。

上園望美のものと思われるスマホだ。電話を受信している。ロックはかかっていないから、出ることはできる。

「出てみなさい」自分は爆弾のスイッチから遠ざかるように身を引きながら、副院長はそんな指示を出す。「こんな場合だ、やむを得んだろう」

内科部長も頷きを見せる。

茜の指先が画面に触れて通話開始にすると、いきなり男の声が飛び出してきた。

『拾ってくれた人だね？　このスマホ、落ちていたんだろ？』

「そうです」

『ネコババしようとしてたんじゃないよね』

「しませんよ、そんなこと」

『病院の前に落ちてたんだよね？』

「そうです」

と答えたところで、横から女性の声が割り込んできた。

『その声、原口さんね！』

「上園さん！」

その声は間違いなく上園望美のものだった。

「上園さん。どういう状況なんです？」

しかし返事は得られなかった。うるさい、黙れ！　と怒鳴(どな)った男の声がまた電話を占める。

『望美の知り合いなんだな？』

「移植のお世話を進めるコーディネーターです。あなたは誰なんです？」

『こいつのスマホを拾ってくれてありがとう』男は、茜の問いを無視した。『それで、真っ先に伝えておいたほうがいいと、気になってさ』

「なんです？」

『ちょっと強引に望美を誘ったところを何人かに見られちまったろう』

「誘ったって――」

『黙って要求を聞け』

「要求――！」

そう聞いた途端に、暑さを急に思い出したかのように茜の全身は汗を流した。

耳をそばだてていた二人の男の顔も強張っている。

『おっと。言い間違えた。無茶な要望なんてするつもりはない。起こっていることを伝えたいだけだ。ほら、誘拐だなんて誤解されたら困るじゃん』

横で上園が、そうじゃないの！　と大声を浴びせている。

『こういう風に騒がれて、警察なんて呼ばれたら、病院としても迷惑だろ』

「そうですけど……」

『誘拐なんかじゃないから心配するな。恋人同士が話をつけようとしているだけだから』

よく聞き取れないけれど、横で上園がなにかを言い立てている声がする。

『望美の身内にもかかわることでね』

そう告げてから、男は上園に言葉をかけたが、それがかすかに聞こえてくる。古狸（ふるだぬき）を叩き伏せようじゃないか、と言ったようだ。

男の声が戻ってきた。

『こっちの言いたいことは判ったろうね？　これは俺たちの問題だから、そっちには関係ないし、警察もお呼びじゃないってこと。騒がないでよね。じゃあ』

「待って！　上園さんはいつ帰されるの？」

『そりゃあ、こっちの計画がうまく運んだらさ。望美の得にもなることなんだぜ。これは取引なんだ。望美は俺にとっても大事な女なんだから、傷つけやしないって。心配なら、また連絡して、望美の声を聞かせてやるよ』

「またって、いつ？」

『知るかよ。そうそう、病院の周りに刑事の姿なんて見えたら、望美を人質に取った本当の犯罪にして病院の名誉を傷つけてやるぜ』

いきなり通話は切られていた。

「どうなったんだ？」

厳しい調子で副院長に問われた。

茜は気持ちを静め、かなり早口になりながら要点をまとめた。

男はやはり上園望美の知り合いらしく、だから彼女を傷つけるつもりはないと言っている。彼女の得にもなることを計画していて、その取引を成功させたいだけだ。誘拐ではないことを何度も強調している。だから警察には言うな。騒ぎを広めるな。もし刑事の姿が病院に現われたら、人質を盾にした犯罪にせざるを得なくなるとのこと。上園望美の安全を保証してまた連絡を入れる。

「どうすりゃいいんだ」

副院長が苦渋の色を浮かべる。

「身内の騒動らしいが、不当に身柄を拘束していると見なさないわけにはいかないだろう。上園さんは、午後イチで造血幹細胞を採取する予定でもあるのだしな」

それから副院長と内科部長は、声を抑えながらも心中をぶつけ合った。警察への通報が遅くなったと事後に判明すれば非難が集まるだろう。理事会を招集するほどの時間的な余裕もない。

彼らの横で茜は、自分でも思いがけなかったがふと声に出してしまっていた。

「浅見さんがもうすぐ到着しますから、意見を訊いてみてはどうでしょう?」

男たちが一瞬、呆気にとられる。

「ん?」

誰のことだ、と問う視線を副院長は内科部長に向けた。

「今回の移植のことを取材しているルポライターです」

「ルポライター?　警察関係者ではないのだな?」

「ええ」と応じた内科部長は戸惑いの目を茜に向ける。「彼がどうしたというんだね?」

自身の発言に、茜はひるみかけていた。しっかりとした意思のもとでの発言ではないのだ。口走ってしまった程度のことから無理をしても、説得できるとは思えない。しかし茜は頑張った。

言葉という形にして主張していけば、自分の中にある確信も明確になるような気がした。

「そのぅ……、見た目以上に、様々な大きな事件の……といいますか、出来事を経験している人なんです」

「事件?」内科部長が頭の上から聞き返す。

「は、はい。日本中で刑事事件の取材をしていて、それどころか、解決に役立つ奔走をしたことも多いとか」

「解決?」

茜はここから、耳に入れていた以上に、表現をある程度盛った。

「時には、刑事さんたちが瞠目するような活躍をする名探偵ぶりだとか。平身低頭して迎える刑事さんもいるほどだそうです」

ちょっと冷や汗をかく。

「ふ……ん」

副院長も気持ちを動かし始めている気配なので、茜はもう一押しした。この情報は浅見光彦のプライバシーかもしれないが、外聞をはばかることではないだろう。井上デスクが、当時、刑事から仕入れた情報だった。

「身元や知性の証明じゃないですけど、浅見さんのお兄様は警察庁の刑事局長さんなんですよ」

「ほう！」

男たちは目を見張った。

「現役の刑事局長なのかね？」

「そうです、副院長」

副院長と視線を交わした内科部長は言う。

「浅見さんに判断を預ける――判断を待って参考としてもいいかもしれませんね」

二人の考えは手に取るように判った。浅見光彦を矢面(やおもて)に立たせておけば、事件対応の多少の不備は、大きな力でカバーしてもらえるだろうとの算段だ。

茜は、ここ数分で最も激しく冷や汗をかいた。

（わたしは浅見さんに、大変な重荷を背負わせてしまったろうか……）

7

ＪＲ塩山駅の手前で、浅見光彦はソアラのステアリングを左に切って北へ向かった。

ほどなく、山梨県立先端医療センターが見えてくる。

一台だけ停まっているタクシーをかわして駐車スペースに滑り込ませる。

ロビーに入ると、待合席のシートからすぐに立ちあがった若い女性がいる。原口茜だ。

彼女の姿を目に映し、足を止めた浅見は呼吸を一つした。車を走らせる間ずっと、息を止めるようにして、焦りと憤りを抑え込んでいた。長い長い苦闘の時間を過ごしてきた少女が、ようやく希望の移植を受けられるというところで、なぜこんな邪魔が入るのか。

今回の移植をふいにすることなど絶対に許されない。

そうした思いが自分を熱くしないよう、浅見は心理的なブレーキをかけた。気持ちや感性を柔らかく保っていなければ、周りの人との交流に不必要な壁ができ、物事の見方が偏ってしまう。

小走りに来た茜は、二、三歩手前で立ち止まった。目元はリスのようで口元は引き締まっている、そんな顔に複雑な表情が揺れた。緊張感は消えないながらも、新しい仲間を迎えるような気負いがあり、事態を憂える不安があり、そしてそれらを押し破ってグッと安堵感が溢れ出る。

瞳がふと、潤んだようだ。

茜自身、それに驚いたようで、「あれ？」とばかりに瞬きをする。

瞬間、浅見は胸を突かれた。彼女は重大な移植手術のコーディネートを責任持ってしっかりとこなす、経歴と力量のあるプロフェッショナルだ。しかし今回のようなことは初体験であり、対応手段や責務の様相が違いすぎる。感情面のコントロールもむずかしいだろう。

「大変でしたね」

言葉が出ていた。

「い、いいえ。大変なのは上園望美さんですし、移植を待つ患者さんもいます」

瞳に平静な光を戻しつつある彼女の視線は、浅見の後ろを探った。

「鎌田さんはもうすぐ着くでしょう。距離があいてしまって。僕はもちろん安全運転なんですけどね」

どうだか、とでも言うように、茜はほんのささやかな笑みを覗かせた。

すかさず浅見は、「犯人の車はこの病院を飛び出して、どの方角に向かったのかなあ」と事件の話へと会話の方向をシフトした。

犯人からの通達事項は、車の中で茜からすでに細かく聞いていた。

「残念ながら誰も見ていません」

「ナンバーも判りませんよね？」

「ええ。玄関前には監視カメラもありません……」

「誘拐ではないと繰り返しているし、金銭を要求する素振りもない」

「はい。今のところは」

「上園さんの身内がかかわることだと言っているけれど、そもそも、上園さんに身内はいないのではなかったですか？」

「……叱られました」

しょげている。

「ドナーの身辺確認が甘すぎるのではないかって。連れ去った犯人も親しい間柄のようですし、これは他人だとしても、上園さんに身内がいると犯人は言っていますし……。君がしっかりしていれば事件の背景も見通しやすかったはずだと、ずいぶん責められました」

「僕は、責めたりなんてしていませんからね」

笑いかけると、彼女は弱々しく口元をほぐした。

「戸籍までは調べていませんが、上園さんに親族はいないはずです」

「ご両親は？」

「彼女は小さな時に、上園夫婦の養子になったのです。でも、まずお父様を病気で亡くし、高校生の時にはお母様が事故死。上園望美さんは中退して仕事に就いたとか。色々苦労なさったようです。そうした時にも頼りとなる親族はいなかったと話していました」

「上園望美さんの身内のことを、犯人は古狸と呼んでいる。誰のことなんでしょうね」

しかしこんなことを原口茜に尋ねても詮無きこと。

「まあ、犯人が思い違いしているだけかもしれませんしね」

浅見は具体的な手掛かりを求めるほうに質問を変えた。

「犯人の年格好や風貌は、はっきりしない、と」

「はい……。一瞬のことで。わたしからはほとんど死角でしたし。若い男で、カラフルな色のシャツを着ていたようだ……としか言えません」

「仕方ないですね。近くで目撃した外来患者さんは、上園さんが男に『ひとし』と呼びかけたと言っているのですよね？」

「らしいです」

浅見は情報を引き出していく。かかってきた電話は非通知。声に特徴はなく、訛も特には感じなかった。

「上園さんの声が時々割り込んだそうですが、言葉の端にヒントなど差し挟まれていなかったでしょうか？」

茜は考え込み、「なにも思い浮かびません」と応じた時には、悔しいような疲れたような気配で唇を噛んだ。「お役に立てなくて……」

悄然となる姿を見て、浅見は反省した。

彼女はもう、病院関係者に、同じようなことを何度も尋ねられ、たぶん追い立てられるような精神状態なのだろう。

「すみません、矢継ぎ早に」

「え？」顔をあげた茜は、不思議そうに浅見を見た。

「あなたは経験豊富な警官じゃないんですからね。犯罪に突然巻き込まれたのに、充分以上に役割を果たしていますよ」

「いえ……、なにも……」

恐らく、質問攻めだけで済んではいないのだろう。なぜもっと聞き出さない、とか、現場も見ていただろうに、などと、舌打ち交じりに、失望と叱責の声を一身に浴びていたのではないか。

「みんな焦って、気が立っているのでしょう」浅見は言った。「自分の力のなさへの失望ともどかしさをあなたにぶつけた。たまたまそんな標的になってしまっただけです」

「そうでしょうか。わたしがもっと気をつけていれば……」

「いえ、あなたは胸を張っていいと思います。責任を持って自分の仕事を全うする素敵な女性であることは、今までの取材を通してよく判っています」

「お世辞ですよね？」

「事実のルポです」

「ふふっ」

原口茜が力を尽くしているのは間違いない。電話の背景の音に追跡に役立つ音声が入っていたかもしれないなどと期待するのも、僥倖を望みすぎだろう。

玄関から急いで入って来る気配を感じ、浅見は振り返った。

鎌田信子の到着だ。

そしてこの時、浅見の携帯電話が着信を告げた。

相手は藤田編集長で、『甲府市の手前なんだけど、どこにいるの浅見ちゃん』と訊いてくる。

浅見の注意力はこの時、互いに相手をそれと察して、「あっ、原口です」「お会いできましたね、鎌田です」と自己紹介し合う二人の女性に向けられていたので、さほど考えなく、「県立先端医療センターです」と藤田に答えていた。「塩山の――」

（しまった！）

この場所を教えたらややこしいことになるかもしれない。

『医療センター？』相手も戸惑っている。『そこが取材場所？　それとも、見舞いかなんかってことなの？』

見舞いという明らかな嘘をつく気にはならない。

「まあ、どちらかというとプライベートなことで……」

とごまかしに頭を巡らす浅見の横で、二人の女性はそれぞれの立場での挨拶をしている。

一つのコーディネートを進めてきた二人だが、これが初対面なのだ。ドナーと移植を受ける患者とは、相手の素性を知ることは一切ない。匿名性が大前提だ。臓器提供もすべてそうだが、提供側が、信条や宗教観などによって患者を選ぶようなことがあってはならない。患者側もドナーの身元を知れば、感謝の気持ちを伝えたいとの思いが高じ、金品の授受にさえつながってしまうかもしれない。

もし両者が接触した場合、善意から始まった関係だが、それが必ずしも友好的なまま続くとは限らないだろう。ドナーが思いがけず窮乏に陥ったらどうか？　恩義を感じている患者側との関係が歪まないだろうか。

親族間提供でない限り、提供者は、どこかの誰かのために協力するのであり、移植を受けたレシピエント側は、提供者なのかもしれない人々全体に感謝する。それが移植医療だ。

従って、原口茜は上園望美の名前も住所も、個人情報は鎌田には伝えておらず、その逆もまた同じだ。ただ、原則は原則であって、今回ドナー側には、移植を受けるのはまだ小さな女の子だ、という情報は伝わっている。これは、患者に必要な造血幹細胞の量を決めるために患者の体重はデータとして伝えることとも関係していた。

異例なことだが、そして同時に当然でもあるのだが、ドナーと患者の両方の素性を承知しているのは、両方にまたがって取材をしている浅見光彦だけだった。無論、取材許可を得た時に、その情報を秘匿（ひとく）することは厳命されている。

その時の厳粛（げんしゅく）な思いが去来した浅見は、藤田編集長に対してやはり事実を秘する言葉を紡（つむ）ぎ出した。

「来ていただいてもここではなにもできませんので、会うなら別の場所で――」

『その近くにするかい？』

連れ去り事件の渦中（かちゅう）にあっては、ルポ仕事の話をする時間などないだろう。

「しばらく時間は取れそうもありません」

通話が終わるのを待つ表情で、二人のコーディネーターがこちらを見ている。

「また連絡しますから」

言ってとにかく、浅見は電話を切った。

「主治医たちがおりますので、ご案内します」

と先に立った茜に先導され、浅見と鎌田は廊下をしばらく歩いて応接室に入った。

部屋で待っていたのは三人の男。

副院長と、広報も担当している総務の課長。そして、浅見もすでに面識のある主治医の尾藤（びとう）

だ。

「あなたが浅見さんですか」

紹介が終わると早々に、副院長ががっしりとした手で握手をしてきて、妙に愛想がいい。

傍らで原口茜がもじもじしているのは気のせいだろうか。

(それはともかく、このメンバーが集まる場はどう見ても作戦本部だろう)

取材しているルポライターにすぎない自分が、院内の重大な意思決定を行なう席にすんなり通されているのはどういうわけか?

浅見のそんな当惑をよそに、全員が着席すると、表情を厳粛に改めた副院長がさっそく口を切った。

「ドナーの安全が最優先なのは、院長の意向でもあり当院の総意です。現時点で早急に判断したいのは、警察への通報をいつどのようにするか、ということになる。警察への取材経験が豊富で、その辺の機微を心得ている浅見さんのご意見も伺いたいところでしてね」

「ああなるほど。そういうことですか」

「浅見さんは――」

言い募ろうとする副院長を、

「すみません」と、浅見は遮った。「その前に、確認しておきたいことがあります」

浅見が視線を向けたのは、尾藤と、その隣に座っている鎌田信子だった。

「移植を担当する早見医師には手短に伺ったのですが、予定の時刻に移植できなくても、患者さんの命に別状はありませんね?」

「問題ありません」尾藤医師が断言する。

尾藤は四十そこそこの年齢で、すっきりとした顔立ちとは反比例して、趣味のウエイトトレーニングで鍛えたという筋肉質の上半身が白衣の下にある。

「万全の対処で臨みます」

と言葉を足した鎌田の、メガネのフレームで囲まれた両目にも落ち着きがある。

それでも浅見はまだ、安堵などとは程遠い気分だ。

「今日の移植が無理で、明日になったとしても、患者さんの容態は悪化しないのですね？　患者さんの危険度は増しませんか？」

浅見の問いへの返答にはわずかに間があいたが、応じた鎌田は淡々とした口調だ。

「感染症は幾度か経験し、有能な早見医師たちは治療できて当然といえる医療技術を常に保っています。容態は明日のほうが安定しているかもしれません。移植は急ぐ必要はないのです」

「それでも、患者の女の子の体内では血液が作れない状態が続くのですよね。ようやく見つかったドナーがこの事件で……」万が一にでも命を喪う顛末など想像もしたくないので、浅見は言葉を変えた。「もし、今回の採取の機会が流れてしまったなら、その先、もう一度移植のチャンスはあるのですか？　健康が害されていきませんか？」

両手を握り合わせて尾藤が答えた。

「率直に言って、現状のまま一ヶ月も二ヶ月も保つというものではありません。しかし、ちゃんと打つ手はあります。幾つかのさい帯血バンクに当たって、適合するＨＬＡ型のさい帯血を入手するのも一つですね。まあその場合、今回の上園さんほど――」

思わずドナーの名前を言ってしまった医師は、鎌田信子にチラリと視線をやった。身元の情報が患者側のスタッフに伝わったわけだが、それは、この非常事態の中では些末なことだろう。むしろ、情報の共有が必要になるかもしれない。

「――ＨＬＡ型がマッチする造血幹細胞が得られるという幸運は訪れないかもしれませんが。しかしフルマッチだから最善の結果が出るとは限りませんし、1座程度の違いでの移植は普通に行なわれています」

HLA型は一般的に、四つのポイントで適合一致を調べ、それぞれを座と呼ぶ。医療の現場ではさらに細分化して、8座の適合データも得るようだ。

「もしすぐに、適合するさい帯血が見つかったとして、最短で何日後に移植できるのですか？」

鎌田が答えた。「一、二週間後でしょうか」

そんな先なのか。

ようやく移植してもらえると、この時を心待ちにした少女に、今日は駄目になったと伝えるだけでもむごいことではないか。そしてさらに、一、二週間耐えろと言うのか——。

「それも、適合するさい帯血が見つかれば、の話ですよね？」

尾藤と鎌田は黙って頷いた。

「最初からさい帯血を移植する方法を選ばずにドナーからの移植を進めたのは、そのほうが患者の治療内容に適していたからでしょうね？」

これにも黙ったまま、尾藤と鎌田は頷いた。

浅見は、重い息をつかざるを得ない。

やはり最善なのは、どう考えても、フルマッチの適合者である上園望美というドナーを一刻でも早く、無事に、この採取病院に連れ戻すことだ。上園望美当人はもちろん、山内美結という少女の命も危機にさらされている。

「改めて言うまでもなく、事態は一刻を争いますね」

浅見は言い、他の面々は、「それは間違いなく」「最善の努力をすべきです」と重々しく反応を返した。

「犯人と上園さんがかつて付き合っていたのは確からしい」身を乗り出して副院長が論じる。「ファーストネームで呼び合っているし、一方的なのかもしれないが、犯人のほうは恋人関係を主張している。どうでしょう、浅見さん。この事案でも警察には届けるべきでしょうな？」

「当人の意思を無視して身柄を拘束しているのですからね。ただ、誘拐事件ですなどと警察に通報するべきではないでしょう。略取誘拐は最重要犯罪です。県警捜査一課が特殊対策班を組んで出張ってくる。公開捜査になれば、上園さんが連れ去られた玄関前は規制線を張られて鑑識班で溢れかえる」

そうした光景を拒むかのように、副院長は目を閉じてこめかみを揉んだ。

「ですから、事件としては連れ去りでしょうね。元恋人らしい男に連れ去られたと通報する。身代金要求もないですし、警察は、ストーカー事案と判断するかもしれませんね」

そこまで言ってふと、浅見の想像力が起動した。利益に関してなら、上園望美の得にもなることなのだと犯人は言っていたようだ。そして、身内が関係しているとも。これだと犯人の狙いは――。

「ストーカー事案としても、元恋人同士の男女のもつれとしか警察が見なかった場合、真剣な捜査を望めますかね？」

総務課長は気難しげな顔をしているが、よく通る声は冷静さを感じさせる。

「警察署それぞれの体質によるでしょうから、それはなんともいえません。おっしゃったように、痴話喧嘩としか見ない刑事たちでは、捜査に力は入らないかもしれません。しかし通常の警察署であれば、昨今、ストーカー事案への対応に社会が神経を尖らせていることは承知しているでしょうから、きちんとした働きをすると思います」

刑事局長である兄の陽一郎も、こうした案件と距離をおきたがる民事不介入の古い意識を一掃し、悲劇を未然に防ぐ姿勢を全国の警察にもたらそうと、よく奮闘していた。

「張り切りすぎるのも困るでしょうけど……」浅見は言った。「この現場が病院であることを考慮して動いてもらうことはできるかもしれませんね」

「例えばどのような？」総務課長の目に集中力が見える。

「サイレンを鳴らしてパトカーを寄こすようなことは控えてもらいたい、とか」

「なるほど」

「上園さんが連れ去られたのがおよそ十時四十五分ですね？」浅見は腕時計で確認する。「すでに四十分が経過している。犯人の電話があってから十数分。通報が遅れ気味になったのは、警察に伝えて騒ぎにするなと犯人から指示されたこともあったので、と事情を伝えれば、特段、お小言も言われないでしょう」

この時、テーブルに置かれていた赤いスマートフォンが鳴った。

ハッとして全員の視線が集中する。

「上園さんのスマホですね？」浅見は確認した。

「そ、そうです」

と頷く原口茜に浅見はそっと指示した。

「出てもらえますか、原口さん。同じ相手のほうが向こうの警戒感もなく、話が早い。最良の出来事であれば、解放された上園さんからの電話かもしれませんし」

ぎこちなく頷いてから、茜はスマホを持ちあげた。通話状態にすると、焼けた鉄板でも扱う手つきでスマホを耳に近付けた。

「は、はい」

『ああ、あんたか』

一瞬息を呑んだが、茜は目配せで、同じ男の声であることを一同に知らせた。

使い慣れない機種なので、咄嗟にスピーカー機能に切り替えることができない。

きちんと聞き取るために、浅見が顔をグッと近付けた。

色々な意味でドギマギしながらも、茜は気持ちを集中する。

『望美に聞いたけど、あんた、名前は原口だね？』

「そうです」

『ではこの先、あんたを窓口にしよう、原口さん』

「窓口？」

『こっちもちょっとうっかりしちゃってさ。望美の私物を持ってくるのを忘れた。バッグとかあるだろう？』

「そうですね。あるはずです」

『これからの交渉に必要な物がバッグに入ってるかもしれない。それを調べてほしいのさ』

「調べる？　誰がですか？」

『あんただよ、原口さん』

「いえ――そんなこと。ひとのバッグを探ったりできませんよ。それより、そちらに届ければいいのでは？」

『面倒だろう。合流地点を決めたり、受け渡し手段を考えたり。そうそう、警察に知らせるような大事にはしていないよな？』

「ええ、知らせていません」

『いい子だ。そんな原口さんだから信用してまかせられるだろ』

この時、相手のスマホからは少し離れた所にいるらしい女の声が聞こえてきた。

『いいのよ、原口さん』

「上園さん！」

上園望美の声だった。

『こいつの言うとおりにしてやって。調べて、正直に教えてやってちょうだい』

上園さんは無事でしたね、という意味の視線を、茜は浅見から送られた。

「判りました」

と、茜は向こうの男女に返事をする。

『それで、見つけてほしいのはＵＳＢメモリーだ』再び男の声。

「ＵＳＢメモリー……」

『それがあるかどうか、調べてくれよ。望美の上着があったら、そのポケットもな。病室の小物入れの抽斗（ひきだし）なんかも全部だ。五分後にまた電話する』

8

六人全員で、上園望美の個室に向かった。

副院長と総務課長は入口で足を止め、浅見と尾藤は室内まで入ったが、私物調べは原口茜と鎌田信子にまかせるしかなかった。

茜はベッドのサイドボードの抽斗を検（あらた）め、鎌田はドレッサーを覗く。

「ＵＳＢメモリーだけではなく、その手の外部記憶媒体は拾い出したほうがいいと思いますね」

浅見の助言に二人は頷く。

ＵＳＢメモリーもそれに類する物も室内では見つからず、いよいよ上園望美のバッグを茜が小さなテーブルに置いた時だった。上園のスマホに着信がある。

『どう、見つかったか?』

茜が通話のタップをすると男の声が飛び出してきた。

この病室へ来るまでの間に、彼女と浅見でスピーカー機能を見つけ出していて、それを作動させてある。副院長と総務課長も病室に入って来て、耳を澄ましていた。

「病室にはありませんね。今、バッグの中を検めるところです」

横にしたバッグから、半ば掻き出すようにして私物が出される。鎌田も手を貸して調べるが、目当ての物はなかった。

「なにもありませんよ。USBメモリーに限らず、どんなデータチップもありません」

『う〜ん……』

だから言ったじゃない、という、投げつけるような上園の声がかすかに聞こえる。

考え込んだ男に、茜は尋ねた。

「そのUSBメモリーになにが入っているのです?」

これに応じるように、脇にいた浅見が小さく言っていた。

「遺産相続に関係するものなのかな……」

唐突な意見に思え、室内の全員がぽかんとした。

それは電話の向こうでも同じなのか、沈黙が続く。

『遺産って言ったか?』

次に聞こえてきた男のこの言葉が、浅見の発言が相手にも届いていたことを証明した。

(仕方がない)

浅見は男を相手にした。

「思いつきです。違いましたか？」

『あんたは誰？』

「医療現場を取材させてもらっていた者で、上園さんも原口さんもよく知っています」

　向こうで会話が交わされる気配があった。

『浅見さんか。どうして遺産相続なんて閃いた？』

「あなたは最初の電話で言ったそうですね。上園さんの身内にかかわることで、上園さんの得にもなる。そのことで交渉をしたいのだ、と。しかし、育った家庭環境においては上園さんに親族はいないはず。そうなるとあなたは、上園さんの生みの親、実の父母の情報を持っているということですね」

『――――』

　病室の五人も目を丸くしている。

　誰も口をきかないので、沈黙を埋めるように浅見が言葉を進めた。

「上園望美さんは上園家に養子に入ったのですから、彼女には当然生みの親がいて、あなたが遺産の権利で争おうとしているのは、上園望美さんの実の父親か、祖父か、おじさんか、そんなところでしょうか」

『どうして判る⁉』

「あ、だって、あなたは敵対する相手のことを古狸と呼んだのでしょう。若い女性のこととは思えません」

　なるほど、との思いが、茜を中心に皆の顔にある。

　数秒黙っていた電話の向こうの相手が、いきがるような、少し潜めた声で言いだした。

『望美の本当の父親が誰か教えてやろうか』

まるで、浅見にも判らない事実をぶつけることで彼を出し抜きたいと思っているかのような、子供じみた挑発に聞こえた。

『〝甲斐のミダス王〟だよ』

（〝ミダス王〟？）

浅見にはピンとこなかったが、山梨の住人たちの顔色は明らかに変わっていた。


何者だ？

との疑問を、浅見は電話の向こうの相手に送った。

「僕は東京の人間でして、〝ミダス王〟と呼ばれるこの地方の人物について詳しく知らないのですが」

『そうかいそうかい。中部地方の東海寄り一帯ではかなり有名だけどな。もちろん大富豪だ』

「相当に有能な実業家ということですね？　ミダス王。ギリシャ神話ですよね。たしか、触れる物すべてを金に変える力を神から授かった。それほど活発に、当たるを幸い、物事を自分の財物に変えてゆく人物」

『名前は、小津野陵。こいつの評判を聞いたことがある奴が近くにいたら訊いてみな』

浅見は一同の顔を見回した。

まず、副院長が口をひらく。顔色が少し白くなっている。

「山梨県の、そうですねぇ……五分の一が彼のものと言ってもいいでしょう。表に立たず、声高な主張などもしませんが、どこからともなく影響力を及ぼしてくる」

尾藤医師も言う。

「名家。旧家でもあります。甲斐武田氏の時代からの名門です」

「巨万の富の持ち主」

と総務課長が言えば、他の者は神妙に頷く。

　ふと思いついて浅見は問いかけた。

「この病院の経営陣でもありますか？」

「いえ」副院長はきっぱりと否定する。「それは違います」

『どうだ、浅見さん？　大物の実像に触れたかい？』

「ええ。ほんの一部にでしょうけれど。その〝ミダス王〟が上園望美さんの実の父親だと言うのですね？　どのような根拠で――、いや、それは今はいいでしょう。その相手との交渉に、上園さんの身柄が必要なんですか？　そのことに、上園さんは同意していないのではありませんか？」

『望美は遠慮深いからな、金（きん）を握って生まれてきたのに。あんたの言ったとおり、これは遺産問題だ。望美は権利を主張しなきゃおかしい』

（金（きん）を握って生まれてきた？）

　向こうの送話口は上園望美の抗議の声も拾っているが、それと重なりながら男の言い分は続く。

『小津野は、幼い我が子を財産分与のコースから排除し、縁を切り、未（いま）だにその娘の存在も認めようとしていない冷血漢だ。そして力がある。だからこっちも、強硬に戦闘力を発揮する』

　茜がここで、怒ったような声音で言った。

「その攻防、今日しなければならないのですか？」

『するタイミングだった。その予定だったのだが……』

　浅見と茜は顔を見合わせた。

初めて、犯人の声が思い悩むように揺れた。計画に狂いが生じたということか。

そしてある推測を働かせた浅見の思考は、自然と口も動かしていた。

「あの電話の後の十数分か……」

独り言のつもりだったが、聞きとがめて茜が訊いてくる。

「あの電話？」

「このスマホに最初にかかってきた電話ですが……」

「わたしの対応がなにかまずくて、とか？」

不安な思いで、彼女の大きな目が縮みそうだった。

「い、いいえ。そういうことではまったくありません」

『最初のあの電話か。その後どうしたって、浅見さん？』

口調のぞんざいさが増し、それは警戒感の表われかもしれなかった。

浅見はゆっくりと息を吐いた。

へたな刺激はできないが、ごまかすのも態度の硬化を生むだろう。

「上園さんの身の回り品を手に入れていなかったことを、うっかりしたから、とさっきの電話で言っていましたね。しかし、こんな単純なこと、一回めの電話の時には判っていたはずです。あの電話は、上園さんを連れ去ってから二十数分経っていた。状況を見回すには充分な時間です。そして実際、冷静に対処し始めていたからこそ、病院側に上園さんのスマホが拾われている可能性が大きいと思いつき、警察沙汰を避ける通告をした」

相手に発言する気配がないので、反応も知りたくて浅見は問いかけた。

「違いますか？」

『……そうかもな』低い声だ。

続ける必要があるらしい。

「そして一回めのあの電話は、実質それだけの内容です。後は、上園さんの安否を時々知らせるという付随的な言及。ですからあの電話の中身は、冷静で計画的なものです。ところが十数分後の電話では、うっかりしたと言い、僕たちを使ってUSBメモリーを探させた。この探索は、計画になんらかの不具合が生じて、急遽必要になった、そんな感じです。僕はそう思ったのですが、どうでしょう?」

今度は返事がない。スマホは不気味に沈黙している。

浅見もこの時は、汗ばむような緊張感を胸の内に抱えた。

（踏み込みすぎたか——）

犯人の感情を損ねてしまったとすると、関係修復が厄介だ。危険なことにならないか……。

他の面々も息を止めている。

『すげえな。面白い』

突然放たれてきた犯人の声は、予想に大きく反してテンションが高かった。

『うん、まあそうなんだよね。少々まごつくことになって、手を打たざるを得なくなった。それをあっさりと見破られるとはねえ。うん、いやいや、そうなんだ。それで思いついたよ。さっき、戦闘力が必要って話はしたと思うけど、あんたたちに探させたUSBメモリーの中身が戦力なんだ、こっちのね』

まるで機嫌がいいかのようにそのようなことまで打ち明ける。そのハイテンションが、浅見にはかえって不気味に感じられてきた。なにか、新たな段階の要求が突きつけられるのではないのか。

『中身はなかなか凄いんだぜ。過去から現在まで網羅して、濃密なんだ。小津野家へダメージを与えられるかもしれない項目が並んでいる。小津野家ってのは、武田信玄に仕えたけど、滅亡と運命は共にせず、徳川家康にも重用された。その経緯に謎があるらしいし、名君に揃って認められたってことで小津野家の名声を高めているこの時期の活動から、逆に小津野家の歴史的なスキャンダルも浮かびあがるって話だ』

（歴史的なスキャンダル……）

『それに昔話だけじゃない。五年前に突然姿を消した男の失踪事件にも小津野家がかかわってるって裏付けも取れつつある』

（失踪事件⁉）

驚きと、俄には信じがたい思いで、浅見は皆と視線を交錯させた。

誰もが同じような表情をしている。

一瞬の驚愕の後は、半信半疑の思いに囚われる。

こうした反応は電話の向こうにも伝わったのだろう。

『本当なんだって』男は強く言う。『俺なんかよりずっと頭のいい男が、長い時間かけて調べあげたんだ。USBメモリーっていうか、そのデータファイルの名前は〝マイダスタッチ〟。もしかしたら小津野陵たちを黙らせることができるかもしれない爆弾だ』

マイダスタッチ。ミダスの接触。

浅見は知識を探った。

ミーダスとも発音される、ギリシャ神話の登場人物。その人物の逸話から発した言い回しで、英語のスペルはMidas touch。よってマイダスタッチ。経済的に成功する者の資質の喩えであり、金運のよさなども言う。

（そう名付けられた調査記録か……）

小津野陵たちを黙らせることができるかもしれないデータ上の爆弾と聞いて、ほとんどの者が凝然(ぎょうぜん)としている。

『それでさ』なにかに酔っているかのように、犯人の声はまだ浮かれていた。『思いついたのよ。効率的に、迅速に、計画を軌道に戻す方法。あんたたちに協力してもらおう』

「えっ？」

『知恵と機動力を貸してもらうのさ。今こっち、ちょっと困ってるからさ、あんたたちにも、USBメモリー〝マイダスタッチ〟を探してもらう』

「いや――」

慌てた浅見の口出しを男は遮る。

『望美はドナーとかって、大きな手術に必要な体なんだって？　身柄は早く返してもらったほうがいいんじゃないのか？』

男の声から、少なからず凶暴さが漂(ただよ)った。

『おたくらとは、俺は交渉していない。そっちは、つべこべと意見できる立場にないだろう。こっちの意向に従えばいいんだよ』

病室の空気は固まっている。金銭ではないが、犯人から、上園望美の身柄を盾(たて)にした要求が突きつけられた。

『浅見さん。あんた、〝マイダスタッチ〟を探してくれよ』

青ざめた茜が浅見を見詰めた。

六人の男女の間を、困惑と動揺で浮き足立つような空気が走り抜ける。

『もちろん、探すための手掛かりは知らせるよ。それと、現物を見つける以外の方法もあるんだ。〝マイダスタッチ〟の内容の、なんていうんだ……覚え書きっていうか、概要みたいなのは手元にある。推論の経過や調査内容の抜粋なんかが書かれているのさ。ここから調べを深めて、確証が得られるのなら、〝マイダスタッチ〟があるのと同じだ。こっちは武器になる内容さえあればいいんだからな。四百五十年も昔の小津野家の画策を考察している部分はなかなかの分量だ。浅見さん、あんた、こういうのを調べるの好きなんじゃゃない？』

（確かに）

このような場面だが苦笑してしまう。

それをきっかけに筋肉の緊張をほぐし、浅見は「有り得たかもしれない歴史を探るのは、仕事の一部ではありますね」と応じた。

『じゃあその能力で、早期の交渉成立に協力してくれ。あんたと原口さんの二人に指示を出す』

「いや、原口さんはもういいでしょう」

『一人より二人だ』

「一人でも充分に役に立つと思いますけどね」

犯人が気短に激高しないように、浅見は急いで続けた。

「実は今回、山梨での取材対象に、歴史研究家がいるのですよ」これは本当だ。取材というより、個人的な勉強のつもりであったが。「武田信玄の時代なら、まさにこの人に打ってつけですね。こうした専門家と僕とで知恵を絞ればいいと思いますよ」

『だがね、望美もバッグがあったほうがいいだろうし、届けてもらいたい。女がいたほうがやりやすいこともあるだろう』

「はい」茜がスマートフォンに向かって顔を突き出す。「わたしも行きます」

仕方がないかと、浅見は唇を結んだ。

本来の職務からは逸脱しているとはいえ、原口茜も、コーディネーターとしての責任を果たすつもりなのだろう。

　最初の指示が通って犯人は上機嫌だ。

『よしよし。まあ、あんたたちも、苦労をする分見返りがあるかもよ。小津野家の昔の秘密って、武田家の隠し金山につながらないかなって、期待してるんだ。ええ？　金山だよ、どう？　夢は膨らむじゃない。そうでなくとも、望美が小津野家の相続人だと認めさせれば、やがては大金持ちだ。浅見さん、そういう相手に恩を売っておけば、ご褒美もたんまりかもよ』

　安心させるために、浅見は相手の価値観に合わせた。

「今回の働きにも分け前はもらえるのですか？」

『……実際に利益が出た段階でなら、あるかもな。とにかく、実益目指して張り切ってよ』

「ではさっそくですが、一つ提案していいでしょうか？」

『へえ、なになに？』

「上園望美さんのスマホの中身も調べたほうがいいと思いますよ。〝マイダスタッチ〟のデータが移されているかもしれない。現物は破棄して、所持していないように装い、内容は手元に保管しておけます」

『おおっ』

「スマホを調べていいかどうか、上園さんに答えさせてください。その時、あなたは彼女の顔色を観察してはどうでしょうか」

『いいね！』

　少しがさごそした後、不意に気づいたように、横から犯人の声が飛んだ。

『余計なこと、しゃべるなよ！』

　続いて、上園望美の声がする。

『わたしのスマホを調べるのね？』

「上園さん、わたし、原口です。スマホ、使わせてもらってますけど……」

浅見ははっきりと伝える。

「中身のすべて、調べさせてもらっていいですね？」

『……判りました。自由に調べて。もちろん、ロックがかかっているのもあるけど』
二、三秒して、話し手は代わった。
『怪しい素振りはなかったな』犯人は言う。『あっさり許可したし、スマホの中にはないんじゃないか？』

あっさり認めたのではない。上園望美は瞬間的に熟考し、それがわずかな間になっていた。浅見の意図を考察したのだ。賢明だ。

「一応調べてみます」

『そうしてくれ。俺自身でも調べるけどね。だから、そのスマホとバッグ、持って来てくれよ』

「はい」と茜が応じる。「どこに？」

『どうせ周りには何人もギャラリーがいるんだろ？　あんたと浅見さんだけに伝える。二人で駐車場に行きなよ。──あっ、そうだ。浅見さんと原口さんのケータイ類はそこに置いていってもらおうか。そこにもう警察がいるのかどうか知らないが、簡単に口出ししてきてほしくないからな。連絡はこっちから入れる。ケータイは誰もアクセスできないようにロックしておけよ』

（なるほど。考えたな）

感心している場合ではないが浅見は本音でそう思った。

『そして車の中で待機するんだ。時間を見計らって連絡する。急げよ』

犯人との駆け引きが終了した途端、空気がさすがに軽くなる。呼吸が普通にできる感覚だ。

浅見は携帯電話をテーブルに置きながら、上園のスマホを指差した。

「どなたか、上園さんの電話番号を知っている人はいませんか？」

茜以外は誰も知らないということだ。

「迅速な連絡が取れないというのはやはり困る……」浅見はメモ用の手帳を取り出した。「では、そうですね……、尾藤医師（せんせい）の電話番号を教えてもらえますか」

浅見はそれを書きつけた。

自分のスマホの代わりに、上園望美のスマホとバッグを持った原口茜が、「行きます」と短く、面々に告げた。

浅見と歩調を合わせる。


「浅見さん。とんだことに巻き込まれて……。犯人に引っ張り回されることになるが……」

廊下まで出て来て、副院長は立ち止まる。

「珍しくないんですよ」浅見は苦笑を返す。「この手の経験は皆さんより圧倒的に多いので、ご心配いりません」

それでも副院長たちは、出征兵士でも見送るかのような佇（たたず）まいだ。

総務課長が抑えた表情で口をひらいた。

「警察には、元恋人による連れ去り事件らしいとのニュアンスで通報します」

「そうですね。背景が思ったよりも大事（おおごと）でしたが、そこにどう対処していくかは刑事さんたちにまかせましょう」

「こっちのことはまかせて」

鎌田信子が、励ますように、安心させるように、茜の肩をそっと叩いた。

玄関に向かって踏みだした浅見は、上園のスマホを見せてもらい、バッテリー残量が充分であることを確かめた。

9

川原はもう、イベントどころではない。刑事たち警察関係者の姿で溢れている。

一美さんの通報で駆けつけた救急隊員は、車道から急斜面を落ちてきた男の死亡を確認し、警察に連絡してから立ち去っていた。

残念ながら、あの男性の救命はならなかった……。

時刻は正午をとっくに回り、遺体はすでに運び去られ、一部が焼けた車は車道の奥に移動させられている。

現場から少し離れた川原で、私たち四人はそれぞれ、手頃な岩を見つけて腰をおろしていた。私、一美さん、龍之介と、もう一人は緑色のジャージのおじさんだ。今では名前が判っている。重要な目撃者であり証人ということで、それぞれ身元確認が済んでいた。

三人の関係や日程も、警察にはきちんと伝えてある。

龍之介がこの地に来たメインの目的は、彼が形にしつつある〝体験ソフィア・アイランド〟と名付けられた学習プレイランドに関係したことだった。この建物の元の持ち主は栃坂（とちさか）という老夫婦で、仕事をやめて秋田を引き払った後、息子夫婦の家に身を寄せている。そのお宅が、静岡県の富士宮（ふじのみや）市にある。

山梨を南下すればいい。

明日。八月二十六日の日曜に、龍之介は、進行状況も含め、改めて礼を伝える訪問をする予定なのだ。今日の、実に珍しい砂金採りイベントに合わせた日程を組んだといえるだろう。私と龍之介の秋田組と、東京から来た一美さんは甲府駅で落ち合い、それぞれ荷物をホテルに預けてからこの地に移動した。

栃坂夫婦とは、私と一美さんも昵懇（じっこん）だが、息子さんのお宅に大勢で押しかけることもあるまいということで、明日は龍之介とは別行動だ。ブドウ狩りやワイン、あるいは観光スポットなど、山梨県を味わっていく予定である。……しかし、その予定どおり自由に動けるだろうか？　明日まで足止めされることはないと思うが……。

ジャージのおじさんは、犬山省三（いぬやましようぞう）といい、五十一歳。去年までは業界紙の出版にかかわっていたが、今は無職だと言っていた。県北西部の長坂（ながさか）に住んでいる。ジャージには似合わない最新機種のスマホを操作したりしていた。

「あの車の火災、事故による出火じゃないよなあ」

頭の中を整理しようと龍之介に言ったつもりだったが、すかさず反応したのはジャージ――じゃない、犬山だった。

「違うさ、そりゃあ。そこまでの衝突じゃないし、オイル周りからの出火じゃない。運転席が燃えている」いつも不機嫌そうな渋い顔つきであり、声もいがらっぽい。「火をつけたようにも見えるな。やったとすれば、逃げた運転手だろう」

なぜ、乗っていた自分の車にそんなことをする？

あのワンボックスカーが、正面を路肩の岩にぶつけていたのは間違いない。川岸とは反対側にある岩だ。車体の左側。

犬山の言ったとおり、さほどの事故ではない。とはいえ、岩にも車の前部にも、ぶつかった痕（こん）跡（せき）はくっきりとある。

しかし、ちょっと変わった衝突の仕方だった。真横の岩にほぼ正面からぶつかっている。ハンドルを九十度切って突っ込む格好だ。普通に考えて、地形的にこんなことは起こりそうもなかった。緩やかに蛇行している一本道で、枝道もない。ハンドル操作を誤る理由がないし、居眠り運転にしても衝突角度が極端すぎる。この衝突が原因で脱輪したのは間違いないだろうけれど……。

もう一つ不可解なのは、運転手の不在だ。どこにも見当たらなかったということは、犬山の言ったとおり、立ち去ったのだろう。事故を起こしてしまい、慌てて逃げだした。衝突そのものは大したことなかったが、同乗者が崖下へ転落するのを見て恐れをなした、というのは有り得る。

当初、混乱の中で、私は奇妙な妄想も懐いたものだ。なにしろ、運転席の異様さが際立っていたから、瞬間的にだが妄想が膨らんだ。ぶちまけられた金に塗りつぶされたような助手席。そして瞬く間に姿を消していたドライバー。それらはイメージの中で結びついて、子供じみたSFのような光景を作り出した。運転手は金でできていたのではないだろうか。そいつは運転席側のドアから逃げ出せず、助手席側に回ったところで高熱に耐えられずに溶けて流れたのだ。

マンガじゃない以上それはないが、では、運転席での出火や金色の乱舞にはどういう理由がつくのだろう。金の塊は、あの程度の短時間の燃焼で溶けたりしないはずだ。

「龍之介。前提の確認だけど、転落してきたあの人は運転手じゃないよな？」

「違うでしょうね」疲労や失意を漂わせながらも、龍之介の目の光は焦点を結んでいる。「あの男性が車から落ちた時、まだエンジンは吹かされていましたから。アクセルを踏んでいた人は別にいる」

「だよな」

「そしてその運転手は姿を消してしまった」軍手をはずしている一美さんの指が、さまようように膝の上を叩いている。「その人、崖下に落ちた人を助けようともしなかったのよね。安否も確かめなかった気がする。上から川原を見下ろした人の姿って、一度も見なかったでしょう?」

「そう」私は頷く。「かなり長時間、何人もが車のほうを見上げていたけど、人の姿を見たって話は出てないよね」

例えば、こんなことはあるだろうか……。転落した男は、内緒で後部の荷物スペースに乗っていた。だから運転手は、彼のことを知らず、転落したことも知らなかった。

だがこれは変だ。脱輪した車が崖下へ落ちそうな状態で立ち往生しているのだから、どう考えたって様子を探りに外へ出るだろう。車体後部を確認する。こうなれば当然、崖下の川原での騒動も知るはずだ。

運転手がこうした常識的な行動を取らなかったことを推定させる一つの条件が、運転席での出火だ。これは犬山が言ったとおり、意図的なもの、つまり放火に思え、するとそれをやったのは運転手だろう。この一種異常な行為が、運転手は転落した男を見殺しにしたのではないかという恐ろしい仮定を裏付けるのではないか。

私がこうした点を話すと、犬山が反応した。

「刑事たちの目を見てみなよ。事故調査って色じゃない。死亡事故以上のもの、あれは犯罪を追い始めている目の色だ。運転手は、事故現場から逃走したという以上の容疑を受けているんじゃないか?」

こうした話が聞こえたかのようなタイミングで、担当刑事の梶野(かじの)が近付いて来ている。ジャリジャリ、ガリゴリと川原の石が靴の下で鳴る。

大柄な体格で、顔もえらが張っていて肉厚だ。

他にも男が二人、同行するように歩いて来ている。

そのうちの一人からはすでに挨拶されていて、砂金採りイベントの責任者の一人である彼、近藤は、「お暑い中お待たせしてしまって申し訳ありません」と頭をさげてくる。

貴重なイベントももちろん中止で、彼らはその事後処理に血眼になっていた。スピーカーでの案内が聞こえていたが、希望者は昼食会に招待するとのことだった。そして漏れなく全員に、相当の記念品が贈られる。

採取した分の砂金は持って帰ってかまわないそうで、我がチームは龍之介が見つけだした一粒だけだ。それでも成果ゼロのチームが多いようだから、ラッキーなほうである。

こちらが返事を返す間もなく、近藤の言葉をすぐに引き取って梶野刑事がこう言いだす。

「お待たせする時間を少しでも減らすように、端的にもう一度お訊きしますからね」

ぶっきらぼうな、太い声である。

「お三方が異変を最初に察知したのは、車が路肩から脱輪して土手の上にはみ出したからですね？　その前に、車が衝突する音は耳にしていない。そうですね？」

やけに念を押す口ぶりで少し不快になるが、私たち三人は、「聞いた記憶はない」という内容の答えをそれぞれが返した。

「で、犬山さんのほうですが、あなたは衝突音を耳にした」

「らしき音だよ。道のほうからそれらしい音が聞こえたので気になった。だが、なにかが見えたわけでもないから、砂金採り作業に戻った」

車の近くにいた我々より、遠くにいた犬山に音は届いたことになる。これは不思議ではないようだ。龍之介が話していた。音は微妙で奇妙な、へそ曲がりともいえる伝わり方をする。

私たち三人は、車道よりは低い、川原に向かって張り出している厚い岩壁の下にいた。その岩壁が音を遮ったのだろう。その一方、車道の上での物音は、岩壁の上を越えるようにして犬山たちのほうへは伝わった。

犬山一人の申し立てであれば思い違いとも考えられるが、彼の近くにいた者たちも同様の話をしているというから、これは事実なのだろう。

「それで、あなたが駆けつける気になったのは、黒煙が見え始めたからですね？」確認しつつ梶野刑事は問い続ける。「それは音を聞いてからどれぐらい後でした？」

「だから、五分少々だよ。数分だ。だがはっきりとはしないよ。時計を見ていたわけじゃない」

刑事は、グルッと音が聞こえるほどの力を込めて首を回し、私に向き直った。

「あなたたちは、車の中から男が転落してくるのを目にして、駆けつけたのでしたね」龍之介や一美さんにも視線を巡らす。「燃える車の消火もしたが、この時、男の体を濡らしたのではないのですね？」

「言ったとおりです。最初から濡れていました」私が答える。「私たちが濡らしたのではありません」

「ふ〜ん。どうして濡れていたのでしょうなあ」

どうも、言い方がいちいち引っかかる。まるで、我々が余計なことをして死亡男性の様子を変えてしまったと疑っているかのようだ。

この刑事さん、最初からそのような言動が続いている。私たち四人を、救命や消火活動に尽力した参考人ではなく、容疑者扱いしているかのようだ。当初は気にするまでもないこっちの思い込みだろうと受け取ろうとしたが、どうも違って、ずっとその調子のままである。

だから、一美さんの反応も判る。

「理由はわたしたちに訊かれても困ります」としっかり言い返したのだ。「そちらで調べてください」

　そしてさらに、こう言葉を重ねた。

「あくまでもこちらの印象ですが、参考人どころか容疑者として問い詰められているような気がします。亡くなられた方は、事故死ではないのですか？」

「まったく違いますね」梶野刑事は太い親指で首を掻き切る仕草をした。「首を手で絞められて殺されたんですよ」

　そんなことにも気づかないのか、と言いたげだ。

　気づくか。検視官でもあるまいし。絞められた時の内出血痕があったのかもしれないが、襟で隠れている首をじっくり見たりもしない。

　それにしても――扼殺。あの人、殺されていたのか……。

「死亡時刻はいつぐらいなのです？」

　龍之介。この刑事をあまり刺激しないほうがいいぞ。

「発見時の直前だ」強く探るような視線。

「そうでしたか……。もう少し早ければ……」

　殺害時と発見時がごく近いというのであれば、第一発見者から慎重に聞き取りをするのは当然かもしれない。しかしだね――。

　鼻の穴を膨らませた梶野刑事がなにか言いかけたところで、今まで黙って近藤の横に立っていたもう一人の民間人が初めて口をひらいた。

「皆様、この度はうちの従業員の命を救うために、危険も顧みずの救助活動、誠にありがとうございました」

　近藤は三十代後半とまだ若い男だが、この男性は初老で、白髪交じりの頭髪をきれいに撫でつけており、この暑いのに着用しているダークスーツが様になっている。初老と呼ぶには、もしかしたら実年齢はもっと若いのかもしれない。

深く腰を折っていたその男が、執事のような物腰で続けた。

「彼はまだ新人でしたが。阿波野（あわの）といい、なんでもこなしてくれていました。本当に残念です。……わたくしは、こういう者です」

と、名刺を差し出してくる。

犬山は座ったままだが、彼以外の三人は立ちあがってそれを受け取った。

小津野財団本部相談室長
楢崎聡一郎（ならさきそういちろう）

名刺にはそう記されていた。

「小津野！」小さく声を放つと、犬山が弾（はじ）かれたように腰をあげた。「小津野財団で働いていた……。そうか、すると、歴史景観研究センターというのも……」

歴史景観研究センター？　どこかで聞いたような……。見たのだったか？

あっ、と思いついたのは、一美さんと同時だったようだ。

「あのワンボックスカーの車体に書かれていましたね、その名称」

「はい。あの車はそのセンターのもので、わたくしどもが運営している施設です」楢崎はまつげを伏せている。「阿波野くんはそこの従業員でした」

「そして、小津野財団さんは、この砂金採りイベントの大手の協賛団体さんですね」

龍之介はその点も指摘した。

「せっかくの行事がこのようなことになってしまい、大変申し訳ありません」

丁寧に謝るが、この方や財団のせいではないだろう。

そうか……。天から降るように、車の中から突然出現したあの男性は、イベント関係者でもあったのか。どの程度タッチしていたのかは判らないが。

「しかも、阿波野くんを助けようと懸命に働いてくださり、怪我まで負って……」

楢崎の視線は、私の体を心配そうに眺めた。

私のかぶっている麦わら帽子のつばの先端は焦げていた。ショート丈のカーゴパンツから出ている膝には擦り傷がある。それに気づいてから私は一美さんの様子も検めたが、幸い、彼女にはかすり傷一つなかった。

「こちらでしっかりと手当てさせていただきます」

楢崎の申し出に、

「いやいや、大した傷ではありませんよ」

と応じたのは私ではない。梶野刑事である。

「そろそろ聴取を再開させてもらいましょう。まだ重要なことを訊いていないのでね。車内の、あの金まみれはなんなんだ?」

「俺たちがやったかのような訊き方はやめろよ」

むっつりとした顔で言い返す犬山と、むっつりとした顔の梶野刑事がにらみ合う。

刑事は、表情も口調も改めずに続けた。

「あんたたちがバケツで水をかけた時に、なにか起こったんじゃないのか？　金の飛び跳ね方がそんな感じだろう」

印象では確かにそうだ。

「炎が燃え盛っている時の様子はとても判りません」私は気持ちを抑えて記憶を語る。「鎮火してきてからそれが目に留まっていたような気もしますが、はっきりとはしませんね。なにせバタバタだったので。断言できるのは、火を消した後でああなったのではないということです。たぶん、燃えている時からああだったのでしょう。でも、私がバケツで水をかけた場所と、あの金まみれの場所は一致しませんよ。水のかかり方とはまったく違うぶちまけられ方です」

疑わしそうな目をする刑事に一美さんが尋ねた。

「あの金色は、塗料ではないのですね？　本物の金なのですか？」

「そうらしい」

私は言った。「溶けた金をぶちまける人間なんていますかねえ。銀も混ざっていたようにも見えたけど」

「それだ、光章さん！」

突然、龍之介が声をあげた。

「なにが？」

「ぶちまけられた、金銀の液体。金アマルガムだったんだ」

――はあ？

ほとんどの人間が反応に窮している。

「金の融点は摂氏１０６４度ですからね」龍之介の声は弾んでいる。「あの程度の小規模の火災では溶けることはないだろうと思っていました。でも、金アマルガムだと考えればなんでもなかったんですよ。特に珍しいメッキ方法じゃないんだから。ね？」

「ね？　じゃないよ」

「水銀だったんだ」

嬉しそうに興奮している。

実に庶民的な天才である龍之介にも、こうした一面はあった。自分だけの世界に没頭してしまう時があるという傾向。興味深い発想に出合うと、人の声が聞こえなくなり、飲み食いも忘れて思考に集中する。そして今のように、知的興奮を得ると周りが見えなくなって、暴走——とまではいかなくても独走し始めたりもする。

「龍之介」落ち着かせるように私は言う。「最初から、判りやすく説明してくれないか」

「えっ。あ、ああ、そうですか。そうですね」

小さな輪を描いて五、六歩歩いてから、龍之介は言った。

「アマルガムの語源は諸説ありますが、中世ラテン語では——」

「いや、そこまで遡らなくてもいい」

龍之介はちょっと思案する。

「金アマルガムを利用したメッキ方法はかなり早くから世界中で知られ、奈良の大仏もこの方法で金メッキしたのだろうと見られています」

「へえ。でも、もっと現代の話でもいいかな」

一美さんも助け船を出す。

「水銀が関係しているのね？」

「そ、そうなんです。水銀というのは、金や銀、錫など他の金属を溶け込ませやすい性質があるのです。そうそう。現代では一般的に、水銀と他の金属との合金をアマルガムというのです。水銀は常温で液体ですよね。そして、金を吸い込むように溶け込ませます。こうなれば、金を液状で扱えるわけです」

だんだんイメージできてきた。

犬山も同様らしく、「それは水銀の色、銀色なんだな？」と言う。

梶野刑事の理解力も追いついてきている様子だ。

「そうです」と、龍之介は犬山に応じる。「それをメッキしたい品物に塗りつけます。そしてその後に加熱です。簡単に言ってしまえば、水銀はおよそ350度でさっさと蒸発しますから、金だけが残ります。美しい反応ですよね。もちろん、きちんとしたメッキには丁寧な作業が加わりますが、あの車の中で発生した現象を語るだけでしたら――」

龍之介は頭上の車道へ指先を向けるが、そこにはもう車はない。

龍之介は腕をおろした。

「つまり、そういうことです。助手席側に、液体であった金アマルガムが降りかかった。衝突事故のせいかもしれません」

ああ。

「そして炎が燃え盛った。高温の中で、水銀は蒸発したのです。しかし、ダッシュボードの下や床面は、そこまでの高温にならなかったので、金アマルガムとしての水銀の銀色が残っているのです」

「なるほど！」

声をあげた私だけではなく、皆の顔に納得の色が広がっていた。

「……でも、そう考えると中毒の危険もありましたね」龍之介は表情を陰らせた。「いうなれば水銀の蒸気が発生していたのですから、大量に吸い込んだら危険です」

そうだったのか。そんな危険もあったとは。

ここで、龍之介が金アマルガムの言葉を出した時に顔を見合わせていた近藤と楢崎のうち、近藤が口をひらいた。

「うちの……、歴史景観研究センターの車にでしたら、金アマルガムを積んでいる可能性があります」

「そうなのか？」梶野刑事が食いついた。

ここから先、答えたのは楢崎相談室長だ。

「明日、金アマルガムを用いたメッキの実演という催しを計画しています。その準備は始まっていましたから」

梶野刑事は上流へと視線を向け、「あの歴史景観研究センターで、だな」と満足げに言った。

建物が見えるわけではなかったが。上流のほうに、その施設はあるのだろう。

この一帯は、重川の西側に並行するようにして国道411号が走っている。国道といっても、くねくねと曲がる細い山道に近いけれど、そこから枝分かれした町道が重川とクロスしてから上流へと向かう。問題となっているのがその町道である。

車は歴史景観研究センター所有で、死亡した男性もそこの職員。そして、その施設で用意されていた金アマルガムを助手席に置いての走行。

犯人も歴史景観研究センターの者である確率は高いのではないか。

何度も小刻みに頷いている梶野刑事は、小声になった。

「向こうをまかせられた連中に、この情報をありがたく受け取らせるか」

それは、仲間に手掛かりを届けられることを喜んでいるのではなく、競争相手の鼻をちょっとでも明かそうとしているかのようにさえ聞こえる。

捜査の主力はすでに歴史景観研究センターに向けられているようだ。本来その施設にいるはずなのに姿を消している者がいるとすれば、それが、ここから逃げだした怪しい運転手に違いない。捜査の筋道はもう立っているということか。

そう考えてきてふと閃いたことを、私は龍之介に小声で話した。

「車に乗っていたのが運転手だけとは限らないよな。助手席にも誰かいて、金アマルガムの入った容器を抱えていたのかもしれない」

「その可能性はあります。ですけど、事態を想像する上では次のような——」

「あんたたちは余計な推測などしなくていい」嫌みっぽく割り込んだのは、もちろん梶野刑事だ。「時間がある限り、最初の聞き取り内容の確認を進めなければな」

何度も話させていればそのうち、食い違いが生じるとでも期待しているのか？　私は黙っていられなくなった。

「でもね、刑事さん。今の金アマルガムの推測は役に立ったんじゃないですか？」

一美さんも刑事を見返した。

「それに、怪我を気にしようともせず、その相手から利用できる情報を引き出そうとするのは一方的ではないですか」

「まったくです」

と進み出たのは楢崎だ。梶野刑事と近距離で向き合った。

「あなたの聴取の仕方は目に余る。ここからこの四名の方は、小津野のゲストとします」

「はぁ？」

不意のパンチを食らったかのように瞬きする刑事を前に、楢崎は冷ややかなまでに沈着な面持ちだ。

「常識的に判断して、この方たちは容疑者ではないでしょう。死亡した阿波野とは一面識もなく、近藤に聞いたところでは、遠方からこの土地にたまたま集まった方たちだ。容疑者どころか、懸命に——先ほどの話も聞きましたよね、刑事さん？　水銀中毒の危険もあったのに、それらの危険も顧みず、人命救助に努めた方たちです。車の延焼も食い止めたから、あなたたち警察に証拠となる車両を残せたのではないですか？　そのような、目撃者にして人道的な活躍をした方たちに対する敬意があなたにはまったく欠けている。まだ訊きたいことがあるのでしたら、小津野の私邸へ来てください」

「おっ」と、犬山が身を乗り出す。「〝ミダス王〟の家へ招待されるって？」

「……世間ではそのようにも呼んでいるようですね。小津野の家はこの近くにあります」

それから楢崎は、私たち四人に宿泊先を尋ねた。

犬山は長坂の自宅へ帰る。私たち三人は甲府のホテルだ。

これらを聞き出すと、楢崎はまた梶野刑事に向き直った。

「この方たちを一度解放したら、再度の聞き取りには長距離の移動をしなければならない。ですが、小津野の私邸なら、歴史景観研究センターの最終管理者もいるのですから、まとめての聞き取りが手近でできる。ただしその場合、あなた以外の刑事に担当になってもらいますが」

呼吸を荒くしてなにかを言いかける梶野刑事に、楢崎は口を挟ませる隙を与えなかった。決して口早にしゃべり続けているわけではないのに、相手のリズムを制している。会話における合気道か？

「殺人事件なのでしたら県警本部捜査一課が動くのでしょうね」と、楢崎は捜査官の多い後ろを見回している。「あなたは所轄でしたよね、梶野さん？　どの班が動いているのか知りませんが、もちろん、判断を委ねるのは一課のもっと上の階級の人に――。ああ、吉澤警部補がおられるじゃありませんか」

見ていると、向こうでも楢崎の姿に気がついたようだ。四十代半ばほどの私服刑事が近付いて来る。

「これはこれは、楢崎さん。県内サミットの折にはご協力ありがとうございました」

「いえ。主任、こちらこそ、県警さんには、サイバー攻撃に苦慮していた折にすっかりお世話になりました」

吉澤警部補はやや小柄だった。物腰が柔らかく、笑顔は人懐っこいほどにも感じられ、それでいて聡明さもにおわせるこの相手に、私は一瞬、龍之介と似た雰囲気を嗅ぎ取っていた。しかし、印象が重なるのはほんの一部だけで、ほとんどの部分で両者はもちろんまったく違う。

小さめの体には、太い柱がずしんと立っているかのような、威儀を漂わせる安定感がある。それは同時に、犯罪や、人の世の悲劇や汚濁と渡り合ってきた者の持つ、油断のなさも匂わせた。

楢崎は警部補に、当イベントの協賛団体代表として、事件の拡大を防いでくれさえしたこの四人の功労者を、これ以上不快な目に遭わせるわけにはいかないと伝えた。参考人を一ヶ所に集めておくのも効率的だろう、とも提言する。

「手当をさせていただきますし、会長からも、こんな事件に巻き込んでしまった謝罪などが形にされると思います」

小津野家のゲスト、という待遇は、より上位者のほうにこそ影響を及ぼすようだ。

吉澤警部補はさして表情も変えずに「なるほど。ここはもう、捜査の主戦場ではありませんしね」と言うと、梶野刑事を質す。「ひととおりの聞き取りは終わったのか？」

「……ひととおりは終わっています」

「では、楢崎さん。一応、上司の判断もあおぎますので」

私たち四人は、イベントの中心地点に戻っていた。大きなテントが立ち、キャンピングカーもまだ停まっている。犬山は、私たち三人とは離れた場所にいて、なにやら先行きを密かに楽しむような面持ちだ。

楢崎相談室長、そして吉澤警部補とその上司が、政治家同士のような穏やかに整った顔で話を詰めている。

私は一美さんに話しかけた。

「〝ミダス王〟って、仕事関係で聞いたような覚えがあるけど……」

「そう。本社の企画で扱ったことがあるからね。小津野財団会長の小津野陵の異名よ」

「あれか。生命保険会社のＣＭ」

「それ。歴史的な人物と深いつながりがあって家系図もしっかりしている人を三人集めようとしていた。その中の一人」

残念ながら、あのスポンサーは大手広告代理店に奪われたが。

「小津野陵は、武田信玄の家臣から数えて十六代め。当時の先祖は金山運営に携わっていた金山奉行」

初耳らしく、龍之介も一美さんの話に聞き耳を立てている。

「歴史の荒波を乗り越えて、世界大戦後も小津野家は実業家として成功を重ねたの。それで、長いこと、代々の当主は〝甲斐の太閤(たいこう)〟と呼ばれていた。それが〝甲斐のミダス王〟と変わったのは、十数年前かな。その数年前から小津野グループはいち早くネット産業やＩＴ事業に舵(かじ)を切って大成功をおさめていた。小津野陵の手腕で、まあ、もちろん、まだ会長にはなっていなかったけれど」

「触れれば金(きん)に変えるミダス王か」

「伝説ね。神話か。でも、そう呼ばれるようになったことには両面の意味があるって、当時、プランニング課長に話してもらった」

「両面？」

「一つはもちろん、羨望や驚嘆を込めた賛辞ね。彼らが着手した事業は瞬く間に金に変わるようだと感じて、それを喩えた。もの凄い急成長だったから。でももう一方の意味は、逆。揶揄しているっていうか、冷笑を含んでいる感じね」

「はあ……」

「デジタル技術を活かしたビジネスが広まりだした当初、そうしたものは地に足をつけていないエセ投機物件だと見なす経済人も多かったでしょう。バーチャル技術なんてゲームの延長にすぎなくて、電子マネーは仮想通貨と変わらない。すべては最先端に見えるけれど、中身のないもう一種類のバブル。流行に乗ったようにして浮かれても、あぶく銭を手にしているだけ。そういう意味のミダス王ね。汗を流さない、上辺だけの虚業。……確かに、大もうけしたけれどすぐに転落していったＩＴ長者も多いわよね。でも、小津野のグループは敗者にはならず、メッキが落ちなかった。ＩＴ事業を中心にしているわけでもないし」

「手広くやってるよね」

「思い出した。このイベントに協賛していた地元新聞社。小津野財団はあれの大株主でもあるはずよ」

　ではこのイベントは、ほとんど小津野財団がバックアップしたってことか。イベント主催者である自治体としても頭はあがらない。

　楢崎相談室長は、もう一人、若い助手のような人と一緒にここへ駆けつけたようで、その男性はこの中心地点でイベントを丸くおさめるための調整活動をしていたらしい。どうやら、主催者である県は警察やマスコミ対応をし、小津野財団側は参加者に失望を懐かせないためのフォローに力を注いでいたようだ。昼食会設定なども彼らの持ち出しだろう。

　楢崎が、静かな笑顔でこちらにやって来た。

「話はつきました。小津野が皆さんを歓待します」

ということで、私たちは高級そうな車に向かった。

第二章　ミダスの住まう……

1

　ソアラを走らせながら、浅見光彦は、助手席にいる原口茜に言った。彼女は今、上園望美のスマホを一生懸命に操作しているところだ。

「最初僕は、犯人の男と上園さんが組んだ狂言もちらっと疑いました」

　茜は驚いて顔をあげる。

「どういうことです？」

「誘拐事件では、加害者と被害者がグルだというのは、ままあります。金銭を分け合うとか、自分を軽視している家族に不安を与えて思い知らせたかった、などの動機によってですね。今回もそのセンを無視できなかったのは、上園さんが連れ去られるタイミングがよすぎたからです」

「……タイミング？」

「散歩していた上園さんが玄関近くにいる時に、犯人が車で乗りつけ、最短時間で彼女を連れ去った」

「そういえばそうですね」

「示し合わせていたのではないかと、疑えば疑えます」

　ほんのかすかに呆れたような色も覗かせて、茜は探るように浅見を見る。

「浅見さんはいつも、そんなことまで考えるんですか？」

「ああ、それ、刑事さんにもよく言われます」浅見は苦笑した。「それはあんたの飛躍した想像だろう、って。細部まであやふやなことを残さず、自分を納得させたいという性分なのは確かです」浅見の表情は改まった。「それに加えて今回は、基本的なところを見逃してロスしていい時間は、いつも以上に皆無ですから」

「ええ」コーディネーターとしての真剣さを瞳に灯（とも）し、茜は強く頷（うなず）いた。

「それで、上園さんにとっては失礼な推測も加えたわけですが、どうやらこの疑いは消していいようですね」

「それはそうです、最初から。ドナーとなって人の命を救おうとしている女性ですよ。何回もお会いして、上園さんの人格もある程度つかんだつもりです。犯罪に加担するような人ではありません」

「はい、そうですね。上園さんが狂言誘拐を仕組むような人だとは、僕も思いません。ただ……」

様々な事件で味わってきた苦い経験が、浅見の胸中を横切る……。

「同時に、人の本性を簡単に見通したつもりになるなという教訓も、僕は忘れがたく記憶しちゃってましてね。どうしても信じたくなかったのに、その人がやはり真犯人であったり、驚くような裏切りに遭（あ）ったり……。そこで、最低でも悔いは残さないように、徹底的に考えるような癖（くせ）はつきました。原口さんからすると、猜疑心（さいぎしん）の強いへそ曲がりに思えるでしょうが――」

「いいえ」

「ドナーという立場も、身柄としての自分の希少価値を高める条件になります。身代金を要求できる相手は、病院や患者の家族など、数が多くなる。そして、急いで渡りをつけなければならないのですから値をつりあげやすい。――しかしこの場合、要求の突きつけ方は、もう即物的なほどストレートになるでしょう。金銭欲からしても、計画性からしてもそうなるのが必然です。回りくどいことをする必要はない」

「こちらをせっついて当然ですよね」

「ええ。ところがこのケースは違いました。指示らしいことを伝えてきたのは、最初の電話から十数分も経ってからです。これは演出ではなく、犯人にも電話で言いましたが、事態がまずい方向に転換したことが容易に想像できるものでした。その上、要求内容は、上園さんがあちらの仲間であるなら、こっちを動かす必要もないようなことです」

「USBメモリーの行方……、バッグ……」

「さらに、上園さんは犯人を出し抜く形で我々に協力してくれています」

「そうですよね。そうですよ」

そう言って茜はまた、スマホの操作に戻った。

彼女が調べているのは、上園望美と付き合いのある者のリストだ。メールのアドレス帳に目を通している。犯人の言うとおりに過去に恋人同士であったなら、連絡先として残っている可能性がある。目撃者は、〝ひとし〟という呼び名を聞いているが、幅を持たせて〝ひろし〟などの名前も浅見は探してもらっていた。

スマホの持ち主である上園に浅見が許可をもらったのは、「中身のすべて、調べさせてもらっていいか」ということだ。〝マイダスタッチ〟のファイル探しだけではない。犯人や事件の背景を知る手掛かりがあるかもしれない場所は覗かせてもらいたいと依頼したのだ。その含みを、上園望美は短時間で察したようだった。だから、言外で了解を示し、「自由に調べて」と伝えてきた。

瞬時にあの意思疎通（そつう）が成立したことに、浅見は驚き感心し、そして嬉（うれ）しくも思った。

「……ということは」

話の切りだし方が唐突かもしれなかったが、茜は特に大きな反応は示さず、聴力だけを浅見に向けてスマホ画面に集中したままだった。

「犯人がタイミングよく上園さんを連れ去ることができたのは、犯人にとってまったくの好運だったか、門の外で見張っていて、上園さんの姿を見かけたかのどちらかでしょうね」

茜は目をあげた。

「それじゃないでしょうか。張り込んでいて、上園さんが玄関前に近付いて来てから車で突入した」

「たぶんそうなんでしょうね。目立ちますから長時間張り込むつもりはなく……」

そこからは、幾つかの方向性が閃いた。

「原口さん。当然ながら、犯人は、上園さんがあの病院に入院していることは知っていました。上園さんが入院を誰に知らせていたか、ＬＩＮＥやメールを調べてみてください」

「はい」

「それと、ＧＰＳの位置測定アプリが設定されているかも」

「なるほど！」

茜は盛んに指を動かしていく。

右手に、塩山という地名の由来であるという塩ノ山を見ながら、ソアラは県道38号を北西方向に進んでいる。犯人が指定してきた接触場所へ向かっているのだ。臨済宗向嶽寺派の大本山向嶽寺はすでにすぎている。塩ノ山は、四方からよく見えるので、元は四方の山と呼ばれ、そこから塩ノ山という名に変化したと伝えられているはずだ。戦略的には攻めのぼられたら厄介だが、監視所としては格好の地かもしれない。

塩山は狭い地域に、武田信玄ゆかりの地所がかなり存在している。

そうした歴史の一隅が、家名をつないできた小津野の家を当然のように抱えている。

「浅見さん。まずメールですけど……」

そう口をひらいた茜は、肩を少し落としているようだ。

「〝ひとし〟と読めそうな名前は、アドレス、表示名、メール本文の中にはありませんね。〝ひろし〟も〝ひろき〟も〝さとし〟もありません。メールやメッセージアプリ、電話の着信履歴もかなり遡りましたけど同じです」

「そうですか。お疲れ様。別れた彼のことですから、アドレス帳からは削除してあるのでしょうね」

「GPS追跡アプリ、探してみます」

ほとんど間を置かず、茜の高い声が響いた。

「ありました、ありました！　これ、カムフラージュされてるアイコンですけど、わたし、見たことがあります」

「そうですか。犯人のスマホにも同期できるアプリがあれば、これの位置をつかめる」

「……そういえば」

思い出す仕草で、茜は下唇に人差し指を置いた。

「最初の電話の時、犯人は、このスマホを『病院の前に落ちてたんだよね？』って、ちょっと確信ありげに言ってました」

「そうでしたか。位置情報で、まだ病院にあると知っていたのですね。そして、それなら、上園さんが病棟の外に出て来るタイミングもつかめますね」

「病棟の外、玄関とか前庭とかにスマホが移動するのを待てばいいのですから」

「目立たない所に停めた車の中で待ってもいいですし、喫茶店でゆっくりしていることもできます。そして、スマホが――上園さんが庭に出て来たところで車で走り込んだわけです」

浅見はもう一つ印象にあったことをここで口に出した。

「この犯人には明らかにブレーンがいますよね。電話で対応している男だけでは、計画はここまで成り立っていないでしょう」

「そうですよね」茜も頷いた。「電話の男はどこか頼りないです。計画部分は他にまかせた実行部隊みたいなイメージ」

「ええ。隠し金山なんて夢みたいなことを言っているのも、大きな計画の構築性とはそぐわないと思います」

予想に反して会話が途切れたので、浅見はチラリと茜に目をやった。

「隠し金山……、ないでしょうか?」

「いや――」

浅見は断定口調は避けることにした。原口茜にも、夢見がちなところがあるのかもしれない。

藤田編集長とはまったく反対方向の感性だが、対応方法としては似た手段を浅見は取った。

「まあ、可能性が一パーセントでもあれば新発見に至ることもあるのが歴史の奥深さですけどね。面白さを求める方向性は人それぞれです。……ですが、ブレーンのことに話を戻すと、この人物は相当に現実的なのではないでしょうか」

「そうかそうか。そうですね」

「〝マイダスタッチ〟の内容を作りあげた男のことを、犯人は『俺なんかよりずっと頭のいい男』と言っていいます。口ぶりからすると敬意が感じられ、その作り手から〝マイダスタッチ〟が入ったＵＳＢメモリーを無理やり奪ったとも思えません。恐らく、その作り手がブレーンなのではないでしょうか」

納得の面持ちの茜は、ちょっと考えてから言った。

「そして、浅見さんが指摘した、電話の男の十数分間の変化……。計画変更を指示したのはブレーンなんでしょうね。予想外のことが起きて軌道修正した」

「もしくは、両者の間の連絡で齟齬を来した。ブレーンの手足である電話の男がミスをしたとか……」

ミスと言われて思い出したかのように、茜はまたスマホの画面に目をやった。

「ええと、次は……、上園さんが入院したことを伝えた相手ですね」

彼女が操作を始めて程なく、車は塩山三日市場の住宅地に差しかかっていた。

犯人はこの地区の中にある住所をメールで伝えてきている。施設の名前は記さず、住所の番地からしても個人宅のようだ。茜に確認してあるが、上園望美の自宅ではない。まさか、犯人の住まいでもないだろう。

「三日市場一七……」

畑と民家の間を縫う狭い道をゆっくりと移動し、茜もスマホでカーナビ機能を使っている。

「おかしいですねえ……」

だが目当ての住所をピックアップできない。

メールの文章で住所を見直しても、記憶違いではない。しかしその所番地を探してうろつく感じになり、同じ道を通ったりもした。

住宅や電信柱の住所表示を何度も見ているうちに浅見は気がついた。

「住所の番地が、犯人が伝えてきた数字まで増えていかないみたいですね」

「え？」少し汗をかきながらカーナビを操っていた茜が顔をあげる。

「存在しない住所なのかもしれません」

茜はカーナビの画面と外の景色を見比べている。

狭い空き地の横で、浅見は車を停めた。

「犯人に仕掛けられたかな……」

応えるかのように着信があった。

『中継地点到着ご苦労さま』満足げな声だ。『次に向かってもらうのが合流地点だ。今度の住所は正確だよ。って、住所を言う必要もないだろうけどね。恵林寺だ、恵林寺。そこの駐車場で待機していれば、受け渡し方法を教えるよ』

恵林寺……。武田信玄の菩提寺だったろうか。有名といえば有名なのかもしれないが、この車に乗っているのが二人とも、この地域の土地鑑がないということが犯人の頭にはうまく入らないらしい。

もっとも現代は、スマホの検索情報で道案内に苦労をすることは少ないが。

相手は通話を切りそうな気配だったが、浅見の声がそれを止めた。

「ここでうろうろさせたのは、警察車両が追尾しているか探るためですか?」

『おう。そうそう。そんな奴がいれば、細々とした路地の中で焦ったろうな』

するとこの犯人は、今はこちらを監視できる場所にいる。そしてやはり、追跡アプリも使っているのだろう。

「警察の介入も想定しているようですから、一つ提案したいのですけどね。実際に警察が動けば、捜査網はみるみる迫っていきますよ。そちらの最大の目的は、あなたが上園さんの父親と考える〝ミダス王〟に、上園さんの相続権を認めさせることでしょう?」

『それが大きいな』

「でしたら一番早いのは、公的な記録でしょう。戸籍や養子縁組届などを見れば、血縁関係は証明されます」

隣のシートで茜も一つ頷いている。

応答がないので浅見はもう少し続けた。できるだけ早くドナーを取り戻す途を探さなくてはならない。

「誰の目にも明らかなそうした記録があれば、交渉を有利に進めるための〝マイダスタッチ〟の内容など必要ないのではありませんか？　それとも、記録を突きつけても、〝ミダス王〟は認めるのを拒否しているということですか？」

『……正攻法でできるのなら、誰も苦労はしない。面倒だが裁判にでも持ち込めるのならな』

「裁判にも持ち込めない？　どうしてです？」

『お前には関係ない』

「出生記録はあるはずですよね。あなたは上園さんのことを『金を握って生まれてきた』と言っていました。裕福な家庭の子であると知っているか、確信しているのでしょう？」

英国だったか。恵まれた家庭環境に生まれついた赤ん坊のことを、〝銀のスプーンを咥えて生まれてきた〟と表現する。この電話の男がそうしたしゃれた出典を意識していたかは判らないが、意味は似たようなことではないのか……。

「確証の根拠はあるはずです。……こちらとしても、最良の手段を無視した無駄なことに時間を費やす気にはなれませんよ」

『うるさいな。じゃあこれだけは言ってやる。望美が生まれたのはなぁ、一九九五年一月の神戸だ』

浅見と茜は目を見交わした。

（阪神淡路大震災か！）

もしかすると、届け出もなにも、公的な記録が消失しているのか？

しかしそれでもなお、小津野家の子供であることを推定できるのか？　なぜそれを、小津野側は認知しない？

幾つも疑問がわき出るが、先ほどの犯人の語調からしても、この点を深追いするのは危険な様相だ。先ほどの情報が最大限の譲歩なのだろう。

「判りました」と、まずは承服した態度を浅見は示した。「〝マイダスタッチ〟の中身を作りあげた人は、調査能力にも優れたかなりの知恵者と思われますが、彼をして、正攻法での打開策は講じられなかったということですね？」

『そうだ』

やはり仲間なのだ。だが、電話のこの男には、ＵＳＢメモリーは渡っていない。

「その人物は……。そうですねえ、彼の呼び名は……」常に歴史的な事柄が脳裏をかすめるせいか、浅見の頭にはその言葉が浮かんだ。「〝軍師〟としておきましょうか。その〝軍師〟は今、どの戦場にいるんでしょうね？」

〝軍師〟と連絡がつくのなら、ＵＳＢメモリーの在処もその内容も自明のはずだ。

『もういい。恵林寺へ行け』

「そうしましょう」浅見は愛車のサイドブレーキを解除した。「ここでの尾行を確認する方法も彼が指示したのですか？」

『これは俺さ。俺たちを出し抜けるなんて思うなよ』

通話は切れた。

首謀者が〝軍師〟なら、電話の相手である共犯者は〝馬廻衆〟か〝旗持ち〟といったところか。浅見たちの端末を使用不能にした時の機転など、一種動物的な閃きを働かせることはあるが、頭脳派ではない。かといって話が通じないほど凶暴でもないが、感情の起伏が激しいようだから、へたに刺激しないように気をつければいいだろう。

問題は〝軍師〟だ。

車を県道に戻すと、茜がすまなそうに口をひらいた。

「カーナビ見てたのに……」

「え？」

「でたらめな住所にいつまでも気づかないで、まごまごしちゃって……」

「それは大した問題じゃありませんよ。誰がやっても変わらないでしょうし。そこまで気にする必要はありません。……それより、上園さんの出生のことは聞いてなかったのですね？」

「そこまで踏み込んだ話はしませんから。初耳でした」

上園望美にしても、自ら話したい話題でもないのだろう。

犯人と次に連絡を取り合う場所、恵林寺は、カーナビによるとすぐ近くだ。

2

上園望美は腹を立てていた。ひとしの愚かさと短絡ぶりは、呆れ返るどころか軽蔑に値する。拉致も同然の行為に及ぶとは。

彼の車の助手席に引き込まれ、今もその席に囚われている。

悪くすると誘拐事件だ。そんな大それた犯罪なんて、被害者にだってなりたくはない。社会的な騒動になってしまうということが予見できないのだろうか、この男は。

なるべく警察が動かないように、元カレとの行き違いだという印象を、原口たちを通して訴えたけれど……。

本当なら、以前の彼氏とも認めたくはないところだった。でもこれは、一ヶ月半と短い時間だったが付き合いはあったので、いやいや認めるしかないだろう。

「そういえば、なあ、新しい彼氏はできたのか？」

運転席からひとしが声をかけてくる。今の状況にはまったくそぐわない、くだらない内容だ。答える気にもならなかったけれど、気が立っている相手と険悪になりたくなかったので、適当な話題を返した。そっちこそ恋人はできたのか。仕事や住所は変わったのか。彼の現在の周辺情報を探ろうとしたのだけれど、答えが返ってきたのは仕事に関してだけだった。

「一世一代の交渉事を始めようってんだから、自由に休みを取らなきゃならないのに、〝青海園〟は全然融通がきかないからな。さっさと辞めたよ。今はコンビニのバイトだ」

そのバイトも無断で休んだらしい。

〝青海園〟というのは、神奈川県平塚市の、当時の上園家の隣町にある老人養護施設だ。海の望めるいい環境にあった。ひとしとは、そこで働いていた時の同僚だったのだ。望美は調理と配膳の係。ひとしは営繕などを担当していた。

そこにあの男がやって来た。雑誌記者で野田と名乗っていた。他のことに気を奪われて表向きの顔を忘れている時、なにかに苛立っている様子と、暗い陰りや意図のようなものを窺わせる男だった。当初は仕事に興味のあるふりをしていたけれど、狙いは入居者の動向だった。猪狩という老人のことを知りたがっていた。

猪狩は、まだ七十代であったけれど、認知症がかなり進んでいる男性だった。野田が言うところでは、猪狩は小津野財団の幹部であったらしい。その猪狩が、小津野家の金山や貴重な遺物について、なにか口走ったことがないかを、野田は知ろうとしていた。認知症状態であれば、理性が働かず、口止めされている秘密事項も漏らす可能性があるだろうとの読みらしい。認知症状態で語る夢物語に聞こえるかもしれないが、そこに現実的な意味があるかもしれないのだという。

お宝のにおいがすると、ひとしはすぐに食いついた。

ちょっとしたきっかけで、野田が変名を使っていたことが露見し、身元をごまかしてまで探ろうとしているのだから怪しいと、ひとしは熱くなっていった。そして素性をつかんだその男——浅見光彦が〝軍師〟と名付けた人物——に対しても、対等の立場からものを言うようになった。

そんな時期だ、望美のスマホに、「お前の父親は〝甲斐のミダス王〟だ」というメールが飛び込んできたのは。

「望美。お前が大資産家のお嬢様なら、俺もつまらん仕事先の心配なんかしなくていいのにな」

「どういう理屈？　あなたとは夫婦じゃないのよ。それどころか恋人でもない」

「まあまあ。男と女のよしみってやつでいいだろうよ。援助ぐらいしたくなるほど、有り余る金を持てるぜ」

「夢に毒されないで。わたしが小津野家の血筋だなんて、有り得ない。そんなわけないでしょう。いいかげん目を覚まさないと、犯罪の深みにはまって破滅するよ」

……そうだ。こんな風にして破滅していった人々は、歴史の中で数知れないのではないだろうか。独自の確信を得たと心躍らせ、埋蔵金発見の夢に取り憑かれた人々……。何百年も昔ならば秘密を巡って刀で口封じが行なわれたり、近代ならば、家財を失ったり、危険を顧みずに命を喪ったり——。

ある者は信念で。ある者は軽挙で。

犯罪という単語が刺激したのか、ひとしの声は毒を含んだ。

「あいつは本当に、お前と小津野陵との親子関係についてなにも言ってなかったのか？」

「進展なんてなかったんでしょう。そもそも調べてたのかどうか」

十ヶ月ほど前に届いたメール、「お前の父親は〝甲斐のミダス王〟だ」は、ひとしが送ったいたずらだと思った。小津野家を探ろうとする動きが身の回りで始まった時に、〝ミダス王〟をからめたメールがくるなんて、そんな偶然があるとは思えなかった。

元々、精神的な〝足長おじさん〟からごく稀にメールが届くことはひとしにも話してあった。相手は匿名で、文面は、励ましであり、将来を見守り助言をくれるといった内容だ。最初それが届いたのは、母が運転していた車が事故を起こし、母は亡くなり、高校生だった自分も左腕に怪我を負った時だった。退院してから短文投稿サイトにアップした思いは、母を喪って急に天涯孤独となった絶望感と、動かない指に施すリハビリへの不安だった。

その時に、心に染みるような温かな励ましをくれたのが〝遠くの無名〟氏だった。ＴＯＫＵＯＪＩの名で呟いており、望美はこれを、遠くのおじさんの意味で解釈したのだ。その相手からの返信コメントは、心痛も表われつつ、保護者の感覚も漂い、それらが短い文章にまとめられていて知性も感じ取れた。フォローして何回か文章を読むうちに、相手は年上の男性だろうとの感触を得た。まさに、おじさんか父親だった。

高校をやめて働かなければならなくなった時も、〝彼〟からの助言は大変役に立った。世慣れて具体的で、役所での窓口の利用の仕方、面接でのコツなどが理解しやすく綴られていた。

やがて〝遠くの無名〟氏には個人のアドレスを教えて両者間での通信に切り替えた。思えばこれは、犯罪加害者が仕掛けた甘い誘いの入口だったかもしれないが、結果としてそんなものではなかった。向こうは、自分で設定した距離感を縮めようとはしなかったのだ。送信者名も〝匿名〟とされたままだ。

どうやら相手は、個人の端末を使ってはいないようだった。フリーアドレスを用いてネットカフェにあるパソコンなどを利用しているようで、その場所も移動していることが文章の端々から伝わってくる。だから、こちらからの返信を読んでくれているかどうかも不明の時がある。返信の返信をくれたりしたのは数えるほどしかない。

そんな具合で、〝遠くの無名〟氏とは何ヶ月かに一度、メールで言葉を交わすだけの関係が続いていた。まあ確かに自分は――と、望美は述懐(じゅっかい)する。あの相手に父親かそれに近い幻(まぼろし)を当てはめていたと思う。

そのような時に、〝ミダス王〟が父親だとのメールが届いた。ひとしを疑ったが、よく見ると送り手のアドレスは〝遠くの無名〟氏と同じであり、この件にひとしは無関係で、彼と〝軍師〟はメール内容にただならぬ興味を懐(いだ)いた。証拠でもあるの？　という詳細を求める返信を望美に打たせたが、これに応答はなかった。

それでも、小津野家へのアプローチに望美も利用できるのではないかと策を巡らせ始めた男たちと距離を取る必要を感じ、彼らに内緒で転居することにしたのだ。ひとしとの仲を清算するためにもこれは効果的な措置(そち)だと思った。こうして、今の山梨市へと住居は移った。

ところが十日前だ。ひとしと〝軍師〟が、仕事帰りの望美をアパートの前で待ち受けていた。ようやく見つけ出した、なんて言っていたけれど、今日の病院での待ち伏せと考え合わせると、スマホの位置情報をたどれるようにセットされているのかもしれない。

この十ヶ月余り、小津野の秘密めいたベールに迫る彼らの活動にはめぼしい進展はなかったようだ。猪狩老人も、意味のあることはなにも言い残さずに他界してしまったらしい。進めるべきプランもないということで、ひとしは望美を放っておいたのだ。

でも二週間ほど前、〝軍師〟がなんらかの重要な発想を得たことで彼らの動きは再び始まった。

「十日前に聞いた話以外、わたしはなにも知らないのよ」運転席に、きっぱりと声を投げつける。「何度も言うけど、あれ以来彼とは言葉も交わしていないんだから」

あの時は、十日後の今日、二人で大勝負に出るという話を打ち明けられた。小津野が秘めてきた富に手が届くかどうか、その日に明確になるということだった。とはいえ彼らは細部は話さなかったし、こちらも知りたいとは思わなかった。巻き込まれたくはなかった。

ひとしは特に、小津野の隠し財産を暴き立てた時に娘だと名乗り出てやれ、と盛んに同行を求めたが、これも断固として断った。そもそも、この血縁の傍証は〝軍師〟からしてつかんでいない様子なのに、名乗り出たりすれば笑いものになるだけだ。

決行日には検査入院のために病院に入院していると説明し、この事情を盾に、ひとしの要望をはねつけた。造血幹細胞採取の入院と彼らの決行日が重なっていたことにホッとしたものだ。

それなのに――

病院に乗り込んで来てラチるような真似をするとは！

またむかっ腹が立ってきた。

〝マイダスタッチ〟など預かっていないと、何度言っても、ひとしはバカにしたような余裕の笑みを見せるだけだった。そんな言い逃れはすぐに通用しなくなると、高をくくっていたのだろう。

このタイミングで、望美の進言もあってひとしは、落としてきてしまった望美のスマホに電話をかけた。出てくれた相手は最適任者といってもいい原口茜で、犯罪などは起こっていない、顔見知りの揉め事であるという事情が伝わるようにしたつもりだ。

しかしその後だ。〝軍師〟に何度連絡を取っても応答がないことにひとしは苛立ち始めた。そして声を荒らげ、お前たちの計画を明かすんだ！　といった問い詰めを繰り返すようになった。お前たちというのは、望美と〝軍師〟のことなのだろうが、まったく心当たりのないことだ。彼からは電話もメールもきていない。

　その事実を何度伝えても、とぼけるな！　と怒鳴る。

「ひとし。あんたこそ昨夜、彼と話してるんでしょう？」

　運転に集中しているかのように押し黙っている相手に顔を向けた。

「その時になにを聞いたのさ。わたしと組んでるなんて彼が言ったとしたら、嘘っぱちだよ。今日の計画をどう知らされてたの？」

　大きく呼吸をし、鼻の下をこすってから低い声が返ってきた。

「あいつとは話していない」

「えっ？　じゃあどうして……」

　また少しためらってから、ひとしは言った。

「盗み聞きしたんだよ。夜、あいつを尾行していたんだ」

　そんなことを……。

「あいつは俺にも計画を具体的には明かさないし、なにか企みを隠しているような、油断ならないところがあった。だろ？　だから前日から目を離さないようにしてみたのさ。そしたら案の定だ。飯屋を出た後の八時頃だな、夜道を歩きながらあいつはお前に電話をかけた」

　――そんな風に誤解が始まったのか。

　すでに入院していた望美は、午後八時なら病室のベッドの上であり、電話などどこからもなかった。

「望美、と親しげに話しかけていたぜ、あいつは。完成した〝マイダスタッチ〟は忘れずに持って来いよ、ってな。午後二時に行動開始だとも言っていたろう、違うか？　後はよく聞き取れなかったが、タイミングが大事だとか、将来的な分け前がどうとかしゃべっていたな」

　いまいましげに吐き捨てたひとしの顔は、酷薄な笑みに取って代わられた。

「あいつの住んでる場所も知らないが、かまわないわけさ。今日はお前を張っていればいいんだからな」

「あのね」おなかの底に力を込める。「誓って言うけどね、本当に、神様にも仏様にも誓って言うけど、そんな電話はなかったよ。あんた、だまされたんだよ。彼は一芝居打ったの」

「一芝居？」

「わたしに電話をしたふりをした彼に、まんまとだまされたのよ」

　ひとしは急ブレーキを踏んだ。

　交差点に近い路上だったが、かまわず停車したまま、ひとしは考え込む様子になった。

「いい、ひとし。あんたの尾行は気づかれていたの」

　この男に長時間尾けられて、あの観察力があって鋭敏な知恵者が気づかないわけがない。

「あんた、あの人の自宅を知らないって言ったわよね？　最後まで尾けなかったのね？」

「肝心の情報は手に入ったからな。それにあいつ、二十四時間営業のサウナスパに入って、腰を落ち着け始めたんだ」

「それも対応策。その夜、あんたが尾行をやめなければ、彼は自宅に帰らなかった。自分の住まいを知られないように。そうしたうえで、わたしのほうにあんたの注意を向けさせて、自分からマークをはずさせたのよ。わたしのほうに大事な〝マイダスタッチ〟があると思えば、彼への張り込みも集中力を欠く。彼は姿をくらませ、一人で計画を実行しているのよ」

　後ろの車がクラクションを鳴らすが、ひとしは身動き一つしない。黒々とした瞳には、集中力と同時に惑いもあった。

「わたしのスマホが戻ってきたら確認してみたらいいわ。そんな着信履歴なんてないから」

後ろの車は追い越していった。

〝軍師〟に毒づき、横のドアを殴ってから、ひとしは車を発進させた。

「本当に、〝マイダスタッチ〟完全版の在処も知らないのか？」

「知らないわよ」

でもこれで、〝軍師〟が裏で進行させていた計画のあらすじは見えてきた。彼は、ひとしを信用しなかったのだ。ま、それも当然だけど、と望美は内心で同意している。

なにか真相に迫る発見をして興奮していた十日前は、ひとしにもついその成果の輪郭を伝えてしまったのだろう。でもそもそも、〝軍師〟はひとしにもそして望美にも当然、肝心の核心的な秘密やそこに至る最重要のデータは覆い隠していた。だから、研究や相談の過程で使ってきた抜粋的な〝マイダスタッチ〟はひとしの手に残しても、完成形は誰にも渡す気はなかったのだ。

「だからさ、ひとし」説得のために、静かに語りだしてみる。「こんなことは、もうやめなよ。ブレーンがいなかったら太刀打ちできる相手じゃないでしょ。小津野家にしろ、歴史的な秘密にしろ。ひとまず中止する、でもいいと思う。仕切り直しをしたほうがいいよ」

とにかく、今日はもう解放してほしい。自分の身は今、他の人の運命とも結びついているのだ。レシピエント。まだ少女だという患者だ。

望美の感覚では、骨髄移植は命の再点火と受け取っている。命火が細くなっている少女が、未来への希望を燃やそうとして頑張っている最中だ。この移植を目指して、どれほど多くの人たちが力を注いできたか、望美は身に染みて知っている。

タイミングを逃すわけにはいかない。

この点をいくら説明しても、共感力の乏しいひとしは切実になど受け取らなかった。

「誰も信用できないという基本に立ち返るか」

今も、望美の思いにまったく寄り添うことなく、ひとしはそんなことを言い放つ。

「一人でどこまでできるか、見せてやるよ」

無鉄砲な決意をみなぎらせ、ひとしは片手で、ナイフが入っていたビニール袋の中を探っている。その凶器は、望美はすでに一度見せられている。相手は一応、武装しているわけだ。

〝軍師〟の一芝居を知り、望美にはもう一つ理解できたことがあった。彼女に対するひとしの行動が最初から荒々しかった理由だ。

望美と〝軍師〟がつるんで、自分を裏切っているとひとしは信じていたのだ。それは怒るだろう。

望美が〝マイダスタッチ〟のことを否定し続けるうえに、〝軍師〟とも連絡が取れないことに業を煮やしたひとしは、アパートの望美の部屋に踏み込んでガサ入れみたいな真似までした。これには怒り心頭となった望美は、再び車に押し込もうとした相手を蹴っ飛ばして抵抗した。この時、ひとしが凶暴な目をして見せつけてきたのが小ぶりのナイフだ。

一瞬ひるんだ隙に、助手席に押し込まれ、ドアのロックを封じられてしまった。解除するためにはつまみを引っ張りあげるタイプだが、そのつまみを荷造りテープでベタベタと覆われてしまったのだ。

彼をなんとか落ち着かせ、浅見さんたちの力を借りたらどうだと入れ知恵したのは望美だ。連絡を密にすれば、打開策が生まれる可能性も高まるだろう。

今は、彼らと合流する場に向かっている。

他に打てる手といえば……。

ひとしにつかみかかって軽い事故でも起こさせるか。そうすれば大勢の人間が集まって、ひとしもおかしな真似はできなくなるのではないか。お巡りさんも駆けつけるかもしれない。

でも……。

間違って大怪我などしてはなんにもならない。二人分の意味を持つ血を大事にしなければ……。

命をつなぐ——と意識して、望美は〝遠くの無名〟氏のことを思った。保護者のような男性。身内のような……。

この空の下、自分にも肉親がいるのだろうか？

ただ、その身内が、赤子の自分を見捨てた者だとしたら、自分たちはどのような対面をするのだろうか。

3

上園望美のスマホを調べていた茜が、程なく、多少明るい声を出した。

「上園さんが入院のことを伝えたメール、二つ見つかりました」

「どんな内容ですか？」

「一つは入院の前日に、これはたぶん職場の上司でしょうね、明日から入院すると伝えて、休みをもらえたことに改めて感謝を伝えています。次のは、入院二日め、つまり一昨日(おととい)ですけど、同僚で友人でもあるみたいな女性に、暇(ひま)で死にそうみたいな内容を送っています」

で、次はなにをします？　と問いかけるような茜の視線が浅見に注(そそ)がれる。

この時まで浅見は、上園望美の入院を知る者に尋ねて、誰が知っていたのかを洗い出し、その中に〝ひとし〟や〝軍師〟がいないのかを探ろうとしていた。そのために、上園の友人らしい女性に電話で尋ねてみるのは有効か、と。

しかしもうその時間はないだろう。恵林寺で、このスマホは渡さなければならなくなるはずだ。

思案し、浅見は言った。

「では、こういうことはできますかね？　メールのやり取りなどのすべての記録を、あなたのスマホに送るんです」

茜はちょっと考え、

「それはちょっと判りません……。それでしたら、メールそのものは無理でも上園さんのこのメールのサーバーに、他の端末からも入れるようにしたほうがいいと思いますけど。ただ、メールアドレスとパスワードがいるんじゃないかな。見てみます」

「お願いします。僕はその手のことは苦手でして」

茜は懸命に操作を続け、やがて残念そうに言った。

「やはりメールアドレスとパスワードが必要ですね。メールアドレスはスマホで使っているものだとして、パスワードは……。何桁（けた）なのかなあ……。メモ帳なども見てみましたけど、パスワードらしきものが書かれたりはしていません」

浅見が労（ねぎら）った時には、乾徳山（けんとくさん）恵林寺が目の前に見え始めていた。

堂々たる古刹（こさつ）だ。

総門の前の駐車場に空きを見つけることができた。車が停まると、助手席の茜は上園望美のバッグを膝（ひざ）の上でしっかりと抱えた。

それからさほど間をおかずに、スマホが鳴り、犯人の声が指示を伝えた。

『五分ほどそこにいてくれ』

先ほどの場所から犯人もここまで移動してきたのだろう。浅見はバックミラーに気を配っていたが、怪しい車は見受けられなかった。

これからの五分で、どこかに車を停めた犯人は、彼にとって安全な受け取り手段の仕込みをするつもりだと思われる。

「上園さんは無事なんでしょうね？」

気持ちのこもっている少し強めの声で茜が質すと、

『心配には及ばないって』と、男は力みもなく応じた。『なんだったらあいつの声も、次のスマホに届けてやる』

「次のスマホ？」浅見が聞き返した。

『お前らの運んで来た物と交換で新しいスマホを渡す。この先の連絡はそれで取る。そうそう、浅見さん、〝マイダスタッチ〟の基本資料もそれに送るからな。公的な血縁記録に匹敵する切り札をそこから見つけてくれよ』

じゃあな、と言って通話は切られた。

浅見はまた腹の底に、苛立ちと怒りを混ぜたような熱さを覚えた。隔離病棟で待ち続ける少女の表情が想像のスクリーンを過るのだ。身勝手な動機と要求を振り回して奪っているのがどのような時間なのか、この犯人は判っているのか――。

しかし今更それを言っても仕方がないし、やるべきことに集中して最善を尽くすだけだ。

浅見は仕事用の小さな手帳を取り出し、「ちょっと貸してもらえますか」と、茜からスマホを受け取った。

ページをめくって目当ての電話番号を見つけ出し、その相手を呼び出す。

『はい。沓掛』

「ああ、沓掛先生。浅見光彦です」

『おお、浅見さんか』

「お忙しいところすみません」

沓掛は都留文科大学の教授である。浅見が以前、土肥金山を巡る謎の黄金ルートのルポを書きあげ、その追加取材をしていて出会った歴史家で、戦国時代を中心に数冊の著作がある。

「先生の専門知識をお借りしたい事態が発生してしまいまして」

『取材というか、個人的な勉強会は明日じゃなかったかな?』

「そうなのですが、申し訳ありません、急な話でして」

『急ね。……緊急事態の発生、か。どうやら、探偵じみた働きに関係していそうだね。いや、判った、詳細はいい。なにが知りたいんだね?』

浅見は、小津野本家の先祖にかかわるらしい、武田家の金山事情について教えを請いたい、とあらましを伝えた。

『小津野家の、当時の歴史的な背景ということだね。あっ、待てよ……』

「なにか?」

『武田家家臣としての小津野家を研究している教授を知っているよ』

「そうですか」浅見は思わず、シートの中で身を乗り出した。

『高橋教授……。そうそう間違いない、高橋教授が詳しいはずだ。連絡を取ってみようか?』

「お願いできますか? そうしていただけると助かります。これは借りているスマホですので、お返事は僕の携帯電話にください」

『承知した。――あれっ。ところで君はどこにいるの？　東京かい？』

「いえ。もう山梨にいます。塩山です」

『そうか』

「ですので、時間と場所が合えば直接お会いすることもできます」

了解してくれた教授に何度も礼を伝えてから、浅見は電話を切った。

「〝マイダスタッチ〟解読の援軍になりそうなんですね？」

と茜が声をかけてくる。

「犯人に振り回されているので、面談時間が確保できるかどうかは判りませんけど」

答えながら浅見は、今の通信履歴を削除した。

それから二人は恵林寺についての情報の入手を始めた。境内（けいだい）に呼び込まれるかもしれないので、マップを頭に入れることを優先的に。

そして犯人からの指示が入る。

『そのスマホはもちろんだが、望美のバッグも持って恵林寺の境内に入れ。そして、庫裡（くり）へ向かうんだ。拝観料支払所でもあるな。方丈（ほうじょう）の右側だ。その建物の近くにいろ。そこに到着した頃に、次の指示を出す』

言われたとおりにするしかない。境内の案内図を頭に入れておいて正解だった。

浅見と茜は呼吸を合わせるかのように見つめ合い、それからそれぞれのドアハンドルに手をのばした。

暑さに頭上から襲われる中、二人は駐車場を横切って総門に向かった。重々しく巨大な一対の石灯籠（いしどうろう）が威厳を示している、黒塗りの門だ。松や桜、種類の豊富な木々が葉を茂らせ、門の中へと進むと心なしか涼気（りょうき）も感じる。

次の門へと、真っ直ぐに参道がのびている。両側には杉並木だ。幹が相当に太いものもあるが、観光地のように統一を図るような刈り込みはされていないらしく、幹の太さや枝振りはとりどりで、そうした木々の姿はそれぞれがくぐり抜けてきた何百年間もの時の重みを感じさせた。目にするだけでも、鎮められていた気持ちがさらに整えられていくような参道だ。

「空気がもう、違っている感じですね」静かに茜も言う。「自然と厳かな気持ちになる……」

「足取りも、いつも以上にゆっくりと……」

しかしもう一つの心情としては当然、足早に進みたい思いもある。

(自分たちは被害者の立場だが……)

それでも犯罪に関係している者が奥へと進んで行くことに気後れを感じる。

次にくぐり抜けるのは枯淡な朱色の門だった。乾徳山と記された額が大きく掲げられている。

その先にも真っ直ぐに参道が続くが、ここからは庭園の趣が増す。大きくはないが、配置された苔むす岩が味わい深い池が広がり、この空間では蟬の声も風情である。

そして三つめの門。その名も三門。

上園のバッグを抱えている茜が足を止め、三門の左側の門柱に視線を走らせた。

「本当に、ここだったのですね……」

白く掲げられている文字。

滅却心頭火自涼

ガイドに書かれていた。有名な、「心頭を滅却すれば、火も自ずから涼し」という言葉が発せられた場所。

浅見と茜は楼上を見上げた。低い手すりが巡らされた回廊のように見える。

信長軍の焼き討ちに遭った際、快川国師ら僧を含む百名余が、寺と運命を共にしたという。その時、快川国師が三門の楼上で「心頭……」と唱えて自ら炎に没したと伝えられる。

「全山灰燼に帰したそうですから、これらは再建されたものでしょうけどね」

「あっ、そうですね」

門をくぐって視野がひらけると、浅見は混み具合を改めて確かめた。

「なるほど。犯人には都合がよさそうな人出ですね」

「そうなんですか？」

参拝者や観光客の姿は、あちらこちらで目につく。しかし週末を感じさせるほどの混み具合ではない。

「自分の行動が妨げられるほどの混雑ではないですけど、姿を紛れ込ませるには充分です」

「ああ、そうですね」

「これが開山堂ですか」

方丈はこの後ろにあり、そこにはよく知られたうぐいす張りの廊下があるはずだ。そして、方丈から見て北西側の奥に、武田晴信（信玄）の墓がある。重要文化財や寺宝も多く、歴史好きにはたまらない聖地の一つだろう。

しかし浅見と茜にはそのような余裕はない。

「右手に回り込むと、本堂庫裡らしいですね……」

言いつつ浅見が足を進めたところで、茜が持っているスマホが電話の着信を知らせた。

『原口茜さんですか？』

茜が出ると、唐突に聞こえてきたのは犯人とは違う男の声だった。

戸惑って立ち止まると声が続く。

『日下部警察署の添島といいます。浅見光彦さんに代わってください』

「は、はい。今代わります」

スマホを受け取った浅見にもう一度名乗った添島刑事は、「もうこのスマホの電話番号を突き止めましたか」と浅見に尋ねられて答えた。『上園望美さんが入院の際、連絡先として記載したナンバーに掛けたのですよ』

「仕事が早いですね、添島さん」

『お兄さんにも連絡を取らせていただきました。刑事局長に』

「——えっ⁉」

その場に釘付けになる思いだった。

『ご関係はたまたま承知していたのです』抑揚乏しい刑事の声が説明する。「ほら、以前浅見さんは、南部警察署や甲府警察署に跨がる事件で捜査に協力して走り回っていたでしょう。あの件は表向き解決した後も、権力者たちが秘めたがる暗闘があったらしいということで捜査畑は多少ざわついていましてね、その時分に、あなたの兄上が警察庁刑事局長らしいと知れ渡ったのですよ』

「あの頃に、もう……」

『当時私は甲府署の地域課にいましたが、今は日下部警察署の刑事課に異動になっております』

「そうでしたか」

『今回お名前をお聞きして、すぐに思い出しましたよ』

そしてさっそくのご注進に及んだか。

無理もない。自分の管轄する事件で、刑事局長の実弟に傷一つつけるわけにはいかないだろう。

「ですが添島さん。犯人とすぐにも接触しなければならないので、今話している時間はないのです」

『無論、その件で電話しました』刑事の声がやや性急になる。『犯人を捕まえようなどとしないでください。向こうの指示どおりにすればいいのです。絶対に無理はしない』

「はい。アクションヒーローの真似をするつもりはさらさらないですよ」

浅見と茜は、辺りを警戒しつつ、人混みを視線の盾にして進んでいた。切妻屋根の本堂庫裡はかなり大きな建物だった。

「添島さん。電話しているところを犯人に見られるのもまずいと思います。切りますよ」

『まずはご自分たちの安全を第一に。人質の安否はそれに伴って我々が――』

「はい。もう本当に時間がないので」

焦りつつ浅見は電話を切った。本堂庫裡入口の脇に立って、今の着信履歴も削除する。

俄に緊張感を覚え、喉の渇きも意識され始めた。

人の流れに気を配っていると、着信があり、今度は犯人からだった。

余計なことをしているな、といきり立った怒声が飛び出してこないかと身構えたが、それは杞憂だった。

『入口にもう着いているか？』

「着いています」浅見が応じた。

『では、中の受付窓口に、そのスマホも入れた望美のバッグを落とし物として届けるんだ』

（落とし物か……）

『その際、拾った場所はこう告げろ。三重塔の横、向かって左側奥にある石垣の上だ』

「三重塔の横、向かって左側奥にある石垣の上」浅見は復唱した。三重塔とは、仏舎利宝塔のことだろう。「了解です」

『それが終わったら二人で、宝物館の南側の小道から駐車場へ向かえ。駐車場へ出た場所の左手の角の茂みの辺りに、次からの連絡用のスマホを入れた袋を置いておく。最初に、望美の声を聞かせてやる。では、さっさと取りかかってくれ』

言われたとおりに、二人は窓口に届け出た。拾ったと伝える演技は茜のほうが長けていた。

その後二人は本堂庫裡の敷地からやや急ぎ足で南へと出て、宝物館をすぎてから左手へと曲がった。浅見たちが車を停めた総門前以外にも一般駐車場があり、その一つへと抜ける小道だった。右側は関係者の住宅なのか、そこにいる可愛い犬にじっと見られながら駐車場スペースへと出る。すぐ左側にちょっとした石垣の一角があり、そこに茂みがのびていた。

「これでしょうね」茜が言った。

ごくこぢんまりとした茂みだが、葉の密度が濃いので、二人はしっかりと掻き分けて袋を探した。

「ないですよねえ」

呟き、茜は角を曲がってキョロキョロと探る。

こちらの草陰も浅見は覗いたが、見つからない。

この間に犯人は、落とし物の持ち主として名乗り出、バッグを回収しているのだろう。妻か恋人が落としてしまって……と説明して。もともと上園望美の持ち物なのだから、人物確認はスムーズに行なわれる。

「いったいどこに……？」

不安げに焦る茜が通りすぎようとした細い木に、浅見は小さな紙袋を見つけた。

「そこ、そこですよ、原口さん」

「え?」

急ブレーキをかけるように踏みとどまり、茜は視線をさまよわせる。

「枝の上です」

「――あっ」

背の低い茜の頭の上にある枝だった。二股になったところに、茶色い紙袋が載せられていた。

「茂みの辺り、とは微妙な言い回しをしてくれたものですね」

紙袋を手に取り、浅見はすぐに中身を検めた。味も素っ気もない、黒い筐体のスマートフォンが一台入っていた。

「これに間違いないでしょう。庫裡に引き返しましょう」

気合いを入れて頷く茜と、足早に元の場所を目指す。

開山堂が見えるようになると、観光客たちによる賑わいのざわめきが五感を包み込んだ。

浅見は、記憶にある上園望美の姿を人混みに探した。犯人がここに彼女を連れて来ているとは思えないが、探す手掛かりがそれしかない。

団体客が遠ざかっていくところで、ふと、それが視野に入った。人々の隙間から見えたそれは、若い男が、手にさげていたのを胸元に抱え直した女性用のバッグだった。

「あっ」

浅見と同時に茜も声をあげていた。

「原口さんも見ました?」

「上園さんのバッグですよね、あれ」

浅見は走りだし、茜もすぐにそれに続いた。

だが直後に、「あっ！」と小さく叫んで茜が転倒した。気づいた浅見は急いで引き返し、立ちあがろうとする彼女に手を貸す。

「たたっ……！」

ちょっと足首を痛めているようだ。石畳の縁(ふち)に躓(つまず)いたらしい。

おばちゃんたちが寄って来て、「大丈夫かいな、お嬢ちゃん」「気ぃつけなあ」と、口々に声をかける。

ちょっと恥ずかしそうにしながらも、茜は礼を述べて安心させた。おばちゃんたちが離れると二人は先ほどの場所に目を向けたが、無論、人々の姿は入れ替わっている。団体客の姿もすでに見当たらない。

浅見に腕を取られたまま、茜が問いかける視線でおずおずと見上げてくる。

「なんかわたし、足手まといになってませんか……」

（とんでもない！）

なぜそんな風に思うのか、浅見は心底驚いた。

「僕の辞書には、足手まといの文字はありません」

胸を張って言うと、茜はささやかな笑みを見せた。

「ふふっ。落丁(らくちょう)ですね」

「脱字ぐらいじゃないですかね」

「どっちにしても、ルポライターにはよくないです」

「買い換える気はありませんね」浅見のやや鋭くなった視線が人混みのほうに向けられた。「それに今、牧羊犬(ぼくようけん)じゃあるまいし、つい反射的に追ってしまいましたが、してはいけないことでした。刑事さんに言われるまでもなく、素人が犯人をへたに刺激してもどうにもなりません」

「上園さんを助け出した後でないと、捕まえるわけにもいきませんしね……」

茜の脚の様子を見ながら、二人は歩き始めた。とりあえずはソアラに向かう。

「指紋を調べても無駄でしょうから素手で触ってしまいます」

断るように言って浅見は新たなスマホの電源を入れ、暗証番号登録などは飛ばしてとにかく起動状態にした。

車に乗ってクーラーが効き始めた頃、遂に着信があった。

『上園です』

「ああっ、上園さん！」茜が安堵の声を炸裂させる。

『ごめんなさい。こんなことになって』

「いえ。そんなことは」

『今、わたしのスマホとバッグ、確かに受け取りました。調べるみたいです、あいつ』なにか言われたようで、少し間があく。『はいはい。浅見さん、〝マイダスタッチ〟の資料、送ったそうです。スマホも袋も、指紋なんか調べても無駄だと言ってます。それと、〝マイダスタッチ〟の現物を探すための手掛かりとして〝軍師〟の素性を伝えるかどうかは、これから検討するそうです』

「一つ、お訊きしたいのですが、上園さん」

浅見は問いかけた。メールサイトへアクセスするためのパスワードをぜひとも知りたいところだが、あからさまにそれを訊いたりすればさすがに〝ひとし〟も警戒して黙っておらず、入手を妨げるだろう。

「もちろん隣の男の許可をもらってからでいいですが、ぜひ、お答えください。〝ミダス王〟との血縁を証明する場合、有利に働く手掛かりかもしれませんので。あなたの過去のすべてを知る必要があります。過去の情報です。短い言葉にまとめる必要はあるでしょうけれど、過去とつなげて情報全体を見たいのです。判りますか？」

『え？　ええ……』

〝ひとし〟と言葉を交わしたらしい間があいた後、

『判りました』と、しっかりとした望美の声が返ってきた。

「上園さんが生まれたのは阪神淡路大震災の時のようですが、もしかすると、出生の記録もご両親のことも、その大混乱の中で不明になったということでしょうか」

『そうなのです』

「すると、誕生日も不明で、公的に使用している誕生日も仮のものなのでしょうか？」

『そう。本当の誕生日は判らないのです。ですから、今の誕生日にわたしはほとんど意味を感じません』

浅見は確信した。上園望美は、パスワードのことを話していると理解している。それが今の、あまり自然とはいえない言い回しになっている。誕生日の数字はパスワードとして使っていないという意味だろう。

『でも、震災の起こった年月日は、わたしの出生に意味を与えたような気がします。平成七年の一月十七日。算用数字で書けば、７１１７。シンメトリーでしょう』

『シンメトリー？』

横から〝ひとし〟の声がした。

『左右対称になってるじゃない。――そう、六桁。六桁ぐらいあってシンメトリーだと、もっと格好いいけど』

『それが〝ミダス王〟と関係しそうなのか？』

『直接にはないけど、先があるの。シンボルみたいな意味を感じない？　わたしの名前もそうなんですよ、浅見さん』

口調が性急になっている。〝ひとし〟に疑われる前にできるだけ伝えておきたいのだろう。

『赤ん坊のわたしに施設でつけてくれた本名があります。それが上園家に入って、名字が変わった。最初の名字は関係ありません。浅見さん、今の姓名こそ、わたしにとって意味あるものなのです』

困惑しつつ不機嫌そうな〝ひとし〟の声が割り込んできた。

『その話、長くなりそうだな。細々と、遠回りなことをしゃべっている暇はないんだよ。それよりもっと直接的な手掛かりがある。そのファイルを送ったんだから、それをまず調べればいいんだ』

その後は一言を発する間もなく、通話は切られていた。

浅見がスマホの画面を確認すると、「いい武器を探し出せよ」という件名のメールが入っており、それには三点のファイルが添付されていた。

ファイル名はそれぞれ、

家臣小津野の隠蔽

捜査まとめ

地表探査データ

となっている。

「地表探査データ……」浅見は想像を呟きで漏らした。「〝ひとし〟に隠し金山なんてものを妄想させたデータが、ここにあるとでも？」

「次の行動、指示されませんでしたよね」

と茜が訊いてくる。

「この資料を頭に入れろということなんでしょう。向こうは、スマホやバッグの中から〝マイダスタッチ〟を探す時間です。病院へ戻りましょう。刑事さんたちもいるようですし。原口さんは免許を携帯してますね？」

「はい」

「足首は問題ないですか？　……では、運転をお願いします。僕はこの資料を早く読みたいので」

浅見と茜は、シートを入れ替わった。

愛車の運転を他人（ひと）にまかせたのは数えるほどだ。女性だと今まで、四人ほどいただろうか。

スマホを操作した浅見は、電話で尾藤医師を呼び出し、上園望美のバッグ類は犯人側に渡ったという報告と、自分たち二人は無事で、これからそちらに引き返す旨を伝えた。

山梨県立先端医療センターまでは、真っ直ぐ向かえば四キロほどの距離だ。

第三章　黄金の幻への地図

1

後部座席の真ん中に私は座り、右側が龍之介、左側が一美さんだ。靴は自前の物に履き替え、手回り品も持参している。龍之介は足先を気にするように時々目をやっており、長靴を履いている感覚がまだ残っているのかもしれない。

運転しているのは、楢崎聡一郎。高級なスーツを着こなす渋い中年が運転手だと、リムジンにでも乗っているような気持ちになる。実際、乗っているのは高級セダンで、三人が並んでも窮屈感はまったくなかった。

犬山省三は、若手の運転する車に乗って後ろからついてきている。

重川沿いにのびている道を南に走っていた車は、左へと向きを変えた。砂金採りイベント会場から、下流へほんの五分ほど走った地点である。道は狭くなり、ややのぼり傾斜だ。

俄に、山道の気配になる。道の両側は並木も同然で、周囲の起伏ある土地も樹木が埋めている。

「……すると阿波野さんは、イベント会場に出向く予定ではなかったのですね？」

つい今までしていたこの話題が、また口を突いて出る。鮮烈な記憶がフラッシュバックするようだ。崖を落ちてきた人体。炎と金色が乱れる車内。

「さようです」

小津野財団本部の相談室長は神妙に応じる。

「阿波野はもっぱら、計画段階でのまとめ役でした。陣頭指揮を執っているといってもいいほどの熱心さでしたね。近藤と二人で実現させた計画です。皆さんもご覧になったとおり、近藤は会場での責任者でした。……阿波野も楽しみにしていましたから、イベントの成功を見届けたかったでしょうに。今日はいつもどおり、歴史景観研究センターでの仕事でした」

無念そうだ。

阿波野順は、この春からの中途採用だそうだが、強引なほどのやり手として頭角を現わしていたという。

「ですと……」一美さんが思案がちに言う。「やはり、阿波野さんの意思であの現場まで来たということではなさそうですね」

「恐らく」榴崎は小さく言い、龍之介が「犯人が車に乗せたのでしょう」と妥当な推測をする。

「その時阿波野さんに意識があったとは思えませんね」

すでに死亡していたのか否か。

その状態の阿波野の体を、犯人はどうしたかったのか。

少し生じた間の後、車内の空気を変えるかのように、一美さんは、

「砂金採集のことで、基本的なことをお訊きしたいのですけど」と、榴崎のほうに若干身を乗り出した。

「どのようなことでしょう？」

「川というのは大抵、言ってみれば公のものですよね？」

「ほとんどの河川は、都道府県や市町村といった行政区や自治体で管理されていますね」

「その川から、個人が勝手に金を持ち去ってもいいのですか？」

犬山のような採取マニアは多いだろう。

「個人が楽しむ分には容認されているということのようです。川原の石を勝手に持って行って積みあげるオブジェにしたり彫刻にしたりする人もいますね。端的にいえば、釣りなど典型でしょう。国が管理する一級河川から魚を自由に獲っているのです」

趣味として楽しんでいるということだ。

「それらは、うるさいことはいわず、黙認し、容認しているのですね。ところが、魚を獲る場合も、大きな網を仕掛けたり生け簀まがいの施設を作り始めたらいけませんですね。これは業務と見なされる行為になります」

家族の食卓のおかずにします、では済まない。

「利益を発生させる行為は勝手にはできない。いうまでもなく許可がいります。なかなか厳しい許可が。今回のイベントは、河川管理者である県が主導で企画・開催されましたから、その点は最初からクリアされていまして、問題ありませんでした」

車は山道をのぼっている。右側の路肩下は平地のままで、この車道との高低差が広がっていた。

木の密度がそれほどではない森林が見渡せるようになっていく。

「県がこうした大型イベントを始めたということは……」窓の外を眺めたまま龍之介が言った。

「単発ではなく、続行の機運もあると思っていいでしょうかね」

砂金採りイベントがこの先も開催されるのではないかと、彼は期待しているようだ。

「実際、総合的なプロジェクトとして動いているとわたくしは聞いています。良い例は、金山跡です。黒川金山と中山金山は、平成九年に国史跡指定されました。それまでは、専門家が資料を有しているぐらいで、『かつてここには金山があったんだよね』という昔話で済まされていたようなところがありました。しかしその価値を見直そうと、大々的な学術調査をし、再発見されたも同然のその遺跡の魅力と意義を国に納得させたわけです。これら金山跡は、今では県内有数の観光名所ですし、山梨の歴史を語る上での重要な足場となっています。そして今回、それを砂金でも始めていいだろうとの企画が動き始めました」

「楽しみを提供しながら、総合的な価値づけをしていくということですね？」

龍之介には、学習プレイランドの所長としての興味もあるのだろう。

「まさに」

楢崎は深く頷き、

「知る人ぞ知る砂金の採集場所、であってもいいのですが、せっかく有名な金山跡もあるのですから、それと連動した県全体の招致活動があってもいいでしょう。無論、どの川も些細な量しか採れませんから、ゴールドラッシュのようなにぎわいにはなりません」

「むしろ、そんな風にならないほうがいいでしょう」一美さんが言った。

「おっしゃるとおりですね。一過性の騒ぎが望みではありません。地道に続いていけばいいのです。家族で楽しめる行事として、全国の方の頭に入ってくれればなによりです。そしてそれは、景観や防災を含めた河川の適正管理への興味につながっていただけると嬉しい。そのような県庁の趣旨でしたので、小津野グループも協賛させていただいたのです」

河川の景観保護や防災対策。阿波野の職場であった歴史景観研究センターでは、そうしたことを行なっていたのかもしれない。

「あっ」

声をあげた龍之介が窓の外を指差す。

「あの建物はなんでしょう？」

右側の平地にあるようだ。首をのばすようにして私も見てみる。一美さんも体を寄せてきた。ドキッ。

学校の敷地ほどの面積がひらけており、歴史のありそうな木造建築物が中央にあって目を引く。周囲に二、三棟、近代的な建物もあった。

距離にして二百メートルほど。こちらのほうが数十メートル高いので、屋根を見下ろす位置関係である。

「本部エリアと呼んでいる一画です。本部棟があります」

そう楢崎は答えた。見るまでもないので、前方に目を向けたままだ。

「本部というのは一ヶ所と決まっているものでもないのですけれどね。山梨市の駅前ビルも中枢的な拠点です。今向かっておりますす会長の私邸も、ビジネスの要人を招く場所として貴重な本部です。下に見えていますす古い建物は、さすがに信玄公時代からのものではありませんが、江戸時代に造られた武家屋敷を代々守ってきましたものです」

心なしか誇らしげな口調だ。

「本部といいますか、私どもの根城かもしれません」

そのように軽く笑い、楢崎は続ける。

「元武家屋敷は、一部が展示資料室になっており、一般公開されています。無料で。その周囲に、管理棟やオフィスとしての本部棟が建っています」

根城、か。信玄公たち名君の家臣であった先祖の自負を、強く持ち続けている血筋がいるのだろうか。会長である小津野陵はどうなのか？

「……わたくしども全員、イベントの盛りあがりを楽しみにしていたのですが」

不意に心痛が込みあげたかのように、楢崎は細く声を出した。

「中断を余儀なくされるとは……。それも、これほどの悲劇で」

慰めというわけではなく、素直に思ったことを私は口にした。

「でも、たまたま会場近くで事件が発生しただけで、イベントそのものの不首尾や落ち度ではありませんから。あっ、でも……」

被害者は、イベントにかかわっていた職場の男性だ。無関係とはいかないか。しかもどうやら……。

「事件の真相次第でしょうね」その辺、一美さんは率直に口にした。「内部犯だとすると、影響がないとはいえない」

「動機にもよるか……」

男女関係のもつれなどなら、私的な犯罪といえる。しかし、イベントの裏側に殺意が交錯する理由があったのなら——。

「その点、どう思う、龍之介？　なにか推測の立つことってあるか？」

「動機はまだ分析不能です。ただ、阿波野さんは二度殺されたのではないかと思っているのですけど」

——二度⁉

不意を突かれる。私も一美さんも反応が凍結した。

楢崎もブレーキ操作を間違えそうだった。

「あの車がハンドル操作を誤ったのは、そのためではないですかね」

例によって龍之介の頭の切り替え、そして応答は早い。寸前までそのことを熟考していたかのようだ。そして実際そうなのだろう。パソコンが、複数のプログラムを並行して処理しているようなものなのだ。

興味のある出来事に集中してその会話を進めていても、同時に、脳の別の場所では難解な思弁を行なっていることぐらいは普通である。

話がどんどん進みそうだったので、私は引き留めた。

「待て待て、龍之介。運転手の動きの前に、阿波野さんは最初、どこで殺されたっていうんだ？」

奇態な質問である。

まだ場所は特定できませんという答えはもっともで、

「ただ、被害者の全身が濡れていたことからどうしても想像してしまうのですが……」と龍之介の返答は続いた。「川が犯行現場なのではないでしょうか」

「川……」

運転席で楢崎さんも、慎重に聞き耳を立てている気配だ。

「犯人は阿波野さんを川に沈めるように押さえつけ、溺死——というより窒息死させたとの仮定は妥当だと思います。もちろん、死亡したと信じたという意味ですが」

「犯人は、死んでいる阿波野さんを車に乗せ、運んでいるつもりだった」

「そうです、光章さん。気絶しているだけと思っていたならば、手足を縛ったりはしたはずです。犯人はワンボックスカーの荷台に遺体と信じていたものを置き、シートで覆って車を走らせていた。遺体を処理する場所を目指していたのでしょう」

「……それでなにが起こったのです？」

と怖々尋ねるのは楢崎だ。ただでさえ右側は崖になっている蛇行する山道だ、運転ぶりは慎重だったが、さらにゆっくりと車を進めている。

「阿波野さんは息を吹き返したのでしょう。溺死や窒息死ですと、ままあることです。素人には判断がつきづらい」

「その先は？」と私。

「阿波野さんはシート越しに身を乗り出して、犯人である運転手に反撃したのです。襲いかかったのですね。犯人が驚いたためか、阿波野さんの動きが誘発したのか、車体が九十度向きを変えるほど急ハンドルが切られた。そして路肩の岩にぶつかったのです」

「それでか！」私は一つの納得を得た。「奇妙にも感じたあの衝突の仕方も説明がつく。車は斜めにぶつからず、ほぼ直角に、正面から岩にぶつかっていた。常識的な運転ミスとは考えられなかったけど、ハンドルを奪われるような争いがあったとすれば、あの事故も起こり得る」

「でも、大事故は免れた」と一美さん。

「それでも助手席に積まれていた物品は飛ばされ、容器の壊れた金アマルガムがダッシュボード周辺にかかった。そんな車内で犯人と阿波野さんの争いが始まります。——この想定が浮かんできたのは、犬山さんたちの証言があったからです」

「どの証言だ、龍之介？」

「時間経過ですね。あの方たちが車が衝突したような音を耳にしてから、黒煙を目にするまでが数分以上とのことでした。その前から立ちのぼっていた黒煙を見逃していたのではなく、複数の証言によって、黒煙が立ちのぼり始めた時間であるのは確からしいです。軽く五分は経っていた。一方で、私たち三人の経験ではどうか？　車内から人が転落してくるのを見かけて駆けつけ、車から炎と煙が立ちのぼるまではどのぐらいの時間が経過したか。何分程度と思いますか？」

問われ、私と一美さんは、二分か、もしかするともっと短かったかもしれないと答えた。

「僕もそう思います。仮に、車が岩にぶつかり、その反動で後退して脱輪したか、慌ててその場を立ち去ろうとして操作を誤って脱輪したのなら、衝突音が聞こえてから黒煙があがるまでは三分ほどであるはずです。ところが実際は、五分以上経過していたといいます。では、その差の二、三分はなんなのか？　運転手が失神していたのではないとすれば……」

「二人が争っていた時間なのね」一美さんの双眸に納得の光がある。「それにこの仮説だと、阿波野さんの死亡推定時刻が発見時の直前だったという法医学的な事実ときれいに合致する」

「そうなのです、長代さん。運転手が失神していたのなら、ここで、二度めの窒息死——扼殺という事象が発生する余地はない。あの二、三分間に扼殺に至る争いがあったと考えるべきです」

「すごい……」楢崎が、唸り声混じりに呟いている。

「争い、そして不幸なことに今度こそ阿波野さんは絶命してしまいます」龍之介は、脳内で再現されている犯行シーンをじっと見詰めているかのようだ。「犯人は改めて、遺体を荷台に横たえる。それから車を動かそうとする。しかしここで、気が高ぶっていたせいでしょうか、運転ミスをして脱輪してしまった。衝突のダメージがあった車体にはさらに路肩から転落しかかる振動が加わり、荷台のドアまで跳ねあがる。隠そうとしていた遺体が白日の下に晒されたのです。そのうえ、車は動かせなくなってしまった。さて、犯人はどうするか」

「走って逃げ去ること以外にか？」反問してから私は気がついた。「そうだ。火をつけているよな」

「はい。証拠隠滅です。自分が運転席にいたことを明かしてしまいそうな微細な鑑識的な遺留物を消し去ろうと考えたのですね。ハンドル周辺には犯人の指紋がべたべたとついていたのではないでしょうか。そしてそれよりも厄介なのは争ったことです。犯人の毛髪なども何本も落ちている可能性が高い」

「そうだな。もしかすると血痕も」

「それらを一気に消す方法として、犯人は現場を燃やすことを選択した。……楢崎さん」と、龍之介は運転席に声をかける。「あの車の荷台には、燃焼を助ける溶剤がありそうですか?」

「現場の細かなことまでは判りませんが……、センターの業務で塗料は使うはずですから、シンナー類もあったのではないでしょうか。それに車の備品としてのオイル系統のものもあるでしょう」

龍之介は礼を言ってから、

「荷台の棚に残っていたそうした燃焼しやすい溶剤を運転席に振りまいて、犯人は火をつけたのでしょうね」と推測をまとめた。

あの車の荷台には左右両側に棚が作り付けられていた。床に置かれていた物は川原へ落下したが、棚の中の品は多くが残っていた。

「そして犯人は、わたしたちに姿を見られないうちに走って逃げたのね」吐息をつくように一美さんが言っていた。

「想像の部分が多く、確度の高い推定ではないですけど……」

龍之介の自己分析に、

「そんなことはないでしょう」と楢崎は実感を込めて丁寧に言い返す。「どの推定パーツもピタッとはまっている。事態が自然な形で再生されていて、他の推論など思いつきませんよ。自然にすんなりと受け入れられるのは、真実だからでしょう」

最初の首絞め場面の詳細はともかく、車中での動きには、まあ、大きな疑問はなさそうだな。

「吉澤警部補に伝えてあげるべきですね、今の推理」楢崎は高揚さえしているようだ。かすかに唇を湿らせる。「どんな顔をするかな」

しかし龍之介はこともなげに、

「警察の皆さんももう捜査方針としてこれは想定していますよ、きっと。物証で固めながら」と言うが、果たしてそれはどうだろう。

間違いなく言えるのは、刑事からの事情聴取はまだ受けることになるだろうな、ということだ。人体の落下を見てから発火までの時間は、正確には？　などと。

傾斜がなくなり平らになった路面を進むと、すぐに、洒落た大きな邸宅が見えてきた。

「お待たせしました、小津野の私邸です」

そう檜崎聡一郎が告げた。

2

見晴らしがいい。

龍之介は、強い日射しを遮るように手庇をして、眼下と眼前に広がる山容を眺め渡している。百メートルほど下には森林が広がり、右手のやや遠方には、先ほどの武家屋敷や本部の建物が屋根を覗かせている。

森の奥にはなだらかに山襞が盛りあがり、それは左側――東へ向かって高さを増していく。高所恐怖症の龍之介は、地面の際まではあまり近付いていないが、この景色は楽しめているようだ。

龍之介より少し前方にいる一美さんを包むように風がすぎていった。

私の目は、小津野の邸宅に引き戻される。ちょっとした美術館ではないか。少なくとも私はそう連想してしまう。

白い建物だ。左右への広さを感じさせる。中央にある玄関はメタリックな円柱とガラス壁で造られ、シンプルながら壮麗（そうれい）な印象だ。玄関両翼にもガラス壁が多い。こうした手前の一角は一階のみだが、奥が二階建てになっている。

「美術品しか住めんのじゃないか」

そんな皮肉な感想を口にするのは、緑のジャージのおじさん、犬山省三だ。彼を乗せてきた車は、広い駐車場の隅に停められている。

「えっ、どうなの、楢崎さん。展示室の住み心地は？」

「わたくしは居住しておりませんので」と、返答は如才（じょさい）なく穏（おだ）やかだ。

「一般人なんだけど、入館は無料？」

「どなたにもお支払いいただいたことはありません」

犬山を乗せてきた車の若い運転手役は、

「年間パスポートなら、多少支払っても手に入れたくなりますね」

と一美さんに笑いかけられ、うっすら紅潮しながら、「は、いえ……」とまごついている。女性のように声の高い人だ。

眺めのいい敷地の縁（へり）まで犬山は大股（おおまた）で進み、いきなり言った。

「どこまでが私有地なの？」

楢崎は隣に並ぶ。

「おおよそ、正面の山の峰の手前までがそうです」

「私有地なんですか！」私たち三人は啞然（あぜん）となった。

言われればそうかもしれないが、山林の一部が個人の所有とは。しかも、一部というより一帯だ。

「東から北にかけましては、目が届きます範囲は大体そうです」

――げげっ！

「西は、重川沿いの公道の手前まで、ですね。かつて小津野家に与えられました封土はもっと広いものでしたが、明治四十五年に一部が水源林として当時の東京市に買いあげられました」

犬山の興味は別のところにあるようだ。

「不動産評価額はどれほど？」

「それは資産管理部の管轄で、たぶん、公表はされないかと」

「この辺は、なんという地名なんですか？」

と、一美さんが訊く。

「いえ、地名というものは別に……、私有地ですし……」

「小津野平というのはどうだ？」とは犬山の勝手な命名だ。

「それもなかなかよろしいですね」

建物や、そして主に土地についての驚きの案内が済んだところで、私たち一行は玄関へと向かった。

広々とした玄関ホールの床は、磨きあげられた御影石のようだった。正面には、これも悠然と広い階段がある。石造りに見え、着飾った貴婦人たちがおりて来そうな雰囲気だ。

それをのぼると、黄色いガラスが衝立のようになっているコーナーが出迎える。幅三メートルほどのスペースの三面を、ガラス壁が囲んでいるのだ。半ば透けるようにして、向こう側にあるらしい彫刻の立像が、シルエットとして見えている。

そのコーナーによって、濃いえんじ色の絨毯が敷き詰められている広い廊下は左右に分けられているので、私たちは右側から回り込んだ。

そこにはやはり彫像が立っていたが、それを一目見た途端、私たち客人からは一様に、「えええっ！」やら「おおっ」やら感嘆と驚愕の声が飛び出した。

裸婦像が黄金でまばゆく輝いていたのだ。

私の声は張り詰めた。

「塗装じゃないですよね？　純金ですよね？」

「もちろん表面だけですが」楢崎はあっさりとしたものだ。

何千回となく繰り返された問答なのだろう。

胸の高さほどまである台座。その上に女性像が立っている。右腕を少し上にあげ、のびやかに上体をひねっている。足下には、からまるようにして、布。リアルな造形だ。

成人の女性だが、平均的な実寸よりは二割ほど小さいだろう。

「このサイズ感がいいですね」本音の感想が漏れた。「なんといいますか……仰々しい成金趣味にならない。芸術としての美しさがある」

「なによりのお言葉です」と、楢崎は深く頭をさげた。

ライティングも効果的だと思ったのは、一美さんも同じらしく、

「キラキラだからとかいうことではなく、本当に美しいです」と溜息をついた。

犬山は彫像の足下に触っていたが、楢崎は咎めようともしなかった。堅苦しく管理するものではなく、もてなしの一つとして客に供するオブジェなのだろう。廊下の奥には、黄金の女神像もあるという。

そのうち、犬山が言いだした。

「神話のミダス王はたしか、黄金に変える能力のある手で娘に触ってしまい、金の像にしてしまったんだよな。それで最終的に、これは呪いだと嘆き苦しむ」

そうなのか？　という問いの目を、私は龍之介に向けた。

「それは後代の創作でしょうね」と我が従兄弟(いとこ)は応じた。「私は『ギリシャ神話』を原書では読んでいないのですが――」

少し申し訳なさそうに言うが、一般的な日本人の大部分はそうだろう。

「信頼できそうな日本の翻訳本ですと、そのエピソードはありません」

「そもそもどういう話でしたっけ？」

一美さんに訊かれ、驚異的な記憶力を持つ龍之介はかいつまんで話しだした。こうした時、龍之介はどうかすると、それが書かれているのは何ページかまで思い出していたりする。

「ミダス王にその能力を与えたのは、馴染(なじ)みのある発音で言えばディオニュソスです。ゼウスの子供とされる神ですね。彼の育ての親ともいえる野性的な精霊シーレーノスを歓待したのはミダス王の徳であるとして、褒美(ほうび)を問うのです」

――出たな。

「ミダス王は、『どうか私の体の触れる限りのものが、何でもみな黄金に変わりますように』と願います。この願いは叶えられ、王宮に戻った王はさっそく試していきます。樫(かし)の木の枝を折ろうとすると、触れるか触れないかのうちにそれは黄金に変わりました。リンゴも、水も。世界中を自分の富に変えることができる。しかし、ご存じのように、王のこの有頂天(うちょうてん)は長くは続きません」

「うまくできてる」

私のこの言葉に、龍之介は柔らかく笑い、

「夕食の席です。食べようとしたパンが、たちまち硬い金の塊(かたまり)に変わってしまいます。肉も歯に触れるやいなや、ガチンと音を立てる。水もお酒も飲めないのです。世界一の金持ちにはなれるでしょうが、飢えと渇きが王を襲います。山のように食料を積んでも、それを目にしたまま体が衰弱していく。王は遂に悔いて、思いあがりの罪を赦してほしいと懇願します。美しい呪いから解放してほしいと」

「赦されるんでしたっけ？」一美さんは先を知りたがる。

「ええ。ディオニュソスは、その能力を取り除く方法を教えます。サルディスという町の外を流れる川を、ミダス王に遡らせるのです」

龍之介自身、川を遡るかのように、窓辺へ向かってゆっくり歩いていた。

「そして、その源泉で身を洗い清めさせます。すると、黄金に変えるミダス王の呪われた能力、魔力は、体を離れ、水に染み込み、流れていった。なので、この川、パクトーロス川からは、今日でも砂金が出るのだそうです」

そうだったのか。そこまでは知らなかった。

砂金――。

その不思議で貴いものは、古より、神話で説明されていたのだな。

「思っていた以上に、小津野会長さんの異名につながるものだったのですね」

一美さんもそうした感想を持ったようだ。砂金にも関係していたミダス王。

「そうなりましょうか」楢崎は控えめに反応する。

砂金の採れる川の多い山梨。そこに君臨するビジネス界の王。さらに先祖は金山奉行で……。

龍之介は南向きの窓から眼下遥かな景色を眺めていた。見晴らしのよかった駐車場と同じ向きだ。何百年、もしかすると何千年も生い茂っていたであろう木々が覆う大地。それが視野の果てまで広がる。

川は流れていないが、砂金で埋まる黄金の川の幻を重ね合わせたくなる光景だ。

ミダス王は山梨県の川の何ヶ所で、身を清めたのだろうか……。

「俺はこの像を見て、ロダンが作った人物像への初期の悪評も思い出したね」

意外だ。犬山が芸術の素養もあることを示した。

「悪評？」

一美さんが短く訊く。

「疑惑というべきか。ロダンが等身大の立像を作った時、あまりにリアルだから、人体から直接型を取って固めたのだろうとか、しまいには、中には人間の体が入っているとまで言われた。人体を塗り固める発想は、人物像作りの陰に常に付きまとうのかね」

「でもこの像は寸法が違いますし、オカルトっぽさも微塵（みじん）もありませんよね」

一美さんはしげしげと黄金像を見詰めている。

「ああ。たまたま思い浮かんだイメージさ」

犬山のそんな連想発言に引きずられてしまったのか、私の頭は先刻の妄想を呼び戻していた。消火した車の助手席が金色に包まれていた時に浮かんだ、子供じみたイメージ。黄金でできた運転手が溶けてしまったのではないかというシュールレアリスム的な光景。

ここの女性像は今のところ、耽美派（たんびは）あたりで留（とど）まってくれていると思う。

「ロダンの像へ向けられたああした疑いは、裏返しの賛辞でもあるでしょうね」と龍之介。

「わたくしどもも、賛辞と受け取りましょう」

そうスマートに応じて、楢崎は、ではこちらに、と先への案内を始めた。

「本当に美術館気取りだな」

との犬山のごく小さな呟（つぶや）きが、私の耳には届いた。

彼の背中を見る。

この人物は、小津野家に対してなにか含むところがあるのだろうか？　何事に対しても斜めに構えて毒を吐くタイプではあるようだが、特に小津野家には徹底しているとも感じられるし、両者になんらかの関係がありそうでもある。山林を眺めた時も、私有地であることは承知しているような言い回しだった。それともあれぐらいの知識は、山梨県民ならば常識なのだろうか。

だがなにか、犬山省三の目つきや言葉の端には、秘めた思いがあるように感じられる。

私はもう一度、黄金の女性像を振り返った。

クーラーの効いた広い応接室で私たちを迎えたのは、ハウスキーパーの老松という名の老女だった。

「ようこそ。ようこそお越しくださいました」

とても愛想がいい。

背が低いけれど、横幅が少しあるためか――いや、そうしたこと以上にしっかりとした体形と感じさせる雰囲気を持っている。ほとんど白い髪は後ろへきっちりとまとめられ、細い眉の下の黒々とした目は活きのよい輝きを持つ。

彼女はさっそく私を椅子に座らせ、膝の手当を始めてくれた。連絡がきていたのだろう。応急処置はしてあるし、血もほとんど止まっているが、丁寧な治療をしてくれる。

この間も、他のゲストが退屈しないように言葉の交流を続けている。どちらからいらしたのですか？　まあ、秋田のような遠方から！　お暑くはありませんか？　山梨でのお勧めでしたらね……。

最後に、ベージュ色の大きな絆創膏をぺたりと貼ってくれる。

「これは伸縮性がとてもいいですから、膝も動かしやすいと思いますよ」

「……ああ、本当だ。ありがとうございます」

背筋をのばして立つと、老松は、

「昼食の席をご用意させていただきますので」と伝える。「食事が終わる頃には、主もご挨拶できると思います」

「では、老松さん。後は頼みました」

そう声をかけ、皆に笑顔を向けてから、楢崎は戸口に向きを変えた。

廊下へ出ながら甲高い声の部下と小声でやり取りし始めた時、険しいまでに引き締まっている表情がちらりと見えた。

「ご遺族は……」

と、話の断片もかすかに聞こえた。

彼らには重苦しい事案への対応が待っている。傘下にある職場での従業員の死。しかも発生したのは事故ではなく殺人だ。さらに、加害者が身内にいる公算が高い。

——あれ？

殺人の背景はどこまで広がっているものか判らない。

私たちは気を抜けない袋小路に入ってしまってはいないだろうか……。

3

山梨県立先端医療センターはもうすぐ見えるはずだ。

ソアラの助手席で、浅見は、〝マイダスタッチ〟祖型データの内容をできるだけ頭に入れようとしていた。三つのファイルをざっと見てから、まず目を通したのは〝捜査まとめ〟だった。

これによると……

事件が起きたのは五年前、二〇一三年の十月の末である。しかし正確には、事件といえるかどうかは微妙だ。未だに発見されていない一人の男が当時行方を絶っているのだが、このファイルの書き手であろう〝軍師〟は、犯罪がらみだと見ている。

失踪者の名は、瀧満紀。当時の年齢、三十四歳。住所は甲斐市の南で、一人暮らし。職場は同市内の地図製作会社だ。

小さな新聞記事のスキャン画像も載っている。失踪事件としてではなく、瀧を捜す同僚や両親が情報提供を呼びかけているという内容だ。大の大人が見当たらなくなっただけでは、犯罪性が明らかでない限り記事にもならないし、警察も本格的に動くことはなかっただろう。

瀧の姿が確認されているのは、日曜で休みだったこの日、車で出かけるところを隣人が見かけているのが最後だ。夕刻であったらしい。

月曜になっても出社せず、同僚が心配し始める。無断欠勤する男ではなかったのだ。愛知県に住んでいる両親が翌日、行方不明者届を提出している。

浅見が「ほう」と感心したのは、一つの捜査結果らしきものをつかんでいる点だ。

最後に姿を見られてから四日後、木曜日に、瀧の車が清里高原に近い山道でハイカーによって発見されている。

この車は社用車であったらしい。休みの日に会社の車を社員が（時には無断で）借りることは容認されている、家族的で緩い社風であったようだ。社員同士どころか社長との距離も近い小さな組織故に、瀧の失踪に社員全員が気を揉んだといえる。

同僚の身を案じる彼らの必死さが驚くほどの成果をあげるのは、この先だ。

　発見された社用車はカーナビ機能搭載でＧＰＳによる位置情報が記録として残る。この辺の技術にマニアック的に詳しい社員の一人が、発見時から遡って車の移動データをトレースしたのだ。それによると、瀧が最後に姿を見られている日曜の、午後六時頃に、車は甲州市塩山上萩原の細い林道付近に停車している。そしてその後、火曜日の夜までまったく動かないのだ。

　清里高原は、甲州市からは山梨市、甲府市と西へ回り、国道１４１号線を北へ進んだ八ヶ岳の裾野にある。甲州市からは六、七十キロの距離になるだろう。

　清里高原まで運転したのが瀧満紀本人だとしたら、これは奇妙な事実である。彼が無断欠勤している月曜、火曜の間、車をまったく運転していないことになる。そして、火曜の夜遅くになって車は急に長距離の移動を始め、清里高原で最終的に停車する。

　数多くの事件を追ううちに、浅見も犯罪者の心理や行動パターンをある程度読めるようになっており、その嗅覚がこう告げる。清里高原まで運転したのは〝犯人〟だろう、と。

　塩山郊外の林道に車を停めた後、瀧は自由に身動きが取れない状態になっていたのだと思われる。その事態は事故ではなく、何者かがかかわって発生していた。その何者かは、事態を隠蔽したかったのだ。そのため、一日二日様子を見た後、まだ発見されずに残っていた瀧の車を、自分とは無関係な遠い場所へと放置しに行った。

　この推定は、瀧満紀の無事を祈る者たちにとっては朗報とはいえない。

（だが……）

　この〝事件〟のどこが、小津野家ないしその企業グループと関連するのだろう。連れ去り犯〝ひとし〟によれば、この件の真相は小津野家に対抗し得る武器になると〝軍師〟は見ていたようだが……。記載情報だけでは、車を清里高原まで運んだ人物についてもまったく不明である。

　ここまで調べた先に、決定的な真相が現われたのか。〝マイダスタッチ〟の完成版には、それが記されているのかもしれない。

浅見が次に目を通したのは〝地表探査データ〟のファイルだ。

地図製作会社に勤めていた瀧満紀の仕事に関係するのだろう。

この内容は大変興味深かった。様々な、特殊なカメラで撮影されたような地勢図が幾つも並んでいる。

衛星写真と思われるものが最初にある。広い土地を、恐らく人工衛星から撮影したもので、これは一枚だけだった。

次のカテゴリーは航空写真。これは数枚。それぞれのタイトルからすると、樹木の植生モニタリング図や、国土地理院の地形分類も参照しながら地質を色分けしたものなどがある。

これらが隠し金山探査にかかわるものなら、なるほどマイダスタッチだ、と浅見は思う。しかもスケールがある。人工衛星や航空機から地表の黄金の謎に触れているといえるだろう。テクノロジーが作り出した見えない巨大な手だ。それが、金鉱でも探すように地表を撫でていく。

これらのデータをまとめあげた〝軍師〟が、比喩であっても「お宝になる鉱脈を掘り当てた」などと言えば、それを聞いた〝ひとし〟は説得力充分と感じて目の色を変えるだろう。欲にまみれた脳みそは、実際の金山や埋蔵金が存在していると思い込む。

躍起になって〝マイダスタッチ〟の本体をほしがるはずだ。

ファイル内の第三のカテゴリーはこれも航空写真であるが、高度がさがってかなり地表に接近した感がある。それぞれの写真の縦横のグリッドは百メートルほどではないだろうか。パターンは二種類。色の薄いカラー写真風のものと、赤から紫色のグラデーションでなにかの分布を示したもの。それぞれかなりの枚数が揃っている。ざっと見たところ、なにを調べたのかの表記は見当たらない。

事件のこととは別に、浅見は胸が躍るのを感じた。好奇心が刺激される。人間の暗部が歪めてしまった人々の生活を少しは修正できるかもしれない犯罪捜査にはよく興味を引かれるが、それとまた違う、学術的と表現すべきなのか、純粋に知的な好奇心が〝地表探査データ〟を解き明かしたがっている。

ファイルには、ここが発見ポイントだ！　というような大見出しはないし、地名も馴染みがないものばかりなので、今はざっと眺めておくしかない。

そして浅見は、最後の〝家臣小津野の隠蔽〟のファイルに取りかかる。

運転席から、

「もう到着しますよ、浅見さん」

という原口茜の声がかかる。

ファイルの中身にかなりのめり込んでいる浅見の気持ちを引き戻したのだろう。

茜の運転ぶりは慎重で、愛車も安心してまかせておくことができた。

「はい」

と応じてから浅見は、最後のファイルの概要を急いで頭に入れていった。

古文書のスキャン画像が複数揃っている。素人が見ると、なかなかの歴史的な史料ではないかと思える。珍しそうなのもあり、時間をかけてまめに探し回るという労力がかなり払われていると感じられた。

ふと目に留まった史料の一つは、タイトル的注釈文が家内灯明油渡帳となっている。どう読むのだろう？　かないとうみょうあぶらとちょう、だろうか。

ざっと目を通しただけでは全体像をつかむのがむずかしいが、〝軍師〟が目をつけている最大のものは、小津野家に伝わる〝お岩様〟であるらしい。お堂のような場所で撮ったらしい写真にその岩がある。寸法等、データが書き加えられていないので、大きさや成分は判らないが、恭しく置かれている空気は伝わってくる。

恐らく家宝級で伝わってきているのだろう岩に、秘宝となれば、その岩が実は巨大な金の塊ではないかといったことはすぐに連想される。なにしろ、ファイル〝地表探査データ〟を作成したのは、地質や岩石に詳しい人物であろうから。その人物は瀧満紀なのかもしれない。彼の知識や分析によって、岩の内部が黄金で満ちている可能性が判明したとか。

だが、そんな単純な話ではないのだろう。その程度のことが、何年も何十年も——あるいは何百年も、人に知られずにいたとは思えない。また、大きな岩を対象としたそのような専門的な検査はこっそりできることではなく、大々的に機材を組む必要があるだろう。そうなればどの過程もが周知のものとなるはずだ。

……そうではなく、その岩に、埋蔵金を探し当てる地図情報が隠されているのだろうか？

ずいぶんと歴史ロマンが搔き立てられるが、しかし詰まるところ、岩は岩なのではないか。家訓となるような、因縁めいた昔話の象徴となっているという程度のことだろう。そこに、〝軍師〟や〝ひとし〟は、飛躍した幻を見ている。

（だが、彼らがそれを真実と考えているならば……）

その真実は突き止める必要があるだろう。お宝を得ることができるという実感を〝ひとし〟たちに与えれば、上園望美は解放されるはずだ。

ファイルに記載されている岩の話よりも、浅見が興味を引かれたのは次の項目だった。

小津野家は歴史上、ある時々で、〝おいわずの家〟と呼ばれていたことがあるという。〝お岩〟や〝お岩様〟の音が変化したということであろうか。それだけのことなのか？

しかし、小津野を〝おずの〟と表記すれば、〝おいわずの〟との類似も見える。

（ほう！）

〝おいわずの〟から〝岩〟を抜くと〝おずの〟になるな。

この項目は、単に、そのような判じ物としての家名の成り立ちを伝えているだけなのか。しかし〝マイダスタッチ〟であるからには、小津野家を揺るがすなんらかの大きな仮説に結びつくものであるはずだ。

いや、と、浅見はもう一度否定した。このファイルは途中経過なのだ。このセンは追及したけれどモノにはならなかったという結論に至っていることも有り得る。

浅見が検討をそのようにまとめたところで、車は山梨県立先端医療センターに到着していた。駐車場の空きを見つけて車を入れる間に、浅見はファイルを閉じた。

腕時計を見ると、一時をすぎたところだった。

もう一時ともいえるし、まだ一時とも感じられる。焦燥の中で、気持ちを乱す様々な感覚を体験し、頭脳をフル活動させた。心が汗をかくような濃密な時間だった。そして、その時間はまだ続くだろう。

シートベルトをはずしながら、浅見は感情を抑えて茜に声をかけた。

「この時刻でしたら、上園さんから造血幹細胞の採取が開始されているはずでしたよね」

「……そうですね」

彼女の顔にも、悲痛の色が流れる。悔しさをグッと噛み締めてもいる。

心痛は浅見も同じだが、意識の底にずっとあり続けた怒りが再燃する思いでもあった。軽率で身勝手な犯罪者によって、命にかかわる重大な治療の機会を奪われていい者などいない。

つい力の入った浅見は、かつてないほど強く、ソアラのドアを閉めていた。

時間に追われながら頭を使うことに集中していたせいか、入口から玄関ホールを抜ける間も、浅見の思考は冷めないエンジンのようにめまぐるしく働き続けていた。

三つのファイルから、〝軍師〟の素性が少しは判らないか？

三番めの〝地表探査データ〟を作成したのは、瀧満紀なのかもしれず、ならば、この瀧が〝軍師〟ということはないだろうか？　だが、瀧は五年前に消息を絶っている。〝ひとし〟の言動からは、今現在、〝軍師〟とタッグを組んでいる様子が窺えるから、〝軍師〟が故人であるはずがない。……それとも、瀧は死んでおらず、なんらかの理由で正体を伏せて〝軍師〟となっているのだろうか？

いや、あまり先走るな。浅見は自分を諫めた。

〝マイダスタッチ〟がいつ制作されたのか、まずはそれを確認してからだ。

順当に考えると、瀧満紀の失踪の事情に詳しく、地表や地中の探査データも入手していることから、瀧の周辺にいる者が〝軍師〟の正体であるように思える。会社の者、親友、家族――。

調べるとすればそこからだ。

浅見と茜を鎌田信子が迎え、添島刑事に引き合わせた。

浅見たちは、最初にミーティングをした応接室に連れて行かれたが、その部屋のドアをあける前に、添島が奇妙に困惑した表情を浮かべた。

「実はですね、浅見さん」

「はい？」

「ここの正面玄関付近で挙動不審だった男を見かけたのですが、質すと、あなたの知り合いだと言うのですよ」

「ほう？　そうですか」

知り合いで、挙動不審？

脳細胞が当惑したかのようで思考が働かなかったが、ドアがあくと、一目でそれと判る人物が立っていた。

「へへへっ。浅見ちゃん、よく来たね」

五十年配の男。よくも悪くも脂ぎったエネルギッシュさを風貌にも雰囲気にも横溢させている。

『旅と歴史』の編集長、藤田克夫だった。

4

「よく来たね、じゃないでしょう！　なにしてるんですか」

「それは刑事たちに訊いてくれ。ここまでお邪魔するつもりはなかったからね、こっちは」

夜の歌舞伎町や新宿を歩いていて、職務質問されたことは三度ほどあると聞いている。

「とうとう、挙動不審で逮捕されましたか」

「逮捕されちゃいない！」

添島刑事は肩をすくめている。残念だが逮捕まではしていないという表情だ。

調子を外す夾雑物の如き登場だが、浅見にとっては悪いことばかりではなかったようだ。力が入りすぎていた集中力がほどよく緩み、周りを見回す日常感覚が戻ってきた。

改めて、添島刑事の年格好や様子が頭に入る。年齢的にはそろそろベテランの域と思えるが、肌の色艶や目鼻立ちが実年齢よりかなり若く見せているのではないか。その貫禄不足をカバーするかのように縁の太いメガネで印象を引き締めて、まずまずの年配ぶりにまとめあげている。刑事局長の弟が無事で、ひとまずホッとしているようだ。

病院の総務課長の顔もある。他には、添島よりもだいぶ若い、刑事らしき男が二人。そして、原口茜と鎌田信子。

「せっかく山梨まで来ているのに、浅見ちゃんと顔合わせできる時間がどんどん減っていくのもしゃくに――いや、残念だからさ、とにかくここに来てみたのよ」

(あれほど、来なくていいと言ったのに)

「まあね、見舞いとかなら究極のプライバシーだし、お呼びじゃないんだけど、浅見ちゃんが怪我や病気でお世話になっているのを水くさく隠しているんじゃないかと心配になってさあ、ちょっと様子を探りに来たわけよ」

「心配……ですか。それで、玄関先で聞き込み取材でもしていたんですか?」

「きょろきょろはしたかな。タクシー乗り場に一台停まっていたから、運転手にソアラを見なかったとか訊いていたら、その男に――」部屋の隅に立っている男を指差す。「声をかけられたんだよ。見るからに刑事だからそう言ったら、表情が変わってさ」

「変わるでしょう、確かに怪しいですもの」

「まあ、本当にお知り合いでよかったですよ」

添島刑事が話をまとめようとするが、藤田はもう一言口にする。

「なにが起こってるの? 移植手術を控えている大事な提供者の行方を捜してるってことしか知らされてないんだけど。浅見ちゃんはどんな風にかかわってるの?」

雑誌に載せられそうなネタにできないか? という強い打診の思いがその顔に如実に表われている。傾向が合う総合誌に売り込んでもいいが、という追記的な顔色も濃厚だ。

「警察発表を待ってください」

とあしらって、浅見は添島刑事に向き直った。

「犯人の指示で恵林寺でバッグ類を渡したのですが、ご報告しましょうか?」

「そうしていただきますが、まず、うちの刑事たちも紹介しておきましょう」

生活安全課の田中(たなか)と末次(すえつぐ)と紹介し、

「この中では刑事課は私だけです」と添島刑事は事情の説明を始めた。「管内で大きな事件が発生しておりましてね、折悪(おりあ)しく刑事課の主立ったメンバーはそちらに駆(か)り出されているのですよ。こちらは、他の課からも応援に来てもらった、こうした陣容で臨(のぞ)みます」

「それはご苦労さまです」

浅見の言葉にかぶさる勢いで、不安の色を眉間(みけん)に刻んだ総務課長の、

「正規の刑事課と同じ働きが、それでできるのでしょうか?」という、いささか失礼な問いが発せられる。

「異動の経歴によって刑事畑の経験は積んでいる連中が優先的に集められています。刑事課刑事と組んだりと、配置も考慮されます」添島のメガネのレンズが、蛍光灯(けいこうとう)の光を反射している。

「それとも、県警一課の出陣には及ばないとの課長や副署長らの判断に異議を唱えましょうか?」

「い、いえ、それには及びませんが……」

添島刑事は安心させるように言う。

「今回の犯人はそこつにも、正体を半ば明かしているようなものです。すでに上園望美周辺を探らせていますから、犯人の素性も時間をおかずに浮かぶでしょう」

藤田の時も含めた男たちのこうしたやり取りの間、二人の女性コーディネーターは情報交換を手短に済ませていた。ドナーの無事以外、これといった朗報がないのが茜は残念そうだ。彼女は、自分のスマホで日本骨髄バンクとも連絡を取り始める。

自分の携帯電話を手にしてから、浅見は、犯人に引っ張り回された過程を添島刑事を相手に話し始めた。ここで鎌田信子がよく冷えた缶コーヒーを差し出してくれる。茜にもその差し入れを渡していた。

ありがたく礼を言ってプルタブを引くが、浅見はこうしたものはあまり飲まない。幼い頃からの母親の、教えというよりこだわりが身についてしまっている。お手伝いの須美子など、「坊っちゃまは、自動販売機などから飲み食いしてはいけません」などと、時代錯誤な指導を未だにしてくるほどだ。

眼光を鋭くした刑事たちに囲まれて話し終える頃には、缶はすっかり空になっていた。やはりよほど喉が渇いていたらしい。

「――で、これが、受け取ったスマホと、それが入っていた袋です」

犯人が指紋探しは無駄だと言っていたことと素手で触ったことを浅見が伝え、それは仕方ないし、この事件で指紋はさして重要ではないと応じた添島刑事は受け取ったスマホの画面を見詰め始めた。

「プリペイド端末でしょうな。末次刑事、このスマホの逆探知手配をお願いしますよ」

「それと」浅見は頼んだ。「どなたかノートパソコンがあれば用意してもらえますか。上園さんのメールサーバーに入れるかもしれませんので」

「えっ、メールアドレスはスマホを探っていた時に判りましたけど、パスワードは?」と、骨髄バンクとの通話を終えていた茜が不思議がる。

浅見は説明した。誕生日などの話の中に、ヒントがあったのかもしれない、と。

「ああ、あれが。そういえば、不思議な調子の話ではありましたね」

あの会話から浅見が受け取ったメッセージは三つ。シンメトリー、シンボル、今の姓名だ。これらがうまく結びつけば――。

　運ばれて来たノートパソコンの前に浅見は座った。

「数字のシンメトリーを、上園さんはまず強調しました」

　刑事たちに説明しながら、浅見は思考の整理もしていく。

　７１１７と数字を横書きした時の左右対称性。数字ではなく左右対称性をシンボルとして姓名に持ち込めるか？

　文書入力ソフトを呼び出して、浅見は、うえそののぞみ、とひらがなで打ち出した。それを目にした途端、茜がハッと声をあげた。

「左右対称です！　そこのところ。四文字ですけど」

　浅見たちも頷いた。〝そののぞ〟はシンメトリーだ。

　画面には、浅見がアルファベットで打ち替えた〝ｚｏｎｏｎｏｚｏ〟が浮かぶ。

「上園さんの会話によるヒントでは、パスワードは六桁。六文字ですね」

　添島刑事が言う。「シンメトリーであるなら、最後の〝ｏ〟はいらないのでは」

　〝ｚｏｎｏｎｏｚ〟

「これで七文字」浅見は思考を巡らせた。「真ん中の〝ｏ〟を中心軸にしている……。半分か……。これは消してみましょうか」

　上園望美のメールサーバーを呼び出すと、メールアドレスとパスワードが要求される。浅見はメールアドレスの入力後、パスワード欄に〝ｚｏｎｎｏｚ〟と入力した。

「あっ」茜は表情を輝かせた。

　周囲にも、安堵（あんど）のように、おおっというざわめきが広がる。

「一発でひらきましたよ」

茜は嬉しそうに感嘆し、浅見は「好運でした」と、肩の力を抜いた。

「これは助かります」添島刑事は礼を言い、期待を寄せる。「犯人の身元に迫る交友関係も洗えるでしょうしね」

「途中経過というやつですね」

浅見はもう一言、説明を加える。

「犯人から渡されたスマホには、〝マイダスタッチ〟の祖型ファイルが入っています」

「ん？」

浅見の携帯電話が着信を告げる。相手は兄の陽一郎だった。

『通信が回復したか』弟の声を聞いて、陽一郎の声には一応の安堵があった。『完全に無事なんだな？　無茶をしたものだ』

「無茶をしたというより、避けがたい状況だったのですよ。傷一つ負ってはいません。捜査の足も引っ張ってはいないと思います」

『母さんには伝えていないが、まあ、ドナーとレシピエントがらみの緊急事態となれば、やむにやまれぬお前の気持ちも理解してくれるだろう』

「そう願います」

『ところで、レシピエントは、名前など、身元はどういう人なんだね？』

「レシピエントの身元？」

あえて声に出してから、浅見は二人のコーディネーターを窺った。

「兄さん。それは事件にも捜査にも関係ないのでは」

『それはなんともいえない。対応に即応力が必要な犯罪でもあるだろう。コーディネーターも医師も、刑事たちに教えないのだそうだ』

「では、僕も教えられません」

『――なんだって？』

「身元の秘匿を前提に取材させてもらっていますので」

『おいおい、光彦。警察がその気で調べればレシピエントの身元などすぐにつかめるぞ。君に訊いたのは、時間の節約にすぎない』

「では、そちらで調べてください。手間をかけさせて申し訳ありませんが」

『ほう……』兄の声が低くこもる。『ここが君にとっての、職業倫理を発揮するタイミングなわけか』

「タイミングではなく、当然の初歩的制約かと」

口元を手で覆って小声になり、浅見は部屋の外へ歩を運ぶ。

『ジャーナリスト魂かね』

廊下へ出て、浅見は一呼吸おいた。

「兄さんからすると、吹けば飛ぶような稼業と見えるかもしれませんが、ライターにも自ずと聖域はあります」

『吹けば飛ぶような、などと思ってはいないさ。あまりにも見くびった評価じゃないか』

「すみません」

『君のルポも心から楽しみにしている。職業倫理も当然だ。ただ、ちょっと驚いただけさ。それとは別に、今の身元確認は我々二人の間での便宜的な融通と受け取っていたのでね。君のことだ、周りの目を気にしての建前的な対応ではあるまい』

気配を感じて背後を見ると、藤田編集長が廊下に来ていた。さりげない風を装っているが、明らかに状況的に不自然で、耳を欹てているのは見え見えだった。

「……兄さんは刑事局長の立場でずいぶんと、僕に情報提供をしてくれたり、地元警察に話を通したり、融通を利かせてくれます。しかし当然それは、かなりの覚悟を伴った好意ですよね。身内の甘えではない」

『言うまでもない』抑揚がない分、ずしんと響く一声だった。

「万が一、その行為から看過できない不祥事が生じたなら、職を辞すことも視野に入れていると思います。それを何事でもないかのような身軽さで動いてくれる兄さんの度量の大きさには、いつも頭があがりません。深く感じるところもあります。……判ってほしいのは、職業の倫理と進退を懸けて、兄さんでも僕のためにできないこともあるでしょうね、ということです。今の僕はそれです」

『進退も懸けて……か』

「進退も懸かってきちゃいますね」

「浅見くん……」心配するように藤田が口にしている。

『ふん。まあ、なかなか……』ごく小さくそうした声が聞こえた後、陽一郎の声量は元に戻った。『そうした確固としたジャーナリスト魂の持ち主だというのなら、やはり報道記者とか、そっちの道に進んではどうなのだね？』

「僕に宮仕えが無理なのは、兄さんも充分ご承知でしょう」

『ふふっ。まっ、そうだね』

「それで、レシピエントの身元の公表に関してなのですが……」浅見は口調を改めた。「事件解決後も、報道において、公表は全面的に控えるという方向は可能でしょうか？」

『そのような報道協定はないな。今現在はむしろ、誘拐事犯とも捉えられるドナー拉致事件のほうを、上園望美の名前も含めて伏せておけるということになる』

「でも解決後は、公表される」

『当然、全面的にそうなるだろう』

入院日時や場所まで、ドナーの詳細情報が明らかになってしまう。このうえ、レシピエント側の身元までが流出したら、匿名性を大前提にしている移植医療の根幹が揺らぐ。それが頭にあるため、コーディネーターも医師たちも、警察にも頑として患者側の個人情報を明かさないのだろう。

「で、実は」これは伝えても問題ないだろうと浅見は判断した。「レシピエントは未成年なのですよ」

『……そうなのか。だが、だからといって、情報公開は止められない。未成年犯罪者の実名報道と同じく、報道各社の社内倫理に委ねるしかない事柄だ』

「そうですね……」

『レシピエント側が事件の流れと無関係であり続ければ、どの報道機関も取りあげない可能性は高いが』

連れ去り事件に感じる腹立たしさが、また浅見の中で顔を覗かせた。粗暴で余計な介入が、日本の移植医療が長年守ってきた方針としての良心に傷をつけようとしている。

『レシピエント側の身元情報が必要かどうかや、その入手方法は、現場の捜査官にまかせよう。近くに責任者がいるのなら、代わってくれないか』

その後で、陽一郎はこう付け足した。

『光彦。自由のきく、ジャーナリズム機関としての就職先があったら紹介するよ』

浅見は部屋へ戻り、「兄からです」と告げて添島刑事に携帯電話を手渡した。藤田編集長も浅見に続いて入室している。どこか思わしげな顔色である。

十秒ほど耳を傾けた後、添島は携帯電話を返してよこした。気を利かせて、「よろしく頼むと言われただけです」と口にする。

そして、受け取った携帯電話がすぐに着信音を鳴らした。

「これはどうも、沓掛先生」

一同には背を向けて、浅見は相手に応じた。

『浅見さん。高橋教授と連絡がついて、了承が得られたよ。信玄公時代からの小津野家の歴史をレクチャーしてくれるそうだ』

「そうですか！」

『塩山にいるんだろ？　教授のご自宅はそっちに近い。塩山駅の南の、牛奥という所だ』

細かな住所を浅見は聞き取った。

『ただし、時間は、十六時半からの一時間ほどしか取れないってことだよ』

「かまいません。助かります」

『まあ、あまり面食らわずにね』

「はっ？」

『少々変わり種というか……、ユニークな方だから。でも、資料の貴重性と知識は確かだよ』

「え、ええ」

若干の懸念を覚えつつも、浅見は礼を述べて通話を切った。

〝マイダスタッチ〟祖型ファイルは添島刑事のスマホにも転送されているようで、刑事たちはそれを見ながら検討をしている。末次刑事も戻って来てその輪にいた。藤田編集長までが隙間から覗き込んでいる。

浅見もそれに加わろうとしたところで、末次刑事の手にあるスマホに着信があった。犯人から渡されていたスマホだ。

　緊張が走る。

　そのスマホを添島刑事が受け取ると、末次は離れながら自分のスマホを操作し始めた。逆探知の開始を確認するのだろう。

　添島刑事は原口茜に目を向けたが、彼女は身をすくめたようになっていた。その様子に一瞬、戸惑(とまど)いを覚えた浅見だが、すぐに、無理もないと思い直した。周りにこれだけ刑事がいれば、責任重大な役回りは本職に預けたくもなるだろう。

　総務課長が、出たまえ、と促(うなが)している。

　代わって浅見が出ようとするより早く、意を決したように茜がスマホを受け取っていた。

「はい。原口です」

『ああ。原口さん、どうも。俺だよ』

　スピーカーから流れ出すのは、もう聞き慣れてきた声だ。あらゆる意味で若い。感情の領域は狭(せま)いのに、起伏は極端にある声だ。

　犯人の声を初めて聞く刑事たちは、眉間に皺(しわ)を寄せて慎重に聞き入る態勢。

『望美のバッグにもスマホにも、やっぱり〝マイダスタッチ〟はないなぁ』

「そ、それは、わたしたちも、そう思います」一言一言、茜は頑張(がんば)って言葉を出している。

　その語尾に重なるように鎌田信子が咳(せ)き込(こ)みかけて、それを抑えた。

『刑事たち、いるの？　もう、いるよねえ。いやいや、ごまかさなくていいよ。こっちとしても、浅見チームと同じく、警察に動いてもらうのも手だなと考え始めたところなんだ。刑事の責任者、いる？』

　スマホを手に戻した添島刑事が少考している間に、『出てくれたら、事態も大きく進展すると思うよ』と催促が加わる。

「巡査部長の添島です」遂に、添島が応じた。「なにか提案があるのですか？」

『……ああ、やっぱりいるのか』犯人は失望気味に嘆いた。そして愚痴る。『俺、警察の厄介になるかもしれないんだな。どうしてこんなことになっちまったのかなぁ』

（自業自得だろう！）

浅見は怒鳴りつけたい思いだった。それはこの場にいる全員に共通する心情だろう。

感情まかせの短慮が犯人自らに跳ね返っているだけだ。こんな愚かしい勝手な言い分を、無菌室で何週間も頑張ってきた七歳の少女の前で言えるのか。

『小津野の首根っこを押さえると息巻いていたあ――あいつとタイミングを合わせて、望美本人と乗り込むつもりだった。それだけなのになぁ』

「ですからもう、この辺で投降したらどうです」

添島刑事は誘いかける口調だ。

「罪を重ねるのは本意ではないでしょう」

『いや。それだとさあ、なんの益も得られなかったただのバカでしょう。警察に捕まるにしてもさあ、あいつ、〝軍師〟が言っていた秘密のお宝を手に入れることができれば、大分違うんじゃない。あれだよ、虎に乗って突っ走るしかないとかって、ことわざにもある……』

「騎虎の勢いだな」

口を挟んだのは藤田編集長だ。

『それかな。警察に食われるにしても、出所してきてから自由にできる大金があれば、その先の人生が全然違う。第二の人生は大金持ちかもな』ここからは横にいる者に声をかけたようだ。

『なっ、望美。お前が無事に黄金を手にしたら、俺にもよこせよな』

少し離れた場所で上園望美の声がする。

『本当にそんなものが手に入ったら、たくさんやるから。今は早く病院に帰しなさいよ』

『手に入れるんだよ、金づるを』

男の声には、苛立ちと威圧がこもる。

『それで警察にも動いてもらうことにする。浅見さんも言ってたとおり、望美が小津野家の正統な相続人であることを証明する最も確実な方法は、出生時の記録だ。でも、この手の書類は、震災のごたごたで消え去っている。俺たちではなにも調べ出せない。そこで警察だ。警察の力なら、二十三年前の出生状況もたぐり寄せられるかもしれない。だろ？』

それは一理ある、と浅見も頷かざるを得なかった。

浅見は身振りと表情で、発言の許可を添島刑事から得た。

「浅見です」と、犯人に話しかける。「上園さんの血筋に関する手掛かりなら、もう一つありますよね。あなた自身が、彼女は〝ミダス王〟の娘だと確信しています。前に尋ねた時は教えてくれませんでしたが、その確信の根拠は大きな手掛かりではありませんか？　その根拠、もう教えてくれてもいいのでは？」

わずかな時間、犯人は思い悩んだようだ。

『教えられるのは、望美のところに何ヶ月かに一度、匿名の人物から連絡がくるってことだな。何年か前から始まったらしい。もっぱらメールで。誰とは名乗らないが、気に懸けていることを伝えるような、思わせぶりな内容らしい。望美の様子を尋ねたり、季節の挨拶をしたり。……ある時、その送信者は〝甲斐のミダス王〟でお前の父親だってタレコミがあったのさ』

空気がざわめくように揺らぎ、刑事たちは視線を交錯させた。

「いつ？　どのように？」性急に添島刑事が訊いた。

『十ヶ月ぐらい前かな。それもメールだ。なっ、望美？』

返事は遠くて聞き取れなかった。

「タレコミをした人物の素性は判らないのかね？　なにか特徴は？」

『素性は隠してたな。――あっ、でも、警察なら、発信元のＩＰアドレスなんかをたどれるんじゃないか？　望美のスマホにまだそのメールが残っていれば突き止められるかもしれないな』

多くの視線が、机の上にあるノートパソコンに集まった。メールサーバーにはすでにアクセスできている。

『やっぱり、警察の力を使えると便利だよな。でも、逆探知とかも得意技か。長話はまずいな。タレコミ屋のメールはまた後で考えよう。次の通話で、望美に、被災直後の事情などを話させるよ。彼女のルーツを探る手掛かりが、少しはなくちゃな』

「ああ。それぐらいはしてもらわなければ」

『それで、こっちのプランを要求として伝える』偉ぶった口調だ。『〝マイダスタッチ〟の三つのファイルは渡ってるよな。ここからは、その三つの内容を手分けして同時に調べていってほしい。浅見チームは例えば、歴史的な取り組みになる〝家臣小津野の隠蔽〟ネタを掘りさげるとか――』

（浅見チーム？）

まだ原口茜も引っ張り回すつもりなのだろうか。

それも気になったが、浅見が咄嗟に口にしたのはまた別の事柄だった。

「歴史的な取り組みというのは、すぐには動けませんね。四時半以降なら専門家の力も得られますが」

『……そうか。じゃあ、浅見チームは、瀧満紀の車が長期間停まっていた上萩原へ出向くんだ。

この一帯は、地表からなにか調べた探査データが揃えられている場所でもある。お宝の鉱脈がないか、目を皿にして探ってほしいな』

探査されていた地域が、失踪者の車が長く放置されていた地点と一致しているとは気づかなかった。一致しているのならば、瀧満紀があの場所へ出向いた理由が、探査がらみであることはほぼ間違いないだろう。

『警察の力があったほうがいいだろうから、浅見と原口の他に刑事も同行させろ。もう一チームは、五年前の失踪事件を洗い直すんだ。瀧満紀の事件だぞ。奴(やつ)が当時働いていた会社で聞き込むのも有効じゃないか』

かなり早口で言い立てて言葉を挟ませないようにしているかのようだが、浅見は割り込んだ。

「一つ、知りたいことがあります。〝マイダスタッチ〟本体を見つける近道は、〝軍師〟への接触です。その部分の情報はまだもらえないのですか？」

『……その状況判断はもう少し先でする』

この答えになるのもやむを得ないといったところか。〝軍師〟は彼のブレーンなのだ。警察も介入してきた今、自分一人での対応は不安だろう。〝軍師〟の能力はこれからこそ必要だといえる。その仲間の正体がばれて警察にマークされるかもしれない危険を持つデータは、できる限り出したくはないはずだ。

だがこの時、浅見に閃(ひらめ)くものがあった。〝ひとし〟の行動に〝軍師〟の指導力が感じられなくなっているが、彼は〝軍師〟に見限られたのではないだろうか。上園望美の連れ去りは、〝ひとし〟が取った余計で計画外の暴挙であり、警察を呼び寄せることにもなった。この大事な今、警察など身近に招きたくない〝軍師〟は、手足である〝ひとし〟を切り、連絡を絶って一人で動いているのではないだろうか。

『要求をまとめて言っておくぞ。ファイル内容や捜査対象をそれぞれに洗って、宝の山を一番に見つけることを目指すんだ。見つかれば、望美を解放する』

添島刑事はなにか言いかけたが、相手は慌ただしく通話を切っていた。

逆探知で判明したのは、発信位置は塩山牛奥の北部というエリアまでだった。ここは塩山の中心部が含まれ、犯人は塩山にいるであろうことはほぼ推定できていたから、これだけではさしたる手掛かりの追加にはならない。犯人も逆探知は頭に入れているので、移動もするだろう。

「添島さん」浅見は呼びかけた。「小津野の人たちには、事態を伝えているのですか？　事情を訊いたりとか」

「いいえ。あちらとはまだ、なにも接触していません」

「小津野家に対して、〝軍師〟が直接働きかけているかもしれませんね」

「それは私も思いました。小津野の首根っこを押さえると息巻いていたらしい〝軍師〟が、単独で行動を起こしている可能性はある……。電話の犯人は、〝軍師〟から切り捨てられたのかもしれませんね」

添島刑事も浅見と同じ感触を得ていたようだ。

「〝軍師〟というその主犯は、小津野家に対してどのような行動に出るつもりなのでしょうか？」

不安を述べる総務課長に、

「想像の域を出ませんが……」と応じる添島刑事は、顎に手を置く。「〝軍師〟が電話の男と同類の、金目当てだとすれば、なにかと引き換えの脅迫をするのでしょう。小津野にとって不名誉なことを黙っているからと、口止め料を要求する、などですね。上園望美さんが小津野家の血筋であると証明できるのならば、それを認めさせ、自分は横から甘い汁をすする」

「経済的な利益追求だけでしたら深刻な危機的状況は訪れないかもしれません。でも……」浅見は意見を口にした。「五年前の失踪事件が動機にからんでくるとどうでしょう？」

「まずいですか？」茜が表情を曇らせる。

「瀧満紀の身内が〝軍師〟の場合ですね。瀧さんが死亡しており、その罪が小津野家の誰かにあると〝軍師〟が思い込んでいる場合……」

「復讐ですね」添島刑事が頷く。「その場合の報復手段は予想困難だ」

「血を見るかもしれませんね」

末次刑事は物騒な表現をしたが、一方、田中刑事は、

「電話の男のほうは、復讐とは無縁そうじゃありませんか」と、がっしりとした体格の割には穏やかな声で見解を示す。「我々に捕まることも見据えているあの口ぶりは、本気のものと感じました。捕まってもそれに見合うお宝を懐にできるのなら、それで手を打とうとしているのは、本音のような」

「うまく駆け引きできそうな相手ではある。しかし――」添島刑事の表情は硬さを保っている。

「それも、奴の欲望をある程度満足させられれば、だ。苛立たせるとなにをしでかすか判らない切れやすさを持っている。いざ逮捕の場面になれば、どれほどの抵抗をするか予断を許さない。……今はともかく、奴の指示に沿って動いていると見せておくことだ」

その先はチーム編成の話になった。原口茜は、浅見チームから抜ける気はないようだった。

「犯人の指示でもありますしね……」添島刑事はむずかしい表情ながら決断した。「田中刑事をつけましょう。犯人に言われなくても、護衛役は必要です」

「五年前の事件を洗い直せという指示でしたが、刑事さんたちはかえってやりづらいのではありませんか？」

察して浅見は言った。

「そう思いますか？」少し硬い苦笑の色を添島刑事は浮かべる。

「ある意味、封印された事件。放置されたようになっていた失踪事件の——」

「放置していたわけではない」末次刑事が声を尖らせる。「追及する手立てがなにもなかっただけだろう」

「といったように、言葉一つでも波風立ってしまう微妙さを持つのが、調書を閉じた事件でしょう」

末次刑事は唇を少し曲げて黙り込む。

「失踪事件を捜査したのは、行方不明者届が提出された警察署でしょうね、当然」浅見は添島刑事に言った。「それは瀧満紀の住居を管轄に置く署で、日下部警察署ではないのですよね？」

「違いますね」

「すると、未処理だった事件によその署が鼻を突っ込んでいくことになるのですから、なにかとやりにくいでしょう」

「まさに……というべきでしょうか」

「そこで提案です、添島さん。実は、心当たりがあるのです、当時の情報を集めるのに打ってつけの人物に」

「ほう」

「動ける状況にいるかどうか、向こうの都合次第ですけれどね」

浅見は、毎朝新聞甲府支局の井上英治デスクに連絡を取った。

『二〇一三年十月。瀧満紀ですな』

話と依頼の概要を聞くと、井上はそうまとめた。社に出ていたようだが、その業務はちょうど終わったところだという。話を聞くうちに、井上の声も熱を帯びていった。

『発生中の事件に関係しているかもしれない、と。こりゃあ面白い』

事件の内容は、女性が元恋人に連れ去られたとだけ伝えてある。

かつての大きな事件で、井上は圧力をかけられて青森支局へ左遷を命じられた経緯がある。しかも事件の終局では彼自身、調査に不都合を感じていた権力側から飴と鞭の鼻薬を嗅がされて変節し、裏切られた思いを浅見に刻んだりもした。しかし浅見の奮闘もあって混迷が収束した後は、そうしたねじ曲げられた事態もある程度修復された。

取り込もうとしていた経済界の権力筋からは井上は解放され、青森支局へ三ヶ月間だけ〝出向〟して甲府支局に戻って来た。その後は、権力側に転びそうになったことは公になっていないこともあって、反骨の気性もあるらしい、やる時はやるおやじとして一定の信頼を得ていったようだ。

浅見にはずいぶん感謝していた。

「井上さん。負担になるようだったら無理しないでください。押しつけたくはないのです」

『……恩義を感じていて、借りを返そうとしているとでも？』

その語調は、あんたのどこか変に真っ直ぐな感性で見られても気恥ずかしくなるだけだ、と言いたそうだった。

『仕事としてのうまみですわ、うまみ。嗅覚が働くでしょう？　浅見さんも、事件の奥にある真相に嗅覚が働くようですがね』

「嗅覚が？　そうですかねえ……」

『いくら浅見さんの頼みでも、こっちも暇ではない。一銭の得にもならないことをやりはしませんって。私に話を持ってきてくれたことには感謝しますがね。このネタ、でかく化けそうじゃないですか』

　そうなる可能性は高い。小津野家が矢面に立ってくるのであれば……。

『なんか、血が滾るなあ。私が自分で動きますよ』

　この時、浅見の手を押さえて、携帯電話に話しかけた者がいる。藤田編集長だ。

「井上さんとおっしゃるのですな。私は藤田といって、ある雑誌の編集長です。浅見さんとは昵懇でして」

『ほう？』

　浅見が、そして周りも唖然としているうちに、藤田は話を進めた。

「その、過去の記事の洗い直しや取材、私が伴走につく段取りになっていますから」

　浅見は目を丸くするが、「まあいいじゃないの」といった意味か、藤田はへたなウインクをする。

「こっちも編集歴、取材歴が長い。蛇の道は蛇です。役に立ちますよ」

「片腕として、思う存分使ってください」

『そうですか……』

『まあ、でしたら』

　藤田は落ち合う場所を決め、自分の携帯電話のナンバーを教えた。

　浅見や刑事たちに肩をすくめて見せながら、彼はとぼけたような顔になる。

「まっ、せっかくだから、多少は戦力になってもいいでしょう。やらせてくださいよ」

　添島刑事は返答をためらっていたが、浅見は、

「では、動いてもらってはどうでしょう」と提言した。

　藤田編集長にしても、挙動不審で拘束されただけではこの場を立ち去りにくいだろう。もちろ

ん、売れ筋記事を狙って食らいついておこうとする編集長としての魂胆もあるに違いない。浅見はふと、鱶の容貌をしたコバンザメを連想した。

　添島刑事も認めることにして、コバンザメ編集長と言葉を交わし始めると、原口茜のスマホが鳴った。

　浅見の横にいた彼女は壁に向きを変えて電話に出た。相手はどうやら日本骨髄バンクの上司のようだ。犯人の指示に引っ張り回されるような危険からは離脱しなさいと指示されているようだが、茜はこれに従おうとしない。相手の声が大きくなり、浅見の耳にも届くようになってきた。女性の声だった。

『判ってるの？　ドナーに万が一のことがあり、コーディネーターまで被害を受けたりしたら、骨髄移植の現場のセーフティー能力が不安視されるのよ。ドナーは予測困難な犯罪の被害者だけど、あなたは違う。危険を回避する努力をして当然なのよ』

「危険回避のための最善の努力はこの先も続けます。それに、わたしは危険な立場ではありませんよ。刑事さんが行動します。わたしは連絡係のようなものです」

『自己責任では済まないの』

「組織も、ドナーのことも、わたしなりに心から考えています。わたしが進めるコーディネートを信用なさったから、上園さんはある程度のリスクも承知して〝骨髄〟の採取に取り組んでくれたのです。その彼女が危機に瀕した時に、わたしがリスクから遠ざかることに必死になったと知れば、ドナーはどう思うでしょうか」

　相手は黙った。

「わたしが自分の身の安全を優先したと知った場合の、世間のイメージはどうでしょうか？　ドナーを助け出せたかもしれない道を進まず敵前逃亡した、と受け取られませんか？」

どうやら譲歩の気配になったらしい。二人の声の質は落ち着きあるものになっていく。茜はゆっくりとした仕草で通話を切り、鼻から細く息を出すと、さらに二、三秒して浅見に向き直った。

「では行きましょうか、浅見さん。田中刑事」続けて彼女はスマホの画面を見ながら操作をし、ファイル〝捜査まとめ〟の細目に目を通しているようだった。「瀧さんの車が長期間放置されていた場所は、上萩原の甲の沢だそうです」

「その住所でしたら……」そう声を出したのは鎌田信子だ。「もう少し北へ行くと、小津野の武家屋敷がありますね」

一同は顔を見合わせた。

五年前の瀧満紀の失踪と小津野家は、やはりなんらかの関係があるのだろうか。

鎌田信子は、本来の持ち場である山梨医療大学附属病院へと戻ることになった。

第四章　ギフト

1

最後の皿をワゴンに載せて片付けながら、老松は、

「お粗末さまでございました」

と、昼食への私たちの礼に頭をさげた。

急なことだったろうに、心づくしの手料理だった。

小柄な老メイドは、裏方的な役回りの時はさらに気配を小さくして目立たずに立ち振る舞うが、人と会話をする時には表情などの存在感がグッと増す。

「食後のお飲み物をお持ちしますが、温かいもの冷たいもの、お好きなものをどうぞ。なになさいますか？」

「酒はやっぱり駄目かね？」とおふざけを挟んだ後、犬山省三はホットコーヒーを頼んだ。

私と一美さんは同じくで、龍之介は紅茶のホットだ。

「それと、申し訳ないのですが……」

ダイニングを出る前に、老松は、恐縮しきりといった様子で体を縮めた。

「先ほど連絡がありまして、砂金採りイベントの参加料は、一律、お返しできないことに決まったそうでございます」

私たちは、それはかまいませんよ、と口々に返した。犬山は、「〝入館料〟と思えば安いもの

だ」と呟いている。

イベント主催者に責を負わせるアクシデントではなかったし、参加料は県の帳簿にすでに入っており、そこから損益として引き出すのはなにかとむずかしいのだろう。全参加者の不満を少しでも解消しようとする彼らの懸命な心づかいも理解できる。

「間もなく、主がご挨拶に参るはずですので……」

一礼して、老メイドは部屋を辞した。

彼女は配膳をする間によく色々と話してくれた。小津野会長は秘書という役職は置いていないそうだ。秘書を連れ歩くのはなにやら照れくさいらしい。会長の右腕は、勤めて二十年ほどになる楢崎聡一郎で、彼が役割としての筆頭秘書であり、総合コーチであり、親友でもあるらしい。家族的な付き合いともいえ、聡一郎の息子も本部で働かせてもらっているそうだ。ちょっとやんちゃな時期があったので、高校卒業と同時に社会に出されたという話である。営業本部的な側面もあるこの私邸は、小津野陵のそばに聡一郎が待機しやすい空間にもなっているという。

老松も、休憩部屋を用意してもらっていたり、福利的な心づくしには感謝いっぱいという様子だった。

タバコのパッケージを取り出して一本咥えようとした犬山は、「誰か、ライター持ってる?」と周りを見たが、あいにくの反応だった。「灰皿もないしな」

あきらめた彼は、

「阿波野ってのを殺して車に火をつけた犯人は、逃げ去ろうとしてるのかねえ」と、事件の話題を持ち出した。「そうなら、緊急配備にそいつが引っかかれば、ジ・エンドだ」

「わたしたちも解放されますね」一美さんがそれを願うように言う。

だがもし、被害者周辺にそいつが何食わぬ顔で潜んでいるのなら、捜査はこれからが佳境で、私たちはまた事情聴取を受けることになるのだろう……。

廊下から少し元気のいい足音が聞こえ、四人の視線がそちらに集中した。

――小津野陵か。

現われたのは、青年といっていい年齢の人物だった。


「……あれ？」

登場した彼は、間の悪さを感じたようで、戸惑いの瞬きをした。

「ああ」白い歯を見せて笑う。「父が来ると聞いていたのですね。父はもう少し時間がかかります。私は次男の英生といいます」

すらりとしていながら胸板がある。オレンジ色のサマーセーターは丸首で、そこからわずかに白いアンダーが覗く。風貌も表情も、見事なまでに爽やかな青年だ。

ラウンド型のメガネが特徴的だった。茶系の三色で塗り分けられ、おしゃれなワンポイントもデザインされている。

通学途中の大学生のように、薄いバッグを手にしていた。

「皆さんのことは耳にしています」

するりと、空いている席に座った。

「阿波野さんを助けようとしてくれたんですね……」英生の表情が沈んだ。「阿波野さんとは仲が良かったんですよ。まだ勤め始めたばかりでしたけど、なんか気が合いまして……。もう一人の兄のようによく話をしました」

「残念なことでした……」

一美さんが悼むように声を出し、私たちもお悔やみを口にした。

ここで、トレーを掲げた老松が部屋に戻って来て、英生を目にした。

「あらっ、お坊っちゃん」

苦笑した英生が、半ばふざけるようにして視線で射ると、

「英生さん」老松はそう言い直した。「いらっしゃってましたか。コーヒーをお持ちしましょうか？」

　いらないと応えた英生に、老メイドは私たちをざっと紹介した。犬山は砂金採りの名人で、龍之介は生涯学習センターの所長になろうとしている若者。私は龍之介の従兄弟で、一美さんは私の同僚。

「所長……？」

　自分より若いのではないかと見える龍之介の顔に、視線を留めて英生は当惑している。

「こう見えて、もうじき三十歳なのです」

　私は印象の修正を助けたつもりだったが、

「二十代で所長ですか！」と、英生の驚きはさほど変わらなかった。

　まあ確かに、驚くわな。

　英生の自己紹介と老松の話によると、英生の兄、直次は、アメリカ西海岸サクラメントにある小津野グループの関連会社でビジネス修行中で、兄弟の母親は、兄の所に、遊びと世話焼きを兼ねて出向いているそうだ。

　英生は大学生。長野の大学で、その近くに部屋を借りているが、週末にはここに戻って来ることもあるという。財団本部や出先へ同行してのアルバイトをすることもあるらしい。

　カップを配り終えて退室する老松を見送った英生は、

「でも判るなあ」と、楽しげに頷いた。「楢崎さんから聞いていますよ。皆さんの推理力には感

心したけれど、中でも龍之介さんの頭の切れは一際光っていたって」

「そ、そうでしたか……？」龍之介は照れるというより戸惑っている。

龍之介の実業家としての才能も凄いのだろうと想像しているに違いない英生は、次に、私と一美さんに視線を寄こした。

「広告代理店にお勤めかぁ。あっ、広告と聞いて思い出しました」

バッグからタブレットを引っ張り出す英生は、わくわくとした表情だ。

「別に、記者さんじゃないから、こうしたことの広告をしてくれるわけではないでしょうけど、お披露目まで。……私、大学のＯＢらで活動している劇団に参加していまして。〝不甲斐指数〟という団体です」

こっちに見せてくれたタブレットの画面いっぱいに、次回公演を伝えるチラシが映し出されていた。

不快指数と思っていたら……

「甲斐と変えた命名でしたか」

「歴史物の出し物をやるわけではありませんけどね。地名がらみです。次の週末、甲府市の──。そうか、お三人は地元ではありませんでしたね」

英生は、あまり期待していない視線を犬山に送った。

「犬山さんは、お芝居なんかはあまり……？」

彼の返事はいささか意外だった。

「俺にはよく理解できないが……、馴染みはあったよ」

「おっ、そうですか」

「娘がね……」

自分の手元に視線を落とす犬山は、ジャージの袖をあまり意味なくいじっている。

「芝居をやりたいだの、芸能界に進みたいだの、おかしな夢にハマってね。足下を見ずにバタバタしていた。半端に劇場に出たり」

砂金採りは夢ではないのか、と訊いてみたくもあった。まあでも、夢の質が違うか。生涯を懸けた望みと、趣味の延長――。

コーヒーカップを両手で包む一美さんが言った。

「でも、馴染みがあったということは、観劇に足を運んだということですか？」

犬山は足を組み、ややぞんざいに両腕を広げた。

「数えるほどだ。女房に付き合わされたからな。こっちは元々、学芸会は好きではない」

この話題を打ち切るように犬山はコーヒーを飲み始めたが、英生としては、熱をあげている劇団の話題をもう少し続けたいのだろう。

「〝運が良ければ家庭の手帖〟って芝居は、椅子や灰皿、家具からも意思を感じられるようにする演出なんですよ」

三年生である彼の専攻は、環境学部の生活エンジニア科。劇団仲間も多くがそうで、共通の学習内容が芝居のテーマになることもあるという。

「龍之介さんの生涯学習センターには、マスコットキャラクターはいるんですか？」

ふと思いついたように英生は問いかけた。

「ああ」龍之介はちょっと驚いた顔になる。「その辺の発想は完全に抜け落ちていました」

「うちの劇団にはいるんですよ。着ぐるみじゃなくて、本物のチワワですけどね」

そこでまた、英生は、いたずらを思いついた少年めいた顔になった。

「そのチワワの名前、判ります？」

しかしすぐに、無理か、といった反省の面持ちになる。このクイズに正解するためには、身内の乗りや、マニアックな知識が必要なのかもしれない。

頭を掻くようにして英生が追加のなにかを口にしそうになった瞬間、答えたのは龍之介だった。

「シータとか、シーターとか。あるいは——」

「どうしてそれを⁉」

驚いた英生は一瞬で固まった。恐怖すら感じている目だ。暗証番号を当てられてしまったかのように。

「当たったんですか？」と私は訊いた。

「え、ええ。シーターっていうんです……」まだ、声も表情も強張っている。「龍之介さん、なぜ……？」

「今の問いでは、劇団事務所の住所の偶然性は無視できませんよね」

「それに気づいたと？」英生は、先ほどの画面上のチラシをもう一度呼び出している。「何秒も見ていないでしょう……」

タブレットの画面を、彼は私たちのほうに向けてくれた。

「龍之介。住所がどうしたって？」

「住所の末尾といいますか、数字表記の部分ですよ、光章さん」

チラシの下のほうに小さく記載されている住所を、一美さんと二人で覗き込む。……数字の部分というと、一四丁目三四番六三号となっている。

「これが……？」

一美さんは龍之介の横顔に目をやった。

「不快指数を算出する公式と一致しているんです」

――不快指数の算出式⁉

呆然とするしかないこっちを傍らに、龍之介が説明をする。

「最もポピュラーな算出式は、0.81×気温+0.01×湿度×(0.99×気温−14.3)+46.3です。この式の、末尾のほうの、数学記号や小数点を抜いた数字の並びは住所のそれとまったく一緒です。私も施設管理の勉強を始めた時にこの式を目にしましたから、よく覚えています」

龍之介には数字オタクの面がある。まあ、どの分野でも変に深入りする全方位のオタクではあるが、数字には特に興味を示す。数字の並びに意味を見いだそうとし、審美的にも眺めてしまう。

「……龍之介。式の数字だけの並びをもう一度」

「一四三四六三です」

住所の数字を目で追ってそれを確認した私と一美さんは同時に声をあげた。

「本当だ」

「入居してからこの偶然に気がついたのか、面白い住所を見つけたから賃貸契約を進めたのかは判りません。いずれにしろ、不快指数算出式との一致に気づいた学生さんたちは、劇団の名を〝不甲斐指数〟としたのでしょう」

「な~るほど」

私がそう呟いた後、犬山が龍之介に訊いた。

「それでどうして、マスコット犬の名前が判る？」

「英生さんは他にヒントをなにも出していませんから、この数字の並びか公式から犬の名前を見いだそうとした、勘のようなものです。公式として、〝気温〟や〝湿度〟を数学記号ないし理科記号に置き換えたものもありますよね。気温は、乾球温度ならTd（ティーディー）、国際量体系を基準にすればθ（シータ）」

　英生は口を半開きのままだ。

　私と一美さんはもはや、同じポーズと同じタイミングでコーヒーを口に運ぶのみ。

「公式では、今回目を引いた数字の並びの手前が〝気温〟、つまりTdかθですね。音の通りがいいのでまず、シータが思い浮かびました。θマイナス一四三……。横書きにしてマイナス記号を音引きと見れば、シーターにシーターになります」

「す──すげえ」

　感嘆しすぎているようで、英生は言葉づかいもなにもなかった。陶然（とうぜん）と、酒に軽く酔っているようでもある。

　勢いよく立ちあがり、興奮の面持ちでさらになにか叫びそうだったが、廊下から足音が近付いてきた。

　老松が顔を覗かせ、「主が参りました」と告げる。

　今度こそ、小津野陵の登場だった。

2

　場所は、二階にある小津野陵の仕事部屋に移っていた。この部屋の印象はもう、洗練された政府高官の執務室である。

　広々とした空間で、二面がガラス壁。黒々とした大きな金属的なデスクの背後に、一番広く景色が広がる。建物としては二階の高さだが、山林を見下ろせる高台にあるため、座った位置から見える窓の外に広がるのは、一面の青空だ。ビルの高層階にある、エグゼクティブオフィスを思わせる。

顔を合わせてから移動する間、上気さえしている英生は父親に終始、「天地さんは天才ですよ！」とまくし立てていた。「あっ、龍之介さんのほうですけど」

はっきり区別してくれて、どうも。

ま、反論するなんらの材料もないが。

聞き流さず、次男の見解を傾聴していた様子の小津野陵は、デスクに座ってから、私たち四人――中でも龍之介に、一瞬、複雑な視線を投げかけた。観察であり、吟味であり、評価であり、査定を受けている気分にもなったが、ゲストがくつろいでいるかも推し量ろうとした様子だ。

小津野陵の年齢は六十代半ばをすぎているらしいが、もっと若く見えた。身長は百七十センチ少々。肉付きは普通だが、姿勢がよく、藍色のカッターシャツが似合っている。引き締まった顔の中で、活きのいい目がよく動く。

ただ……、光の当たり方の角度の加減だろうが、私の席からは、彼の額の左側に血管が太く浮き出て見えていた。よく、青筋を立てて、と表現されるのはこれだろうと感じる光景だ。この様子のままで怒鳴られると怖いと思う。もっとも今の彼は、声を荒らげることなど想像させない泰然自若さに満ちている。

私たち四人はデスクを挟んで主と向き合って座り、室内には他に、英生と楢崎聡一郎がいた。今入って来たところである楢崎は、ドアのそばで控えるように立っている。

英生はデスクの向かって右側に立っていた。椅子も用意されていたが、若さを持て余しているかのように、窓の外を見たり、私たちに視線を巡らせたりしている。

私たちにかける小津野陵の言葉は謝罪から始まった。

楽しみにしていたイベントを台無しにしてしまって申し訳ない。そのうえで――

「皆さんはさらに、うちのグループに所属する阿波野の救命にも尽力くださったそうで、感謝の言葉もありません。捜査に役立つ提言や情報提供もしてくださっているようで」

改めて阿波野の死を意識したらしく、英生は窓の外に寂しそうな視線を送っている。

「それで、歴史景観研究センターの取り調べはどうなったんだね、会長さん？」〝ミダス王〟になんら物怖じすることなく、犬山が直言した。「容疑者を絞ったりできているのかな？」

「こちらにもまだ、まとまった情報はきていませんでね」会長には、隠し立てする様子はなかった。「職員は全員揃っており、姿を消している者はいないようです。あのメンバーの中に、殺人者がいるとは思えませんね。捜査の結果待ちでしょうけれど」

ちょうどいいタイミングと判断したか、楢崎が進み出て来て、会長の横で小声で話しかけた。

「センターでの聴取を終えた刑事たちが、こちらに来るそうです。短くはない時間、お相手する必要はあるでしょう」

「そうか」

「二十分ほどで到着するでしょうね」

「そこからの時間帯、面談の予定が入っていたな」

「アジア大会に出場する、ｅスポーツの県代表チームの壮行会ですね。一階に集まっています」

山梨にもｅスポーツチームができていたか。オンラインゲームの中で主に格闘技的対戦をする競技。賞金が億にも達する世界大会もあるようだ。

「彼らなら、待ってもらっても大丈夫だろう。私が警察の相手をさせられていると伝えれば、面白がって、不満なく時間つぶしをしてくれるのではないかな」

「……そこまで知らせますか？　彼らはすぐに、あちこちに発信してしまうと思いますが」

「マスコミにももう流れる時間だ、かまわんさ」

「では、そのように」

話し合いの合間にも、小津野陵はノートパソコンの画面に目をやっていた。よく整理されているデスクの中央にはデスクトップ型の黒いパソコンも備わっているが、その右側にノートパソコンも置かれているのだ。刻々変化するビジネス情報を確認しているのだろう。

「お客さんたちがいるのに、不調法な真似（まね）をせねばならず、すみませんね」

気を散らせるようなことをしていると小津野陵は紳士的に詫（わ）びるが、謝罪には及ばないことだろう。土曜日だろうと彼には仕事があり、そちらが本道なのだ。そこに殺人事件などという突発事態が発生して予定を乱し、私たちも一つの配慮によって飛び入りとなった。

一美さんがそうしたことを手短に返し、「お邪魔させていただき、こちらこそ恐縮です」と、丁寧に述べた。

だが、続く犬山の発言は、正直かもしれないが乱暴なまでに明け透（あす）けだった。

「そうやってキーボードに触れていると、一時間がどれぐらいの金（きん）に変わるの？」

退室しようとドアレバーに指をかけていた楢崎が、立ち止まった。

「面白い換算ですね」小津野陵は表情も変えずに応じる。「だが、詳（くわ）しくは判らない」

「グループ内各企業の収支決算は公開されているんだから、それをまとめて、そしてちょっと噛（か）み砕（くだ）いて、ミダス王的に表現してよ」

あしらうようなことをすれば、犬山は執拗（しつよう）にからみそうな雰囲気だ。

「でもそれは、僕も興味あるな」笑顔で振り返ったのは英生だった。

「そうかね？」

父親は、デスクのそばまで引き返してきていた楢崎を見やった。

「時間単位だそうだ。話のネタとしてかまわない範囲で、伝えられるかな」

「金額ですね？」

と、無表情の楢崎に視線を注がれ、犬山は頷いた。

「では……。グループ全体の一日の営業利益は、ざっと二億というところでしょう。従って一時間ですと、ええ……およそ八百数十万でしょうかな」

龍之介は、もっと正確に細かく計算し終わっているな。

英生の感想は、「ふ～ん」というものだった。

実感が伴わない部分ではこちらも、ふ～んだが、それに加えればやはり、はあっ？　という驚きも大きい。時給八百数十万円ね。

時間を黄金に変える〝ミダス王〟――。

「八百数十万か……」犬山は天井に視線をさまよわせた。「それだけ稼ぐのに、うちだったら四ヶ月はかかるかな」

「犬山さんもご商売を――」

言いかけて、楢崎は言葉の先をおさめた。今の犬山が無職であることが耳に入っていたのだろう。それを思い出し、そして、想像を働かせ、探るような目つきになった。

「……ご商売は畳まれたのですか？」

「店は、消えてしまったよ」

「なにかそこに、小津野の部門がかかわっているのでしょうか？」

軽くあくびをしてから犬山は言った。

「うちの店が入っていた雑居ビルごと模様替えしてくれたな」

「それは……」変に律儀な龍之介が、正確な意味を欲した。「店舗を入れ替えられた、ということでしょうか?」

「すっかり変わった。地元の生活密着型のビルを、アミューズメントビルにする必要があったんだとさ。俺はその時に潮目を読み違えた敗者さ」

――なるほど。

そういった背景か。

「あんたたちの商売にどうこう言う気はないよ。自分が愚かだっただけだ」

それが本心だろうか。……ただ少なくとも、小津野邸へ招かれることになってからの、彼の少し屈折しているような態度の理由は判ったようだ。

緊張する必要はない、と自分に言い聞かせるように、私は身じろいだ。


犬山省三は自分の店の名を言い、居酒屋だ、と付け加えた。

記憶を探ったようだが、小津野陵の表情に変化は表われなかった。

「そりゃあ、知りはしないよな」

肩をすくめた犬山は唇を歪めた。

「侍大将どころか足軽大将が采配した程度の局地戦だ、お館様がいちいち記憶しているはずがない。……常連が釣った魚を持ち込んで、それを料理してやったりする、客との距離が近い庶民派の店だった……そう思っていた」

ちょっと失礼しますと断って小津野の前にあったノートパソコンを操作していた楢崎が、

「AKグリーンビルですね」と、小さく言った。「確かに、うちのデベロッパー部門が介入しています」

空気が波乱を含んでいるのかどうか微妙な中、犬山はどこか懐かしそうに語っていた。

当初、ビルオーナーの意向に反して、どのテナントも立ち退きは拒んでいた。ゲームセンターやキャラクターショップなどが進出して来ることに、地元も、環境悪化を懸念して反対していた。だが、裏で相応の移転料がばらまかれ、相身互いの団結などは抗戦の御旗のすぐ後ろで霧消して、気づけば犬山だけが残り、孤立無援だった。あれほど応援してくれていたはずの地元民も無関心といった有様だ。犬山は、家庭の延長とも感じていた店舗を二束三文で手放した。

共に苦労を重ねて店をここまでにしてきた糟糠の妻は、この時期も奮闘してくれたが、心不全で急死した。この死を心労によるものだとして悲嘆した一人娘は、元々母親を振り回しすぎだと感じていた父親を詰り、自立の名の下に夢を追って以来連絡もなかった。

三年前のことだとか……。

聞いて、私は、犬山の娘の夢を思い出していた。役者志望。演劇や芸能界の道を進む……。同じことを思い浮かべたのだろう、小津野英生は口元を引き締めて背筋をのばしていた。目を輝かせて劇団の話題を続けた彼の熱弁を、犬山はどのような思いで聞いていたのだろう。事務所も構えられる劇団。彼の親——特に母親あたりが支援をしているのではないだろうか。

「小商いとはいえマネーゲームをしていたんだ。恨みつらみを口にする野暮をしたくはない」犬山は抑揚乏しく口にした。「全員が勝者になる時があれば、一人だけが敗者になる時もある……。そっちには関係ない話をして悪かったな」

本音とも聞こえた。

犬山省三に重い影響を与えたのは、経営上の大失墜ではなく、その時に家族の姿が変わってしまったことなのかもしれない。

口ぶりは硬くなかった犬山だが、視線はじっと小津野陵に突きつけられている。

「いえ」相手も視線を動かさなかった。「関係ないとはいえないでしょう。商い、商売、ビジネス……、その世界の戦乱はうちも巻き込んで永遠に続いている」

「だが、小津野幕府は転覆しまい」

「判りませんよ」

ノックの音が聞こえ、老松が顔を覗かせた。一階に集まっている若い連中の接待方法を知りたがっているようで、楢崎は先ほどの小津野の判断を小声で伝えた。

楢崎のスマホにメール着信があったらしく、廊下へ戻った老松とは逆に、彼はデスクの横へと引き返した。

「センター長の校倉(あぜくら)からです」身を屈(かが)めるようにして会長に報告する。「マスコミ対応は彼止(ど)まりでいいと思いますが、具体的な指示を求めています。映像回線を結びましょうか?」

「だったら全員の話を聞こう」

阿波野順の上司や同僚か。

「警察が知ったことを、こちらも入手しておきたい。いわゆる供述内容だろう。事件解決を警察にまかせっ切りで傍観しているのも性(しょう)に合わない」

「だったら、天地龍之介さんにも立ち会ってもらうといいよ」英生が父親のほうに二、三歩寄っていた。「推理力も並じゃないから」

「それも興味深いですね」楢崎も表情をほぐしている。

小津野陵は即断しなかったが、とにかく、歴史景観研究センターとの動画通信の準備が進められることになった。

彼らの聴取を終えた刑事たちが間もなく来るという。新たな視点からの尋問が、私たちにも加えられるかもしれない。

3

蟬の声が押し寄せる中、ふうっと息をつき、浅見は汗を軽く拭った。

猛暑ではないが、やはり暑い。

疎らながら木々が生え、それは影をもたらしてくれてはいる。緑多い自然はやはり幾ばくかは気持ちを和らげてくれるし、風の音も演出してくれるが、そのささやかな涼感を相殺するのが精神的な焦燥なのかもしれない。

犯人の指示もあり、五年前の事件の現場に来ているが、なにをどう調べるべきか道筋が見えない。失踪した瀧満紀が、恐らく自分の意思で最後に車を停めた場所。甲の沢の北部で、山の峰の緩い斜面が迫っている。

〝捜査まとめ〟ファイルによると、ＧＰＳ走行トレース機能で推定された地点がここだ。だがさすがに、数メートル単位のピンポイントではない。町の中の区画ではないこうした場所では、地図上の丸印は曖昧な面積を示すだけで、場所を絞り込むには漠然としすぎている。

ソアラがここまでたどって来たのは、どのような利用目的があるのかも判らない、細い林道めいた未舗装路だ。瀧が日常感覚で何気なく車を停めたのなら、その路肩に駐車したと思われる。だが浅見たちは、林道から奥へと進み入ることができる茂みの隙間を見つけた。すぐに、テニスコート二面ほどの雑草地が広がる。そこから先へと進むルートはなく、浅見たち三人はここで車をおりた。

瀧満紀がもし、人目を避ける必要を感じていたなら、ここに駐車したのではないだろうか。

……しかしすべては、仮定と推測の域を出るものではない。

それでもなんらかの発見があるかもしれないのだから、浅見は愛用のカメラを肩からさげていた。

「ま、この辺りは確かに、〝地表探査データ〟の地中探査マップが押さえている一帯には含まれてますね」

十メートルほど離れている場所で、田中刑事は捜査の目的を見いだそうとするかのように口にしている。彼がじっくりとファイルを読み込んだところ、探査マップは地中の様子を示していることがつかめた。どのような科学的な情報なのかはまだはっきりとしないけれど。

「でも、超音波みたいなもので地面の中を探って、金が見つかるわけじゃないのですよね?」

刑事のそばにいる原口茜がそう訊いた。

「金属や障害物のような大きな岩を見分けられるだけだと思いますよ。鉱物の種類までは、正確にはつかめないでしょう」

車の中で、茜は助手席、田中刑事は後部座席にいた。

田中征次巡査長。三十六歳。

体格や歩き方、耳の肉の厚さなどから推測して、「柔道の有段者ですか?」と浅見が話を振ると、田中は若干照れたように、「四段です」と明かした。護衛としても最高の人材だろう。

彼は、肉体には頼りになりそうなたくましさがある一方、眼差しや声が柔らかく、話し方にも慎重さがあった。

「田中さんなら、子供たちを教える柔道教室の先生に向いていそうですね」

浅見のこの見立てにも、目元を和らげた田中刑事は遠慮がちに応えた。

「実は、我が署で開催している子供柔道教室には、私が指導講師で出向くことが多いです」

「子供たち相手ですか」茜の顔色が明るくなった。「実はわたしの姉は、保育士をしているんですよ。わたしのなりたい職業の一つでした」

「そうですか」

その辺りから、特に原口茜と田中征次の間では話が弾(はず)んでいった。

しかし無論、車中では交流を図るような会話を交わしていただけではない。田中刑事は〝マイダスタッチ〟祖型ファイルをじっくりと読み込んでいた。が、ある一つの大きな発見をしていた。それはまず、〝捜査まとめ〟ファイルの記述の中で見つかった。

時間に追われながらざっと目を通した時の浅見の目には留(と)まらなかったが、「兄の車はつまり……」などと、ファイルの制作者・〝軍師〟は書き込んでいるのだ。

さらに〝地表探査データ〟のファイルにも、「分析した後、兄はなにを?」といった記載があった。

つまり、地図製作会社勤務の瀧満紀がやはり地表探査資料のまとめ役であり、〝軍師〟は彼の弟である公算が高い。

この報告は添島刑事に伝えられたが、向こうでもその事実をつかんでいた。

五年前の瀧満紀失踪事件。これは思っていた以上に、進行中の事件解明に貢献する重要起点なのかもしれない。過去の事件の謎が解き明かせれば、上園望美を巻き込んでいる事件の背景もするすると繙(ひもと)ける可能性があった。

そして、五年前の事件の、古い扉をこじあける足を使った細かい洗い出しには、藤田編集長と井上デスクが当たっている。当然、警察もサポート態勢を敷いているし、独自の視点での追及も始めているはずだ。瀧満紀の弟の所在もすぐにつかめるだろう。

ちなみに五年前、警察はこの一帯の捜査はほとんど行なわなかった。当時の担当刑事が、瀧の同僚が提示したGPS走行トレースの記録を重視しなかったためだ。

雑草を足で掻き分けながら、浅見は、瀧満紀の当時の行動を推し量り、それを声にした。

「会社が測量や探査を終えた後、瀧さんはなにか気になることを発見したのでしょうね。そして、独自に、自力でそれを確かめようとしてこの地点に足を運んだ」

「どのマップにも、それらしい目印は見当たりませんね」

田中刑事がスマホの画面を注視しながら動いているので、浅見は注意を促したくなった。

「田中さん、足下に気をつけたほうがいいですよ。瀧さんは事故で消息を絶ったのかもしれない」

「あ、ああ、そうですね。マムシとかにも」

「マムシ⁉」茜はギョッとして身を引いている。

田中刑事は、彼女の盾になるかのように、前へ出て歩き始めた。

事故として考えられるのは、草で隠れていた穴や断崖からの転落。落石による下敷き。

浅見はふと、罠という発想も引き寄せていた。秘宝を守るために仕掛けられた罠。

(冒険映画だな)

苦笑してしまう。荒唐無稽な発想だが、今回のように埋蔵金幻想や地質調査資料に振り回され、暑さに炙られながら地面を探し回っていると、現代社会に忘れられた歴史が顔を覗かせても不思議ではないような気にもなってくる。

(事故ではないとしたら……)

瀧満紀はここで、何者かに拉致されたか、命にかかわる暴行を受けたのだろう。

その痕跡が、五年も経ってから見つかるとも思えない……。

それに厳密にいえば、瀧満紀の生死は不明である。この辺の事実関係は、藤田編集長チームが明かしてくれるだろうか。

浅見は茜のスマホを借り受けており、その画面で地中探査マップを検めている。

百メートル四方ほどのグリッドで作成されているマップが二十枚以上アップされている。それらはつながり合って、ここから北東方向にかけての一帯をカバーしているらしい。

浅見はその方向に分け入ってみた。樹木は密集しておらず、草原に立木が点在しているといった趣だ。藪が深い場所はあるが、膝ほどの深さはない雑草地を選んで進路を得ることはできた。

足下や周りの様子、それと画面上の情報とに等分に注意力を割き、慎重に進んで行く。

汗が流れた。

現在地は、マップナンバー20に該当すると思うのだがそれもはっきりとはせず、自信は持てない。

浅見は他に、特徴的な岩がないかどうかという点にも神経を使っていた。〝家臣小津野の隠蔽〟ファイルの中にあった〝お岩様〟がここに関係してこないか。そんな着眼があってもいいと思う。

ただし、車中で原口茜が検索してくれたところでは、小津野家に伝わる〝お岩様〟は、彼らの武家屋敷跡に安置されているそうだ。

（やはり、最大の手掛かりはこれか……）

〝地表探査データ〟ファイルの最後のほうに記入されている一行。感嘆符つきで、〝軍師〟の興奮を伝えている。

7、11だ！

と、そう記されているのだ。

この数字は、地中探査マップのナンバーなのだろうか。その番号の振られている図面はすでに何度も見ているが、なんの印もなく、素人が見ても特別の情報は読み取れなかった。

いずれにしろ、ここでなにか大きな閃き（ひらめ）を得た〝軍師〟は、全体の調査記録を貫い（つらぬ）て浮かびあがる真相に気づき、その結論に従った〝マイダスタッチ〟完成形を作りあげたのだろう。×4という書き込みもあるが、これもヒントなのだろうか？

数字の若いマップが示す一帯は、もっとずっと北東の方向に進まないと現われない。

携帯電話が着信を知らせ、見ると相手は藤田編集長だった。

『瀧満紀失踪事件のその後、大筋を知らせておこうか』

荒い鼻息まで感じさせる声が飛び出してくる。

「早かったですね」

『僕が到着するまでに、井上デスクが調べを進めてくれていたからね。瀧満紀の両親に電話で連絡を取ったが、息子は行方不明のままとのことだった』

その両親のここ数年の気持ちを、浅見はふと想像した。不意に連絡を絶ち、姿を消してしまった息子……。生きているのか死んでいるのかも判らない。どういう気持ちでなにを待てばいいのか。希望は、時に残酷だろう。今回、なにかが判明するとしたら……。

浅見は慎重に足を運びながら、報告に耳を傾けた。

『警察が事実確認を取りに動くよりも、新聞社を名乗ったこっちのほうがよかったろう。過去の事件の統計上の確認をしているという理由をつけて、両親に問い合わせたからな』

「ええ……。警察に訊かれたりしたら、再捜査が始まるのかとか、それらしい遺体が発見されたのだろうかとか、余計な気を揉むでしょうからね」

『気持ちが掻き乱されるってこったな。ま、そうはならなかったと思う――というのが井上デスクの感触だ。で、次は身元不明死体だが、該当するものは、山梨県や近隣各県では発見されていない。瀧満紀がもし殺害されているなら、その遺体は未発見ということになる。井上プランだと次は、瀧の勤めていた地図製作会社への聞き込みになるようだ。ファイルに入っている地表や地中のデータマップと瀧の関連をはっきりさせておきたいってことで』

「そうですね。僕もそれがいいと思います」

『社員の誰かが、ファイルの読み取りに協力してくれるかもしれないしな』

「それも助かります。ただ、それより前に確認してほしいのですが、瀧満紀さんの弟の所在はどうなっていますか？」

藤田は、弟？　と不思議そうにする。向こうのチームは、ファイル文書にあった〝兄〟表記に注目しなかったようだ。事情を説明すると、

『そうだったか、見逃したか。……でも変だな、瀧満紀に弟なんていたかな？』

「えっ？」

『ちょっと待ってくれ』

そう断ってから、なにやら相談し始めたようで、かすかに聞こえるその声が続く。相手は井上デスクだろう。

『判ったぞ、浅見ちゃん。瀧は入り婿の形で結婚したらしい。奥さんは他界したが、瀧は名字はそのままにして、義理の父母とも仲が良かった。瀧が姿を消した時、捜索に力を注いだのもこの両親だ。だから我々もそちらと連絡取ったんだがね。だから弟っていうのは、血筋のほうでつながりがあるということだろう。実の兄弟だ。そっちのほうの事情が判ったらまた知らせるよ』

名字の違う兄弟か、そう思いつつ、「お願いします」と言って浅見は電話を切った。

途端に静けさが意識された。エネルギッシュなダミ声が消え去ると、蟬の声までが静寂を際立たせる効果音に感じられた。

しかし次の瞬間、その無人の気配を破るように、前方から音が聞こえてきた。田中刑事たちとはずいぶん距離があいてしまったようで、彼らはずっと後方にいるはずだ。

藪を掻き分ける音だ。荒々しいまでに威勢がいい。

身構えた。この辺りに熊や猪はいないと思うが――。

藪の陰から現われたのは男だった。浅見と同年代。がっしりとした体に、いかつい顔。その顔が険しく歪み、

「ここでなにをしている?」と、恫喝しているのかと聞き違えるほどの語調で質してくる。

「えっ……?」

「ここは私有地だぞ」

「えっ!」これには心底驚いた。「そ、そうなんですか?」

男が指差した先には、藪に埋もれそうになっている小さなコンクリートの指標が立っていた。苔むして、ボロボロになっている。

生活上の意味はない境界線なのだろうが、区分けされているのは間違いない。それと知らずに深入りしてしまったようだ。

気づかなかったと謝罪する浅見の言葉を、男は断ち切った。

「カメラを持っているな。それでなにを撮った? 身分証明書も見せてもらおうか」

あまりにも態度が横柄で高飛車であり、浅見もさすがに顔をしかめた。

「そこまで一方的に要求するのは、行きすぎではありませんか?」

男はむすっとしたまま、懐から取り出した手帳を見せた。警察手帳だった。

「ああっ、刑事さんでしたか！」

尊大に振る舞いたがる刑事にはぴったりのタイプだが、その思いが顔に出たらしく、相手は瞬間的に不快さを募らせた。眼光が冷酷なまでに尖る。

咄嗟に、「浅見といいます」と、名乗りはあげておいた。

「こんな場所でなにをしているんだ？」

こう尋ねるということは、上園望美の連れ去り事件にはタッチしていない刑事ということだろう。では、どこから話すべきか。事態は複雑だ。

説明を端折れば浅見の行動は怪しく映るだろうし、端緒から語るのは悠長すぎる。

コンマ一秒刻みで、刑事の目が険悪になっていく。


浅見が知る由もなかったが、男は梶野刑事だった。砂金採りイベントの川原で龍之介たちと衝突しかかった刑事だ。

割り当てられた今の任務は、火をつけた車から逃げ去った第三者がいるかもしれないから周辺を探索せよというものだった。もしくは、焼け焦げた衣服などの遺留物捜査という名目だ。それで、重川に少しでも近い、小津野家の私有地を歩き回っていた。

しかしこんな探索は、まさに名目だけの徒労だとしか思えなかった。

阿波野順殺しの犯人は、歴史景観研究センターの誰かで決まりだろう。

そう梶野は決めてかかっていた。

ところが、なかなか面白い拾いものがここに現われたではないか。犯人や共犯ではないだろうが、うるさいブンヤかもしれない。怪しいので身分確認をしたい、と引っ立てて、型にはまりかけている捜査状況に多少の波を立てるぐらいはしてみるか。そうでもしなければ、自分の名をアピールする機会もない。

それとも万が一、目の前のこいつが殺人に関係している可能性もあるか？　そんなことを梶野は考えていた。


「日下部署の刑事さんではないのですか？」

自分で問い合わせてもらうのが早いと思い、浅見はそれを尋ねたが、相手はさらにうさんくさいものをにらむ目になった。

「お前のそれ、女物のスマホじゃないのか」

「あっ。そうですけど、これは——、あっ！」

引ったくられていた。

反射的にのばした腕を、大きな肘で撥ね除けられる。

画面を勝手に動かした刑事は目をむいた。

「……小津野の隠蔽だと⁉」

血走りそうな目で、浅見を射すくめる。

「お前、やはりなにか、小津野がらみの殺人にからんでいるのか？」

「殺人ですって⁉　遺体が見つかったのですか？」

（まさか、上園望美さんではないだろうな——）

浅見は一瞬、暑さを忘れた。

4

添島刑事は、管轄内の塩山分庁舎の会議室を捜査本部としていた。

その彼のスマホに、大きな前進を知らせる報告が入った。

『どうやら、犯人の身元がつかめました』

浅見がアクセスに成功させた上園望美のメール履歴から拾いあげた、彼女の同性の友人と思われる関係者に事情を訊いた部下からだった。

添島はスピーカー機能に切り替え、周りの捜査官たちの耳にも入るようにした。

『上園望美が短い期間ですが付き合っていた男のことを覚えていました。山桑準（やまくわひとし）です』

漢字が伝えられる。

『県下に住民票は見当たりません。これから身元確認を進めます。前歴はなし。顔写真も、今のところなし、です』

まだ確証は得られていないが、捜査がかなり進展したのは間違いない。添島をはじめ、刑事たちは口々に感想と分析を言葉にし合った。

と、その時、テーブルの中央に置かれているスマホが鳴った。犯人が連絡用に渡してきたものだ。この端末からはやはり、購入者の特定は不可能だった。

添島はメガネをつまんだ姿勢で頭の中を整理し、それからスマホに手をのばした。

出ると、『原口さんじゃないんだ』と、犯人――山桑準は戸惑う口ぶりを返してきた。

「このスマホを彼女たちに持たせろとの指示はなかったぞ」

『そうだっけ』

とぼけているのか、集中力を欠いている反応だ。

「私は添島だ」

『じゃあ、添島さんに伝えるよ。どっちみち、これは警察の力に頼ったほうがいいと思える情報だからな。小津野家と望美の血縁関係を証明する公的な記録を探し出してほしいから、あえて伝える』

「そういう話だったね」

『出生とその時の手続きみたいなものを、望美自身に話させる。〝ミダス王〟が彼女の父親だというタレコミがあった時の様子とかな』

このタレコミのメール文は履歴に残っていた。上園望美としても、削除する気になれなかったのだろう。内容の信憑性はともかく、自身の肉親を見つけられるかもしれない、唯一で最大級の手掛かりなのだから。

今は、そのメールの発信元が突き止められないか、通信会社に働きかけているところだった。改めてこうした点を見てみても、刑事局長の実弟が確保してくれた上園望美のメールサイト内の情報が、どれほど役に立っているか判らない。捜査も一気に進みそうな様相だ。

血は争えないということか。浅見光彦も、捜査畑において一際光る勘や予見性を持っている逸材らしい。

「そうしてもらえると、調査に期待が持てるよ」

添島は、下手に出る方策を選択した。もう一つのやり方も頭にはあった。「お前、山桑準だな」といきなり突きつけ、その真偽を探り、併せて動揺を誘うという出方だが、これをすれば当然相手は態度を硬化させ、警戒感を強めて神経を張り詰めるだろう。

〝人質〟と直接話ができるこの流れは手放すべきではない。頭脳戦に疲れて弛緩している様子の犯人には、そのままの状態でいてもらおう。思わぬ大きなミスが起こり、こちらに高得点がもたらされることも期待できる。

『余計なことまで聞き出そうとするなよ。それと、肝心な点だが、他の調査チームは、なにか有力なお宝情報にたどり着いていないのか？』

こうした時は、この男の声はギラッと熱気を帯びる。剝き出しの欲望が、この男の原動力らしい。そして、ブレーキ操作が苦手なのだ。

「まだどれほども時間が経っていないだろう。そんな簡単にはいかない」

『ま、そうかもな。だが、一分でも早いほうがお互いのためだ』

それから山桑準は、望美に代わる、と言った。

5

逆探知を警戒して、ひとしは車での移動を続けているけれど、そんないっぱしの犯罪者気取りも望美にとっては無駄で無用な背伸びにしか感じられない。警察はもう、山桑準という彼の素性もつかんでいるのではないか。そして確実に、捕獲の網を狭めている。

ひとしもそろそろ年貢の納め時だろう。

でも最後まで油断はできない。

そう言い聞かせつつ、望美は自分の両手を見詰めた。巡る血潮が、不思議な感慨をもたらしてくるのだ。

入院しながらの処置で、自分の血管の中には今、造血幹細胞がかなり増えているはずだった。その増えた分を少女に移植する。でも、明日、明後日と時間が経てば、その数は減少していく。

望美は両手を握り締めた。

血筋と言うけれど、生みの親とつながるものは確実に、血の中に、体の中に流れているはず。途切れて孤立した点となっていたはずのその流れが、移植を通してちょっとした線になろうとしている。自分にとってこの事件は、そうした血の道筋を再認識させるものになっていた。

だから、ひとしの暴挙の中でも、望美にとって役に立ってくれるかもしれない点が一つある。自分の出生の真実を突き止めるためには、確かに、警察の力にでも頼らなければならないのだろう。

手近な所にナイフを置いたひとしが渡してくるスマホを受け取り、望美は、自分が零歳児だった時の知られている限りの情報を話し始めた。

生後何日も経っていないであろう自分が発見されたのは、死者数が六千四百三十余名にのぼる震災の当日、神戸市内須磨(すま)区の一画で、瓦礫(がれき)の中だった。産院の敷地内であり、着ていた産着(うぶぎ)はその産院の備え付けであった。

産院は完全に倒壊、赤子が救出された後に火災にも巻き込まれ、休みだった者も含めほとんどの医師たちスタッフは亡くなり、生き残ったのは二名だけだった。どちらも施設管理など雑務を担当する者たちで、出産などの現場にはまったくタッチしていない。

女児が助かったのは奇跡的だったが、恐らく産院で生まれて保育されていたと推定されるだけで、いかなる情報も集めることができなかった。

産着には名前を示すものはなく、産院の書類やＰＣ内データはすべて灰燼(かいじん)に帰(き)している。近くで亡くなっていた一般の被害者の中にも、関係性を窺(うかが)わせる者はいなかった。なんらかの記憶を持つ者も現われない。

震災孤児・遺児の数は五百七十三名とも伝えられる。

赤子は加古川市の児童福祉施設に保護され、大混乱がおさまりかけてからは尋ね人としての告知が各方面へなされた。

『加古川市の児童福祉施設ですね？』

確認を取ってくる添島刑事に、望美は施設の正確な所在などを伝えた。彼の周囲で、刑事たちが調査に動く気配がする。

赤ん坊の肉親捜しはニュースにも取りあげられたが、それは、その彼女にちょっとした話題性があったためでもあったろう。

『話題性とは？』

添島刑事は意気込む様子だ。重要な手掛かりではないか、との思いだろう。

「わたし……その赤ん坊は右手に、小さな金のナゲットを握り締めていたんです」

『ナゲット？』

「塊のことですね。砂金などを探していると、大きめの塊を見つけることがあるそうです。もちろん大きさは様々ですが、わたしが握っていたのは、マッチの先端三つ分ぐらいの物でした。その程度ですから、金銭的な価値はほとんどありません」

でも、話題性はある。それに紛れもなく、親を捜すための手掛かりであり重要な情報だ。

それでも、両親どころか親族だと名乗り出る者はいなかった。震災で命を落とした被害者の中に彼らはいたと考えるしかない結果だった。正確な身元は不明のまま、赤子には出生証明書などが特例的に作成された。

そして五歳の折、上園夫妻との間で養子縁組の手続きが行なわれたのだ。

成長の折々で、望美は小さなナゲットを握り締めていた。誰がそれを赤ん坊に握らせたのだろう？　それはやはり、贈ったものなのか。どのような思い、意図で……。

なにも語らないままであっても、掌の中の小さなそれは、望美に力を与えた。もともと行動的な気質であったこともあり、握って拳を作ることで力を得る体験が顕在化したのか、中学生ぐらいから望美は格闘技にも興味を持つようになった。ボクサーを目指すのもいいと思ったほどだ。キルトやニードルフェルト作りを趣味にしていた母は、「女の子なのにねえ」と苦笑していた。

その母を亡くして独りになってからは、日々の生活のためにがむしゃらに働き続けるしかなく、グローブをつけたのは一年ほど前、ボクササイズを始めた時だった。趣味らしき時間を持てるようになっただけでも、一息つけるようになった自分の生活を実感したものだ。

男勝りなところもある自分がひとしのような男と魔が差したように交際したのは、やはり、将来への不安や身内が一人もいない心細さが心の奥のほうに巣くっていたからなのだろう。気持ちが弱くなっていた時期だったとしか思えない。ひとしの短いスパンで物事を割り切っていく姿が、くよくよせずに前向きに進む時の伴走者としてふさわしく見えてしまったらしい。

そのひとしが運転席から、「電話を一旦切れ」と命令してきた。逆探知対応らしい。

金のナゲットは持ち歩くことは少なく、今ももちろん大事に、部屋に仕舞ってある。

向かっていた東山梨駅方面から東に反転し、また塩山の中心部に進みながら、ひとしは添島刑事を呼び出したスマホを差し出してくる。〝軍師〟のことは省いて話せ、という指示だ。彼は今、どこでなにをしているのだろう。

話しにくいから、あんたのことはひとしと呼ぶからね、と断った。

望美が次に語るのは、「お前の父親は〝甲斐のミダス王〟だ」とあったタレコミ匿名メールに関してだった。そのためにはまず、〝遠くの無名〟氏とのつながりから伝えなければならなかったが。

細い糸を大切にするかのように、何ヶ月かに一度だけ持たれていた交流。そこに不意に割り込んできた、不穏な異質さを有する一文。送信者名は〝超匿名〟。去年の十月のことだった。

『そのメール以外に、葉書が送られてくるなど、他の働きかけはなかったですか？』

「なにも、まったくありませんでした」

『上園さんは、どのような意図でこの文章が送られてきたと感じました？』

「……好意で知らせてくれたようには受け取れませんでした。ぶっきらぼうな文面ですし、返信も無視されましたし。なにか、〝遠くの無名〟氏との関係を掻き乱そうとして、反発的な衝動で口出しをしてきたと感じました。刑事さんはどう思います？」

『そう、好意的な感触はないかもしれません。ではどのような意図なのかが興味あるところです。まったくのでたらめで騒ぎを起こしたいだけの愉快犯もどきか。内容には多少でも真実があり、それを伝えることで送信者に利益が生じるのか……』

望美の注意を引いたのは、〝超匿名〟のアドレスが、〝遠くの無名〟氏が使ったアドレスと同じだったことだ。だから、無関係のほら吹きがたまたま乱入してきたとは考えにくい。

かといって〝遠くの無名〟氏と〝超匿名〟が同一人物とも考えられない。だから、両者は近しい間柄にあるのではないかと推測できる。

『あなたはその後、山梨へ越すようですが、〝ミダス王〟のことが少しは頭にありましたか？』

「……正直、ありましたね」

他にも二つ、理由があり、こうしたこともすべて刑事に伝えた。一つはもちろん、金（きん）のナゲットという縁だ。金の採掘で最初に頭に浮かぶ土地は佐渡（さど）であったけれど、山梨県も気になる地ではあった。さらに、〝遠くの無名〟氏とのやり取りの中には時候の話題も出て、そこに登場する地名や気候の様子が山梨を示唆（しさ）していた。

〝ミダス王〟が父親などとは塵(ちり)ほども思えないけれど、身内の幻(まぼろし)を少しでも感じるためには山梨に住むのもいいかもしれないと思えたのだ。……自分はやはり、父母や血縁を突き放して生きる道は選択できないようだ。

『あなたから小津野家に問い合わせなどはしなかったのですね？』

「しませんよ。できないでしょう、そんなこと」

伺(うかが)いを立てる根拠などどこにもない。真実もあやふやな、砂粒程度のきっかけがあるだけだ。そんな状況で、小津野会長には隠している実子がいませんか？　などと声をかけたら、頭のおかしな女と蔑(さげす)まれるだけで、ばい菌でも払うように警備が動き、弁護士だって登場してくるかもしれない。

個人では調べようもないことだったので、刑事さんに渡せる手掛かりなどはないと伝えたところで、電話での聴取は終わった。

「刑事どもは、いい突破口見つけてくれるかな」

などと勝手な期待をかけているひとしの横で、望美は改めて、両の手の平を見詰めていた。

この命となった両親の血。流れ込む血。受け継がれていく血の流れ……。

血がつながっているとかいないとか、そんなことに、大仰(おおぎょう)に尊(とうと)ばなくてはならない意味などないとも思う。育ててくれた父母は、特別な点などなにもないのだろうけれど、でも隠れようもなく善良で、思い出す時はつと仰(あお)ぎ見るしかない存在といえた。日常の思い出という、ありふれた、けれど底知れないほど根を張って、人としての自分の支えになってくれるものを与えてくれた。彼らの子供であることが誇(ほこ)りだ。

父が病床で亡くなる時、望美はまだ中学生だったが、色を失っていくその表情に謎めいたものを見たような気になった。なにかに謝罪するような、遠い表情。目尻が心なしか濡れていたと思う。わずかに悔しそうで、許しを請うかのような……。

臨終も間近な時、父がそのような表情をする理由など思いつかなかった。感じ取り方を誤ったのだろうと思うようにした。

しかし一年が経ってもあの表情を見誤りだったと思えなかった望美は、母に言ってみた。お父さんは、お母さんを遺して逝ってしまい、なにも助けられなくなることを謝ったのだろうか、と。

肩を少し丸め、目を閉じた母は、それもあるだろうけれど、もっと大きいのはたぶん約束への思いだろうと答えた。あなたを養子に迎える時に、わたしも、同じ約束の思いを懐いたから判る、と。

顔も知らないあなたの本当の両親に約束したのだと、母は言った。こんな可愛い子供を遺していくのは無念だったに違いない。でも安心してください。誓います。この子は大事に、幸せになるように育てます。

その子を成人するまで見守ることもできなかったお父さんは、約束に対して謝罪し、そして悔しさも覚えていたのでしょう。

確かにあの時の父の思いの先は、母よりも遠くへ向けられていたような気がする。

でも、自分の父母は、この二人だけで充分だ。

〝ミダス王〟だろうと、代わりになるはずがない。

けれど……。

家族について知るべき事実があるのなら、知らずにいることが最良とも思えない。その事実が醜いものであったとしてもだ。

両手を見ながら望美は思う。

この血脈の上流に、家族はもういないのだろうか。

いや。もし本当の家族がすでにいなかったとしても……。この血を外で受け入れる移植患者である少女は、望美の家族となるのかもしれない。匿名同士の家族だ。

6

目の前には、容疑者とされてしまっている六人が揃っていた。ノートパソコンの画面上で。場所は変わらず小津野陵の執務室テイストの仕事部屋なので、モニター会議をしている趣だった。

椅子に座ってデスクの上にあるパソコン画面に正面から向き合っている小津野陵を、私たちは立って取り囲んでいる。私、一美さん、龍之介、犬山の四人も、楢崎や小津野英生の意見を容れて、取り調べを受けた六人の報告を聞く場に立ち会うことになった。ただし、彼らのプライバシーを含め、ここで得た情報は非公開と約束させられた。

回線がつながるまでの間、歴史景観研究センターの基本知識は得ておいた。このセンターの業務は、塩山の東部や北部に広がる山林一帯の環境調査と保護活動の啓蒙である。月曜が定休日で、週末はよく啓蒙活動に充てられるらしい。主に子供たちや老人会を招くのだ。この週末はまさに、金を使ったメッキなどの実験を計画していた。

場所は、私たちが阿波野順の遺体と遭遇した地点から上流に車で十分ほど。重川の近くにある。

そして今ちょうど、氏名や年齢を明かされたメンバー六人がまた画面の中におさまった。

向かって一番左側が、センター長の校倉浩一。五十八歳。メガネをかけた、こまめに動くことも楽しめる教頭先生といった雰囲気だ。

次は大久保すず子。四十九歳。事務長として経理と事務全般を引き受けている。事務室の主らしい。体格もしっかりしている。

彼女以外の他の職員は、調査や企画など、だいたいどの仕事もこなすようだ。

四十四歳の戸田亮太がまとめ役といったところか。肩書きは総合部長。顔の輪郭は四角くて、ごつごつした肉付きという印象だから、どうしてもカニの甲羅を連想させる。

ここからの三人は、二十代後半から三十代という似たような年齢層だ。

湯川博巳。ひょろりと背が高く、への字に弛緩している唇と丸い目の持ち主で、とぼけた、というか、何事にもこだわらない男のように窺われる。髪の毛など、頭頂部でもしゃもしゃと絡み合いながら盛りあがり、湯気のようにも見える。湯川という名前で湯気だから覚えやすい。企画主任。

その下についている職員が桐谷いおり。可愛らしい女性で、このような事件の渦中でなければ、身振りも表情も、もっと軽やかに変化したのではないだろうか。

最後の一人が近藤隼人。調査主任。彼のことは我々も早くから知っている。砂金採りイベントの世話役をしていた若者であるから。彼の部下が、年齢はさほど変わらない、被害者の阿波野順である。

『あんなに執拗に調べられるとはねえ、私のアリバイ……』

まいった、と言わんばかりの近藤だ。疲れ切った顔で髪を掻きあげる。

『そりゃあ、阿波野があんなことになった現場のすぐ近くにいたのが私ですけど……』会長、と言って、彼は画面の中から小津野陵を真っ直ぐ見詰める。『私は誓って、犯罪などやっておりませんからね。殺人など、とんでもない』

小津野陵は重く頷いて見せる。

イベントの現場で私たちが受けた印象でも、近藤隼人が顔色も変えずに殺人行為を隠しておける青年とは見えなかった。てきぱきとしているが物腰は柔らかく慎重で、老若男女、どの世代にも受けが良さそうな対応だった。

それでも彼自身が言ったとおりの状況であったから、真っ先に容疑を向けられる対象になるのは避けられなかった。

「アリバイは完璧だったのだろう？　それならば、もう心配ないさ」

楢崎にそう言われ、『そうなんですけど……』と、近藤はひとまずそこで言葉を止めたが、不安が拭えたわけではないようだった。

我々が遺体と遭遇した頃——いや、その前からずっと、イベントの世話役だった近藤は、本部テントの近くで忙しく働いていたということだ。スタッフと進行具合を確認し、参加者からの質問を受け、そうやって複数の人間たちの中にいたので、人前から姿を消す時間はわずかもなかったらしい。不動のアリバイだ。

だから、何度も聴取を受けた上で放免され、こうして職場に戻って来るのを許されたわけである。

少々意外なことであったが、「あんたと阿波野の関係はどうだったんだね？」と積極的に質したのは犬山だった。目つきが冷ややかで、声も感情を窺わせないほど低く、狷介な検事の取り調べさながらであった。「動機と勘ぐられそうなことはなかったのか？　周りの人たちの意見は？」

仕事仲間として、これは答えにくいだろう。結局、近藤自身が口をひらく。

『動機になるような衝突なんて、全然ありませんよ。仲は良かったです』

総合部長の戸田が、『所内での様子を見る限りでは、良好な関係でした』と裏付ける。『わだかまりや陰湿な腹の探り合いがあったとは思えません』

　小津野英生も軽い口調で、「阿波野さんからも、そういった話は全然聞いていないな」と言っていた。「近藤さんに限らず、所内の誰にも悪感情なんて持っている様子はなかった。不満も悪口も聞いたことない」

　ここで龍之介が問いを発した。

「近藤さん。今回の砂金採りイベントの実施に向けて、阿波野さんと協力してやってきたのですよね？」

『ええ。彼も熱心でした』

「今日、イベントに直接かかわりたがっていませんでしたか？」

『準備を進める間は、彼のそんな勢いも感じましたが、いざ開催日が近付きますと、世話役は私に譲るのも仕方がないという態度になりました。まだ新人だから、出しゃばらず、日常業務に徹しようと言ってましたね』

「ふ……ん。そうですか」

　ここでセンター長の校倉が、会長と楢崎に呼びかけて、

『調べられた我々……近藤以外のアリバイも報告しますが、それよりも前に、興味深い事実をお聞かせしたいですね』と切りだした。『刑事が言っていました』

「なにを？」小津野陵が問い返す。

『どうやら、阿波野の遺体からは砂金が見つかったらしいのです』

　――砂金⁉

　体のどこから？

　勢い込んで私がそれを尋ねると、センター長と大久保すず子が異口同音に告げた。

『彼は長靴を履いていましたが、その中に溜まっていた水からだそうです』

二粒発見されたという。

興奮にも近い興味を募らせるこちらの七人に、校倉が報告を続ける。

『彼の全身を濡らしていた水は、水道水ではないのは明らかだそうです。川の水ではないかと言っていました。池や沼のような溜まり水ではない。しっかりとした科学的な分析はもちろんこれからなんでしょうが、彼ら警察は川の水だと見ているようです』

横で、湯川がぼんやりと言っている。

『砂金が混ざり込んでいる水なら、そりゃあ、川だろうし』

龍之介の推理でもそうだった。阿波野順は川で溺れさせられたのではないか。そこで一度めの〝死〟を迎えた。

「つまりこういうことか？」小津野陵が問いかけている。「阿波野は川の中で犯人に襲われ、争い、その時に砂金が二粒長靴に入り込んだ」

『そこで溺れたか、首を絞められたのでしょう。ですので刑事には、この近くで砂金が採れる川はどこかと、盛んに訊かれましたよ』

「もちろん、まずは重川ですよね」と一美さん。

『真っ先にそれがあがりますね』校倉は頷く。『この一帯の常識です』

私は言った。

「そちらの施設は、重川のすぐ近くなんですよね？」

『距離にすれば、三、四十メートルでしょう』

「位置関係や行き来するルートは、どのようになっていますか？」

と、龍之介が細かく知りたがった。

「実際に見せてあげてはどうかね」そう提案したのは楢崎だ。「カメラを移動させたらいい」

建物内から重川は直接は見えないのだそうだが、一応、周辺環境をカメラで映してみることになった。ノートパソコンの画面がガタガタと動く。

川の方向を一番映しやすいのは、二階の廊下の窓だということだ。近藤が抱えているパソコンのカメラは、その窓からの光景を映し出していた。

見えているのは主に、木の梢である。それらの木々の向こうに重川は流れているそうだが、最前の説明どおりで、川は見えない。川面（かわも）よりは少し高い場所に、歴史景観研究センターはあるらしい。

『これは南西方向になりますね』近藤の声が注釈として加わる。

見取り図的な説明はすでに受けていた。センターの建物としての形は、左右反転したL字形。東側に正面玄関があり、その前方に外来者用の駐車場がある。建物の南には、職員用の駐車場だ。

重川は西側を流れている。

「川へおりるルートは、どの辺にあるのです?」

一美さんの質問には、

『それはないんですよ』と戸田が答えた。『川との間には、足場の悪いちょっとした崖がありましてね。灌木（かんぼく）の細い枝がブッシュのように絡み合っていますし、そこをわざわざ下ることはしませんので。川原に行こうとしたら、道を二百メートルほど下る必要があります。その辺りで、高低差がほとんどなくなった道が重川に接近しますから』

『ここの川原までの斜面を、警察は執拗に調べていましたよ』桐谷いおりの声はさらりと聞くと若く軽やかな調子だが、その底のほうにはやはり緊張感や不安の響きがこもっていた。『誰かが移動した跡はないかってことでしょうね。川原や川の中も相当に調べてた。犯行現場を見つけようとして躍起でしたよ』

『そう。犯行現場なんですよ』大久保すず子は心外だという口ぶりだ。『わたしたち、容疑者として完全に疑われていました』

事務長の高ぶりを鎮めようとするかのように、小津野陵は落ち着き払って言葉を挟んだ。

「犯行現場のような痕跡は見つかったのかい？」

『はっきりと告げられてはいませんが……』校倉が応じる。『それらしい痕跡があったぞ、という問い質され方はしていません。なにか見つけていれば、もっと騒動になっていたのではないでしょうか』

私の横で犬山が、「それはそうだな」と呟いている。

はっきりと声に出したのは小津野英生だ。

「警察は、なにも発見できなかったんでしょうね」

『だと思うな』湯川が言った。『後半になって警察が時間を費やしたのは、我々のアリバイ調べだったから。犯行現場は遠方かもしれず、捜索範囲は広げているみたいだけど特定はまだむずかしいと判断したんじゃないかな。だからまず、容疑者たちの行動を知ろうってわけだ』

ノートパソコンの画面が移動していて、

『これが南向きの景色です』と、近藤が教えてくれる。『といってもまた、立木で視野は塞がれていますけどね』

二階から斜めに見下ろす角度で、横に並ぶ立木の向こうには従業員の駐車場があるのだそうだ。左側には奥に向かって、重川の下流、つまり砂金採りイベント会場へも通じる車道、町道がのびている。これは立木に邪魔されずに見えている。歴史景観研究センターは、その車道のどん詰まりに建つ施設で、ここから先に道はない。

『阿波野を運んで事故を起こした車両もここにありましたからね』戸田が憂鬱そうに言った。

『まず、彼や車の動きなどから重点的に訊かれました』

これを機に、各自のアリバイが話されることになった。

7

カメラが一階へと移る間に、被害に遭う前の阿波野順の行動が語られた。

彼は、明日のイベントで必要な実験素材を受け取りに、勝沼にある業者へ社用車で向かった。そこで、金アマルガムなどの購入する品、防塵用マスクや電気メッキ工具一式などといった借り受ける物品を受け取った。センターに戻って来たのが十時二十分頃。

彼はまず戸田と納品チェックを済ませ、事務所へ出向くと受領書や借り受けの伝票を大久保に渡した。続いて彼は、建物北側にある業務用出入口から実験素材を準備室に搬入したはずだが、ここから先、阿波野順の姿を見た者はいないのだった。

戸田は、自分の詰め所といっていい二階の部長室に戻っている。

『私はトイレにいたのですが、車の音が聞こえたので、阿波野が帰って来たのだろうと察し、少ししてから準備室に足を向けてみたのです』センター長校倉の供述だ。『作業机の上に電気メッキの道具と思われる品が置かれていましたが、阿波野の姿はありませんでした。呼びかけても反応はなし。外に顔を出してみても、車周辺に姿はなく、でも、他の作業をしているのだろうと思いました。戻って準備室を出る時、湯川と顔を合わせたので、『さぼっているようだ』と冗談を口にしましたね』

『私はその時、準備室の隣の小部屋にいたのですよ』湯川が説明を引き取った。『話し声のような、物音のようなものが聞こえたので、阿波野さんが帰って来たかと思い、覗きに行ったんです。そしたらセンター長が出て来て、今はどこかでちょっとさぼっているようだ、と笑いかけられました。室内をざっと見回しましたけどやっぱり阿波野さんはいないし、手伝うことができたりしたら声をかけてくるだろうと思い、持ち場の企画室に戻りました』

　龍之介が訊いた。

「それからしばらくは、阿波野さんは一人で仕事をする予定だったのですか？」

『そうです』と、湯川が答えた。『実験器具の使い方をマスターして、手順をまとめたら、私たちを呼ぶ手はずでした。一時間か一時間半はかかりそうでしたね』

　そのような仕事の割り振りだったから、阿波野順の姿が見えなくなっていることが長い時間問題にならなかったわけだ。

　カメラは事務室の中に進んでいた。

　画面に大久保すず子の姿が半分ほど映り込んできて、『わたしの持ち場です』と説明を加える。気持ちが落ち着いているような、いささかの自負すら感じさせる口ぶりだった。

　事務所の後ろのほうには、従業員たちのお茶飲み場もあるらしい。

　大久保のデスクの正面にある窓からカメラが外に向けられると、従業員駐車場の車が見えた。二本見える立木の幹の向こうである。全員、マイカーでの通勤だそうだ。バスも通っていないここでは、その通勤手段しかないだろう。

　横向きで車は見え、一番手前が校倉、二番めが阿波野順の車だ。センター長と、入社歴が一番若い阿波野が最初に出勤して来るため、いつもこのとおりの並びになるという。

三台めを目にして、「あのワンボックスカーは、燃やされた車とそっくりですね」と私は口に出した。

センター長が言う。

『車種も色も同じです。社用車はその二台になります』

小津野陵が楢崎に、「阿波野の死亡推定時刻は、十一時十五分頃だったな？」と確認を取り、ここで英生が、「阿波野さんの遺体発見現場とセンターの位置関係も整理しておきましょうよ」と提言した。

ほぼ十一時十五分頃に、転落してくる阿波野順の死体と私たちは出くわした。その地点から、歴史景観研究センターまでは一本道で、車で十分ほどの道のり。事故で脱輪した車に火をつけざるを得なかった犯人は、徒歩でセンターに戻るしかない。全力疾走などしたら汗まみれになり、人前に出られる様子になるまでは相当の時間が必要になるだろう。早足で逃走したとしたら、所要時間は三十分ほどではないかと見積もられる。

この道程に建物らしい建物はなく、警察が有力な目撃者を見つける公算は極めて低かった。

こうした確認の後、センターの職員たちは口々に自分のアリバイ状況を語りだした。

センター長が一番あちこちに顔を出しているようだ。準備室で湯川と顔を合わせた後は、事務室の休憩スペースに行き、大久保と打ち合わせを兼ねたおしゃべりをしながら十時四十五分頃まで いた。それから二階の自室に戻り、書類仕事をこなす。五十五分頃に書面上の確認事項が見つかり、総合部長の部屋に出向き、戸田と二、三分やり取りする。部下を呼びつけず、自分のほうから足を運ぶことは珍しくないらしい。

また自室に戻った校倉は、デスク仕事を続ける。ただ、十一時十分から数分、デスクの電話で、県庁土木課の砂金採りイベント担当者と通話をしたと供述している。

次に彼が動いたのは十一時二十五分少しすぎで、企画室で仕事をしている湯川と桐谷の様子を見に行った。この時に、阿波野からまだなんの連絡もなく、捜してみるとしばらく誰も彼の姿を見ていないことが判ってくる。車も一台ない。携帯電話に応答もなく、不審に感じて全員が手分けして捜し始めた三十五分頃、警察から問い合わせが入ることになる。

総合部長の戸田は、問題のこの時間帯はもっぱら、仕事先と電話で話すことを続けていたという。デスクの電話を使い、相手は三ヶ所。三十分すぎに阿波野のことを訊かれ、そこから捜索に加わる。

戸田のアリバイは、電話の相手である三人が彼の供述を認めれば成立するようだ。

センター長校倉のアリバイも、電話の相手がそのとおりと証言すれば完璧に成り立つだろう。通話時間が十一時十分から数分というのは、犯行時刻とどんぴしゃりでハマる。まあ、それがなくてもアリバイがあると見ていいのではないか。十時五十五分頃から二、三分は戸田とおり、十一時二十五分すぎに湯川、桐谷と合流する。遺体発見現場との往復は無理だろう。

大久保すず子もかろうじて成立しそうではある。十時四十五分頃まではセンター長とおしゃべりをしていたそうだが、直後に車に乗れば十一時十五分に遺体発見現場に着くことは充分できる。しかしそこから引き返して、阿波野捜索を呼びかけられる三十分頃までに事務室に到着しているのはむずかしいのではないか。正味十五分。

しかしこの点を突き詰めれば、全員のアリバイが成立するように思える。なにしろ、二十五分頃からは、校倉、湯川、桐谷が顔を合わせたのを皮切りに、ほどなく全員が集まるのだから。遺体発見現場からおよそ十分でセンターまで車なしで移動するのは不可能のはずだ。

『なんか、わたしと湯川さんのアリバイは認めてもらえてない気がするんですよねえ』

と溜息(ためいき)交じりに嘆いたのは桐谷いおりだ。

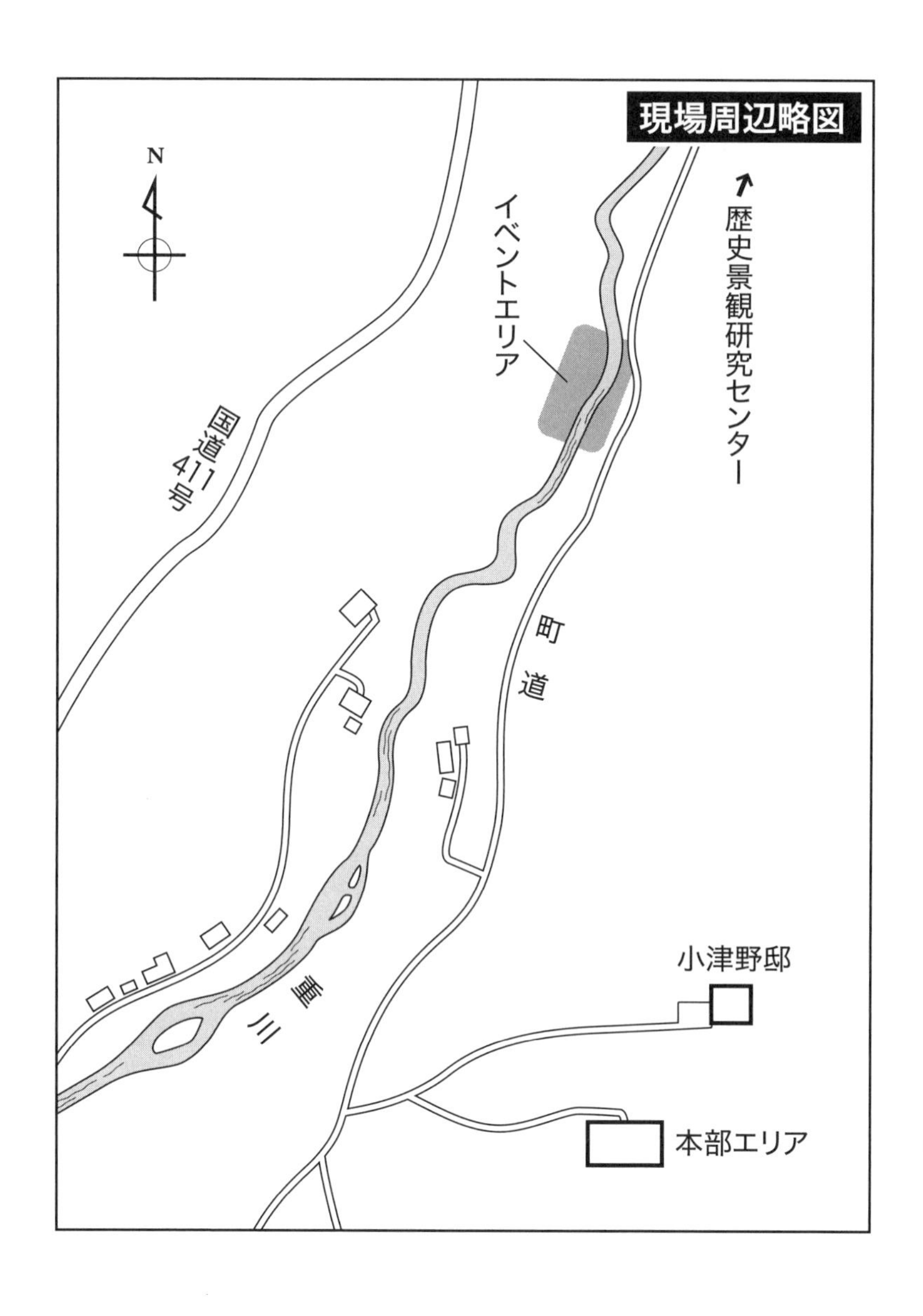

現場周辺略図
N
イベントエリア
歴史景観研究センター
国道411号
町道
重川
小津野邸
本部エリア

事務室のデスクにノートパソコンは置かれ、画面には、近藤とセンター長と桐谷の姿が映っている。

「どうしてです？」不思議に思って私は訊いた。

桐谷と湯川は、一階北側奥にある企画室にずっと詰めて、山林の無断伐採調査の報告書作りに集中していたという。

『当人同士の証言では、客観的な信憑性が乏しいというか……』

「そう？」私の疑問は消えなかった。「被疑者の有利に働く身内の証言は重視されないというのはよく聞くけど、仕事仲間でもそんな疑われ方するかな？」

後半の問いかけは龍之介に向けたものだった。龍之介は刑事事件の専門家でもなんでもないが、なにか確認したくなる時はつい声をかけてしまう。

休憩スペースで手に入れたのか、ペットボトルのお茶を飲みながら湯川が画面に入って来た。

「光章さん。恋人同士の供述でしたら警察も鵜呑みにしないと思いますよ」

「恋人同士？」私は画面の中の湯川と桐谷に視線を飛ばした。「二人がそうだって言うのか、龍之介？」

「ペアリングというのをしているではありませんか。目立つデザインではありませんが、まったく同じ……というより正確に言えば相似形の指輪をお二人はしています。僕もその辺の機微を観察できるようになってきました」

自慢げに言うほどのことか。だが、よく気がついた。

反射的に右腕を後ろに回していた桐谷いおりが、その腕をゆっくりと体の横に戻している。彼女の右手の薬指。湯川の左手の中指。確かにリングがある。

「本当」目を凝らした一美さんが小さく言う。「同じだ」

二人の関係に、英生は「へえ」と興味を引かれた様子で、楢崎は、そうなのか？　と半ば問う眼差しだ。

犬山が面白がるように問いかけた。「恋人なのかい、お二人さん？」

まつげを微妙に伏せて、桐谷は『まあ……』と認めた。

画面に顔を出した大久保すず子に、『社内恋愛は禁止じゃありませんよね、会長？』

とすごまれ、小津野陵は苦笑を返した。

「そっちの内規で禁止にしていないのなら、かまわんだろう」

向こうのメンバーの反応を見ても、二人の交際は公然の秘密といったところだったのだろうと察せられる。警察もそれを把握したから、利害関係の濃い当人同士の証言では信じるわけにはいかないとの判断になった。二人でずっと企画室にいたという話は嘘かもしれない。

『でもさ……』湯川博巳は、当事者意識の薄いぼんやりとした口調だ。『十一時二十五分には校倉さんと一緒になったんだよ。阿波野の遺体が発見された十分後だ。アリバイ成立でしょう。それとも、校倉さんも含めた三人がグルだとでも？』

小津野英生が、「それはないよね」と言う。「無理に罪を着せるような発想だ。普通に考えればアリバイ成立でしょう」

「それが、そうともいえないのです」

と発言したのは龍之介だった。

これには湯川も、はっきりと驚きの表情になった。いや、彼だけではなく、画面のあちらとこちら、龍之介以外の全員が驚いている。

小津野陵は椅子の中で体をひねって、龍之介の顔を見上げた。

「どこに、アリバイの穴がありますか？」そう問いかけたのは楢崎だ。

「二人が一緒に動けるという点です。車二台で走ればいいのです」

――二台？

すぐに反応を返せる者がいない中、龍之介は言葉を続けた。

「もちろん仮にですけど、阿波野さんの体を乗せた社用車を湯川さんが運転し、桐谷さんが自分の車に乗って一緒について行ったとしましょう。彼女の車が消えていることには、ちょっと見ただけでは気づけません。建物の構造、そして立木の枝葉の邪魔などがあって、従業員用の駐車場への見通しがきく窓は、その事務室のだけのようですよね」

改めてそうした条件を脳内で検討したようで、二秒ほどして戸田が答えた。『確かに、そうですね』

「そしてその窓からは、今停まっている社用車が目隠しになって、その奥の車は見えなくなっています」

近藤が気を利かせたのか、カメラが動いた。大久保のデスクから駐車場を眺める位置になる。

龍之介の言うとおり、ずんぐりとしたワンボックスカーが、その先の景色を隠している。

「そして、左側の木の幹が邪魔をして、車に近付く人の姿を見えなくしています」

『まあ、確かに……』と、マイクが大久保の小さな呟きを拾う。

「恐らく、エンジン音を聞かれないように、湯川さんと桐谷さんは、建物からは離れているほうのどちらかの車を使ったことになると思います」

「それを仮に、桐谷さんの車とするわけですね」英生が興味深そうに合いの手を入れる。

「そうです。二人はそれぞれの車でセンターを離れます。計画では、どこか人目につかない場所で社用車ごと放置するつもりだったのかもしれません。ところが脱輪事故が発生してしまい、そこで計画をあきらめた二人は桐谷さんの車で急いで仕事場に引き返した。揃って企画室へ戻った時に、間一髪で校倉さんがやって来た……と、想像を描けてしまいます」

車があればぎりぎり十分で引き返して来られる。言われてみればシンプルにそのとおりだが、すでにさっさとそこまで観察と推論を進めていたとは。ま、いつものことだが。

警察も同じように考え、湯川と桐谷のアリバイは確かだとはいえない、とほのめかしたのか。

「なるほど」

と英生は納得の顔色で、表情は抑えているが楢崎も頷いている。

と同時に、特にセンター側では微妙に気詰まりな空気も生まれてしまっていた。同僚二人のアリバイは不確かだ、となればそれも当然だ。龍之介は、「あくまでも机上の推論です」と、数学の問題に答えたように言っているけれど。いや実際、彼は仮定として存在するパズルの一つの解法を口にしただけなのだ。本当に人に容疑をかけてしまうような推論の場合、我が従兄弟は慎重のうえにも慎重で、むしろ臆病なほどである。

恋人同士の二人が浮きあがってしまう空気を緩和させるというつもりもないのだが、私は思ったままを口にした。

「ですけど、二人、三人が共犯だとしたら、どなたのアリバイも不確かになってしまいますよね」

何人かが頷いた。もし真実がそうしたものだとしたら、センターぐるみの犯罪と言われても仕方のないレベルになってしまうだろう。

その後カメラは移動し、準備室やその外の路上を観察してみたけれど、事件解明に寄与しそうな発見はなにもなかった。そうしているうちに車が一台やって来て、それにはどうやら新聞記者が乗っているようだった。

ここで幹部たちは急いで対応を協議し、それが終わると相互視聴チャンネルはカットオフされた。

8

「センターの彼らが犯人だなどとは思いたくない」

そう口にしてから、小津野陵は立ちあがった。そのまま窓のほうへ向かおうとしたので、後ろに立っていた者は場所を空けた。

「彼らでない場合、外部の犯人がやって来て阿波野の体と車を動かしたことになるな。そうだろう、龍之介さん？」

「そうなりますね」

龍之介は行儀よく、会長と一緒に動きながら答えている。

――外部の犯人、か。

警察が、遺体発見現場近くの人間たち――つまり我々を疑い始めなければいいけれど。

二人に近付きながら、英生が声をかけていた。

「センターの単独犯がアリバイトリックを弄した可能性はないと、否定できますかね、龍之介さん？」

「まず、大前提ですけど」

三人は、見晴らしのいい窓の前で立ち止まり、並んだ。

丁寧に龍之介が話し始めた。

「阿波野さんの体が落ちてきた車。あれに、少なくとも犯罪の隠蔽をしようとしていた運転手が乗っていたのは間違いないはずです。あの車は昔からのごくごく普通の運転性能しかなく、ＡＩ搭載の自動運転機能もないのですから、細工をして遠隔操作していたということは考えられません。放火されましたが、遠隔操作を可能にする、そのような専門的な装置の残骸はさすがにありませんでした」

そこまで検討するか。

「ですので、犯人があの時、あの車にいたことは絶対の事実です」

基礎の基礎を固めた後、龍之介は、その上でのアリバイトリックとなりますと……と、推論を始めた。

「軽い衝突事故と脱輪事故が発生したと見られていますが、そこからすでに演出だったと疑うことは、理屈の上では可能ですよね」

「演出？」驚きの目で、英生は龍之介の顔を覗き込んだ。

「動機は不明ですが、事故を装うことも計画のうちである場合です。このケースですと、例えば、あのワンボックスカーの荷台にバイクなどをあらかじめ積んでおくことができます。そうして、遺体が発見されるあの現場までやって来る。停車して、犯人はまずバイクをおろします。その後で、脱輪などの事故を演じ、偽装する。火をつけた後は、バイクに乗ってセンターを目指し、全員が顔を揃えることになった二十五分頃までには戻っている」

数秒、室内の空気がいささかの緊迫感のうちにひんやりとしたかのようだった。

龍之介はなんでもないことのように言っているが、有り得ない話ではないのではないか……。そうしたアリバイ工作のために、犯人はあえて死体を衆目にさらしたとしたら？

いや、しかし……。

「でも私は、あの事故が偽装されたものとは思えません」

龍之介が表明したその意見は、私の中に現われていた感覚ともマッチした。同じように感じた者たちが他にもいる気配だ。

「事態の推移や結果の暴力的な様子が、乱雑で慌ただしさに満ち、必死の工作という実感を生々しく放っています。緊急事態への即応的ながむしゃらさを感じるのです」

まったくだ。分析的に振り返ってみて、あの事態には計画的なにおいなど微塵もない。脱輪事故一つとってみても、あれはまかり間違えば車ごと転落したはずだ。カースタントマンでもあんな曲芸はできない。

それに、アリバイ工作だったとしてもデメリットとメリットとのバランスがまったく取れていない。うまく隠せばいい死体を大っぴらに露出し、花火を打ちあげるように火を放つなどというのは過剰すぎて危険なだけだ。そうまでしてセンターに戻っても、犯人の不在はもう知られてしまっているかもしれないのだし。

「今の意見には合理的な根拠がないと反論されるかもしれませんね」

龍之介は笑みさえ浮かべ、でも真面目な表情だ。単純であるはずがないのだけれど性格がそのまま顔に出る彼だからこそできる芸当である。

「そこには、人の……、特に罪を犯している人間の心理を見詰めてお応えするしかないでしょうね。今回のケースで、罪の主体である遺体を人目にさらす危険を上回る利益が犯人に生じる計画というのは、ちょっと想定できません」

そうそう。

「イベント会場のごく近くで、遺体を身近に置き、ばたばたと動き回るのは自殺行為に等しいです。それを故意にする理性的な理由は見当たりません」

「賛成」と一美さんが、肩をすくめながら言った。「あれがアクシデントじゃないなんて、それはない」

犬山もこの点、素直だった。「計画的と仮定すること自体、とんでもない」

ま、言い方は突っ慳貪だけど。

楢崎が代表するようにしてまとめた。

「つまり、まずはこう考えていいわけですね。犯人は間違いなくあの車に乗っており、予想もしていなかった事故を起こしてしまったために、火を放つなどの工作を慌てて行ない、逃走した、と」

その基本的な見解に、龍之介も付け足す点はない様子だ。

楢崎のスマートフォンにメールの着信でもあったらしく、「失礼します」と誰にともなく言うと、彼は部屋の隅に移動した。

「私は、天才的とされる人材と顔を合わせる機会が多い」

そう囁くように言いだしたのは小津野陵だ。

窓の外遥かに広がる緑の地に、そうした人材の顔を映し出して見渡しているようでもある。

「主に経済や技術畑の者たちであるが……。彼ら、特に若い者は、彼らを時流に乗せている勢いのままに、自説のみを正義として吹聴するところがある。まあこちらは、その勢いを利用させてもらうのだがね。……あなたのようなタイプは見たことがないな」

当の龍之介は、「あなた」というのが誰のことか把握しきれず、戸惑っている様子だ。

小津野陵ははっきり呼びかけた。

「龍之介さん」

「天が授けてくれた才能を持つ者は、同時に義務も負っている。その若さで、秋田でらしいが一つの施設を立ちあげようとしているのは大したものだ。並大抵のことではない。しかし、興味を惹かれるから言うのだが、もっと大局に立つことも可能だろう。才能を全面的に発揮できるジャンルと出合えば、歴史に残る貢献だって成し得る」

「義務と貢献ですか……」

小津野陵と並んで外を見ているため、表情は見えないが、龍之介の声は思索的だが柔らかく、淡々とさえしている。

「そのように大それたものではありませんが、なにかの役に立てるだろうかとの視点で言えば、私の力では〝体験ソフィア・アイランド〟を実現させて学びたい人々と交流できればそれで充分です。子供たちが、国語や算数を楽しく学べることを知って目を輝かせてくれる。その光景は誰にとっても幸福なものではないかと思います。すっかり歳を取っていても、新しい知見と出合いたい人は足を運んでくれる。そんな施設でもありたい。これは、私を育ててくれた祖父、徳次郎の夢でもあるように感じています」

「……その手の夢は、己だけの夢より力を発揮する時があるな」

「先ほど、充分と言いましたが、〝体験ソフィア・アイランド〟の運営なんて私の身には余る大事です。具体的に先を見ると、プレッシャーでつぶれそうです」

天地龍之介が、〝ミダス王〟とそこそこ対等に語り合っている。

「あなた一人ではどれほど力を発揮しても無理だろう」小津野陵は言う。「いや、誰でもそうだ。だから力を結集する。なんらかの旗印の下に、人は集まる」

「父さん」幾分かの笑いを覗かせて、英生が問いかけた。「この流れはヘッドハンティングなの?」

「いや。組織に入れるつもりはない。この人は海を泳がせたほうがいいのではないかな。小川が似合うメダカかもしれず、それもいいだろう」

「失礼な」英生は笑った。「でも、大海を泳げる天才メダカの可能性もあるのですよね」それから彼は、龍之介に瞳を向けた。「どっちにしても天才だと、父は言っているのです」

「私はそんな――」

「謙遜(けんそん)は無用。私が認めます」英生は、ポップなメガネをつまみながら白い歯を見せている。

「龍之介さん。天才って、どうやったらなれますかね？　なにが違うのかな？」

「天才と呼ばれる人たちのことを私に訊かれても困ります」龍之介の声は軽やかな笑いを含んでいる。「まあ、そうした人たちは、育てるのではなく、そう育つのだと思います。彼らは、定められた受信機なのです」

「受信機？」

「小津野会長が言われたとおりです。天才的な思考とは、まさに天が授けてくれたもの。天才とは天からの恵みです。私の育った島の近くの島には神社がありまして」

「はあ」

「昔からそこでは、素晴らしい閃きで助かった時、思いつきが人々の役に立った時、そのお礼として神社に額を奉納するんです。知恵の本質はそれでいいと思います」

小津野英生は静かな表情になった。

そして私は思う。これ以上疑われることなく今度の殺人事件の捜査から解き放たれるのなら、どんな額でも奉納しよう、と。

第五章　両雄

1

もちろん、待ち遠しいといった口ぶりではなかったが、「刑事の連中、こっちにも来るという話だったが、遅くないか」と、犬山が気にした。「今、何時？」と一美さんに訊く。

一美さんはスマホの画面を見て、「二時二十分ですね」と教えた。

次に犬山に声をかけたのは、窓から振り返った小津野陵だった。

「時間の許す限り、犬山さんからは砂金採(と)りの体験談などを仕入れたいものです」表情は柔(やわ)らかい。「本部の連中に教えてあげてください。ノウハウや、全国での見聞を。砂金にまつわる行事をこれから増やしていくかもしれないので」

「かまわんけど……」

素(そ)っ気(け)ないけれど、まんざらでもないらしい。

そこから砂金の話になったところで、ミダスの神話に再度触れられ、「あの神話って、シーシュポスが関係していなかったっけ？」と英生が、記憶を追うように首を傾(かし)げて言った。

「シーシュポス？」有名人物か、と思いながら私は聞き返した。

英生が私の目をにこやかに見る。

「ほら、あれですよ。冥界(めいかい)で永遠の苦役を繰り返すことになった人。人なのかどうかよく判(わか)らないけど。急な山の上まで岩を転がしてのぼらなきゃいけないんだけど、あげた途端、岩はまた別の方向に転がり落ちていく」

ああ。聞いたことはあるな。

英生が次に目を向けたのは楢崎だ。

「楢崎さん、詳しくなかった？　父さんのイメージに関することだからって調べてくれたりして。シーシュポスの山だかが関係していなかったっけ？」

楢崎はまだスマホの画面を見ているところだった。込み入った内容なのか長文なのか、むずかしい顔で視線を動かし続けていた。

会長の息子に声をかけられて、すっと表情をほぐした彼は、スマホを持つ手をきちんと脇におろした。

「いえ。さあ……申し訳ありません。正確には、もう……」ちょっと苦労している。「龍之介さんとは違い、記憶力はさほどよくありませんので」

名前が出たこともあり、自然な流れで視線が龍之介に集まる。彼とて、なんにでも答えられるわけではないのだが。

「直接は関係していませんね」と、それでも龍之介は答えた。「ミダス王が沐浴したことで砂金が採れるようになった、パクトーロス川。この後ろの山がトモーロス山で、その麓に住んでいるのがシーシュポスだという話です」

「ああ、そうか」と、英生は顎をこする。「近くにいたってだけね」

砂金の採れる川の、上流にある山ってことかな。そこに住む者。

「狡猾な君主というのが役どころでしょうか」そうも龍之介は言う。

「狡猾な、ね」そこに気を留めてから、一美さんが尋ねた。「その人、どんな悪いことしたの？

終わらない罰を与えられるなんて」

龍之介は気の毒そうに苦笑する。

「色々なことを伝えられているんですよ。大抵は、ずる賢いことを、とされていますけど……」

ここで、「申し訳ありませんが」と榁崎が進み出て、会長に声をかけた。

「息子からのメールなのですが、遅れている警察の動きがつかめました」

本部で働いている息子だな。

「センターから移動して来た刑事たちは、本部周辺まで到着していたのですが、そこでなにかが起こって足を止めたそうです」

「なにか？」気がかりそうに、小津野陵が額に皺を寄せた。血管も少し浮き立ったか。

「他の事件を知る者が合流して、聞き取りや情報交換などの調整が行なわれているようです」

他の事件？　それがこちらに関係するのか？

詳細が不明で気を揉むばかりなので、私たちのほうから本部へ移動することになった。英生と財団関係者だけではなく、私たち客人も一緒だ。警察は私たち四人への再聴取をしたがっているのだから。


車での移動は五分ほど。南西へと下る道をおり、東へと切り返す。林の中に切りひらかれた道を進むと程なく、主に三棟の建物群が現われる。

駐車場に入って左手、東側にあるのが武家屋敷のようだが、樹木が巧妙に配置されていて全容は窺えない。その前方、私たちの正面には、平屋の小さなモルタル製の建物があり、案内所と表記が出ている。武家屋敷見学者が寄るのだろう。入口脇には飲み物の自動販売機も置かれている。

　そして右側には、二階建ての白い屋舎。これが本部棟だと思われる。

　龍之介は歴史的な建造物である武家屋敷を盛んに気にしているが、私や一美さんの目は、本部棟のほうへ引き寄せられた。玄関前には、若い刑事を従えて、顔なじみの吉澤警部補の姿がある。会長を出迎える取引先のように歓待の柔和さが顔を輝かせたが、今回に限ってはそれは一瞬で、憂慮を抱えているような真顔がすぐに取って代わった。

　楢崎が間に立って両者を紹介する。

「本部でも取り調べですか？」小津野陵の声は、多少四角張っている。

「私が招き入れる立場ではありませんが、まあ、取りあえずお入りください」

　私たちは涼しい玄関ホールへと導かれた。

　刑事や警官の姿が多いが、中には明らかに雰囲気の違う、一般人らしい男女がいた。

　若い女性は、少々小柄で、白い清潔そうな綿シャツ。長めの髪が後ろでしっかりとまとめられて、潑剌さと生真面目さを同居させたような玉子型の顔がくっきりと際立っている。目が大きくて可愛らしい。

　男のほうは、私と同年代か。一美さんが一瞬ピクッとするほどの、嫌みではない程度にスタイルのいいイケメンだ。それも、ただ顔立ちがいいだけではなく、幾種類かの彩りを持っているような雰囲気が想像力を刺激してくるところがある。つい、色々な俳優を当てはめてしまった。風貌は中村俊介に近く、もう少し成熟すれば辰巳琢郎と榎木孝明を足したような渋みも生まれるかもしれない。そんな青年だ。

　その青年が、小津野陵を紹介されると、

「あなたが〝ミダス王〟ですか」

と、響きのいいバリトンで言った。

2

浅見は十数分前のことを思い返していた。野原同然の私有地で刑事——今では梶野と名前も判っている彼にすごまれるほど疑われてから、事態はめまぐるしく動いていた。

小津野がらみの殺人——それを図らずも知らされたのも彼の口からだった。上園望美さんが殺されたのではないでしょうね、という問いかけは、口から出る寸前に飲み込んだ。不用意なことを口走れば決定的な容疑をかけられそうだった。

「おい！」梶野刑事はあの時、握った原口茜のスマホを突きつけてきた。「知ってるんだな、殺しのことを！　なにを探ってる？」

この時、梶野刑事の視線が浅見の背後に流れた。瞬間的に身構えてもいた。

浅見が振り返ると、田中征次刑事と原口茜が近付いて来るところだった。緊迫した暴力的な空気を察して茜の顔は強張り気味だ。

がっしりとした体格の田中刑事が、作られたような笑顔で「やあ、梶野刑事」と声をかける。

「ああ……」

「田中です。生活安全課の」それから田中は付け加えた。「浅見さんがどうかしましたか？」

「知ってるのか、こいつを？　マークしていたのか？」

「とんでもない。浅見刑事局長の意向の下に我々は動いているのです」

「刑事局長⁉」

浅見の顔を飛び出しそうな目で見詰め、梶野刑事はぽっかりと口をあけた。徐々に青ざめていく。

浅見の車まで戻る間、梶野の顔は不機嫌を絵に描いたようなものだった。半分からかわれたことは、田中刑事の説明によって明らかだった。こちらは浅見陽一郎刑事局長の実弟で、多大な協力をしてくれており、刑事局長からよろしく頼むと言い渡されているのだ、と、先ほどの台詞(せりふ)の中身は説明された。

車に乗ってからは、梶野刑事の案内で小津野財団の本部へと向かうことになった。阿波野順という男性の殺害事件が発生しており、その捜査陣本隊がそこに集結しつつあるという。添島巡査部長が言っていた、日下部警察署の刑事課のほとんどが出払っている大事件というのがこれだった。梶野刑事は日下部署の刑事課刑事だ。

車中では、梶野刑事はスマホで上司に様々な報告をあげ、田中刑事はメールで連絡事項を受け取っている。田中たち捜査班は、殺人事件捜査班が小津野財団の中枢(ちゅうすう)に捜査網を広げていたことに少なからず驚いていた。殺人事件捜査本部に入らなかった添島刑事たちに当初伝わってきていた事件内容は、重川北部の砂金採りイベント会場近くで他殺体が発見されたこと。緊急手配がかけられたこと。その後(ご)、被害者の勤務先である歴史景観研究センター内部の者たちの容疑が濃厚になった、といったようなことだけだった。

今、二つの事件が、〝ミダス王〟を接点にして重なり合おうとしている。

途中から合流したパトカーに先導される形で、浅見の車は本部駐車場に滑り込んだ。

武家屋敷があるらしい敷地の向かいにある近代的な二階建ての建物に、彼ら一行は案内された。ホールに置かれているオブジェや、天井のライト、階段の手すりなど、デザインセンスがしゃれていることに浅見は気がついた。これ見よがしではないが、海外からのセレブゲストを招いても恥ずかしくはない内装になっている。

武家屋敷が建ち、原生林めいた自然が溢れるこの地にはちょっと唐突かもしれないほどの、近代的な建築的美意識である。ミダス王を思わせる巨大な神が、都市の一流オフィスビルの一部をつまみ取ってここへ置いたイメージを浅見は懐いた。

原口茜は手洗いを使わせてもらいたいということで、制服の女性警官に案内されて廊下の奥に向かった。

浅見は二人の刑事と共に、玄関ホールに一番近いドアから中へと通される。北欧製と思われる上等な机に座っている二人の若い男性が目を引くが、まず握手を求めてきて名乗ったのは県警捜査一課の吉澤警部補だった。やや身長は低いがそこはかとない威厳があり、身なりも身振りもきちんとした印象だ。

「そっちが日下部署の田中刑事だね？　ご苦労さん」

そうねぎらう様は、部下の受けもいい営業職といった趣である。だが、査定は怠らないとばかりに一瞬、鋭い視線が浅見の全身に走った。

それから、「浅見さんも席に座っていてください」と手振りで示す。「こちらはちょっと、報告の内容を詰めたいので」

田中刑事から上園望美連れ去り事件の要点を聞きながら、刑事たちは廊下に出て行った。しかしドアはあけたままで、こちらの三人から目は離すまいとしている様子である。

「私たち、事情聴取を受けていたんですよ」

席に座った浅見に、二人のうちの年かさのほうが声をかけてきた。年かさといっても、まだ二十代後半だろう。テクノカットに丸メガネで、人相としては画家の藤田嗣治を思わせた。少し日焼けしている。黒部治と名乗り、丁寧に名刺を差し出してくる。広報事業部の係長。この若さで係長というのは、そうそうあることではなく、有能な人物なのだろう。

浅見も、ルポライターだと自己紹介をして名刺を渡した。二種類のうち、『旅と歴史』と明記されているほうだ。

残った一人は二十歳そこそこではないだろうか。目鼻立ちは若者の印象なのに、髭が濃い体質なのか、それともおしゃれであえてそうしているのか、無精髭が薄く見えていた。意外と、六十代にでもなればもう、古武士の風貌になるかもしれない。カジュアルなネクタイを緩く結んでいる。

その男に黒部は、「な?」と顔を振り向ける。「あれ、アリバイ調べって感じだよな」

「所在を訊かれましたよね」

そう応じる男は、楢崎匠と名乗った。ここでも名刺を交換した。総務部アシスタント課に属している。

二人ともこの本部の職員で、本部は本来週末は休日だという。他に、主に武家屋敷の管理責任者でもある〝館長〟と呼ばれる上司も出社している。三人とも、臨時の業務への対応のために出社しなければならなかった。武家屋敷を目当てにする観光客は週末に多いだろうが、これには対応しないそうである。開放するのは一種のサービスであって、観光事業をしているわけではないとのことだった。元々、訪れる者は多くはない。

殺された阿波野順は、同じ小津野グループの歴史景観研究センターに勤めていたという。ここよりもっと上流にある施設らしい。その小さな施設は本来、財団の〝本家筋〟から見ればはとこよりもっと遠い存在であるが、本部や会長私邸に近いこともあって、そこのメンバーは、本部職員はもちろん会長クラスの大幹部とも面識があるという。黒部も楢崎も、阿波野の顔は何度か見ていた。

自分が巻き込まれている事件を浅見が話そうとした時、ドアが広くあき、様子を窺うように原口茜の顔が差し出された。浅見の顔を見て安心し、遠慮がちに中に入って来た彼女が、次の瞬間、「はっ」と表情を変えた。

楢崎匠の顔を見たためのようだった。相手の楢崎も意外そうに、茜の姿を見据えている。

この微妙な気配の凝固を察知したらしく、吉澤たち刑事の視線がサッと向けられた。

茜は何気ない風を装って椅子に近寄ろうとしているが、楢崎が苦笑しながら言った。

「原口さん。言ってくれていいですよ。こんな状況で、刑事さんたちに変に勘ぐられたらたまらない」

それでも二、三秒、茜は判断する時間をあけたが、やがて口をひらいた。

「わたしは日本骨髄バンクの移植コーディネーターですけれど」吉澤警部補にしっかりと体を向けて、そう告げる。「こちらの楢崎さんは以前、ちょうど二十歳になった頃、ドナー候補として協力してくれたのです」

（ほう！）

感心し、浅見は改めて若者を見詰めた。若年寄りじみたところもある顔に、年齢以上の落ち着きと頼もしささえ見えた気がした。

「この春頃のことです。患者さんのことを思い、それは真摯に対応してくれました」

当人は、照れを隠すかのように唇を少し尖らせている。

黒部は少々考え込む表情になった。「でも、匠が移植手術のために入院したなんて話は聞いてないな。それに、ドナー候補って言いましたね？　候補止まりだったんですか？」

それに答えたのは、着席した茜ではなく楢崎自身だった。

「四月だったかな、ちょっとしたことが起こったんですよ。歯医者で麻酔したら、変な反応が起きて呼吸が苦しくなってしまって。問題視された。それにその頃、ぜんそくの気があるって診断されたりもして……」

「ああ、そんな時あるよね、あんた。学生時代からタバコ喫(す)ってたからじゃないの？」

「フルマッチじゃなかったけど、もう少しで最終段階だったのに……」

残念そうに楢崎が呟(つぶや)くと、一拍の間(ま)の後に茜が語りかけた。

「楢崎さん。実は今、あの患者さんに末梢血幹細胞移植が行なわれようとしているんですよ」

「えっ！　ホントですか！」楢崎の顔に喜色が弾ける。茜と視線を交わした。「じゃあ、助かるんですね」

　初耳であるこの奇縁ともいえる事実は、浅見の意表も突いた。楢崎匠が〝骨髄〟を移植するところだった相手は、すると、今隔離病棟にいる少女、山内美結なのか。そういえば、彼女の両親が話していたことが思い出される。一度ドナーが見つかって喜んでいたら、よんどころない事情でそれが流れてしまったという。その時のドナー候補が楢崎匠なのだ。

（だがこれは……）

　ただの偶然で済ませていいのだろうか。新たな適合者となった上園望美が連れ去られ、実の父親が〝ミダス王〟だと密告する者がいる。その〝ミダス王〟こと小津野陵の身近に、前回のドナー候補がいるとは……。

　確率的には驚くことではないのかもしれない。小津野グループは西関東有数の大きな企業体であり、雇用人数は何万人にものぼる。その中に、山内美結の前回のドナー候補がいたとしても奇跡的な偶然とはいえないだろう。

　しかし、事件を調べている者としては無視していい事柄とは思えない。

　刑事たちもそう感じ取ったらしく、吉澤警部補なども室内に体を入れて耳を傾けている。

なにしろドナーが連れ去られているので、茜は、助かるとは請(う)け合わなかったが、楢崎は感無量といった面持ちになっていた。

「そうかぁ。良かった。時々思ってたんです、あの患者さんどうなったのかな、どうなるのかな、って」

楢崎は茜に顔を向けた。

「まだ体重の軽い、子供といっていい年齢の患者さんでしたよね？」

「え、ええ……」

「楢崎さん」浅見は告げることにした。「それが、今日移植することになっていたドナーさんが連れ去られているんですよ」

楢崎は、ぽかんという顔になった。言われたことを咀嚼できないという体だ。

「上園望美さんという若い女性なんですがね、以前付き合っていた男に拉致されたようなんです」

「……そ、それじゃあ、移植は？」

「当然、彼女が無事に戻って来るまでは無理です。僕たちはそっちの事件を解決しようとして、ここまで来たのです」

楢崎はまだ呆然としており、黒部が「ええと……」と声を出した。「なにをどう追って、ここまで来たのですか？」

警部補たちに特に咎められなかったので、浅見はかいつまんで説明した。連れ去り犯は〝マイダスタッチ〟と名付けられたデータが重要なものと考え、それを利用すれば小津野財団を強請れるとまで期待している。

「財団をっ⁉」楢崎と黒部が異口同音に叫んだ。

黒部は、「莫迦ですか、そいつ」と呆れる。

そうかもしれません、と苦笑して、浅見はその先を続けた。手強いのはそのデータの制作者で、〝ひとし〟という連れ去り犯の、影のブレーン。だが〝軍師〟と名付けたその男は単独行動を取り始めているようで、その詳細は不明。

「影の軍師か」面白がる目の色の黒部が、天井を見あげた。「名軍師として実在しているかどうかが論争されている山本勘助（やまもとかんすけ）もかくや、かな。さしずめ浅見さんは、彼と頭脳戦を演じる敵の武将だ」

「三方ヶ原（みかたがはら）の後の北条氏政（ほうじょううじまさ）かもな……」

顎（あご）をさすりながら楢崎が呟いた後、歴史にはさほど興味がなさそうな茜が、「上園望美さんが連れ去られたのは、彼女が小津野会長の血筋ではないかと犯人が信じているからでもあるのです」と教えた。

この情報にも、二人は仰天（ぎょうてん）の様子でのけ反（ぞ）った。

彼女には出生時の記録がないので、と茜が話を続けている時に、浅見の携帯電話に着信があった。井上デスクからのものだ。浅見は立ちあがり、場を少し移動した。

端末は井上デスクのものを借りたらしく、聞こえてきたのは藤田編集長の声だった。

『瀧満紀の弟の名前、判ったよ』

かなり張り切っている第一声が鼓膜に響く。

『瀧の結婚前の名字は、阿波（あわ）踊りの〝あわ〟に野原の〝の〟で阿波野。実の両親はかなり早くに亡くなっている。兄弟は二人で、弟の名は阿波野順だ』

「なんですって!?」

先ほどの楢崎と黒部に負けない大声を浅見はあげてしまっていた。その様子に周りの人間も驚いている。

『あれっ？　その驚き方、もしかして浅見ちゃんもあの知らせをつかんだのかな。でもいいなあ、いつも驚きのルポ内容でこっちを唸らせる浅見ちゃんに、そんな声を出してもらえるなんて。快感だ』

「そんなことより、つかんだ知らせというのは……」

『井上デスクのところにニュースが飛び込んできたんだよ。塩山の郊外で殺人事件が起こり、その被害者の名が阿波野順だ』

　瀧満紀の弟が〝軍師〟の正体であろうと推測されていた。その人物の名が阿波野順で、すでに殺害されていたとは――。

「ちょっと待っていてください」

　携帯電話をおろした浅見は田中刑事に勢い込んで言った。

「藤田編集長が知らせてきたのですが、〝軍師〟の正体が阿波野順のようですよ」

田中刑事は意外なほど冷静で、小さく頷くと、

「吉澤警部補」と上司に声をかけた。「この件はこれから報告申しあげようとしていました。我々のほうでもその情報をつかんだこと、つい先ほど知らせてきました。両方の事件は同じ根から発生しているのかもしれません。そのため、添島巡査部長もこちらに向かっています」

　両方の事件はつながっているのだ。それは間違いない。

浅見は、いきなり合流した大きな河の流れを意識した。それは一気に轟々たる流れになって、まったく新しい光景を見せてくれるのかもしれない。

　勢いに翻弄されず、激流を泳ぎ切れば。

3

緊迫感を増し、むずかしい顔になった刑事たちが部屋の外、玄関ホールへと移動する。浅見もそれに続き、席を立った茜もついて来た。

楢崎匠が、「凄(すご)いことになってきてるな。父さんに知らせよう」と、スマホの操作を始めていた。

それぞれの捜査内容をさらに詳細に詰め始めている両チームの刑事たちの傍(かたわ)らで、浅見は藤田編集長との電話に戻った。

「編集長。僕は今、阿波野順殺害事件の捜査班と合流しています」

『……やられたね。またこっちが驚かされたよ。いくらなんでも、捜査班の動きを早々にキャッチして接近したんじゃないだろうね？』

「ええ、違います。偶然なんですよ。〝地表探査データ〟にまとめられている土地の探索をしていたら、小津野家の私有地に入り込んでいて、刑事さんに見とがめられたのです。それで捜査陣の中心へ、と。でも、瀧さんの弟の情報はベストのタイミングで送ってもらったと思いますよ、編集長」

『そいつはよかった。が、それでねぇ、浅見ちゃん。途中で悪いが、おれ、どうしても東京に戻らないとならない時間になってね、これで失礼するしかないんだ』

「そうですか。いやいや、それは仕方ないですね」

『悪いね』

「とんでもない」浅見は頭をさげていた。「ここまでありがとうございました」

人使いが荒く、計算高いほどに目端を利かせるこの編集長に、これほど心から礼を言ったのは初めてのことではないだろうか。珍しく無私に近い頑張りを見せてくれた藤田克夫に、心の内がじんわりと温まる感覚さえ味わった。いや、そのはずだったのだが……。

『それでさあ、浅見ちゃん』声が急に潜められると、それも怪しくなってきた。『私有地から移動させられたってことは、財団内部にも近いんじゃないのかい？　小津野家の人間とも顔を合わせるだろうね、きっと？』

「そうなるかもしれません……」

『〝マイダスタッチ〟でも触れられているけど、小津野家の歴史には、なにか秘められたことがあるのかもしれない。いや、そこまで踏み込めなかったとしても、小津野の身内と膝を突き合わせて直々にインタビューを取るだけでも画期的だ。判るよね』

「はあ……」

浅見は、刑事たちの話の中身にも聞き耳を立てていた。阿波野順が財団と敵対して利益を得ようとしていた人間ならば、この春から関連事業所に就職したのは内部から秘密を暴き立てるつもりだったからではないのかと推測される。獅子身中の虫だ。動機が見えてきたな、と吉澤警部補が首肯している。

阿波野の遺体の現われ方は、相当に派手だったようだ。事故を起こした車の後部から崖下に転落したらしい。

『歴史的な旧家の当主を財界人として紹介できるだけでもいい。浅見ちゃんの力量なら、うちの雑誌にふさわしい色づけもできるだろうからね』

頼むよ！　と勝手に盛りあがり、写真も忘れずに撮ってと注文をつけてから、藤田編集長は井上デスクに代わった。

『事件は大ネタに化けてきたじゃないですか、浅見さん』

「お忙しくなるでしょうから、〝マイダスタッチ〟がらみのお願いは忘れてもらって――」

『またまた。そんなことを言いだすんじゃないかと思いましたよ。気にせず待っていてください。どうせ、殺人事件の取材を進めれば同じネタ元を掘るんですからね。あなたのおかげで、他社より一歩も二歩もリードしているともいえるんですし。仕事場には呼び戻されましたが、部下も堂々と使えるようになる。……それにね、浅見さん』

井上の声は、いかにも私情を吐露しそうなひっそりとした真面目さを持った。

『藤田さんに聞いたけど、連れ去られているのはドナーで、移植を待っている患者は未成年者なんだって？　私も娘を持っている身だ……』

「ああ、はい」

井上には、離婚したことによって生活を共にできない娘がいる。浅見がかつて一緒に事件を調べていた時、大きな権力の影に触れて井上が節を曲げたのは、妻や娘の安全を守るためだった。

『ドナー救出の役に立つと思えば取材にも力が入る』

「はい」浅見は声に力を込めた。

『それとね、浅見さん』井上は内緒事を語る気配だ。『藤田編集長、もう行っちゃったからお教えしますよ。あなたが、うちのようなくだらない雑誌との付き合いを減らしていったらどうしようと、彼心配していましたよ』

「ははは。自分でくだらないなんて言ったらおしまいだなあ」

『あなたの特質には元々、硬派な水が合いそうですからね。そちらにシフトチェンジするかもしれない。藤田さんは気を揉んで、それで焚きつけるようなことを言ったんですよ』

逆効果になるとは思わなかったのだろうか。

いろいろ気をつかっていただいてすみませんと礼を述べて、浅見は通話を終えた。

刑事たちの話は、阿波野順の住居捜索へと進んでいる。甲府市大和町のアパートの一室だという。殺害された被害者の住まいとしての捜索を終えるところだったが、USBメモリーなど、〝マイダスタッチ〟関連のデータも探すように指示しようと警部補が口にする。

輪に加わった浅見に、田中刑事が、「でも、阿波野は今日を決行日にしていたんですから、〝マイダスタッチ〟は持ち出しているでしょうね」と言ってくる。

「ですけど、持ち出したのはコピーかもしれませんし、大本の色々な基本データはどこかに残っているかもしれません。それより、第一に探すべき場所として阿波野順の衣服はどうなんですか？　あっ、もう話し合われたのかもしれませんが、僕は聞き漏らしていまして」

「なにもなかったそうです」田中が教えてくれる。「USBメモリーも、どのような記憶媒体も。彼はスマホを携帯していたはずなのですが、これも見つかっていないのですよ」

これには吉澤警部補が応じてくれる。

「彼の職場……歴史景観研究センターですか、そこの私物はどうです？」

「ロッカーにあった私物は回収しましたのでね、それをこちらに持って来るように指示しました。見たところそれらしい物はないそうですが。仕事場の抽斗や パソコンの中身など、調べ直すために何人か回します」

浅見としても駆けつけたいところだが、添島刑事も合流するというこの場所にすべての情報は集約されそうだ。

「あのう……」茜が気がかりそうに言う。「阿波野さんのご遺族はどうなっているのですか？」

私物の持ち出しなど、身内に断らなくていいのだろうかと危惧したのかもしれない。

「身内はいないみたいですね」

やんわりと田中刑事が伝え、その先は吉澤警部補自らが説明した。

「センターで聞き取りをしましたが、独身で、履歴書の連絡先に記載はありません。センター長や人事担当者は、遠い叔父がいると聞いていたそうですが、連絡の取りようはない」

ただ一人の兄――瀧満紀は五年前から行方不明である。

その事実に浅見は、阿波野順の悲嘆や情念を見たような気がする。仲の良い兄弟だったのではないか。その最後の身内がもし、何者かに密かに葬られていたとしたら？　そうした疑いを阿波野順は持った。だから兄の最後の足跡を知ろうとし、思考を追い、事件性の動機をつかみ取ろうとした。その執念が完成させたのが〝マイダスタッチ〟だ――。

彼は小津野家のどこかに、怨敵を発見したのだろうか。そしてなんらかの行動に打って出て、返り討ちに遭った？

「阿波野順の死亡推定時刻はいつですか？」ふと思いついて浅見は尋ねた。

「十一時十五分前後だそうです」

田中刑事からの答えを聞いて、浅見の中で連れ去り犯と電話で攻防していた時の時計が動いた。

「そういうことだったのか。なるほど、そういうタイミングだ……」

なにかな？　と尋ねる視線を吉澤警部補は向けてくる。

「連れ去り犯〝ひとし〟の様子が変わった時間帯ですよ」

ここで田中刑事が、注釈を加えるように言った。

「それですがね、浅見さん。〝ひとし〟の人物像も絞られてきました。上園望美さんのかつての同僚で、短期間交際していたらしい山桑準という男です」漢字表記が伝えられる。「顔写真や、彼の車の車種情報を手配中です」

「事件の背景や犯人の実像、ここへきてかなり明らかになってきたようですね」

浅見が声を弾ませると、田中刑事は、

「浅見さんと原口さんが入手した、上園さんのアドレス情報が大変役に立ったと添島巡査部長も言っていました」と、茜にも目をやる。賞賛と慰労の色が濃い。

照れそうになるのを隠すかのように、茜は浅見に話しかけ、

「連れ去り犯の態度が変わった、十数分間ですね」と話題を元に戻した。

「ええ、それです。上園さんが連れ去られたのが十時四十五分頃。その二十数分後に山桑準は電話をかけてきましたが、この時は余裕を見せて、個人的な行き違いにすぎないから騒がないようにと伝えてきただけでした。ところがその十数分後、およそ十一時二十五分の電話では作戦を変更したようでした」

「わたしたちの力も利用して〝マイダスタッチ〟の内容を知ろうと躍起になり始めていた」

「山桑は当初、〝軍師〟――阿波野順と連絡がつくと思っていたのでしょう。ところが、それがまったくできなくなった。阿波野の殺害時刻が十一時十五分頃なら、殺害犯との間で少なくとも十一時頃から、なんらかの接触、衝突が起こっていたでしょう。この時間帯、山桑の呼びかけに応えるどころではないのです」

「そうですよね」

「それにしても……、〝軍師〟の気配が途中から消えた時、死の可能性もチラリと頭を過りましたが、まさか殺されていたとは……」

この時、吉澤警部補の表情が引き締まった。

「阿波野順だが、山桑準に殺されたというセンもあるのではないか？」

この可能性を刑事たちが論じ始めてしばらくした頃、制服警官が遠慮がちに寄って来て吉澤警

部補に耳打ちした。

警部補が玄関先へ出て行くと、言葉が交わされるのが聞こえ、何人かの人の気配がした。添島刑事が到着したのかと思ったが、吉澤警部補に先導されるように入って来たのは、民間人らしき七人だった。

その中の最年長者が、小津野陵会長だと紹介された。

「あなたが〝ミダス王〟ですか」

思わずそう声にしてから、浅見は改めて相手を観察した。六十代なのだろうが、余計な肉付きや老人の兆候などはほぼ見当たらない。何百年もここでの営みを続けてきた一族の血を継いでいるわけだが、顔立ちはむしろ西洋的な印象を与える。服装もさりげなくカジュアルで若々しい。藤田編集長に焚(た)きつけられたことも思い出しながら、浅見は名刺を差し出して名乗った。

「ルポライターさん？」

半疑問形での反応に、吉澤警部補が自ら説明を返した。

「こちらの事件とかかわることになった重大な事件でずっと協力いただいている方です。隣の原口茜さんも同様ですな」

互いに目顔で挨拶(あいさつ)を交わした後、浅見の名刺は小津野陵の隣に立っている侍僕(じぼく)然とした男性に渡された。一揖(いちゆう)した彼が、

「財団本部で相談室長をしております楢崎と申します」

と名乗ると、浅見たち何人かが（えっ？）という顔になった。

その反応に気づいて、楢崎は穏やかに微笑んだ。

「息子とは会われたのですね？　親子二代で働かせていただいております。息子は匠、わたくしは聡一郎と申します」

「こっちは私の息子、英生といいます」

小津野陵が指差したのは、大学生ぐらいの年齢の若者だった。オレンジ色のサマーセーターも爽やかな、さらりとした顔立ちのハンサムだ。大きなメガネはなかなかポップである。

残りは四人。

さっと視野に入れて浅見は、イメージの上で彼らを一人と三人のグループに分けていた。

一人は緑色のジャージを着たおじさんだった。くすんだ顔色をしており、よく言えば物に動じないような気配を発散している。

残りの三人からは、空気感において一体だという印象を受けた。年齢も近しい。同僚か、友達同士か。

男性二人、女性一人で、浅見は、反射的にというか本能的にというか、やはり女性に注意を引かれた。

スリムなデニムに、ワインレッドのTシャツを着ており、セミロングの髪は黒瑪瑙のように艶やか。クールビューティーを絵に描いたようだ。

彼女より少し年上か、浅見と同世代と見受けられる男は、ハーフのカーゴパンツにカラフルな色の散ったTシャツ姿。骨格のしっかりとした顔立ちで、感受性の豊かそうな目の光をしている。

三人めの男……が、よく判らなかった。上下とも明るめのアースカラー調の服を着ており、他の二人よりは若く見えるが、どれほど若いのか見当がつかない。なんなのだ、この童顔は。いや、だが――。浅見は気がついた。単に目鼻立ちが幼いのではないようだ。彼の風貌は、なんとも形容しがたい温順さを持っているのではないか。目が澄んでいる。

「私たちは善良なる参考人のはずです」少し表情を和らげ、カーゴパンツの男が自己紹介的に口を切った。「こちらの事件で聴取の対象になったりならなかったりしているんです。天地光章といいます」

浅見は反射的に名刺を差し出し、「浅見光彦です」と名乗る。「こちらは原口茜さん」

「すみません。我々は今、名刺の持ち合わせがなくて。天地とは、天と地と書くんです。こちらは長代一美さん。同僚です」

「よろしく」と、気持ちのいい仕草で手を差し出してきたので、浅見と茜は彼女と握手を交わした。

「こっちは天地龍之介。従兄弟になります。もちろん龍之介のほうが年下です」

そう言って光章は、白い歯を見せて笑った。

紹介された龍之介は、光章の手の中にある名刺を覗き込んでいたが、

「えっ！」と歓喜の色を見せた。「『旅と歴史』の記者さんなんですか！」

「あれ？　ご存じですか、その雑誌」

「ほとんど欠かさず読んでいますよ」憧れの相手でも見詰めるような眼差しに、気恥ずかしくなって浅見は視線を少し逸らした。「定期購読こそしていませんが、楽しませてもらっています。あっ。浅見光彦さんといったら、署名記事も載せていますよね」

「え、ええ……」

「五十八号の九十六ページからの、博多の遺構の発掘ルポは大変興味深かったです。ロマンも感じました」

（ええっ⁉　九十六ページ？）

書いた本人でさえ、何号に載ったのかもうろ覚えだ。そのページ数だって？　あれは何年も前の……。

「それと、七十三号の、〈時代と町の変化〉企画は力がこもっていました。阿波歴史文化回廊構想も盛り込まれていて」

目が白黒しそうだが、彼をよく知っている男女は、ごく普通の表情をしているだけだ。

「……お褒めいただき恐縮です」

それに確かに、龍之介があげたルポはどちらも、自信作であったし評判も悪くなかった。年齢不詳のこの若者の目、鋭いな——。

「そういえば、この甲州のルポは何度かしていますよね。甲州裏街道の埋蔵金ルートといったテーマで」

「そうなんです。今回はその追加取材になるような勉強もしようと思って訪れたのですが、事件に巻き込まれてしまいました」

彼らは、テレビ撮影班も来ていた砂金採りイベントに参加していて巻き込まれたそうだ。聴取を受けているそうだが、この人たちは容疑者ではないな、と浅見はなぜか確信していた。

変に話題が盛りあがってきたこの一団を後目に、少し離れた場所で、吉澤警部補と小津野陵を中心にした話し合いが持たれている。

龍之介がさらに、

「あの雑誌、学習プレイランドができたら歴史コーナーに並べてみたいとも思っているのですよ」と意気込むように言っている。

「学習プレイランド?」と、茜が聞き返す。

「信じられないでしょうけれど——というのが枕詞のようにして必ずつくんですが、この龍之介は〝体験ソフィア・アイランド〟という生涯学習センターを造りあげるところなのです」

仰天だ。確かに俄には信じがたい話だ。茜も息を呑んでいる。この少年のような彼は大富豪なのだろうか？　それとも経営の天才か？

　聞けば、体も使うようなゲーム感覚で、子供たちを中心に知る楽しみを味わってもらおうとする施設だそうだ。

「ああ、でしたらよしたほうがいいですよ」浅見は止めた。「『旅と歴史』は、そんな素敵な学習施設に置くような雑誌ではありません」

　藤田編集長が聞いたら卒倒しそうな進言になっていた。

　さらに、その施設の建設予定地を聞いて浅見は驚いた。

「にかほ市ですって⁉」

　しかも、従兄弟の二人は秋田市内に住んでいるという。

「秋田ですか……」

　声にしみじみとした感慨がこもり、「秋田がどうかしましたか？」と長代一美が不審そうな顔になるほどだった。

「いえ。秋田とは妙に縁を感じましてね。とても好きな場所なんです。事件――いえ、取材で訪問したのもかなりの数にのぼります」

　二ヶ月間、秋田県副知事の私設秘書であったこともある。

　風景や、人の言葉や心。そこに感じるのは郷愁でさえあるかのようだ……。生まれも育ちも東京の北区、西ケ原なのだが、なぜか秋田には懐かしさを覚え、心が安らぐ。浅見はそのようなことを信じるタチではないのだが、前世はあの土地に住んでいたのだろうかと思えるほどだった。

「第二の故郷のようにさえ感じています」心からの言葉が漏れる。「もちろんと言うのも変ですが、にかほも歩き回りましたよ。象潟署の松本警部補はどうしてるかなあ……」

　言っても意味のないことを口に出してしまったと思ったが、三人から反応が返ってきて、浅見をまた驚かせた。

「松本警部補さんは存じあげませんが……」龍之介がそう言う。「象潟署の刑事さんでしたら、里見勝彦警部補さんとは捜査を何度かご一緒したことがあります」

この話の内容は、少し距離のある場所にいた刑事たちの耳もキャッチしやすかったようで、吉澤警部補を含む何人かが「えっ⁉」という様子で振り向いていた。

「捜査を？」この問いは、吉澤警部補たちも訊きたい内容だろう。

「殺人事件のこともありました。もちろん私たちは、警部補さんのお仲間になるわけではなくて、捜査に協力させてもらうだけですけれど。あちらが非番の時もありましたから。窃盗事件の解決でお世話になったこともあります」

殺人事件の捜査をする刑事のことを親しげに話す。彼らは何者なのだ？　浅見は自分のことを棚にあげて困惑し、そして大いに気をそそられていた。

「原口さんもルポライターなのですか？」長代一美がそう訊いてくる。

違います、と茜は笑みを浮かべて答えた。移植のコーディネーターだと告げ、そこから、ドナーが連れ去られた今回の事件が大まかに語られた。

「ずっとかかり切りだったのですね？」一美の顔は懸念の色を浮かべ、眉間を曇らせる。「お昼食は食べましたか？」

「えっ……」予想もしていない質問で、浅見は少々戸惑った。

「食べていないのですね」

腕時計を見ると二時四十分をすぎていた。

「ご自分で思っている以上に、疲れが顔に出ていますよ。お二人とも」

「ですがまあ、食事どころではなく……」

「お気持ちは判りますが、その様子では食事どころか水分もまともに摂っていないのでは？　この暑さの中、それでは保たないでしょう」厳しいほどの眼差しで、一美が気づかってくれる。

「体力も整えなければ、この先戦えないのでは」

その指摘も判るが、捜査状況に急展開が起こっている今、場を離れて休憩する気にはとてもなれない。

「力を振るう山場はこれからでしょう。それに備えてもいいのでは」という男の声が聞こえた。近寄って来ていた田中刑事だった。「体に無理をさせると、ネジが切れるようにバタッと倒れてしまいますよ」

彼の視線に引き寄せられるように、浅見は茜に目をやった。改めて細やかに観察してみると、気を張り詰めている表情の下に疲労の膜がないとはいえない。

（そうだ。自分一人のことではないな……）

気を緩めることのできない事態の連続で、確かに心身は自覚している以上に消耗しているのだろう。

「集中力も削がれていくかもしれませんね……」浅見は認めた。

小津野の息子も近付いて来ていて、一美を見ながら、「老松さんみたい」と、面白そうに呟いている。それから彼は、浅見と茜に声をかけた。

「すぐ近くに家があります。そこで食事を摂ってくださいよ」

浅見と茜はとんでもないと辞退しようとするが、英生は乗り気で意外と押しが強い。

「遠慮なんて無用です。家事を賄ってくれている老松さんは、お持てなしが大好きな人なんです。連絡しておきますから」とスマホの操作まで始めている。

「私たちもそこで昼食をいただきました」と、龍之介が微笑んでいる。

田中刑事が大きな体を縮めるようにして、小声で、

「今は、合同捜査に移る手続きを進め、両方の捜査チームの情報を突き合わせていく時間です。まとまりましたらもちろん、それをお伝えしますから」

それまでに英気を養っては、と言う。

英生が父親に了承も取り、浅見と茜を手招いた。

お世話になりましょうかと、浅見は茜に視線で告げた。強情を張って、万が一にでも捜査の足を引っ張るわけにはいかない。


小津野英生が運転する車で連れて行かれたのは、公共施設かと見まがうような、スタイリッシュな邸宅だった。

一階のダイニングで待っていたのは、小柄な体軀の老女で、旧友を招いたかのような満面の笑みである。英生は、浅見たちの礼の言葉を軽い頷きで流して、廊下をさっさと引き返して行く。

「時間はかけないほうがよろしいようですね」老松はシェフ同然の口上だ。「なにか、お好みなどあるでしょうか？」

「ほうとう以外でしたら、なんでもごちそうになります」

口からこぼれ出た言葉に、浅見は自分で驚いた。自覚していた以上の緊張感から解放された反動か、一種の弛緩のうちに、忘れかけていた生の思いまでが剝き出しになってしまったようだ。

驚いた老松の目元はやや引き締まったが、それは瞬時に霧消し、その後の顔には職人が注文に満足したかのような笑みが咲いた。

「かしこまりました。アレルギーかなにかでしょうか？」

「いえ、いえ、すみません。当地の名物ですのにね……」浅見は慌てた。「思い出し――いえ、

別にどういうことではないので、忘れてください」

これではもう、トマトは避けてもらえれば、と言い出せる流れではなくなったなと浅見は思った。

冷や汗をかく浅見の横で、茜は「なんでも喜んでいただきます」と、人として実に真っ当な応えをして礼節の見本を見せてくれる。

うろたえた浅見の気持ちをなだめるためか、茜は、

「高級な寮のビュッフェみたいですね」と、パッチリと見開かれた目でダイニングをきょろきょろと見回していた。「社食というほどむやみに大きくはない」

いや、意識して話題を探したということではないのかもしれない。頬(ほお)は上気しており、心底惹(ひ)かれるものがあって、眺(なが)めるだけでも楽しめているようだ。

テーブルに並べられている椅子の数は六脚と、浅見家と同じだが、テーブルのサイズや部屋自体は、浅見家より幾分(いくぶん)大きかった。気が散ってしまうような、大勢が集まる空間ではなく、親密な空気感を包み込んでおけるぎりぎりの広さといえるだろうか。

白い壁に木目調(もくめちょう)のあしらい。天井照明はシャンデリアと呼ぶと大げさかもしれないが、小ぶりなそれは本物のアンティークとして価値がありそうだ。

「わたしが利用する居酒屋さんの個室とは明らかに違います」そう言って茜は笑う。

「中華料理店とも違いますね」

さらに高まった彼女の笑い声は、フランス料理店の個室ではどのように響くのだろうか。そうした場での彼女の素顔を知ることはないのかな、などと、浅見はずいぶん気の緩(ゆる)んだことも考えてしまった。

しかし、長代一美や田中刑事が勧めてくれたとおり、こうしたインターバルは挟んでおく必要があったのかもしれない。犯罪者の心理や出方を観察吟味することから完全に切り離され、ただ日常的に周りを眺める……。心身の硬直を揉みほぐす一時。

そんな時間を過ごしていると、老松がワゴンを押して料理を運んで来た。おしぼりも添えられて、二人の前に料理が置かれる。

二人は顔を見合わせた。別々のメニューだった。

茜のほうは、お新香や少量の野菜炒めもあって、メインは茶漬けにして食べることもできるという、細かく切った牛の焼き肉を載せたレディースサイズの丼もの。

浅見のほうのメインは、味噌味の平打ち麺。ほうとうだ。

じわじわと笑いが込みあげてきた浅見は、一種の感銘を覚えた。

さすが〝ミダス王〟の近くに仕える者。挑戦的だ。

4

浅見光彦と原口茜が小津野英生に連れられて玄関ホールからいなくなると、他の人間の声が通って聞こえるようになった。

「その点、参考人以上の事情聴取を受けているとしか思えない、と言っているのです」

声にやや強い調子を帯びさせているのは小津野陵だ。

「犯行現場は歴史景観研究センター近くではないのですか?」確認を取り、そこから先は問い詰めるかのようだった。「この本部にいた者たちまで容疑者扱いしている理由はなんなのです?」

真正面に立って受け答えしているのは吉澤警部補だ。

「相応の理由はある、とお答えさせていただきましょう」

「納得させてくれる理由は伺えないと？」

「捜査上の秘密も必要でしてね」

なにか少し、事態に動きがあったらしい。捜査陣が、大事に慎重に扱いたいなにかだ。

「その捜査の網の中には、私も入るということなのだろうね」

「失礼ながら、会長。容疑者からはずれてもらいますためにも、事情聴取は受けていただきたく思います」

小津野陵会長も例外ではない、か。

「短時間で済むはずですので、会長、ここはひとつご協力願います。ただその前に、相当にプライベートなこともお尋ねしなければなりません」

吉澤警部補は、玄関のすぐ脇にある小部屋に目を留めた。

「あの部屋を使わせていただきましょうか」

「プライベートなことなら、息子も交えたほうが効率的に済むのではないかね？」

歩きかけていた吉澤警部補は歩を止め、押し殺した表情で言った。

「いいえ。小津野会長だけのほうがいいと思いますよ」

思わせぶりでさえある警部補の指示に、小津野陵はそれ以上逆らわなかった。

警部補は部下たちに顔を向けて、

「そっちの聴取の指揮は福良刑事で頼むぞ」と言い置いた。

楢崎もその場に残し、小津野陵は警部補に続いて室内に姿を消した。

私たち三人と犬山、楢崎の面々には、改めて「田中です」と名乗った刑事が、玄関と向かい合った位置にあるドアを指し示した。

「皆さんはあの部屋で待機してください」

招待に感謝する気にはならない足取りで向かいかけた時、私の耳には、ドアの向こうから、「娘だと⁉」と張りあげられた小津野陵の声がかすかに聞こえてきた。

室内にはすでに、二人の若い男たちがいた。本部の職員か。テクノ調のルックスをした者と、かすかな無精髭で少しでも年上に見せようとしているような青年だった。楢崎聡一郎と交わされた視線から察するに、無精髭のほうが息子のようだ。

彼らとは離れた場所、部屋の奥のほうに私たち五人は座らされた。

程なく現われて向かい側に腰をおろしたのが、自ら名乗ったところによると福良刑事だった。髪の毛が薄くなっているが四十代半ばほどの年齢と見え、体形にも物腰にも安定感がある男だった。

本部職員らしい二人の若者の前には別の刑事が座り、聴取内容の再確認を始めている。

私たちの素性をざっと確認した福良刑事に、楢崎聡一郎のほうから問いが発せられた。

「歴史景観研究センターの従業員だけが疑われているというのも酷だと思っていましたが、それにしましても、本部関係者も容疑者扱いされるというのは、動機や人間関係を追及したいからなのでしょうか？」

「ま、まま、そう硬くならず。事件当時の皆さんの所在をはっきりさせておけば、捜査の確実性と効率が増すからとお考えください」表情がまったく動かないことでかえって、はぐらかされている気分にさせられる。

「犯行現場が判ったのかい？」ストレートに切り込んだのは犬山だ。「その辺の捜査結果から、容疑者の枠も広げることになったとか？」

「犯行現場も、鋭意捜査中です」

「殺されていた男の長靴の中から、砂金が発見されたそうじゃないか」

「どこでそれを？」

眉をひそめる福良刑事の目力が鋭く増した。

「あっちのセンターの連中からだ」

その後、動画通信の顚末を楢崎が説明した。それに言葉を挟む福良刑事の様子からすると、歴史景観研究センターの職員を調べた捜査班の班長がこの福良であったらしい。吉澤警部補の信任厚く、本部関係者からの聞き取りも担当したようだ。捜査一課の刑事だろうか。

「確かに砂金が出ましてね」彼は認めた。「被害者の全身を濡らしていたのも川の水と推認され、こうなればやはり、砂金の採れる川が犯行現場でありましょうかなあ」

「川のどこかで溺れさせられたのですね？」そう確認するのは楢崎だ。「その時犯人は、阿波野を殺したと認識したが、しかし後に彼は息を吹き返した」

少し目を見開いた福良刑事に、楢崎は龍之介を身振りで示してみせる。

「そちらの天地龍之介さんの推理です。窒息死というのは見誤りやすいとか」

「そう」

反射的に肯定してから、福良刑事は口を閉ざした。だが数秒で、話しても問題ないだろうと判断したようだ。

「被害者の首の後ろ。ここですな……」と、彼は後ろに回した指で指差した。「棒状の物で押しつけられた鬱血痕が確認されています。死亡する十分か二十分前につけられたものってことです。前から両手で首を絞められたのが直接の死亡原因ですが、これより前に、後ろから襲われたと判断できますな。殴られた跡もある。つまりですなあ、川の中に頭部を、横に持った棒かパイプで後ろから押しつけられて沈められたのでしょう」

悲惨なシーンだ。それでもその時は死ななかったというのに……。

「それにしても、窒息死の誤認などという専門的なことにも詳しいとは」福良刑事は龍之介を探るように見やった。「先ほどチラリと聞こえましたが、なにやらそちらの三人は地元の刑事とも身近に接しているらしいですな……」

きちんと返事をしようとする龍之介を、刑事は手で制した。そして、話を肝心なことに切り替えようということだろう、表情を引き締めた。

「それで、楢崎聡一郎さん。関係者のアリバイ調べに協力していただきたい。今朝からのおおよその動きをお聞かせ願えますかな」

「起床からにしましょうか？　……では。自宅は、中央本線を東に向かった甲斐大和にありまして、七時半頃に起床いたしました。息子の匠と一緒です。私の車で出勤し、彼はこの本部に、私は会長宅に出向きました」

「休日出勤になるのですね？」

楢崎匠から聞き取った内容と照らし合わせているのだろう。

「修繕が必要な箇所が屋敷にありまして、今日が作業当日になっています。息子には、それの手伝いなど、雑用に協力させせようと思いましてね。私のほうは、会長のサポートです。壮行会というイベントがあり、これから先も、取引各社の重役が集まる懇親会がございます。時間があれば、砂金採りイベントの様子も見に行こうと計画していました」

「十一時頃はなにをしておられました？」

「十一時……」楢崎は少し考え込む。「会長宅の一階で、部下の小柴に壮行会のセッティングを指示していたはずです」

いつも楢崎のそばにいる若者だな。砂金採り会場からこちらへ移動する時、犬山を乗せた運転手でもある。

「ずっと彼と一緒でしたか？」

「いえ、そうはいきません。多少はうろつきますのでね。飲食担当の老松という者との打ち合わせも必要でしたし、会長の仕事部屋の準備もあります」

「誰かと共にいた時間帯はいつです？」

「共に、ですか……。電話ででしたら、十一時三十分すぎぐらいに、息子と話しましたね」楢崎の声が、心痛の色を帯びた。「阿波野順が死体で見つかったらしいと知らせてきました」

　福良刑事が進めた聴取の内容からまとめると、死体発見から各所への連絡は次のような流れだったらしい。死体は、運転免許証や財布を携帯していたので、身元はすぐに判明した。警官は、被害者と同僚である男がイベントの進行役をしているということで、その近藤隼人に面通しをさせた。近藤は被害者の身元を確認。警察は歴史景観研究センターに連絡を入れ、近藤は、出社している者がいるかどうか判らなかったが、本部に電話をかけた。二階オフィスにいた黒部という男がこの連絡を受ける。衝撃的な事態にうろたえた黒部は、近くにいた楢崎匠と相談。匠は父親に急報を入れる。楢崎聡一郎はすぐに、現場である砂金採りイベント会場へ車で向かった。この時、通報の真偽も確定できていなかったため、小津野会長にはなにも知らせなかったという。車を少し走らせてから思いつき、小柴に電話をして彼にも駆けつけてもらうことにしたのだ。

「刑事さん」

　すごく自然な雰囲気で、呼びかけたのは龍之介だ。

「持っているはずのスマホを、阿波野順さんは所持していなかったと聞いています。でも、運転免許証や財布は携帯していたのですね？」

「……そうだねえ」

「被害者が他に身につけていた物はなんでしょう?」

福良刑事は目を閉じた。それから頭を掻き、重たそうな口を動かした。

「仕事用の小さなメモ帳。ペンが二種類。スリムな懐中電灯。方位磁石。ガム。ハンカチ」

「なるほど……」

福良刑事は、あけた目で、楢崎を除く私たち四人を見回した。

「先に皆さんからお話を訊くべきでしたね」思いついて嬉しそうだ。「簡単に済むでしょうから、そうすれば、もう帰宅なさっていいと許可が出るでしょう」

「そいつは助かるな」口元を笑いで歪め、犬山は椅子に寄りかかった。

私は簡単に済むということでホッとした。遺体発見時の供述の再確認程度で終わってくれるだろうか。

福良刑事が口をひらきかけた時、部屋の入口が騒がしくなった。ドアがあき、三人の男たちが入って来た。

一人は筋肉質の大きな男で、髭面。もしゃもしゃとのびている、黒々と豊かな髭も、濃い眉も、赤銅色の肌も、あまりにも野性的でたくましかった。

四十代半ばのもう一人は、メガネをかけ、指導力のありそうな中間管理職という風情だった。

もし二人が刑事で、取調室に一緒に入るなら、メガネの男性のほうが断然いいな。

二人には、黒部たちがいる席から声が飛んだ。

髭の大男のことは、黒部が、「〝館長〟」と呼んだ。

メガネの男には、黒部と楢崎匠の前にいた刑事が、「添島刑事」と呼びかけた。

添島刑事と〝館長〟の後ろにいる若い男は、楢崎相談室長の指示でなにかと細かく動いていて、すでに顔なじみ。小柴だろう。

その小柴と〝館長〟は、黒部たちの席に誘導された。

室内に入りかけた添島刑事は、玄関ホールにいる田中刑事に気づき、そちらに顔を寄せる。

「浅見さんはどちらに？」

「休憩を取ってもらうために、小津野会長の私邸のほうに」

「ああ。それも必要だな。倒れられても困る。――大前進になる手掛かりを持って来たが、これも、浅見さんが手に入れられるよう手配してくれた上園望美のスマホのメールデータから得られたものだ」

大前進になる手掛かりか。ドナーの行方に迫れるのか？

浅見光彦という人は、思った以上に有能な素人探偵なのかもしれない。

5

本来のうまさとはこれなのか。以前、名店とされる場所で食べてイメージの失墜したほうとうの味を忘れさせてくれる。わずかに甘みのある野菜のミックスされた味が麺にうまく絡み、軽く玉子でとじた一工夫が口当たりも抜群にしている。

茜と二人、さして時間をかけることもなく食事を終えてしまっていた。

歓待の達人老松には短く、「ありがとうございました」と伝え、あちらも平静な面持ちで「お粗末さまでした」と慎ましく応じた。

その後、アイスコーヒーもちょうだいした。

食事をしながら雑談している時――日本中飛び回っているのですねと茜が話題にしたのをきっかけに、高所恐怖症で飛行機嫌いというのはばれてしまったりした――が、浅見の頭の片隅はどうしても捜査状況を知りたがっている。

「浅見さんはいつも、気を休めるのが苦手なんですか?」

　胸中を察した茜が、苦笑しながらそう言った時だ、廊下から複数の足音が聞こえてきたた。

　ドアをあけたのは小津野英生である。その後ろには、天地光章と龍之介、そして長代一美がい。


　時刻は三時三十二分。

　開口一番、浅見は、「捜査状況はどうなっています?」と訊いていた。

「白熱の展開でしたね」それほど興奮は示さずに光章が言う。「主に全員のアリバイ調べですけど、連れ去り事件の背景の大きさが細かく伝わってくると、熱気が高まってきて」

　まだ先は続きそうだったが、浅見は性急に口を挟まざるを得なかった。目の前の人間たちへの好奇心が抑えられない。

「天地さんたちは砂金採りイベントに参加していたそうですが、事件とはどのようにかかわったのですか?」

　四人はそれぞれ席に着き、主に天地光章が中心になって当時の様子を話してくれた。死体の出現の仕方が派手であったのは聞いていたが、彼らがその場に居合わせたとは驚いた。まさに第一発見者であり、蘇生処置にも努めた。しかも、犯人が火をつけたらしく、車の運転席が燃えあがり、彼らはその消火活動にも挑んだという。

　聞きながら茜も手に汗を握っているようだ。そして不思議そうに尋ねた。

「人助けをしようとした功労者だと思いますけど、それなのに事情聴取みたいなことをされるのですか?」

「どうも、第一容疑者群の取り調べだけでは目星がつかなかったらしいので、改めて訊きたいこともあったようですね。でもそろそろ、私たちは無罪放免になると思います。ただ……」

光章は、同情を含んだ眼差しを英生に注(そそ)いだ。

「小津野家は大変そうですね。連れ去り事件のほうにも直接巻き込まれそうじゃないですか」

「ほんと……」英生の表情はやや硬い。「〝マイダスタッチ〟の中身って、けっこう凄いんですね。我が家だか伝来の地だかに隠されている秘宝の探し方だとか、五年前の失踪(しっそう)事件だとか。その時に消息不明になっている人の弟が阿波野さんなんですか……」

「そこまで突き止められてきたといえるでしょう」浅見は応じた。

阿波野が獅子身中の虫ならば、小津野財団に徒(あだ)なす行為に出たはずで、この攻撃に直面した者は争いの果てに阿波野を殺してしまったりもするだろう。つまり、財団関係者には全員動機が生じるともいえる。

「そしてもっとショッキングな内容が、父に娘がいて、相続権を主張しているとか……」

そこもとうとう表舞台に出てきたかと、浅見は、複雑であろう英生の内心を慮(おもんぱか)りながら口にした。

「正確に言いますと、甘い汁を吸おうとして山桑準という男が画策しているのですがね。実の娘とされる上園望美さんは、そんなことを信じておらず、ただ山桑に引っ張り回されているのです」

そこから先の問いは、浅見は全員に視線を巡らしながら発した。

「娘さんがいる可能性、小津野陵さんは訊かれたのですね？　答えは知っていますか？」

代表するように、長代一美のアルトの声が返ってきた。

「否定していましたよ、完全に。震災や神戸にも、なんの心当たりもないと」

「そうでしょうね」

「それで、浅見さん」

天地光章が声をかけてきた。

「私たちがここへ来たのは、これを田中刑事から言付かって来たからなのです。元の出所は添島刑事ですけどね」

「添島刑事もお見えになりましたか」

「はい。かなり早い段階で」

光章がテーブルの上に置いたのは、彼のスマートフォンのようだ。

「山桑が許可したので、上園望美さんが電話で出生時の模様やその後の記憶などを伝えてきたのだそうです。その時の録音データです。コピーを渡されました」

「それは聞いておく必要があるでしょうね。皆さんのアリバイにも興味ありますが、それはまた後で伺いましょう」

軽く頷く仕草を見せ、光章は録音を再生させた。

生後何日も経っていないわたしが発見されたのは、震災の当日、神戸市内須磨区の一画で、瓦礫の中でした。そう上園望美の声が語り出す。それほどいい録音状態ではないが、言葉はかなり明瞭に聞こえた。

「ナゲットを……」

この打ち明け話には、誰もが気を奪われた。感嘆し、あるいは不思議を感じ、目が見交わされる。身内から渡された唯一の物的な絆のような、小さな金の塊。

「このことなのか」浅見は思わず声にした。「上園望美は金を握って生まれてきた、と山桑が言っていたのは……」

「言っていましたね」茜がこくりと頷いている。

喩(たと)えではなかった。事実だったのだ。非常に特徴的だ。

しかし、この珍しい特徴をもってしても、赤ん坊の親族は見つからなかった。産院は全壊して焼失。市役所を含め、記録は一切ない。

血筋との縁は切れてしまったその子は、しかし五歳の時に上園夫妻の養子となる。良い家庭であったことは、語る上園望美の声から染(し)みるように伝わってきた。

ここまでで最初の録音データは終わった。次の独白には、〝遠くの無名〟氏が登場する。事故で母を喪(うしな)い、自分もリハビリに努める高校生を励ました時からメールでの付き合いが始まる。何ヶ月かに一度だけの、短いが、独りで生きる上園望美の心を支え続けた交流だ。

そうした交流に割り込むように、お前の父親は〝甲斐のミダス王〟だ、との怪メールが飛び込んでくる。およそ十ヶ月前のことである。

「上園さん、父性を感じていたのね」一美が感想を漏(も)らす。

最初は〝ひとし〟の悪ふざけと思ったと言うから、この頃上園望美は山桑準と付き合っていたのだろう。言葉を途切らせたり言いにくそうにしている様子から、横にいる山桑が話していい内容の指示を出しているようだ。

それでも上園望美は、彼らという言葉を時折ぽろっと口にしているので、もしかすると阿波野順もすでに彼女たちに接触していたのかもしれない。そして、怪しい計画を進め始めている彼らと縁を切るために、上園望美は黙って引っ越しをした。その転居先が山梨の現住所である。選んだ理由は、金のナゲットにつながるイメージと、〝遠くの無名〟氏のメール内容が山梨県の風物と思えるものに触れることがあったからだ。

父親と〝ミダス王〟を結びつける事柄なんて一切知らないと告げて、上園望美からの通話は終わる。

聞き終えて生じた沈黙に、小津野英生の声がかぶさった。

「父は、生後間もなく捨てたか見失った子供を見つけ、その後は安否を気づかい続けたということでしょうか、身元を隠して？　父は否定していますけど」

「今はお父さんの言葉を疑う必要はないと思いますよ」浅見は本心からそう言った。「おかしな密告をしたのは一通のメールだけなのですから。むしろ疑うべきはこっちです。どういう動機なのか、たった一度その接触をしてきただけで、それ以上の追加情報も送っていないというのですから」

龍之介が思案がちに言った。

「上園さんがそのメールを無視できなかったのは、直前の〝遠くの無名〟氏と同じアドレスから送ってきていたからと言っていましたね。そして、添島刑事は、上園さんのスマホのメールデータから大前進できる手掛かりを得たと言っていました。もしかすると、それらのメールの送信元が判明したのではないでしょうか」

「しかし」浅見は言った。「上園さんがメール文から感じたところでは、〝遠くの無名〟氏が使う端末は、ネットカフェのパソコンのような匿名性の高いものばかりなのでしょう？　それでなにかが突き止められるのでしょうか？」

「思いがけず糸をたぐれた手掛かりなのかもしれません。今のところ想像にすぎませんけれど」

「どのような手掛かりなのかは、添島刑事は言っていないのですね？」

「私たちの前ではそうです。それを容疑者たちに突きつけるタイミングを計っているのかもしれません」

浅見は腕時計を見た。そろそろ、四時半からの面会を約束している高橋教授の下へ向かわなければならない時間だ。金山奉行小津野家の実像を教えてもらえるかもしれない。

「小津野会長はまだ調べられているのですか？」

浅見が一同に訊いてみると、一美が、

「いえ。仕事を理由に、けっこう早くに解放されていました」と教えてくれる。「生き別れていた子供にも上園望美という女性にも心当たりはないと答えた後に、阿波野順殺害時刻前後のアリバイ聴取にも手短に応じて、この邸宅に戻っています」

「ここで仕事ですか？」

「二階に立派なオフィスもありますけど」光章が言う。「今は、アジア大会に出場するｅスポーツチームの壮行会をしているんですよ。かなり待たせていたのでね」

「アリバイはもちろん、私も訊かれました」首の後ろをさする英生は、自分も犯罪捜査の対象であることを肌で実感し始めているかのようだった。

「なに？」

と一美が顔を向けた廊下からは、慌ただしい足音が響いてきていた。

ドアがあくと、刑事三人と楢崎聡一郎の顔が見えた。どの顔も、緊迫感で強張る寸前だ。

このダイニングまで楢崎に案内されて来たのだろう刑事たちは、現場での幹部クラス、吉澤警部補、添島刑事、福良刑事である。

「山桑からの電話です、浅見さん」落ち着いた面持ちが似合う添島刑事も、声の高ぶりは抑えがたいようだ。「あなたを出せという指示なんです」

添島が、犯人から連絡用に渡されているスマートフォンを差し出してくる。

「五、六分後にかけ直すように言って、駆けつけて来ました」

立ちあがってスマホを受け取った浅見に、吉澤警部補が対応プランを伝えてくる。

「山桑準だと身元はつかんでいるのは明かしてくれてけっこうです。阿波野順まで突き止めていることはまだ伏せてください。速報ニュースで知ったかもしれませんがね」

スマホが着信音を鳴らし始めた。コール音が一度二度と流れる間に、吉澤警部補は急いで付言する。

「途中で私に代わってください」

無言で頷いた浅見は、電話をつなげてスピーカー機能を使う。

「浅見です」と、こちらから名乗る。

『やあ、浅見さん。マップにあった土地からは、なにか出たかい？』

「残念ながらさっぱりですね。それでもう時間的にも、次の行動に移らなければなりません」

『四時半から歴史専門の先生とディスカッションするんだよな』

「そうです。そろそろ、お伺いする時刻です」

『歴史的なお宝話に目処(めど)が立ってほしいもんだよ。でないとこっちは欲求不満が爆発しそうだ。誰にとってもいい大詰めを迎えたいじゃないか』

早期の決着を願っているのはこちらも同じだと、浅見は腹の底で言い返していた。拘束状態で連れ回されている上園望美は当然そうだろうし、移植開始の連絡を心待ちにしているレシピエントとその家族も、いうまでもなく……。そうした被害者たちを顧慮(こりょ)しない言い草に反発し、その感情が押し出したかのように、浅見は、

「君、山桑準くんは、どんなお宝を想像しているのです？」と口にしていた。

『——』

相手の言葉を失った反応から、やはり間違いないなと確認し合う視線を刑事たちは交錯(こうさく)させた。

間(ま)があきそうだったので浅見が言葉を継ごうとすると、向こうがやっと口をひらいた。

『時間もずいぶんかかったから、ばれちまうことも増えるよなあ。お前たちのせいだぞ』

「僕は今、〝ミダス王〟の近くにいます」浅見は思い切った情報を出した。

よくない思考の流れだ。

『おっ？』急に期待が溢れたような声になる。

「山桑さんにとって一番現実的な利益に近いのが、財団会長と上園さんとの血縁証明ですよね」

『……そうだな』

「会長を問い詰めながら、事実関係を暴いていけるかもしれないところです。それと並行して、名家小津野の歴史に裏がないか、専門家に検証してもらおうともしている」

『大サービスしてやったあの情報はどうなった？　望美に直接、生い立ちのことも話させたろう。実の父親が誰かを突き止める足掛かりにできそうか？』

「鋭意、探査中ですよ」

吉澤警部補が、代わるようにと目顔で合図してきたので、浅見はスマホを渡した。

「山桑くん。私は責任者の一人、県警の吉澤だ」

『なんだ？』

「君は、小津野財団まで巻き込んでしまったからなあ。これはもう規模が大きすぎて、こちらも誘拐事件の陣容で事に当たるしかない。この周辺に、県警のあらゆる捜査力が集まって来るぞ。君は面が割れ、車も手配される。もう逃げ回ることなどできん。Ｎシステムのカメラもあるしな」

『………』

「逮捕されるのも時間の問題だ。その前に、自ら出頭したらどうだね？　知ってのとおり、刑期がかなり違うぞ。ここまできたら、顔を出して小津野会長と直接談判するという手もあるのではないか？」

『お前たちが、逮捕した後で談判などさせるはずないだろう！』

「上園さんという切り札は、まだそっちが持っていてもいい」

かなり疑い深そうな、低くざらついた声が送られてくる。

『得意顔で罠を張っているんだろ？』

「気を回しすぎるな。事態の早急な――」

『談判用の武器を探し出せと、最初から要求しているんだ！　役に立たないなら、お前たちとの交渉はやめるぞ！』

「待て！　たやすくはいかないさ。あんたの〝軍師〟だって何年かかった？　短気を起こすな」

山桑が何秒か黙った。

『気を長く持てって？　時間が経てば、県警が総力をあげて俺を捕まえちまうんだろ？』

「……それも判断基準にして、自分にとっての有利不利を考えるべきだろう？」

嫌な沈黙が続く。

呼びかけに、相手は応じない。

浅見が手を差し出すと、吉澤警部補は半ば無意識にスマホを渡していた。具体的な方策があったわけではなく、浅見は手の中にあるスマホを見て一瞬戸惑った。

「浅見です。別の班は、瀧満紀さんの元同僚の力を借りて、地表探査データの解析に取り組むところです。素人の僕がやみくもに歩き回るよりずっと期待が持てそうです。どの追及班でも注意を引く発見があれば必ず伝えますから、また連絡してください」

『ああ……』

通信を切ったスマホを添島刑事に渡し、浅見は廊下に足を進めた。

「もう、高橋教授の所へ行かなければ」

他の者も、浅見と同じ方向に動きだした。

6

向かっている玄関ホールの左手からにぎやかな人声が聞こえ、吉澤警部補が一同を止めた。

「eスポーツチームが帰るところですね」楢崎聡一郎が言った。

「やりすごそう」

吉澤警部補の指示で、浅見たちは皆、ホール手前の廊下を右側へと曲がった。

こんな時になって、浅見は、光章の膝にベージュ色の目立たない絆創膏(ばんそうこう)が貼られているのに気がついた。そしてひょいと、他愛ない記憶が浮かんできた。りゅうのすけ……。最近、どこかで耳にしていないか？

「りゅうのすけ……」

声に出してみると、聞きつけて一美が笑顔で言った。

「芥川(あくたがわ)龍之介の〝龍之介〟です」

（いや、漢字ではなく、この雰囲気と服装は……あっ！）

「思い出した。龍之介さんは、甲府駅ビルの書店に、開店直後にいませんでしたか？」

「ええ、いましたよ」

「やっぱり、あの時の！　すぐ隣に僕もいたのですよ」

おおっ！　と笑顔の輪が広がった。歓声まであがりそうだ。

「縁ですねえ」光章が笑う。

〝一美〟と〝光章〟の漢字も教えてもらった。

「光章は、〝光〟ですか……」

「なにか?」当人が気にした。

「いえ、幼馴染みに野沢光子という女性がいまして、〝光光コンビ〟などと呼ばれることもあるものですから」

「ほうっ、いいですね。ここでも臨時の〝光光コンビ〟でいきましょう」

「そうしますか」

浅見は笑顔で言っておいて、玄関ホールのほうを窺った。職掌的な本能で、会長から目を離しがたいのだろう、楢崎も同じようにしている。

小津野会長が見送っている一団を、小柴が駐車場へと案内するところだった。

浅見は一同に向き直って、

「車で移動するこれからの二、三十分間、関係者皆さんのアリバイを伝えてもらうと効率的ですが」と言ってみた。「ハンズフリーの携帯電話をつなぎっ放しにします」

「お知らせする役は可能ですが……」

光章が断定調で言えない理由を浅見は察し、吉澤警部補に顔を向けた。

「事情聴取は終わって、天地さんたちはもう、お役御免ですか? そういえば、ジャージの中年男性は帰ったのですか?」

「犬山さんは気が変わったのですよ」と即座に答えたのは英生だった。「帰りたがっていたのに、〝マイダスタッチ〟が秘めている内容に莫大な金がからんでいるらしいと知ると、目を輝かせちゃって。ゲストを無理やり帰らせたりはしないだろうな、近くを散策したいんだ、とか言って居座っています」

「歴史も絡んでいる秘宝のようですね」龍之介が、英生と浅見を等分に見て問いかける。「小津野家にはその手の暗号が伝わっているということなんでしょうか？」

英生は間も置かずに頭を振った。

「まさか、ですよ。代々伝わる隠されたお宝秘話なんて聞いたこともない。あれですね、武田家が秘匿した埋蔵金伝説みたいな、空想たくましい噂話では勝手に触れられてるみたいですけどね、伝奇フィクションとして」

「ただ」浅見は簡単には切り捨てなかった。「〝マイダスタッチ〟の中では、小津野家に伝わる〝お岩様〟に注目しているようでしてね。写真も添付されていますし、この岩は実在しているのでしょう？」

「それはあります。屋敷に収蔵されています」

そう答える英生の横で、お岩さん？　と呟いて、龍之介が引き気味の顔色になっている。怪談であるなら避けたいな、と心底思っているようだ。浅見も、その手の話や幽霊などは生理的に受け付けないタイプだが、龍之介はもっと極端に怖がりであるらしい。

「その岩に対する科学的なアプローチですよね？」光章が従兄弟の懸念を払拭するような発言をした。「それとも、浅見さん、歴史的な謂われかなにかがあって、そこを追求しているんですか？」

「注目点の細目までは判りません。英生さん、その岩そのものに関しての言い伝えはなにかあるのではないですか？」

「いやあ……」英生は頭に手を置いた。「よくある、抽象的な話だけのはずですよ。小津野家を守護する岩だから大事にするように、といったような」英生は助けを求めるように楢崎を見やった。「なにか知ってます？」

「いえ。わたくしも、あの岩は小津野家に繁栄をもたらした恵みであり、その後も見守り続けているとと伺っているだけです」

「岩と絡むのかどうかは不明ですが、小津野家は折々、ひっそりと〝おいわずの家〟と呼ばれていたことがあるという点も興味深く感じています」

浅見が言うと、興味深さに同意するような顔が並んだ。

浅見はさらに、小津野を〝おずの〟と表記すれば、〝おいわずの〟との関連が見えるという推測も語った。〝おいわずの〟から〝岩〟を抜くと〝おずの〟になると説明すると、感嘆の声を出す者もいた。

英生は、「〝おいわずの家〟かあ。自分の家のことなのに、僕はなにも知らないんだなあ」と、眉をひそめながら自戒と自嘲の面持ちだった。

しかし浅見は残念ながら、彼や楢崎の答えを額面どおり受け取るわけにはいかないと警戒した。英生などいかにも気のいい青年だが、幼い頃から叩き込まれたのかもしれない秘密を守ろうとする家訓的な本能やら、身内の誰かを庇おうとする理由などで、のうのうと嘘をついているかもしれない。山桑準ではないが、彼らを明確に問い質せる、揺るぎない〝武器〟としての論拠が必要だろう。

この時、一美が、「おいわずでしたら、沖ノ島もそう呼ばれていますよね」と言って、「えっ？」という全員の視線を一斉に浴びた。

視線の集中砲火にちょっとびっくりし、瞬きをしてから彼女は続けた。

「女人禁制はもちろん、神職しか立ち入れないらしい神宿る島ですね。一木一草一石、なに一つ持ち出してはいけないし、島で見聞きしたことは一切しゃべってはいけないという禁忌。言わない、で、言わずの島、お不言様」

「なるほど……」それもあるか、と浅見は目がひらかれる思いだった。「岩ではなく、言う言わないの〝お言わず〟ですね」

「うかつでした」と龍之介も呟いている。

「それに」と、添島刑事も自分の思いつきを口にした。「〝おいわずの家〟と密かに評価されていたなら、門外不出、言ってはならない秘密のある家として小津野家は見られていたと解釈できますね」

言ってはならない禁忌。口をつぐまなければならない秘密を有する家――。

俄然、浅見は興味がわいてきた。〝マイダスタッチ〟のファイルだけでは今ひとつ現実感が乏しかったが、少なくとも、小津野家の歴史的な背景には人々の思想や実感の蓄積があると感じられてきた。

「両方をかけているのかもしれませんね」と龍之介が言う。「お言わずと岩。お言わずの絶対的なタブーを、岩という家宝に象徴させている。口を閉ざさせる、守護者としての岩」

有り得る話だと誰もが首肯する中、福良刑事が両目を鋭く細めた。

「すると阿波野順って男は本当に、家伝の秘密を解き明かしたんですかなあ」

ここで楢崎が「会長……」と小さく声を出し、すぐに、小津野陵会長が姿を現わした。

「いろいろご不便をおかけしているようですね。こんな場所で捜査会議ですか?」しかし小津野陵は返事は待たず、目立った表情を窺わせないままで続けた。「家伝の秘密の中に、私の隠し子の件が含まれているのかどうかは判りませんが、そこに、暴かれて困るような事実はありませんからね」

「重ねてのご回答、ありがとうございます」吉澤警部補が神妙に言う。

「若い頃なら特に、清廉潔白とは言いがたいが、それにしても無責任の誹りを受ける乱倫さにまで堕ちた覚えはない。これははっきり言っておくが、認知の訴えなども起こされたことは一度としてないですからね」

「そうでしょうな。お言葉を疑いたいとは思いません。ただ……」

添島刑事と短く視線を交わした後、吉澤警部補はこう言った。

「上園望美にあなたとの親子関係を直言したメールの送信元が判明したのです。IPアドレスがたどれまして、送信に使用されたパソコンは、本部棟の一室にあるものなのです」

ざわめきにも似た、驚きと動揺の揺れがその場の空気に広がった。

小津野英生の口は半ばひらいたままになる。その父親は初めて、無防備なまでに感情を表出させた。はっと息を吸い込むほどの驚愕に打たれている。

「どの部屋のパソコンだね？」と小津野陵が訊いた。

「会長と私が二人きりで話させていただきました、玄関から入ってすぐの部屋のものです。黒部さんらから伺いました。あの部屋はもちろんＷｉ－Ｆｉ環境も整っており、そして、ゲストや仕事関係者が使いたくなった時に自由に使ってもらうためのパソコンが一台用意されている。それが発信元でした」

「しかし……」浅見は口をひらいた。「上園さんが〝遠くの無名〟氏と名付けた送り手も含め、彼らはインターネットカフェなどにある不特定多数が使う端末を利用していたのではなかったですか？」

「ほとんどがそうなのですがね、浅見さん」吉澤警部補はまず、そう受けた。「ところが二通だけ違ったのです。タレコミの一通と、その直前の、上園さんが〝遠くの無名〟氏と名付けた相手──送信者名は〝匿名〟となっているその人物からの一通です。ちなみに、タレコミメールの送信者は本文の中で〝超匿名〟と名乗っていました」

「二通ということは……?」簡単には理解できないので、茜が首を傾げた。

「こう想像できますね、原口さん。〝匿名〟なる送信者は、自分の身元をたどられないように様々な端末を使っていた。しかし長年やってきて油断が生じたのでしょうな。身元を探ろうとするようなことは上園さんはまったくしてきませんでしたしね。それでつい、急いで送信する必要もあったのか、その人物は仕事場のデスクトップパソコンから送信したのです」

やっても不思議のないことだと、浅見も同意できた。

「そのメールの内容は、有名な経済評論家がインフルエンザで死亡したことへのショックと、あなたも気をつけなさいと気づかっているものです。そして、返信は送らないようにとも記しているのですが、望美さんは返信をしている。この返信か送信履歴を見て、〝匿名〟氏の行動を〝超匿名〟が確信したのでしょう。同じ送信先に翌日、あなたが父親を感じている話し相手の正体は〝ミダス王〟だぞと暴露メールを送りつけた。そのようなメールを送りつけた理由ですか?」

質問を先回りして吉澤警部補は言う。

「人の秘密をつかんだ者が吹聴したくなる本能でしょうね。そして事実であるなら重大事項ですから、その石を放り込むことで生じる劇的な波紋を観察したかったという反社会的な衝動も強かったのでしょう。そしてそのような衝動であったから、干渉は一回のみで終わったと考えられます」

「突発的な衝動であったとするとなおさら、タレコミ内容には真実味を感じてしまいますけどね……」

光章がこう感想を述べると、吉澤警部補は、

「まさにね」と頷き、小津野陵に向き直った。「会長。私どもの低俗な想像にすんなりはまるのは、あなたが〝匿名〟氏であるケースですよ」

「否定しがたいですな……。いや、勘違いしないように」小津野陵の視線は、警部補の目にぴたりと向けられる。「『低俗な想像にすんなりはまるのは』それだろうなと理解できる、という意味です。本部の者がでたらめにそのようなことをしたとするより、警部補の仮定のほうが、私にとってもよほど信じやすい」

「……上園望美との関係はあくまでも否定なさる、と」

「失礼ですけれど、小津野会長」吉澤警部補に続いて浅見は、この点だけは早急にはっきりさせておきたいとの思いで、思い切って質した。「もしあなたが上園望美さんの血縁者であるなら、それを山桑準に認めてくださった瞬間、上園さんは解放されると思います。それを承知で、やはり否定なさいますか?」

「どのような状況であろうと、私の答えは変わらんよ、浅見さん。上園望美という女性は知らんし、よって、父親の話などにもまったく関知できない。なんなら、ＤＮＡ鑑定をしてみるかね?」

自信満々の否定である。

さらに小津野陵は言った。

「警部補。使われたのがあの部屋のパソコンであるなら、それこそ、外来者が送信者である可能性も低くないだろう」

「それはどうでしょう。まあですが、確かにそのセンを調べる必要があることは認めます。しかしその前に、手近な内部の方々に尋ねるのが手順になるでしょうね。楢崎さん、英生さん」吉澤警部補は呼びかけた。「お尋ねします。問題のタレコミメールを送りましたか?」

英生は顔の前で手を振って、「まさか。違いますよ」と上ずった声で否定する。

楢崎は静かに頭を左右に振った。

送信者に心当たりはないかという問いにも、二人はノーと答えた。

そして楢崎は小津野陵に耳打ちした。

「会長。法務部に声をかけますか？　堂本に来てもらうとか？」

「いや。まだそこまでの必要はあるまい。堂本は富士五湖のどこだかへ釣りに行っているんじゃなかったか？　楽しませてやれ」

吉澤警部補が、「では楢崎さん。出勤簿を提出していただきたいので手配してください」と要請する。

「出勤簿を？」

「タレコミメールが送られたのは、去年の十月二十七日。金曜日です。午後六時五分。この時、本部のパソコンに触れることができた人間を選別したいので。できましたら、外来者のリストも、あれば」

（メールの送信元が判明したのではないかという龍之介さんの推測は正しかったわけだな）

浅見は改めてそれを意識した。メールのアドレスから、これほど重要な糸をたぐれたとは。タレコミメールの主は、上園望美の実の父親の正体に、なにかの確信を持っているのだろうか……。


玄関ホールへ向かいながら、浅見は、車中でも捜査状況を伝えてもらいたいとの先ほどのプランを頭の中で先へ進めていた。

「小津野さん。お屋敷に奉られている〝お岩様〟を検分させてもらったりはできますかね？」

ゆったりとした歩調で後に続いている会長は鷹揚に、「まったくかまわないよ」と応答している。

「それらの検分情報も高橋教授に共有してもらいながら、レクチャーを受ければ大変効率的だと思いますね。向こうとこちらで、調査を同時進行する……」

そう言いながら浅見は、なんとはなく、龍之介たち三人に目を向けてしまっていた。

そしてその視線にはすぐに、「こっちの調査分担、やらせてもらえるならやりますけどね」と光章が応えてくる。

龍之介と一美も頷き、龍之介は、

「〝おいわずの家〟伝承、大変興味があります！」と目を輝かせている。「〝お岩様〟はぜひ見てみたいです。〝マイダスタッチ〟の中身も分析したいですね」

浅見はホールの中程で立ち止まっていた。時間は気になるが、ここでの決定も捜査上の大きな転機になるはずだ。そのような気がする。迅速に解決に向かうための、力の結集。理数系があまり得意ではない浅見は、龍之介たちがその点を補ってくれるという確信があった。

コーディネートを進めていた時から共に過ごしてきて、ドナー解放のために二人三脚で犯罪に対処してきた原口茜とは一種の〝戦友〟のような連帯感を感じているが、龍之介たち三人に対しても、同じような〝戦友〟感をすでに懐いてしまっている。

「刑事さんたち」浅見は、吉澤警部補たちを見回した。「捜査とは別に、この方たちに分析班として協力してもらいたいと思うのですが」

小津野英生も同意の仕草を見せる傍らで、光章も穏やかな顔で言う。

「この従兄弟、ルックスはこのとおりここまで頼りないですが、こと分析能力に関しては一騎当千ですよ」

公式見解は避けながらも、刑事たちに異論はなさそうだった。ただ、茜が、

「あのう……」と、ためらいがちに言葉を挟んでくる。「天地さんたちはどうして……。刑事さ

んと協力した経験が何度かあるそうですけど、探偵でもないし、新聞記者でもないのに……？」

苦笑しながら、光章は首筋を撫でた。「確かに、余計なお節介であるかもしれません」

「あっ、そんな意味じゃないです！」ものすごい慌て方で茜は否定し、「すみません！」と謝罪すると言い方を変えていく。「犯罪が起こっている現場の近くからは逃げていてもいいはずです。好奇心だけで留まれることではないと思います。やっぱり、解決への協力……ですよね、なにか得することがあるわけでもないのに……。浅見さんは、よく知っているドナーやレシピエントのために捜査に飛び込んでいます。けど、浅見さんも……」不思議そうな目が、浅見に向けられてくる。「きっと、他のケースでも同じようにするんだと思います。利害や義務などないのに、自分から進んで……」

ええ、と光章は受け、

「私たち三人はたぶん、ミステリーじみた犯罪に遭遇しているうちに、こんな性分になったのですよ。でも危険を感じればもちろん逃げます。警察に追っ払われてまで注力はしないでしょう」

彼はそう言って龍之介と一美と目を見交わし、その視線の先を浅見へと移した。

「でも浅見さんは――恐らく他にも様々な事件の解決に貢献していそうですが――その行動原理は、ご自分では口になさらないでしょうし、しづらいかもしれませんが、ストレートに言って、日本で普通に言われてきた〝正義〟のためなのではないでしょうか。なんらかの義憤に駆られている」

一美も言う。「放っておけない庶民の悲しみを見ると、それを払ってあげたくなるとか」

事件に首を突っ込んでいる時、浅見によくぶつけられる問いの一つがこれだ。困惑と疑いの目で見られもする。損得勘定でしか物事を見られない人間にとっては、特に奇異に映るようなのだ。

そんなことに自ら走り回ってなんの得がある？　目当てはなんだ？　ちっぽけな私人になにかできるつもりなのか？　青臭い偽善としか取らない者もいる。

だが、見過ごすことはできない物事が――少なくとも浅見光彦にはある。大きな犯罪が見逃されているのに黙っていられるだろうか。いられるのか……？　罪のない被害者や遺族が理不尽にも負い目を感じ、追い詰められているのに無視しているのか。

……確かに、社会正義実現のために奮闘したい、などと明言化してしまうと自分の実感とはずれが生じる気がする。自分は、やむにやまれぬ衝動から行動しているだけなのだ。ある意味、人格的なわがままである。

口ではああ言っているが、天地たちも恐らく基本は同じはずで、正したいものと遭遇すれば無視できない衝動を覚えるのだろう。危険な目に遭ったことも不快な嫌疑をかけられたこともあるはずだが、それらの経験を踏まえてなお、覚悟を持って自分たちの行動を選択している。阿波野順を懸命に救おうとし、消火にも必死になった行動など、典型的な例だ。そして、咄嗟に人としてそうしたというだけではなく、同じ意味を持つその行為を今も心のままに続けている。

同様のことを見て取っているのだろう、茜が三人に感慨深げな眼差しを注ぐ。

「ただ傍らを通りすぎて済ませては、救えないものもあるということですね……」

龍之介は、はにかみを呑み込む少年じみた面差しで、

「光章さんと長代さんはともかく、私自身は、そんな立派で具体的な意識が自分にあるようには感じていませんが」と言った。「私はただ、こうしたことは思っています。大きな謎の向こうには、私などの頭では想像もできない、思いつきもしない未知があるに違いない、と。人の営為の未知や、歴史上の未知。未知は、人類全体の底知れない英知への入口です。万物の神秘の教科書でもある」

さすがに天地龍之介は、いわゆる探偵的活動の動機とはひと味違うモチベーションを持っているようだ——と、浅見は感じ入った。壮大な研究テーマに挑(いど)む学者の本能ではないか？　天文学、物理学、数学、史学——。すべてどの学問も、未知に魅せられた才能が苦闘の末に切りひらいてきて今がある。

不意に、とも思えるタイミングで、

「未知のページになにかを書き加えるのであれば、学習ルームが必要だろう」と声を発したのは小津野陵だった。

「え？」という目を楢崎が向けた。

「捜査にかかわる分析をする拠点部屋だ。本部棟はこれから懇親会の場になるからふさわしくないが、この家の一室を使えばいいだろう」

光章たちの思いを代表したわけではないが、

「いいのですか？」と浅見が訊いていた。

「君たちは奇妙に興味深いな」そう小津野陵は告げる。「ビジネス界の大御所たちと懇談するより、君たちといたほうが黄金の時間を過ごせていけそうだよ——今日はやたらと耳に入る〝ミダス王〟の喩(たと)えに近付けて表現すれば」

「父さん。黄金……って、阿波野さんが亡くなっているんだよ」

「もっと悲惨なことも起こるような気がする。だが、起こる時には起こる。鉛(なまり)の時間の中であろうと、黄金の時間の中であろうと」

小津野陵は楢崎に指示を出した。

「直次の部屋は、今は広々としてるだろう。使えるパソコンもあるはずだな。あの部屋を提供して差しあげろ」

「かしこまりました」

小津野当主の人物像を、浅見は捉えがたく感じた。後ろ暗いところのある人物が、このような物腰を続けられるだろうか。それとも、何重もの仮面を平気でかぶることのできる男だから、ここまでのしあがって王位を護り続けていられるのか。

いずれにしろ、龍之介たちの協力を得られる態勢は整いそうだ。

「原口さん」

浅見は声をかけた。

「〝マイダスタッチ〟祖型版のコピー、天地さんたちの端末に送ってください。それと、あなたはここで待機していてくださるのがいいと思います。上園望美さん解放の瞬間への対処は、こちらにいたほうがしやすいでしょう」

「そうですね」茜はしっかりと頷いた。「判りました」

「では、お三方。同時共同調査、本当にお願いしていいですか？」

「せっかく新〝光光コンビ〟を結成したのですから、可能な限り続けましょうよ」光章は爽快な笑みを見せる。

「では、この先よろしくお願いします！」

浅見は自分でも驚いたが、勢いのいい口調のままにハイタッチの仕草をしてしまっていた。目の前にいる天地龍之介の素朴で融和的な風貌に洗脳されたのか。龍之介は慣れない様子ながら、ハイタッチに応じて笑顔だった。

連絡用の互いのアドレスなどを交換してから、浅見は玄関を出た。本部駐車場に停めてあるソアラまで、英生が車で送ってくれる。

7

病室のベッドの上で、抗真菌薬の処方を受けた山内美結はどうにか安静な状態に戻っていた。

早見久也医師は、クリーンルームのガラス越しにその姿を注視している。

本来の移植予定時刻はすぎていた。だから、主治医である彼と、美結の両親で告げなければならず、そしてそれは伝えられた。調整が必要な問題が生じてね、今日はできないかもしれない、と。

少女は、数秒間、なにも言わなかった。その時の瞳は、大人びた静けさに満ち、なんの感情にも触れずに底まで達してしまうようだった。それが早見の脳裏に残っている。

ややあってから、美結は訊いてきた。いつできるの？　と。

大人たちの返答は曖昧だった。準備が整い次第、始められるから。明日、明後日かもしれない。もっと後かもしれないけれど、なんの心配もないからね。

廊下に若いスタッフの姿が見え、早見は前室を出た。

「早見医師。あれはもう他の施設に回っていました」軽く眉がひそめられている。

山内美結が入院してきてから、適合する幹細胞提供者の出現を待つ間、ＨＬＡ型のマッチするストックをさい帯血バンクで探してもいたのだ。さい帯血とは、へその緒に含まれる血液のことで、ここには新鮮な造血幹細胞が豊富に含まれている。移植時に免疫的な攻撃をする危険も少ない。公的バンクでは、出産時に同意した親からさい帯血を寄付してもらい、凍結保存している。

今回の山内美結の場合、もちろん真っ先に調べられた親子間でのハプロ移植も、他の近親者からの移植も適合外でできないと判明していたから、広く一般に、適合する幹細胞を求めていた。

山内美結の全身状態から、生体からの移植が最善と診断されていた。これには、彼女に広範囲の抗HLA抗体が存在してしまっていることとも関係する。これは色々なHLA型を拒絶してしまうリスクがあるということだ。登録数の豊富なさい帯血バンクをもってしても、美結の場合は抗体条件によって極端に候補が狭められてしまう。

それでも利用できそうなさい帯血が、中部さい帯血バンクで一例だけ見つかっていた。だが予約を入れたわけではなかったので、それはタイミング悪く、他の医療施設が入手してしまっていたということだ。

「後は、2座不適合のものが二、三だけで……」

早見は迅速に判断した。

「明日まで待ってもドナーから採取できなければ、事情をバンクに伝えてそのうちのどれかを押さえよう」

「判りました」

フルマッチだから移植が上手くいくとか、移植後の経過がいいとは限らない。早見は、自分にそう言い聞かせた。白血球の回復が遅い不利は、自分の腕とスタッフの技能ならばもちろん乗り越えられる。これは暗示ではなく、冷静な自己分析だ。

医師の使命は、最も望ましい状態まで患者を回復させて生活の場に戻すことである。そのための技術者でありスペシャリストであるのが医師だ。必要なのは結果をもたらすテクニックと対応力であり、感情や感傷ではない。むしろ、そのようなものに巻き込まれていては集中力を欠く。医師の日常など送れない。

一週間や二週間遅れようと、受け持ち患者はベストの状態まで回復させる。それを危ぶむ心理など微塵もない。そうした認識からくる主治医の態度や言葉が、なによりも患者を支えるだろう。

間違いなく、いい結果は出る。出す。それまでもうしばらく待ってくれれば、誰の期待も裏切られないだろう。

早見久也はクリーンルームを離れていたが、廊下の角を曲がったところで足が止まった。

長椅子に、山内夫妻が腰をおろしていた。背を丸めるように……。

両手を顔の前で組み、握り、祈るようなポーズだった。


目をきつく閉じている山内敬の胸中には、様々な思いが去来していた。まだ待たせなければならない、幼い娘への謝罪。励ましとなって届いてほしい祈念。神への祈り。

なぜ、あんないい子が、すんなりと大事な治療を受けることもできないのか。どれほど耐え忍んでこの時まで頑張ってきたか。

副作用に苦しんで、ベッドから転げ落ちたこともあるのだ。なにもかもに悲鳴をぶつけたくなるような辛さの中で、親のことをまず気づかう、そんなことを七歳でしている。できてしまう。心配かけまいと、苦しみと努力の上に笑顔をかぶせて見せるのだ。

親として、その笑顔とだけ対話するようにしている。そうするしかない。精一杯繕ってくれる明るさに、それ以上の軽やかさで応じる時間。……だが親子でお互い、気づかないふりをして気づいている。

見舞いの時間は、どこか危うい薄氷同然の空間を両側から支え合っているようにも感じる。隣にいる妻ももちろん、その氷が砕けないように祈っているだろう。

お医者さんたちは、二週間遅れたって心配はいらないと、安心させるように娘にも言ってくれる。それは希望を持たせる励ましであり、疑いはしないし、事実なのだろう。

しかし目の前で今、娘は一秒一秒苦しんでいるのだ。一日二日遅れる？　一日は、何分だ？千四百四十。秒にすると、八万六千四百。

その何秒めかで、美結の精神が折れてしまわないと断言できるか？　頑張り屋の精神が、かろうじて彼女を踏みとどまらせていると、親としては痛いほど判る。だがその気力がなくなった時、肉体は恐ろしいまでに生命力を失わないか――。後何秒待てばいいと、重い期待をかけるのだ。

移植はすぐには無理かもしれないと伝えた時、娘のすべてが崩れそうで心底恐ろしかった。

コーディネーターの鎌田信子から、向こうの様子は伝えられた。ドナーを採取病院へ戻すためには、連れ去り犯の要求にかなり応えていかなければならないようだ。警察も無論動いてくれているが、浅見光彦も、危地をものともせずに奔走してくれているらしい。

ルポの依頼を受けてから、彼のことは多少調べた。すぐに噂として聞こえてきたのは、日本中で評判を得ている名探偵らしいということだった。そしてそれは、どうやら事実なのだ。

彼に電話をかけて、すがる思いを伝え、協力できることはないか尋ねようと思った。が、それはこらえた。邪魔になるかもしれないという以上に、催促がましく取られることを恐れた。それになにより、彼に責任を背負い込ませるようなことは絶対にしてはならない。こちらでできることがあれば、当然、連絡があるだろう。

申し訳なくもありがたいことに、浅見をはじめ大勢が事態修復のために力を振るってくれている。

今は彼らに祈るだけだ。

一秒でも早く――と。

第六章　ゴールドの追跡陣

1

　五分ほど遅れてしまいそうだと詫びの電話を入れたが、高橋教授はまったく気にしていないように朗らかだった。自分のほうもばたばたしているから、慌てずに来てほしいと言ってくれる。自分の専門ジャンルの話ができることが楽しくて仕方がないという様子である。

　ソアラは、重川に沿って南下しているといっていいだろう。重川と右になり左になりする国道４１１号、通称青梅街道を塩山中心部に向かっている。道のすぐそばまで迫る民家では庭仕事をする老人や洗濯物を干す主婦の姿があり、浅見の前方遥かには、真っ白く雪をいただく南アルプスの連山が幻のように浮きあがっている。

　平和な光景を傍らに、フォルダーに掛けられた携帯電話からは、

『つまり、その道の上に、阿波野さんを絞殺し、死体を遺棄しようとしていた犯人がいたのは間違いないわけです』という、日常や健全さからはいささかかけ離れた言葉が流れてくる。

　慎重にも慎重を重ねて導き出したアリバイ調べの起点を、天地光章が伝えてくれたところだ。彼と龍之介、長代一美、原口茜の四人は、与えられた小津野邸の一室で態勢を整え終わっていた。

　長く話を聞くのであれば長代一美の声のほうがよかったが、口に出して言えることでもない。話の中身はまとめれば、阿波野順の遺体が転落したのは犯人も予期していなかった完全なアク

シデントであり、その場に犯人はいたということだ。

「それで、本部での二度めの事情聴取の時は、皆さんはどういった点を改めて尋ねられたのですか？」

『最終的に砂金採りをしていた場所にいた時や、消火活動をしていた時に、近藤隼人の姿は見かけなかったかと訊かれましたね』

光章がそう答える。

「近藤隼人……。砂金採りイベントの進行役ですね。しかし彼は、スタッフや参加者らに姿をずっと見られていて、アリバイは完璧なのでは？」

『そのはずです。念には念を入れたのでしょう。現場のすぐ近くにいた、歴史景観研究センターの職員ですから、どうしても気になりますよね。でも、彼は無関係だと思いますよ。少なくとも実行に関しては。イベント本部と現場は百メートルほど離れています』

二つめの問いかけも、念のためだったんだろうなあ、と光章は次の要点に進んだ。

『道を走る車の行き来には気がつかなかったか、と訊かれました。これは無理ですね。川原は幅がありましたし、車道のほうが十メートルほど高い。通りすぎる車があったとしても、エンジン音など記憶に残りませんよ。砂金採集に夢中なんですから。龍之介の記憶にも、なにも残っていません。警察としては、現場に車が来た時刻をはっきりさせたかったのかもしれません。あるいは、犯人が逃走に他の車両を使ったのかどうかを。犬山さんも、どちらの問いにも心当たりなしと答えていました』

「――ふと思ったのですが」浅見は、燃えている運転席をイメージしていた。「犯人は火を放って、〝マイダスタッチ〟も燃やしたのではないですかね？」

『その辺は龍之介も思いついていて、刑事さんに尋ねていました』

「ほう、さすがですね」

『その手の燃えかすはなかったそうです。似た形状の物はあったけれど、それはライターだったそうです。センター長と湯川博巳が喫煙者なので、ダッシュボードにライターが放り込まれていたそうで、犯人はそれを使って着火したのでしょうね。そしてライターも火の中に投げ捨てた』

「……犯人が〝マイダスタッチ〟を手に入れたとして、それをどうしたろう……」

思考が外に出たような呟(つぶや)きだったが、声は拾われていたようだ。

龍之介の声がする。

『情報不足で、可能性が広すぎますね。阿波野さんが、標的にした人物に〝マイダスタッチ〟を突きつけたとして……。阿波野さんを殺害したその人物が、〝マイダスタッチ〟をどう扱うか。自分の脅威でしかないと判断すれば処分するでしょうね。でも、一部にでも利益があると見れば秘匿(ひとく)する可能性もある。それに複数の人間が関係している場合は、他の人物の弱みを握るような理由があって手元に置くかもしれません』

残されているか。破棄(はき)されてしまったか。

上園望美が小津野家の血筋であるとは、やはりすんなりとは認められなかった。そうである以上、彼女を救い出す切り札は、お宝の実在を山桑準に確信させることになる。投降したとしてもたっぷり余録を味わえる財物を入手できる、と思わせること。

「阿波野順の仕事場に、完成版〝マイダスタッチ〟に匹敵(ひってき)する内容のデータがあると、調査は格段に進むのですけどね。彼の自宅の捜索も期待が持てます」

『重要な発見があるといいですね』

一美の声がした後、すぐ横でのおしゃべりといった調子で茜が言う。

『もう一つ気になるのは、上園さんに足長おじさん的なメールを送り続けた人も、おかしなメールを送りつけた人も、本部に出入りできる立場らしいという点なんですけど……。上園さん、子供ではないにしても、小津野家とはなにか関係があるんでしょうね』

ナゲットを握っていた女の子、か。

話の流れに沿って、浅見は本部関係者のアリバイを訊くことにした。

頭に入れる上でまず、地理的情報を整理させてもらった。十一時十五分頃に遺体が発見された現場から、下流に向けて車で十分弱移動すると本部エリアに到着する。上流の歴史景観研究センターへ向かうよりは少し近いらしい。

そしてまずは大御所、小津野陵だ。

彼の動きに関する情報を、天地たちは、息子の英生と、聴取に立ち会った田中刑事から仕入れたらしい。

小津野家当主は、あの私邸で八時少し前に起床。家の鍵を持っている通いのお手伝い、老松は、それより前に邸内に入り、朝の支度を始めていた。

朝食後、小津野陵は仕事部屋で細々とした仕事をこなす。九時半から十時半頃までは、自分で車を運転して本部との間を行き来している。本部に顔を出している社員との打ち合わせを行なうためだ。

問題の十一時すぎは、一人で私室にいて読書をしていたという。阿波野順殺害を知ったのは、正午頃、楢崎相談室長からの一報を受けてだった。

続いて光章たちは、本部での人と仕事の流れをまとめて話してくれた。

本部エリアでの午前中の大きな予定は、武家屋敷の一部修理である。職人二人が九時半から仕事を開始している。彼らと連携するために九時に出勤してきていたのが、武家屋敷管理の責任者、〝髭の館長〟こと此花拓哉だ。仕事を見守りつつ、此花は、敷地の草木を見回ったり、管理小屋で帳簿整理をしたりと細かく移動もしている。

　十一時すぎは、分単位での記憶はないそうだ。これは、聞き取り調査に応じた職人たちも同様だった。十一時からの三十分間に、此花は一、二度声をかけてきたのではないか、という程度の認識だ。

　本部エリアには、此花の他に、楢崎匠と黒部治がいた。総務部アシスタント課の楢崎匠は、父親の指示で休日出勤させられた時は特に、なんでも屋として働くことが多いらしい。今日は、修繕作業、午後からの小津野家私邸での壮行会、本部棟での懇親会を手伝うことになっていた。修繕作業に関しては、会長も顔を見せた九時半からの打ち合わせ時に立ち会っただけで、作業は職人にまかせておけばいいとの此花からの指示もあったので、ほとんどタッチはしていない。

　懇親会会場のチェックをした後、十一時二十分頃、匠は二階のオフィスで黒部と一緒になる。オフィスの電話が鳴り、イベント進行役の近藤隼人から知らせが入ったのが十一時三十分頃。阿波野順が死んだという知らせだ。自分たちだけではどうしようもないので、匠は父親に電話をかけた。

『近藤からの電話は、黒部の携帯電話ではなく、オフィスの電話につながっているから、黒部がその時刻にオフィスにいたのは確実ですね』

　光章がそう評価する。

『二人が共犯で黒部が偽証していない限り、楢崎匠がすぐ近くにいたのも間違いがない。従って、この二人のアリバイは成立でしょう。死体出現現場からたった五分で本部棟には帰れない』

　十一時二十分頃から二人一緒にオフィスにいたと供述しているのだから。

『ところでこの黒部治という人は、なかなかの強者（つわもの）ですよ』

「強者？」

『のびのびとした変わり者ともいえますが』

横で一美も言った。

『広告的なパフォーマンス業務には、あってもいい特質ともいえますけど』

黒部治は、広報事業部の係長だ。

『懇親会会場――これはプレゼンルームといって、一階にある、大きめの会議室といった規模のホールだそうですが、ここでの下準備を楢崎匠と一緒に進めて、十時すぎぐらいに終了』

光章が伝えてくれている。

『後は、懇親会開始の直前に最終的に手を加えればいいだけなので、彼はそれまでを自由時間にしたのです。そもそも今日は休日なんだから、仕事のない時間は好きにさせてもらう、という意識だそうです。日頃――平日ですね、その時にも彼は、時間があけば体を動かして気分を変えたいと、マウンテンバイクで本部エリア近くの野山を駆け回るらしいです』

日に焼けているテクノ調。浅見は黒部の風貌を思い出していた。

「今日もマウンテンバイクでどこかを走っていたと？」

『ええ。本部からは南西方向。重川に向かう方角ですね。隆起を越えたり、岩場でアクロバットをしたり――らしいです。十一時頃に本部に戻って来て、手洗い場で汗を拭き、その後はオフィスで他の広報企画の練り直しをしていたとか』

「彼は、その自転車で通勤しているのですか？」

『いいえ。マイカーですね。マウンテンバイクは折り畳んで管理小屋の物置スペースに置いているそうです』

本部や小津野家私邸に今日集まっていた者の中で、免許はともかくマイカーを所有していないのは楢崎匠だけのようだ。他の者は自前の車でやって来ている。ただ、老松は、旦那さんが送り迎えをしてくれるという。

浅見の愛車は、重川に掛かる橋を通過した。青梅街道と重川はここでクロスし、この先は重川が左手側を流れる。両者の距離は広がっていくため、川の気配はなくなるが。

（しかし——）と、浅見はふと思った。知らなければ、この川は砂金が採れる流れなのだ、などとは想像もしないだろう。

どこにでもある、生活と一体化した、風景に馴染んだ河川である。

「つまり黒部治は、あの一帯の土地に色々と詳しいのでしょうね」

『でしょうね。少なくとも、地形や植生に関しては。歴史景観研究センターの調査部門の職員も、たまにはあの一帯に足を踏み入れるそうですが、頻度に関しては比べものにならないほど黒部のほうが多い』

『今日、黒部さんがそうやって外に出ている間、楢崎匠さんも外を歩いていたそうですよ』

一美が言い、その内容を光章が話していく。

『此花さんに、武家屋敷用のホームページに載せる写真の撮影を頼まれたんですね。此花さんは完全アナログ人間で、スマホはもちろんガラケーも持っていないんだそうです。なので、こうした頼み事はままある。匠さんは、武家屋敷周辺の自然を写そうと、東のほうの林に足を運んだ。黒部治とはほぼ反対側の土地になりますね』

光章からの情報は、次の楢崎聡一郎へと進む。彼は小津野家私邸の一階広間で、壮行会会場設置への指示を小柴に伝えており、これが十一時の何分か前。それから会長の仕事部屋で資料等を整えた。修繕作業などの様子を知ろうと本部へ向かいかけた十一時三十分すぎに、息子からの電話を受ける。事態の重大な悲劇性と突発性に面食らいながらも状況判断をし、車で現場に向かうことにして十一時五十分すぎに現場に到着した。

近藤から状況を聞き、中止されたイベントの対応策を練り、ほどなく天地たち一行と出会うことになる。

　地方のささやかな規模ではあるが、駅中心街へと浅見の車は近付きつつある。山梨県立先端医療センターも間近だった。

　この町並みからそれほど遠くはないどこかを、山桑準の車は走っているのだろう。その車のナンバーなどをすでに警察が入手していて、どこかの道で確保することもできるのではないか。上園望美をうまく救出する方法を試み、犯人を捕まえる。それが最も早い解決法だ。

　一刻も早く、上園望美の無事な姿を確認したい。そして、山内美結や両親、医師たちが安堵（あんど）して治療にかかる表情を目の前にしたい。

『小柴一慶（いっけい）は、様々な現場の仕事を細々とまかせられる役どころのようですよ』

　肩書きは、相談室サポート係であるらしい。

『楢崎さんも期待して、色々な経験をさせているのでしょうね。助手のようによく帯同しているらしいです。壮行会会場で楢崎さんの指示を受けてからは、ずっとその現場にいたそうです。十一時四十何分かに、楢崎さんから電話が入り、とんでもない事態の発生を知った。指示に従って、私邸駐車場に停めてある自分の車で現場へ向かった』

　ちなみに、浅見に味のある昼食を食べさせてくれた老松は、十一時前の、壮行会会場での楢崎と小柴の打ち合わせに顔を出している。この時に、壮行会に用意する飲み物などを決めたという。その後、彼女はキッチンでの仕事に励んでいる。

　浅見の車は中央本線を越えて南下を続けていた。カーナビによると、右手方向に於曾（おぞ）公園がある。元々は個人宅の敷地であり、その半分ほどが甲州市に寄贈されて、県指定史跡の公園となっている。

この公園に関しては浅見も、市の教育委員会編纂の資料を目にしたことがある。周囲には金山衆の住居跡が多く、金精錬の作業所も確認され、この邸宅も金山関係者の住まいであったろうと学術的に推定されている。密集している住宅地の中に突如として、土塁に囲まれた史跡が出現するらしい。

こうした史跡が、塩山駅からほんの二、三百メートルの距離にあることに驚きに似た感慨を覚える。歴史を身近に感じさせる土地や建築物は全国に数え切れないほどあるが、この一帯、この地域は、その密度がまた格別なようだ。

ここに金山衆は集まり、四百数十年前、彼らを小津野家が束ねていた。

そしてその家系の子孫のことに、光章の話は進んでいる。小津野英生だ。

彼は長野のアパートを朝の八時ぐらいに車で出発した。十一時すぎだとちょうど、国道140号を山梨市駅側に抜けた所にある、牡蠣のドリアで有名な小さなレストランで早めの昼食を食べていたという。警察は裏付けを取ることに張り切っているだろう。

しかし警察はなぜ、彼らも重要な容疑者だと見るようになったのだろうか。〝マイダスタッチ〟の存在が動機の幅を広げたからか。だが、その情報を入手する前から、歴史景観研究センターからは距離を置く者たちをも疑い始めたような気がするが……。

そうした警察の動きをなぞるような話を、光章はしているところだった。

歴史景観研究センターの面々の事情聴取を終えた吉澤警部補たち一行は、財団本部へと道を急いだ。川沿いの道から折れて脇道を進んでいると反対車線を一台の車がやって来た。不審車両というわけではなかったが、刑事たちはこの車に停まってもらったようだ。なにしろ、その道の先には財団本部しかないのだから、無視するわけにもいかなかったのだろう。午後一時四十分ぐらいのことだ。

乗っていた二人の男は、武家屋敷の修繕を終えた職人たちだった。外部の人間の供述も得たいからと協力を願い、二人には本部に戻ってもらったという。そして、他の本部関係者のアリバイ調べなどと並行して、此花拓哉の申し立ての客観的な裏付けなども進めていたということだ。

警察は一帯に姿を見せた人物の身元確認に一段と神経を使っていた時間帯であり、浅見自身、そうした警戒網に掛かって梶野刑事ににらまれる経験をしたわけだ。

不審車両というなら、山桑準の車を発見したいものだと痛切に思う。助手席か後部座席に、上園望美がいるに違いない。

ナビゲーションに従い、浅見はソアラを左折させた。

歴史学者の住まいまではもう少しだ。

2

浅見光彦と通話形式での情報共有をしている間、原口茜はなにかと興味深そうに龍之介を見ていた。この部屋に入った時には、好奇心をもって室内を見回していたが、あまりじろじろ観察してはプライバシーの侵害だと感じたのだろう。すぐに気持ちを切り替えていた様子だ。

それに関してはこちらもまったく同じ。小津野家の長男、直次の私室を眺めるようなことは最初の数秒でやめた。当主である父親の許可はもらっているが、当人の了承は得ているのだろうか？　気になるが、活動拠点としての部屋があるのは大変ありがたいので、好意に甘えさせてもらう。

二階にある直次の部屋は八畳ほどの広さで、長期間渡米していることも関係しているのだろう、さっぱりと片付けられている。イメージとして、図書館の閲覧室さえ思い浮かべた。奥にあるドアが寝室へつながっているのだろう。

部屋の真ん中にある大きめの机にパソコンがあり、楢崎聡一郎が小柴か老松に指示したらしく、運び込まれた椅子が人数分取り囲んでいた。

デスクトップパソコンも、ロックされておらず、使うことができた。そしてこうした準備が整うまでの間、小津野英生や田中刑事から、各人のアリバイ状況の詳細をコンパクトに聞き出した。私たちも本部の同じ部屋で聴取を受けていたので、耳に入ってきた供述はあったし、彼らが見せる感情的なニュアンスが伝わってきたこともあった。応答する刑事の納得具合の濃淡が見えたこともある。しかしさすがに、なにもかもを把握できたとは言いがたい。

その穴を埋めるために、英生と田中刑事に尋ねさせてもらったのだ。田中刑事はとても協力的で、情報の出し渋りなどはしなかった。それどころか茜にアドレスを教え、知りたいことができたらメールするようにと手配までしたほどだ。

一美さんは興味深そうな視線でチラリと、二人を見ていたな。

龍之介の興味は、パソコンの中に入っている。茜のスマホから転送された〝マイダスタッチ〟祖型版の中身である。

こうした時、彼の目は、ほんわかした日頃の温もりを消し、焦点を絞ったレンズさながらに分析対象に切り込んでいく。

読み込んではページを切り替えていく速度が速いことに気がついた茜が、目をぱちくりしながら、後ろから龍之介の手元を覗き込んだのは最初の頃だ。どのページも、短文ではなく論文調であったり、専門的な図表であったりすることを知った茜は、

「あの速度で読めているのですか？」

と、囁くように訊いてきた。

「らしいですよ。写真のように、画面を一括（いっかつ）して覚え込むみたいです」

浅見との交信が始まっても、龍之介は傍らで、〝マイダスタッチ〟分析も同時に進めていた。時には浅見の疑問に答えていたし、それどころか、アリバイ情報の不足部分などを先に読んで、茜に田中刑事への送信を頼んだりもした。

例えば、「歴史景観研究センターの調査部門の人は、本部周辺地域も環境保全調査などで歩くのでしょうか？　その頻度はどの程度か、それらを知っている刑事さんがいたら訊いてみていただきたいですね」などと。

「お屋敷修繕の職人さんたちはいつ帰ったのでしょうか？」

との龍之介の問いも茜がメールで田中刑事に尋ね、返ってきた文面を彼女が読みあげて、彼ら職人は一度帰りかけて刑事たちに戻されたことも知った。

他にも茜は、大きな動きがあったらすぐに教えてほしいと、田中刑事に頼んでいた。山桑準の車が発見されたとか、阿波野順の自宅から〝マイダスタッチ〟の主要部分が見つかったとか。

まだその朗報はない。

おおよその情報を浅見に聞かせ終わった頃、一美さんはスマホで沖ノ島のデータを確認していた。九州北西部の沖、玄界灘（げんかいなだ）に浮かぶ島。歴史ある神域。宗像（むなかた）・沖ノ島として世界関連遺跡群としての認定も受けた。島内のことをなにも語ってはならない、言わずの地。〝お不言（いわず）様〟の異称があるのも確かだ。

『そろそろ高橋教授の家なので、携帯電話（ケータイ）は一旦切ります』

浅見光彦がそう告げてきた。

3

ここでまた、重川に合流するような形になった。小さな橋でその川を渡ると右手に墓地が見えたが、車は左手、北側へと曲がる。

のぼり傾斜の細い道を進むと、ややあって高橋邸だった。

決して広くはない敷地にそれなりに樹高のある庭木が何本も立ち、築年数はかなり経っていると思われる二階建て住居を守っているようだった。

訪うと、ぷくぷくとした肉付きの夫人が笑顔で迎えてくれた。おばあさんと呼べる年齢だが、表情は若々しい。

何度も詫びと礼を告げながら、浅見は教授の書斎に通された。

「地震がきたらお逃げなさい」と夫人に言われた部屋には、書類や資料本が山積みになっていた。それらにかろうじて埋もれずにいる机の向こうに、高橋廉平教授はいた。

低い身長。もしゃもしゃの白髪。口髭も白く、目はギョロリとしている。夫人に負けずの笑みを浮かべ、孫を迎える好々爺といった面持ちである。

名乗り合うと椅子を勧められ、ただちに口が切られた。

「信玄公時代の小津野家のことが知りたいのだね？　いいよいいよ。それと、金山奉行として隠し財産などを後代に残してはいないかという論点だね？」

いがらっぽい声だが、声量が豊かではっきりと聞き取れる。長く教壇にいて培われてきたものだろうか。……それにしても、親しみやすい乗りだ。

「やや都市伝説的なお尋ねも含んで恐縮ですが、なにとぞよろしくご指導ください」浅見は頭をさげた。「それと、お願いがありまして」

「なんだね？」

「先生のお話の内容を、同時に他の者たちにも聞かせたいのです。それで、携帯電話をオンにさせていただきたいのです」

これは向こうのチームとすでに打ち合わせ済みだった。

「ほうほう。面白いね。かまわんとも。聴衆は多いほうが盛りあがる。講演料はいらんよ」

笑い声が響く中、浅見は携帯電話で相手を呼び出した。天地光章のスマホだ。

『感度良好。拝聴します』

光章の声がそう返してきた携帯電話を、浅見は机の中央に置かせてもらった。

「あなたは――浅見さんはさっき、都市伝説と言ったが、実際に埋蔵甲州金が発見されているのは存じておろうね？」

「勝沼のブドウ畑で見つかったものでしょうか。昭和四十年代のことでしたよね」

「さよう。昭和四十六年だな。数多くの渡来銭と一緒に、碁石型の金が十八点、蛭藻金と呼ばれる小判型の物が二点。これらが県に幾らで買いあげられたか知っているかな？」

「いえ、それは……」

「一億円だ」

「一億‼」

電話の向こうにも驚きの空気が弾けたのが判る。

様々な理由で貴重な甲州金であろうが、量としては多いものではないだろう。それが一億円、もし、もっとまとまった量のなにかがあればと、山桑準が目の色を変えるのも判るような気がした。隠され続けていた金鉱脈とか……。

「十五世紀後半から十六世紀にかけて作られたとみられている」

　聞き手の驚きに気をよくした様子で、椅子に寄りかかって高橋教授は続けた。

「五百年も昔のことなのに、金の純度が九十パーセント前後と高く、当時の精錬技術の高さを物語っているな。軍用金か、武田信虎の弟・勝沼氏への報奨金であったのではないかと考えられている。まあ、言い伝えにまで拡張して語るのであれば、穴山梅雪の軍用金隠匿説は有名なところであろう。いやいやまあ、そう先走るな。まずは、小津野家に関する基礎を押さえておこう」

　教授一人で先走ったはずであったが、もちろん触れる必要もないことなので、浅見は黙って先を期待した。

　教授は机に身をかぶせ、資料の山に手を乗せた。

「信玄公の時代の、小津野の当主は康清。まだ三十代と若い。信玄の家臣団にも当然、ランクづけはありましてな。まず最重要メンバーは、〝御一門衆〟と呼ばれており、信玄やその子である勝頼の子息や兄弟、娘婿らが名を連ねている。いわば、血族・姻戚家臣団ですな」

　教授は、大きなファイル帳を広げながら、その資料の説明を加えていく。

「こうしたことは、『甲陽軍鑑』の〈甲州武田法性院信玄公御代物人数事〉を基礎資料として話させてもらっているが……、まあ、こうした箇所だね。これは、『甲陽軍鑑』の江戸期の写本を激写させてもらったものだ。激写だな」

　反応に窮しているその目の前にひらかれたのは、古文書の写真複写資料だった。薄い墨で、教授が口にした長い項目が書かれているようだが、素人にはなかなか読み取れない。その先には人名が並んでいるようだ。

「だがあくまでも、基礎資料として見ている」

　読みこなすことなど求めない様子で、その複写資料を脇に寄せる。

「知ってのとおり、『甲陽軍鑑』は年代など不正確なことも多く、同時代の書状や日記といった一次資料と慎重に照らし合わせる必要がある。『軍鑑』では〝御親類衆〟となっているが、当時から一般的には〝御一門衆〟という呼称が広く使われていて、それで今もそれを使っているわけだ。それらを調整して私がまとめた有力家臣団のリストに、もちろん小津野の名前も登場する」

『甲陽軍鑑』の年代等が不正確なのかどうかは「知ってのとおり」ではなかったが、有力家臣団の中に小津野の名前が登場するという点に、浅見は頷いておいた。

歴史物ルポも多くこなしているので、『甲陽軍鑑』の存在はもちろん知っているし、関連解説本も何冊か読んだ。略して『軍鑑』は、信玄の側近であった高坂弾正昌信と、弾正の死後は甥によって書き継がれた書物である。内容が信用できないとして明治期に偽書とされたが、その後の研究で、誤記や誇張は見受けられるが、同時代史料も重視する姿勢をもって扱えば資料として概ね有効だろうとされているようだ。

関連本を読んだのは何年も前であり、天地龍之介並の記憶力はない、専門家ではない者にとっては、細目はもう怪しいものである。

「〝御一門衆〟に次ぐ有力家臣団は、〝親類衆〟と呼ばれていたとみていい。ここには、信玄の父、信虎の時代に分家した血筋も入っていて、実は小津野家も、信虎に厚く用いられた一族なのだよ。元は郷士であったようなのだが、薄いものだが血縁も得て、信玄公時代の後期には、小津野家は〝親類衆〟にも匹敵する家格になっている」

「だから、金山奉行にも任命されたのですね？」

さよう、と頷き、高橋教授は次の資料をめくっている。これは、普通に印字されたプリントものだ。

「これらが、有力家臣団の名前と、まあ、役職だね」

目で追うと、勘定奉行として、青沼忠重（あおぬまただしげ）、市川昌房（いちかわまさふさ）、跡部勝忠（あとべかつただ）と三名の名前が並んでいる。その次が金山奉行で、小津野康清の名もあった。

「小津野は、黒川金山ともう少し東にある丹波山（たばやま）金山などの管理を委（ゆだ）ねられていた」

携帯電話から、問いかける声が流れてきた。龍之介のものだ。

『金山の採掘は、武田家が直接指揮してはいなかったとみられているようですね？』

高橋教授は携帯電話と対面するかのように、ギョロリとした目を向け、顔も近付けた。「金山採掘は当時の最先端技術で、あまりにも専門的な知見が必要であったため、財政確保部署にまかせたという面があるでしょうな。しかし無論、手綱を引いて監視する必要はあったから、信任できる金山奉行を置いたわけです。小津野は、採掘現場に口を出す監督官ではなく、広く長期的に運営を推（お）し進める統括部長といったところだったと推測していますよ。そして、部下である金山衆を康清がどのように見ていたかが、彼ら一族の運命の分かれ道にかかわる」

どうです、興味あるでしょう？　とでも語りそうな目が浅見に向けられてくる。

「当時の金山採掘職人のことを金山衆と呼ぶのですが、彼らは伝来の家臣ではなく、金を採掘できる山を求めて全国を渡り歩く山の民なのです。ですので小津野は、隆盛がすぎれば流れ消えてしまうかもしれない技能を惜（お）しみ、それを吸収するため、目端（めはし）の利（き）く金山衆何人かを家人（けにん）として召（め）し抱えた。小津野康清のこの見識と予見性が、武田家滅亡の後もあの家を生きのびさせた要因なのです」

「なるほど」

「徳川の時代にも彼らは命脈を太く保っ」

さっそく、話は一つの佳境を迎えたといえる。阿波野順と兄の瀧満紀は、小津野家が滅びを免（まぬか）れたこの時期の事情に、あの家の外聞をはばかる秘密が関係していると見ていたのだ。しかし

――

「金山奉行として依田という名前が出ている記録があり、この男にまつわる話を一つしておきましょうか」

と、ここで話の流れは支流に逸れるかと思われた。が、浅見の心を読んだかのように、教授はすぐに言葉を継いだ。

「いやいや、これは、あなたたちが最も知りたがっている金山の秘史にかかわることです。浅見さんは、〝おいらん淵〟の悲劇を知っておるかね？」

　かすかに聞いた覚えがあるような気がする。だが、それだけだ。そう答えようとする浅見を、教授は手をあげて制した。

「いやいや、知らずともよい。知らないからこそ教え甲斐がある。〝おいらん淵〟は、この塩山の一之瀬高橋にある史跡でしてね。表記はまちまちです。〝花魁〟と漢字で書くことがあれば、〝淵〟も違う漢字の〝渕〟を使っている場合もある。伝承ではありますが、この事件が起こったのは、武田家が滅亡しようとする頃になります。黒川金山も閉山が決まったのですな。そしてこの時、金山の秘密が外に漏れることを危惧した依田が、坑夫たちの口をことごとく封じようと考えた。そこで、慰労と称して全員を招き、彼らを慰撫するために採掘集落にいた花魁五十五人に舞いを踊らせたりした。そして酒宴もたけなわと見ると、依田は、渓谷に設置されていた演台を切って落とした。坑夫も遊女も皆殺しという仕儀です」

　凄絶すぎる話だ。

「それほどの悲劇でしたか……」

「別名、〝五十五人淵〟ともいいます。慰霊碑も建っている」

「……しかし、口封じの手段としては、今のは派手すぎませんか？」

「ほう?」

「権力を持っている者がその手のことをするなら、相手が大勢であってもこっそりと始末する方法はいくらでもありますよね。残酷な仮定をさせてもらうなら、坑道に集めておいて埋めてしまうとか。こういう方法は非道にも、世界大戦末期に洋の東西を問わず行なわれました」

「いやはやまったく」高橋教授は感心の面持ちだ。

「〝おいらん淵〟の演台のような、それこそ演劇めいた工作をすれば、現にこうして何百年も言い伝えられるのですから逆効果でしょう」

「ほうほう。よく気づかれた。浅見さんは探偵業もなさっておられるのかな。この伝承の信憑性が疑わしいのは確かです。ただ、〝おいらん淵〟の命名の由来として、当時の塩山市観光協会がこの言い伝えを案内板に表記しています」

「あくまでも、言い伝えとしては、と」

「さよう。そもそも、花魁という言葉は江戸時代にならなければ生まれてこない。後の世の創作である可能性も疑うべきでしょう。ただ……」

教授は口髭を撫でながら、身を乗り出した。

「伝承もなにがしかの真実を含むもの。〝おいらん淵〟の由来は、二つの事実が重なったものなのかもしれない。大勢の遊女があの地で事故死した悲劇は実際にあり、それに、坑夫たちの口封じ虐殺の事件が上乗せされた、とかですね」

これには浅見も、唸る思いで、「なるほど」と頷いた。

権力者によって闇に封じられようとしている悲劇を、庶民は、語り継ぐ物語に紛れ込ませて後世に残そうとする……。

「ただし」教授は重大発表をするかのような様子だ。「依田という金山奉行は存在しません」

「えっ？」

「金山衆の中には依田の姓も見られますが、金山奉行ではない。新田次郎（にったじろう）氏の短編「武田金山秘史」には金山奉行依田信常（のぶつね）というのが出てきますが、これはもちろんフィクションです」

「……確かに、先ほど拝見した、先生がまとめられた人名リストには、金山奉行として依田の名字はありませんでしたね。それに依田某（なにがし）がいたのなら、黒川金山には二人の金山奉行がいたことになってしまう。……すると、〝おいらん淵〟の依田の名はどこから出てきたのです？」

「結論からいえば不明です。金山衆の名字の中から選んだのかもしれませんが、違うような気がしますな。伝承が作られた頃のなんらかの背景にかかわっているのでしょう。詳細は不明です」

ここで浅見には、はっと閃（ひらめ）くものがあった。

「教授。依田という金山奉行が架空なのでしたら、もしかすると、坑夫皆殺しを主導したのが小津野康清であった可能性はありませんか？」

今度は高橋教授が「なるほど」と言い、椅子に凭（もた）れかかった。

「要点を突く論理展開をさっそくなさるとは。いわば、実名の小津野康清で伝え残すことははばかられるから、依田という仮名を持ち込んだ、という仮説ですな。しかしながら、私も同じ興味を持って長年調べましたがそれを窺（うかが）わせる記録は一切ありません。ああ、それと、基本を言い忘れていましたよ」

そう言って、教授は浅見と目を合わせた。

「黒川金山の金山衆は皆殺しになどされていませんからね」

「あっ、そうなのですか」

「武田家滅亡後も、金山衆の移動や処遇に関しての記述は多く残っています」

だとすると――本当に口封じ虐殺のような暴挙があったのなら、生き残っている彼らが黙ってはいなかったろう。虚実曖昧な言い伝えではなく、もっと具体的な記録が残されたに違いない。なにしろ、支配体制がひっくり返っているのだ。武田にされた無謀を、後の領主である徳川家に訴えるのはごく自然であろう。そして、武田を攻め、滅ぼした勢力は、自分たちの正当性を天下に知らせるためにも武田の暴挙を喧伝したはずだ。

　となると、小津野家の謀略どころか、坑夫たちの口封じ大量虐殺そのものもなかった可能性が高まる。

　秘密保持のための、隠密裏に行なわれた個々の流血や暗殺はあったのかもしれないが……。

「黒川の金山衆に武田時代に与えられた特権が、徳川時代にも継続して認められているという記録もある」高橋教授は言う。「徳川も、一部ではあっても彼らを徴用したのです」

　ここで、『徳川も金山を持っていたのですか?』と茜が尋ねた。『それとも、閉山命令が出ただけで、黒川金山はまだまだ金が採掘できる金鉱だったのですか?』

「ふむ。……小津野家の行く末にもかかわるし、その辺の基礎固めをしておきましょうか」

　まずは、当時の金山事情を、高橋教授は順序立てて話していった。

　金の採取方法は、大別して三つ。山金、川金、柴金になる。

　山金は、金鉱石を見つけ、これを微粉化して金を採取する方法で、まさに山で採掘するイメージだ。川金は砂金のこと。柴金は、河岸段丘の基盤の上に堆積した砂金含有率の高い土壌からの採取だ。

　甲斐国でも当初は、川金、柴金が採られていたが、砂金を集める程度ではとても商いとはならない。それが、山金から金を採取する技術が確立され、専門職集団を形成できるようになると、武田軍団を支える軍資金をまかなえるようにもなる。黒川金山や湯之奥金山では坑道掘りも見られるが、これらは江戸期に入ってからの採掘跡とも見られ、全国的に見ても当初はそのほとんどが露天掘りである。

　露天掘りと聞き、浅見はある想像をした。

五年前に消息を絶った瀧満紀のことだ。彼はどうやら、小津野家私有地の南端に近い場所に車を放置したまま姿を消したらしい。もしかすると彼は、独自のお宝調査にでも歩いていて、未発見だった露天掘り跡にでも転落したのではないだろうか。

　しかしあの一帯は金山とは遠く離れたなんの関連もない平地だ、と思案する浅見の傍らで、高橋廉平教授の講義は続いた。

　甲州の金山運営は国内でも有数の優良事業であったが、信玄の死去に合わせるかのように金が枯渇していく。勝頼の時代になると、金の生産量が減って生活が苦しくなった黒川金山衆のために、諸役を免除するという温情的な朱印状が何通か出されている。このように金採掘量の激減は明らかであったけれど、完全な廃坑とはならなかったようだ。江戸時代になっても、黒川金山を含む甲州内の鉱山から金が採掘されたと記録が残っている。

『先生は先ほど、小津野家は金山衆を家来にした予見性で命脈を保ったとおっしゃいましたけれど』一美が言葉を挟んだ。『それは、徳川の世まで、黒川金山の採掘にかかわれる技能を占有したからなのですか？』

「半分近くは当たっていますね。なかなかです」

『でもそれ以前に、小津野家は戦火にまみれなかったのでしょうか？　たしか、甲州征伐とかいって攻め込んで来たのは織田信長の連合軍のようなもので、信長は敵に対して容赦なかったという印象がありますけど』

　浅見も思い出す。恵林寺への徹底した焼き討ちを。

勝頼勢の形勢が決定的に不利になると、離反する家、逃走する兵卒が増えます、と、教授は判りやすく説明した。敗走した勝頼は、わずかな手の者と、木賊山の麓で自刃して果てる。武門の誉れ高かった大名をこうして破り、天下を手中におさめつつあった信長だが、この三ヶ月後、本能寺の変を迎える。

その後の趨勢に従い、甲斐の元領土も徳川家康がおさめることとなった。

「小津野家は、形勢不利と見ると、生き残る道を反勝頼のほうに求めた臣下なのです」高橋教授は言う。「今も言ったとおり、そうした家は幾つもあります。勝頼は信望を失う決断をしてしまったことが何度かありますのでね。高天神崩れなども決定的でしょう。高天神城を守るために、勝頼は周辺国から名だたる武将を集めましたが、これを見捨てる形で全滅に追いやったとされ、近隣各国からも信任を失います。雪崩打つような大敗北を〝崩れ〟と称しますが、勝頼には何度かこれがある。小津野家も、信虎、信玄の時代はともかく、勝頼にはどれほどの忠誠心を持っていたか……」

「殉死するほどの忠義か、一族と働き手たちを護ることを当主として最優先するか、苦しい選択でしょうね」

「いやあ、浅見さん。そのとおりです。そこをまさに理解したいところですな。乱世では繰り返された、血を絞るような決断ですよ」

教授の作りの大きな顔に、しんみりとした心痛の陰のようなものが流れた。

「勝頼が自害する時も、妻や子、大勢の侍女らが自ら命を絶ったのです。淵に身を投げたりしてね。こういうシーンはいけない。どうにもたまらん……」

高橋教授は、ふむふむと言いながら口髭を左右にこすると、多少は口調を持ち直した。

「トップの命運が、その人物以外の大勢を巻き込むことは恐ろしいほど自然に起こる」

「小津野家の場合は、皆で生き残ろうとする康清の決断が功を奏したのですね」

「さよう。よかったよかったです」

『具体的な方策は判っているのでしょうか？』龍之介が訊いてくる。

「成瀬正一という武将をパイプにしたのです。この男は、元々仕えていた徳川を離れ、一五六〇年代には武田家の家臣となっています。ところがこれが、また徳川に帰順するのですな。どうもふらふらしている背景が気になるのですが……、浅見さん、私はこう見えてふらふらする人間ではありませんぞ。立場を右に左に変える者は、どうしたって信用できないでしょう。私は渇しても、主義を異にする隣の水場に歩み寄ったりはしません」

「そうでしょうね。そうだと思います」取材先ではよくある受け答えだが、不思議と、半分は本音だ。

「いやなに、成瀬正一が不忠義だといっているわけではなく、むしろこの武将、信も芯もあるらしく、少なくとも武功を立てていくのは間違いありません。そして一五八二年の春、勝頼の死によって領内に吹き荒れた残党狩りの最中、この成瀬正一が、頼ってきた旧武田家臣たちをかくまったのです。苛烈な粛清を進めたのは信長勢で、徳川はまた別の〝戦後体制〟を目論んでいましたからね。小津野康清はいち早く、〝武田狩り〟が始まるずっと前から、知己であった成瀬正一を密かに頼った。妻女を人質として差し出すかのようにして潜伏先に渡し、自分は藩内に残り、主君勝頼の存亡が決した後には帰参すると誓約したのです」

「そしてそれはうまく実行され、小津野家は滅ぶことはなかった」浅見は思考を進めながら言った。「しかしそれも、新主君にとって、利用価値が小津野家にあったからでしょうね」

「いかにも。金山の採掘技術など、まさにそれです。先ほど質問がありましたが、江戸の時代になれば、全国の金山銀山、佐渡、石見などすべて徳川のものですからね。採掘集団の活躍の場は多くあった。黒川金山衆もあちらこちらに散ったようです。またそれだけではなく、攻城戦などの軍事技術者としても大変重宝されました」

『こうじょうせん？』茜の声がこぼれるようにして聞こえる。

「城を攻める戦いですな。石垣を崩すとか、穴を掘って進入路を作る、などといった土木作戦に彼らの技術は活きた」

『なるほど』

「もちろん、自軍の防備面でも大いに利用されます。突貫工事で土塁や用水路を作り、堀を巡らす。城塞や陣地の基礎を作る。こうした軍事利用のため、もちろん他の佐渡などの採掘師らも徴用されて戦地にいた。小津野康清も、家康が天下を平定する前の一時期、戦場で働いています。

——そうそう」

　高橋教授は、ふとあげた目をまた机上に戻し、脇に立てかけられていた他の古文書資料の中から『出仕雑録』と書かれた和綴じ本を引っ張り出した。

「小津野康清は、徳川家に召し抱えられる頃から名前を変えていますからね」

「名前を？」

「家系を尊ぶ乱世の時代にはよくあることですがね……。複製本ですが、ここ、これです」

　甲州ノ衆と読み取れる箇所に人名がある。

「小津野有清とあるでしょう。これが康清のことです」

「改名の理由はなんですか？」浅見は訊いた。

「新たな主君に意を低くして、礼儀を尽くしたということです。現代でもその感覚は残っていますが、この時代、親から子へ、名前に用いる漢字を同じにする習慣はよく知られていますね」

「通字でしたか？」

「さようです。家長が、自分や係累の名前の一部を、子や功労者に与えるのは偏諱といいますが、論功行賞の一種であり跡取り証明でもありますね。揺るがせにできない重要な意味があります。武田家の〝信〟や徳川将軍家の〝家〟も、通字として有名ですね。家康自身、偏諱にからんで、元信、元康と自ら名前を変えています。そうした徳川で家康の家臣となるのですから、康清ではまずいでしょう」

「そうか。〝康〟の字が……」

「恐れ多いにも程があります。もともと本名なので、などと澄まして言い抜けている場合ではない。康清はただちに改名してから家康に仕えます」

「徳川家から強制されたわけではないのですね？」

「ええ。ここ……」

教授は資料のページを丁寧にめくってから、右申上候との記述で始まる一節を指差した。

「ここにも明記されていますが、康清自ら行なったのです。当然ともいえる、武士のたしなみですよ。他の史料でもこの点、相違はありません。ちなみに、有清の嫡男の名は清達です。達成するの〝達〟と書いて、清達。――この人名とは全然関係ありませんが、私の息子の名は達成する志と書いて達志です……と、これはまあ、どうでもよろしいな」

脱線した後、教授の話はどうにかつながっていく。

「小津野有清は家康に恭順の意を示し、才覚も認められた結果、多少は召しあげられたものの、小津野家は知行を安堵され、先祖伝来の土地を受け継いでいけます。奉行の任は、もちろん解かれましたけどね。以降、徳川から派遣された奉行らのもと、忠勤に励んでいくわけです」

名前の話題が出たので、それを浅見は重要な問いのきっかけにした。

「高橋教授。実はこの点に大きな期待を懐いているのですが」浅見は自然と身を乗り出していた。「小津野家を〝おいわずの家〟と呼ぶ者もいたのではないですか？」

途端に、教授のギョロリとした目は飛び出さんばかりになった。

「それを知っていなさるのか！」ほうっ！　と感嘆の息を吐く。「驚いた。驚かせますねえ、浅見さん」

「すると、事実なのですね？」

幾ばくかの間をあけ、教授は真顔になった。

「知る人は少ないと思いますが、事実です。知っている限りのことはお教えしましょう」

4

教えるとは言ったが、しばらく、高橋廉平教授は浅見の顔に視線を合わせたままだった。若干、不思議を感じているのかもしれない。信玄公以降の小津野家の歴史的な基本もあまり知らない者が、知る人ぞ知る歴史の奥襞（おくひだ）を突然つまみあげてくるのだから戸惑（とまど）っているようだ。

浅見は事情を説明することにした。当たり障（さわ）りのない範囲で。

「僕たちは、入手したあるデータの裏付け調査をしているのですが、その正確さを検証し、内容が示唆（しさ）していることについてご意見を伺（うかが）いたいのです」

「ほうほう。なるほど。論文とは違うのですな？」

「研究分野の話ではありません。素人が個人的に集積したものです。真っ当な調査でして、ご迷惑はおかけしません」

教授は何度も頷く。

「沓掛氏のご紹介ですし、なになに、ご協力は惜（お）しみませんよ」

『こちらの――』〝マイダスタッチ〟と口にしかけて、龍之介は言い直したようだ。『データでは、〝おいわずの家〟の出典は、山正寺の通史となっています』

「ああ。そうです。そうでしょうな」

教授は両手の指を組み合わせ、正面から浅見に向き直った。

「山正寺というのは静岡市にありまして、小津野家の分家の菩提寺なのです」

「ほう」

「小津野清達の弟が十九歳の折に、そちらに家を構えます。寺の通史に〝おいわずの家〟のことが書かれたのは、その二十年ほど後、元和年間のことですな。その記載によれば、〝おいわずの家〟とも密かに呼ばれる小津野本家には口外無用の家内秘事があるようだが、男子であろうと宗家を離れるであろう立場の者には一切なにも伝えられてはいない――ということのようです」

『そのように読めますね』

「ほう。写しの資料もありますか。写本ではないでしょうな？　そのデータの制作者、個人の力でそこまで調べましたか。……あるいは、小津野家の係累を網羅的に研究しておられた長谷川さんから指導を受けたかでしょうね。歴史文学館の元館長です。二年少々前に亡くなりましたが……」

そして唐突に、

「出典といえるもう一つの史料は、ここにあります」

と言った高橋教授は、ここに？　と聞き返す間もなく立ちあがっていた。

向かって左側の奥へと歩いて行く。大きな書棚の陰に、目立たない扉があった。ついて行くべきなのか迷ったが、浅見も腰をあげた。資料の山を崩さないようにそっと歩き、首をのばすようにすると、扉の向こうの部屋が見えた。

窓のない部屋らしく、蛍光灯が灯され、高橋教授はスチール製の保管棚の抽斗をあけていた。覆っていた畳紙の中から、一冊の和綴じ本が出され、それを手に教授は戻って来る。

「小津野康清から有清の時代に書かれたものです」

席に着くと、目の前にそれを置かれた。

傷みもあるが、まだ充分に判読可能な状態を保っている古文書だった。表紙には、〝家伝〟と読める文字。その上は、〝齋藤家〟だろうか。

「これは斎藤家の家伝書です。私が譲り受けました。浅見さんは、於曾公園の史跡はご存じですかな？」

「直接目にはしていませんが、概要は知っているつもりです」

「武田氏の時代、あの一帯は金山衆の住居群だったのだろうと考えられています。その東側に、金物業を営んでいた斎藤家はあったのです。金採掘用の工具も扱っていましたから、羽振りは良かったようです」

教授は丁寧にページをめくり始めていた。

「この中に、〝おいわず〟に関しての言及があり……。ああ、ここです」

指差してくれた箇所には、〝不言〟の文字が確かにあった。

「意味するところは、お言わずの背景があるとも噂される小津野家だからか、商いの場でも口の堅い者がなによりも一番に求められる、といったものです。金山衆も、信義を守れる人物だけが主要メンバーに選ばれているのか、身を守るために口を閉ざしているのか、それとも本当になにも知らないのか、噂を掘りさげて語る者はいなかったらしいです」

教授は家伝書をそっと閉じた。

「〝おいわずの家〟について書き記されているのは、私の知る限りこの二点のみです。長年、小津野家のことや金山採掘について聞き歩いている間に、なにか秘密があるらしいとの感触は得ましたが、そこまでですね」

「すると」浅見は気持ちを集中して尋ねた。「どのような口外無用の秘密なのか、高橋先生にも想像がつかないということでしょうか？」

「残念ながらね。先ほど、知っていることはなんでも教えると言いましたが、出典にある文言などに関してです。秘密の中身についてては私も教えを請いたい側ですな。申し訳ないが」

「謝るには及びませんが……」だが簡単に諦めるわけにはいかない。「感触を得た、とおっしゃいましたね。感触でもいいので、なにかの方向性のようなものに触れたりはしていませんか？」

教授は軽く唸り、短時間で思考を巡らせた後、

「この家伝書では、〝おいわずの家〟の表記の前後には金山衆のことが書かれている。ですので、金山を巡る秘密なのかと、やはり考えてしまう。噂をする者やフィクションを楽しみたい者は、どうしても金山にからめたストーリーを膨らませますな。しかし現実に即して思考すると、金山関係に的を絞ったとしてもそこから先の可能性が広すぎるでしょう。例えば、小津野家は金山奉行としての務めを神聖なものと捉え、とにかく何事も口外無用と定めていたという厳格なルールを表現したことなのかもしれないわけです」

「そうですね。確かに。お宝など無関係であっても当然です」

「そもそも、家伝を残した斎藤家の筆記者にしてから、不言の内容は知らないのです。金山衆にからめて書いたのは臆測なわけで、それさえ誤っている可能性がある」

「はい。確かに」

「小津野家に口外無用の秘密があったとしても、それは骨肉の争いに端を発していることなのかもしれない。語ってはならない、家督相続を巡る長期的な陰謀ですね。後ろ暗い秘密とは、主家

への裏切りやスパイ行為なのかもしれない」

絞り切れないか――と、納得のうちに失望しそうになるが、追求のヒントになるかもしれないもう一つの要素が浅見にはあった。

「小津野家は今でも、家宝ともいえる〝お岩様〟を大事にしていますが、これとの関連はありませんか?」

「おお! 〝お岩様〟か」

目を見開き、高橋教授は喜色を浮かべる。

「そうかそうか。そうですか。あれも知っていなさるか。――ああ、なるほど!」

改めてなにかに気づいた様子になると、教授は懐かしさを覚えたような顔になった。

「〝おいわず様〟と〝お岩様〟の音の類似が気になったのですな。若い時分、私もそうでした。それでずいぶん、色々と探り歩いた」

教授は、やや遠い目になる。

「しかし、糸口はなかった。関連付ける資料はなにも見つからなかったのです」

とは言いつつも、まだ探究心の熾火を燃やしているような目が浅見に向けられる。

「ですが、どうしてあの岩が守護神の如く奉られているのか、その謂われには興味が尽きませんがね」

この時、光章の声が携帯電話から流れてきた。

『では高橋教授。〝お岩様〟の実物を映像でつぶさに観察しながら、同時通信でお話と推測を続けていただくというのはどうでしょう?』

教授はこの提案に飛びついた。「あれを間近で見る。可能なのですかな?」

『観察する許可はもらっています。撮影も、教授の協力も問題ないと思いますよ』

「素晴らしい！」教授は揉み手をせんばかりだ。「〝お岩様〟を検める、か！」長い白髪を嬉しそうに掻き回す。「四十代の頃に一度、間近で拝見させてもらったが、それ以来ですよ。そうか。こんな機会が得られましたか。長生きはするものですなぁ」

研究者としての純粋なその喜びようは、見ている浅見の心まで弾ませそうだった。

ふと、天地龍之介の言葉を思い出す。

己の現在の限界、その先にある未知。それに魅せられた者。新しいページを追い求めてやまない、万物の神秘の教科書――。

手配をします、という光章の声が聞こえる。

5

龍之介は今、パソコンの中の新たなデータに夢中になっている。一億円で買いあげられた埋蔵金の、個々の科学的な分析データである。

高橋廉平教授が四十代の頃に〝お岩様〟に近付き、今でも謂われは気にしていると聞き、「科学的な検証には取り組まれたのでしょうか？」と尋ねた龍之介との間で、埋蔵金は精緻に調べられているよ、という話になったのだ。代々尊ばれてきた〝お岩様〟には、手で触れることもできない。

発掘された金貨の科学的な分析結果が載っている、信頼の置けるアクセス先を教授が知らせてきた。山梨県立博物館の調査研究報告書などだ。

それらを教えられると直ちに、龍之介は二、三の情報源からデータを呼び出したのだ。

「ＥＤＸ――エックス線マイクロアナライザーかあ」

目が輝いている。ヘラクレスオオカブトムシを見つけた少年か。

「付着物の分析……。すごい、すごい」

二次電子像だの、90wt%だのといった専門用語が埋める報告書のページを、驚くべき早さで読み込んでいく。

そんな様子を、まだ慣れないといった目で原口茜が眺めていた。

「光章さん。ここなんか面白いですよ」たまらないといった笑顔で、龍之介は画面を指差している。「当時の技術では溶融（ようゆう）できずに金の表面上に付着していた粒子が、タングステンカルシウムと鑑定された。これは灰重石（かいじゅうせき）と呼ばれ、金峰山（きんぷさん）付近で産出する鉱物として有名だから、この金貨の製造場所はそちらであろうとみられる。──わくわくしますね。さながら鑑識捜査だ」

「ああ、そうだな。……で、龍之介、こうした情報は、お宝発見の役に立つかな？」

「それは不明です」と、きっぱり言う。「ですけど、どれが役立つのかはまったく判りませんから」

それも確かにそうだ。そしてそれは〝マイダスタッチ〟祖型版にもいえる。ここには取捨選択される前のデータが集められているわけで、どの情報が阿波野順に〝真相〟を閃かせたのか判別はむずかしい。もしかすると最大のヒントはこのデータの外からもたらされたのかもしれないし。

そうした意味もあるのだろう、龍之介は、金山奉行小津野康清周辺の歴史的な事実の集積を、浅見光彦の携帯電話を通した高橋教授の話を聞きながらパソコンで同時にこなしていた。武田氏の時代の勉強だ。

龍之介はもちろん、万能の天才ではない。苦手なジャンルはある。例えば、私たちが一般的に一番話題にする、芸能界やテレビ番組などの日常的なネタではほとんど話が通じない。スポーツ方面でもその傾向はある。自分が――当人は気づいていないようだが――芸術的な音痴であるためか、音楽関係もあまり得意とはしていない。変にディープな知識はあったりするが……。その意味で、彼にとっては歴史分野も、他と比べれば知識の豊かさが多少は落ちる。そこを埋めようとの努力もしているわけだ。

勉強の内容を切り替えて、今は碁石金の成分分析に夢中になっているところである。こうなると他が目に入りにくくなる傾向があるが、それは致し方ない。

軽くノックの音がし、老松が顔を覗かせた。

「〝お岩様〟の見学にいらしてくださいとのことです。英生さんがお迎えに来ます」

「ありがとうございます」

代表して一美さんがお礼を言った。

高橋教授に〝お岩様〟観察を提案した直後に、なにか用向きはないかと老松がちょうど顔を出してくれたのだ。それで、今から見学に行っていいか、本部に尋ねてもらっていた。

老松が戻って行くと、龍之介をしげしげと見て、茜がこっそりと言った。

「なぜだか……、龍之介さんと浅見光彦さんって、共通点が幾つかあるような気がします」

「例えば？」一美さんが、ガールズトークでも始めるかのように、にったりしている。

「高所恐怖症はどうでしょう？　浅見さんはそのせいで、飛行機が大の苦手みたいです」

昼食タイムにいろいろ聞いたらしい。

「大正解」私が言った。「龍之介も、相当の高所恐怖症で、飛行機は駄目ですね。現実逃避するために、目を閉じて、ネイピア数eや円周率πなどの無理数の暗唱をしたりしています」

「む、無理数……」

居候（いそうろう）も共通点かもしれない、という話にもなった。祖父を喪（うしな）って突然大都会に出て来た時、龍之介は私の部屋に居候していた。浅見光彦も自分では、次男坊の身で三十三歳まで生家にいることを居候と考えているようだ。

　埋蔵金貨の分析報告書の読み込みに一段落つけた龍之介は、〝マイダスタッチ〟の中身に戻り、「江戸時代初期、慶長年間の記録ですが、これはどのように読むのでしょう?」と、家内灯明油渡帳の漢字を高橋教授に伝えた。

『かないとうみょうあぶらわたしちょう、でしょう。家で使っている油の量や種類を、管理者である奉行か領主に報告する帳簿ですな』

　そうした情報交換が続く傍らで、女子二人は龍之介と浅見光彦との共通点を次々とあげていく。

　服装や食べるものにさほどのこだわりを持っていない点。

　疑問を解決するためには、人並みはずれてしつこい点。

　性格が真っ直ぐで判りやすい点。

「灯し油は、この菜種油が一番高級品と見てもいいわけですね。なるほど」龍之介は、教授の説明に頷いている。「小津野家では主にその油の消費が多い、と」

『贅沢ではありましょうが、小津野の家格を考えれば不思議ではない』

　龍之介と浅見光彦、共通点は多いが、決定的な違いもあった。

　浅見光彦は車の運転が好きで、可能な限り全国どこへでもそれで出かけて走り回る。しかし龍之介は、車も避けたいほうだ。

「なっ、龍之介」声をかけられて、彼は画面の中身から意識を離した。「車に酔ってしまうことがあるんだよな?」

「ああ、はい」龍之介は、情けなさそうに苦笑する。「島育ちなんですけど、舟に酔うこともありますから」

するとこの先、女子たちが、変な方向の共通点探しを始めた。探す……というより、勝手な想像だ。

「浅見さんて、あんなにイイ男なのに、女っ気はなさそうだと思いません？」

こそこそ声。茜は一美さんを相手にけっこう真剣な内緒話をする気配だ。

「ああ、判る判る。モテすぎたのかなあ。それで逆に、女には引き気味とか？」

「慎重なのか、臆病なのか……。でもそれがいい感じで、身持ちが堅い上流の騎士ってイメージになってるかも」

「うん。女あしらいはできないでしょうね。むしろ苦手で、不器用で……」

微妙な目つきになった女二人は、龍之介の背中に視線を流す。

そんな視線も露知らず、龍之介は、「これは本当に、白髪のかつらの意味なのですか」と、他の史料の解説も受けている。「髪置祝い、と読むのですね。白髪になるまで長生きしてほしいと、二歳になった子供にそんなかつらをかぶせる……」

女性陣の妄想が深みにはまり出す前に、ドアをあけて階段の様子も窺っていた一美さんが、

「あっ、英生さんがみえましたよ」と知らせた。

龍之介はパソコンを閉じ、部屋から出た私たち四人は英生と一緒に階段をおりた。

これから連絡が取りやすくなるように、英生と龍之介はアドレスや電話番号の交換をした。

英生の車に乗ると、私のスマホから続けて聞こえてきている浅見と高橋教授の問答が、穴山梅雪の隠し金伝説へと移っていた。

穴山梅雪は本名が信君で、武田信玄の姉の子供である。後には、武田二十四将にも数えられ

る。彼は信玄の時代に軍資金を隠す役割に任じられたらしい。隠された場所は、〝棒道(ぼうみち)〟と呼ばれた戦略道路の要所、複数箇所だ。

ところがこの梅雪、信玄亡き後の勝頼とは反(そ)りが合わず、離反して軍資金を独自の場所に移し替えたとされる。間もなく彼が命を落とす時にも隠し金にまつわる伝説があるが、具体性を持つのは明治期になってからだろう。子孫が古文書を発見、「隠し湯の湧きて流る洞穴を……」という秘文を解き、おおよその埋蔵場所を突き止めたのだという。

『その場所が、県の南部、南巨摩(みなみこま)郡身延山(みのぶさん)付近だというのです』高橋教授は言った。声にはさして、力が入っていない。『ですから、一般に信玄の隠し金山と言う場合、この身延山周辺、湯之奥金山の辺りを差しますな。黒川金山ではない』

『歴史もののルポで、僕は〝棒道〟の史跡や伝承内容を探ったことがありますが、軍資金隠匿(いんとく)が本当らしく感じたことはありませんでした』

「ですけど……」茜がスマホに向かって言う。「文書があったのなら、それは色々な方向からの研究対象になったのではありませんか？」

『ごもっともです浅見さん。検証可能な歴史的な事実とはとても呼べないでしょうな』

『文書自体、目に触れることがないのです。夢物語と変わりがない』

「夢だけを元に発掘は試(こころ)みない……ということですね。研究は深まってもいないのですか？」

『学会がまともに取りあげるレベルでは進まないでしょう。キャリアを大事にする古生物学者が、ネッシーを相手にしないのと同じですよ』

「湖で言えば」と、龍之介がふと口にした。「埋蔵金伝説ではたしか、軍資金は河口湖(かわぐちこ)の湖底に沈められているという説もありましたね」

高橋教授は高らかに笑った。『いかにもな伝説でしょう？　学術ではなく、ロマンで追うなら、私もそれは楽しいと思う』

本部エリアの駐車場に到着し、英生は車を停めた。

「家には、ロマンも伝わってないと思うけどな……」と呟いている。

じめじめと暑い車の外では、四人の男が待っていた。黒く長い髭が豪快な此花拓哉。相談室サポート係の小柴一慶。田中刑事。犬山省三である。此花と田中は、大きさを競い合っているようなごつい体格だ。

私のスマホからは、高橋教授の声が流れている。

『テレビ局が大々的な発掘番組でも制作するなら、熱心に協力する情報提供者はいるでしょうけれどね』

一美さんが訊いた。

「もし本当に軍資金が発見されたら、どれぐらいの金額になると見積もられているのですか?」

『さあてねえ……。数億円という数字を見たような気がしますが、もし軍資金規模の大量の古銭や金の塊が発見されれば、その程度の額ではとても済まないでしょう』

金貨二十点と渡来銭で一億だからな。

聞こえてきた金額が犬山を引き寄せた。

「なんの話だね?」

それぞれがかいつまんで、穴山梅雪の軍資金隠匿説の話を伝えた。この間に私は、浅見たちに断ってから、携帯電話を一旦切った。ここからは、刑事事件の進行ぶりについて細かくやり取りが始まるかもしれないからだ。

「ところで犬山さんは、どの辺を歩き回ったのです?」一美さんが訊いた。「金鉱の手掛かりでもありましたか?」

「いや……」ばつが悪そうに、犬山は視線を逸らす。「少し南のほうなどをな。猫を見かけたから、そいつを探してみたり……」

「猫？」此花が驚く。

「黒く大きな奴だ。もちろん野良だろう。野性的だったな。距離の取り方といい、不思議な雰囲気があった」

　ははあ、と思いついて言ってみた。

「もしかして、その猫が金貨の山まで案内してくれると思ったのでは？」

「バカ言うな。ただの野良猫だ」

「この辺の猫に関してなら……」持ち前の、女性的とも思える少し高めの声で小柴が言う。「以前、黒部さんが言っていましたね。覚えています。エリアまでは近付いて来ないけれど、黒猫がいるみたいだ、と」

「そうなのか？」此花は初耳らしい。

「彼は、エサをあげたりするつもりはない、けれど目にできると楽しいと言ってましたよ」

「そんな理由もあって、自転車で出歩いているのか」

　辺りを見回していた龍之介がここで言った。

「警察の車がずいぶん減っていますね。ここのほとんどの車は初めて見る。懇親会出席者たちのですね」

「そう。パトカーは早めに帰しました」

　田中刑事がゆったりとした態度で説明する。

「小津野会長の意向もありますが、もっともな判断でしたのでね。懇親会は地元経済誌の取材企画なのです」

ソフトウェア翻訳業や創薬ベンチャーのＣＥＯらが五人集まっているらしい。

「記者はもちろん、財界のトップメンバーらに、ここでパトカーを見せるわけにはいかないでしょう。余計な騒ぎを巻き起こす」

「確かにね」私は合いの手を入れた。

「それに実質、阿波野順殺害事件のここでの捜査は基本的には済んでいます」

関係者からの聞き取りは終わり、容疑者も浮かんでいない。

「後は、上園望美さん連れ去り事件のほうですね。犯人の端末とつながっているスマホは添島刑事が持っており、全部で四名の刑事が残っています」

そして、目立たないようにしているわけだ。吉澤警部補も引きあげたか。

懇親会は四時半から始まり、六時頃まで続く。黒部治と楢崎匠を使って会長と相談室長はそちらにかかり切りになっているので、〝お岩様〟の見学にはお前が立ち会えと、小柴は命じられたようだ。

田中刑事は穏やかとも見える表情で泰然としているが、彼に声をかける茜は、緊張感をやや取り戻した顔色だった。

「山桑準から連絡はないのですね？」

「ありません。恐らく、浅見さんが歴史学者との面談を終える五時半以降まで接触はないでしょう」

「阿波野順さんの周辺から、なにか新しい手掛かりは？」

「それも今のところありません、原口さん。彼の仕事場のデスク周辺から、ＵＳＢメモリーが何点か見つかりましたが、どれも内容は仕事のことでした。パソコンの中にも、これといった内容はなし」

こうした会話に痺れを切らした犬山が口を出す。

「ほら。〝お岩様〟を早く拝見しようぜ」

「待ってください。接続しなくちゃ」

茜がスマホを取り出した。

高橋教授宅には、授業で使う動画通信ソフトの入ったタブレット端末があるそうで、それと茜のスマホをつなげ、こちらで撮影した動画を向こうでも見られるようにする手はずだ。

一分ほどで接続でき、カメラを作動させたスマホを茜が武家屋敷のほうに向けると、『ああっ、懐かしさを覚えますなあ』と、高橋教授の声が聞こえてきた。

「ではご案内しましょう」

〝髭の館長〟こと此花拓哉が太い腕を前方へと振り、私たち九人は歴史を秘めた屋敷に歩を進めた。

6

古木に両翼から抱きかかえられるような敷地の少し奥に、杉の樹皮で葺かれた切妻屋根を堂々と広げる屋敷があった。日射しは遮られて弱まり、ひっそりとした気配が満ちる。踏み石を配された足下は日本庭園の趣だ。

龍之介は、周囲すべてにありありと興味を見せている。

「今日、修繕したのはこれなのですよ」

此花が示したのは、玄関の両側に立つ、衝立のような物だった。屋敷から前方へと張り出している。

『竹ヒシギですな』教授の声がする。

「そうです。ここでは、風よけ、日よけですね。竹を裂いてひらき、並べていくものです」

確かに、細い竹が縦に壁状に並んでいる。

「古色も大事なのですが、イメージを左右する入口ですからね」此花は言う。「傷んで古びた様子はいただけない。作り直したのです」

「竹細工職人さんがいらしたのですね」

一美さんの問いかけに此花は頷いた。

「昼すぎまでのお仕事でした」

そこを通り抜けて、我々はいよいよ玄関の中へと進んだ。それほど広くはないので、少人数ずつで靴を脱いでいく。スリッパはない。

正面に、木製の衝立があり、鷲と虎の姿が力強く彫られている。それを回り込むようにして、右側の廊下へと案内される。

『先生』高橋教授に尋ねる浅見光彦の声が聞こえる。『確認しますと、武田氏から領主が変わってからは、小津野家は金山の実務には関われなかったのですね？』

『さようです。金山奉行であった頃は当主が黒川金山に足を運んだこともあったでしょうが、役を解かれてからは、金山衆の采配をまかされていたようですな。一頃よりはずっと数の減っている彼らの、居住地での管理です。様々な問題処理や裁定。そして他の山へ移る者の調整事などをしておったのです』

黒々とした重厚な木材で造られている廊下は、我々の足音も吸い込むかのようだった。どっしりと太い柱には、刀傷があったとしても不思議ではない年月の重みを感じる。

『皆さんは、金山跡周辺で埋蔵金の調査をするおつもりではないのですな？』

教授の問いには、やはり浅見が応じる。

『最終的な目的地はそこかもしれません。ただ、取っかかりは、このお屋敷を中心とした一帯になりますね。諸般の情報が、大きなヒントがこの地域にあると指し示しているのです』

〝マイダスタッチ〟の地図データ。瀧満紀が車を放置して失踪したとされる場所。そして、まだ不明だが阿波野順の殺害現場——。中でも地図データは、本部エリアの南の、南西方面に広がっている一帯になる。

右手の襖があいていて、六畳の部屋が見えた。その先は縁側になっているらしく、障子を通して明かりが入っている。

龍之介の問いに此花が答えたところでは、上客のための控えの間ということだった。

ここをすぎるとまた、薄暗い空間になるが、案内の此花はさらに進んで行く。

「こんな奥に、〝お岩様〟があるんですか？」

一美さんがそう不審がるが、私も不思議に感じていた。〝お岩様〟は家の宝として奉られているのではないのか？　それともこの奥に、お堂があるのか？

「秘仏のイメージで捉えてくださってもよろしいが……」此花は微妙な面持ちで、黒い髭をしごいている。「しかし決して信仰の対象ではありません」

「つまり」龍之介が言った。「一族にとっては大切なものであるけれど、見せびらかすものではない、ということでしょうか」

「それです。まさにそれです」

英生も小柴も頷いている。

突き当たった廊下を左に曲がると、程なくその一角だった。

近くには小さな窓があるだけで、ここもやはり明かりは乏しい。窓のある壁に向かうと、横に長く床面がある。二畳ほどのものだろう。そこに立って右を向くと、太い格子が組まれた扉があった。幅は一間ほどか。

その扉の奥に、岩があるようだった。

気持ちの問題か、この空間には不思議と厳かさを感じる。

説明されなくても、私たちの目は扉の奥に注がれた。カメラマン役の茜が一番前へ出て、スマホをまんべんなくゆっくりと動かした。

『これです』高橋廉平教授の声。『またここに戻って来られました……』

格子の隙間を通して見える闇の奥から、岩の姿が朧に浮かんでくる。高さが一メートル半ほど。一抱えほどの大きさをしている。上のほうに向かって少し尖っている形だ。

しめ縄が回されていた。

此花から鍵を受け取った小柴が進み出て、格子扉に掛かっていた南京錠を解錠した。

少し軋んだだけで、扉は大きくひらかれた。

「重さが一トン少々ある、花崗岩です」

此花にそう言われてみれば、それは確かに、細かい斑入りの灰色の岩にすぎないのだが……。

犬山が言った。

「金山に関連してこの岩がお宝だというなら、一番単純に想像して、この岩の中が丸ごと金鉱石だというのは思い浮かぶよな」

「ですよね」此花の髭面がニヤリと笑う。「ですのでそうした説は、真っ先に調べられて否定されています。まず、この岩のほとんどが金であるなら比重がまったく違い、この建物の構造では支えきれません」

『それに——思い出したが』高橋教授の声がはっきりと響く。『十年ほど前に、大手テレビ局が当時の科学の枠を集めて調べあげましたよね』

——そうなのか？

初めて聞いた我々はちょっとざわつく。調べた結果、なにが判ったんだ？

「はい。信頼できる科学番組にずいぶん口説かれて、会長が許可したのです。最初で最後の科学的な調査でしょうね」

英生が付け加える。

「それでも、岩を削ることは認めませんでしたけど」

壊さずに調べろとエジプト考古庁が命じるピラミッドみたいなものだな。

「どのような調査をしたのです、此花さん？」龍之介は意気込む調子だ。

「超音波というのですか、その反響などで岩の内部成分に検討を加えました。すべて花崗岩で間違いないようです。岩の後ろまでは狭くて人は入れませんが——その時も〝お岩様〟は動かしませんでしたので——小型のカメラを隈無く入れて様々な撮影をしました」

「どんな？」犬山が訊いた。

「斜光でしたか、斜めに光を当てると、非常に細かな凹凸もはっきりするのでしょう？　そうした光線で撮影して、表面になにかが刻まれていないかも精緻に調べたのです。紫外線を当てたりもしました」

失望で鼻を鳴らし、犬山が首を左右に振る。「そこまで調べても、なにも出なかったということか」

「そうなるのです」決定事項を伝えるかのように、此花の声は重々しい。

それでも龍之介は、自分の目で観察しようと、〝お岩様〟に顔を近付けている。

私も同じようにいろいろ見てみるが、なにも引っかかってはこない。無論そうだろう。大手テレビ局の専門スタッフが可能な限りの科学的なアプローチをしてなにもつかめなかったのだ。その時だって、鉱物や暗号の専門家が取り組んだのだろう。

でも〝お岩様〟はなにも語らなかった。

茜がカメラを接近させて映像を送るが、高橋教授たちからもこれといった反応は起きない。

犬山が苛立（いらだ）たしそうに首の後ろを掻く。「この岩のはっきりとした言い伝えって、ないのか？隠してないか？」

答えたのは英生だ。

「少なくとも私は、意味がありそうなことはなにも聞いていませんね。文書もなにもない」

「もちろん、ここの管理責任者とはいえ、小津野家とは無縁の私も存じません」と、〝髭の館長〟。

「恵みをもたらした岩と金山を関連付ければ……」一美さんが言いだした。「この岩が斜面から剝（は）がれ落ちるか、職人が剝がしてみると、そこに坑道として掘りやすい、金の純度の高い層があった——というような逸話は考えられますよね」

「そうですね」此花が深く頷（うなず）く。「それが最もすっきりします」

「しかしその場合、矛盾が生じます」

岩から体を離して元の姿勢に戻っていた龍之介がそう言う。

「矛盾？」

と、何人かが問い返した。

「今の逸話ですと、この岩は、隠す必要のないめでたい出来事と結びついています。金山で金鉱が見つかったのですから、それは普通の出来事で、大っぴらに広めてもいい話題です。現場は活気づくでしょう」

「そうだな」と私。

「この岩を囲んで祭りをしてもいいほどです。そして〝お岩様〟は、めでたい言い伝えと共に、館（やかた）やお堂の中央に堂々と鎮座し、拝礼され続けたはずです」

誰もが黙って、ひっそりと座している大きな岩に視線を注いだ。

「この〝お岩様〟の謂われは、たまたま消失してしまったのではないと思います」龍之介は言った。「当初から、霧のような曖昧さの中に封じるしかなかったのでしょう」

『私もそう思うのだ』高橋教授の声がした。『岩の成分とか、そのようなことではない。今の方の言われたその矛盾の中にこそ、秘密を解く糸口があるのだ』


小柴が格子扉を閉じ始めると、茜が誰にともなく囁いた。

「山からこの岩を運んで来たとしたら、大変だったでしょうね」

「うん。重いよね」と一美さん。

「でもそれは大丈夫です」龍之介が明朗（めいろう）に言う。「城壁の石垣の岩など、三トンぐらいあるのは当たり前ですからね。当時の人力でもちゃんと運んで来られます」

『今の話で連想してしまったよ、浅間山（あさまやま）のことを』

教授の言葉に浅見が問いかける。

『浅間山？　それがなにか？』

『噴火ですよ。山から岩をおろす、ぶっ飛ばすことをイメージしたら、火山噴火でしょう。武田氏が滅ぶ一五八二年、天正（てんしょう）十年の二月十四日、浅間山が噴火したと記す当時の記録が二、三残っています』

「もしかしたら！」茜が声を弾ませてスマホ画面に顔を向ける。「〝お岩様〟はその時の噴火で飛んできた岩かもしれないということですか?」
『ああ、いやいや、違う違う!』大きく手を振る様が見えるようだ。『そう誤解してしまう話し方になってしまったか。〝お岩様〟と直接関係する話ではない。すまないですな。この甲州に、火山弾が飛んできたという様子はまったく見られません。地面が揺れることもなかったでしょう。ただ、噴火の様が見えていたのです』

ここから浅間山までは、八十から九十キロほど離れているだろう。

「その噴火は、小津野か武田の命運と関係するのですか?」田中刑事が興味を示した。

『世情という意味では、ですな。無論、一つの考察にすぎませんが、当時にすれば火山噴火は一大天変地異でしょう、人心も揺るがせる』

「なるほど」と龍之介が小さく呟いている。

『史料にも、不気味だという思いが認められています。夜のうちからの噴火だったようでしてね、気味悪く、空が血の色に焼けた。この天変地異と、武田家の窮状を重ねる心理的情勢もできあがっていくでしょうな。この頃ちょうど、有力家臣が謀反を起こしますし、まさに織田軍の甲斐侵攻が本格化してもいくのです。武田家は滅びるのかもしれない、との不安が広まります』

『つまり』と、浅見の声。『その時点では、武田家にとっての凶兆だとするデマだったものが、やがては事実となったのですね』

今でもある、デマの怖さだな。

『劣勢や分裂を自覚していた武田勢の中には、衝撃の凶兆と受け取った者も少なくなかったかもしれませんな。武田勝頼は信望を失いつつあり、朝廷からもにらまれ、動揺が広がっていた時分だからこそ、天運にも見放されたと感じた家臣はいたでしょう。以降、勝頼を必死に支えようとする力は弱まっていく』

高橋教授はまとめるように言った。

『結果として、浅間山噴火は武田家滅亡の予兆とも一つの象徴ともなったのです。そして小津野家も、先の見えない火急の時を迎えた』

こうした歴史の一コマを知っていたのかいないのか、英生は割と淡々とした表情だ。むしろ此花が、自分の祖先の滅亡話を聞いたかのように重い目つきをしている。

「武田家滅亡の前兆である、不吉な……ね」じっくり嚙み締めるように、犬山が呟いた。

〝お岩様〞の前を離れ、廊下を歩き始めると、浅見が、

『率直に言って先生は、黒川金山周辺に隠れた金鉱があると考えますか？』という大本ともいえる問いを発した。

一、二秒、考え込むかのように唸ると、

『可能性は、ほぼないでしょう』と教授は答えた。『まず、新たな支配者となった徳川勢が、黒川金山一帯を抜かりなく調べたはずです。隠し立てするなよ、と。面目と権威にかけて新体制の土台を築く必要がありますから。試掘を願い出て許可をもらった者も何人かいますが、全員撤退している。明治期に入っては、黒川金山株式会社が二年間にわたって操業して打ち止め。近年では大規模な学術調査で有名な黒川・湯之奥の同時発掘調査が一九八六年から四年間にもわたって行なわれます。二〇〇二年には、丹波山金山も学術調査された。……長年の調査を逃れる余地はどこにもありませんよ』

けっこう決定的な、歴史的な事実だよな。

『お宝としての可能性があるならば、埋蔵されたままの甲州金や古銭でしょうね。ブドウ畑でも発見されたような』

それだな。それならば、歴史景観研究センターやこの本部エリアを含めた一帯にも可能性は残

る。

廊下を進みながら龍之介が、

「此花さん。〝お岩様〟を調べた番組のコピーはどこかにありますか?」と尋ねた。

「ええ、はい。あるはずですよ、ＤＶＤが」彼は小柴に顔を向け、「な?」と確認する。

「本部のライブラリーにあるはずですね。龍之介さん、探しておきましょうか?」

「いいえ。必要を感じましたらお願いします……」

龍之介は、様々な情報を頭の中で集約しているようだ。

第七章 〝ミダス王〟は語る

1

小津野の長男の部屋には、先ほどの四人に加えて二人の男が加わっていた。小津野英生と犬山省三である。

時刻は五時半をすぎた。充分な情報固めに協力してくれた高橋廉平教授の家を離れ、浅見光彦はこちらに向かっている。

添島刑事や田中刑事たち四人は、この私邸の玄関ホールを借りて持ち場としていた。無論、捜査本部に戻った吉澤警部補ら幹部クラスの指揮の下(もと)、阿波野順殺害事件の捜査に当たっていた陣容の一部は、山桑準の確保を目指して塩山一帯に散っている。阿波野順殺害事件においても、山桑準は重要参考人と目(もく)されているようだ。

私的分析班の拠点であるこの直次の部屋では椅子が二つ足りない状況で、英生と犬山が立っている。英生は私に席を譲(ゆず)ってくれて、なにかと気持ちが落ち着かないらしい犬山は最初から座る気を見せず、壁に寄りかかって髪の毛を掻(か)きむしっている。

「なんか、見逃しちゃあ損をするようなことが起こる気がするんだがなあ」気楽といえば気楽だが、砂金採(と)りに日本中を歩く山師としての直観も鎮(しず)められずにいるのかもしれない。「ここまでかかわって、金脈を掘り当てる場を逃すってのもなあ……」

金脈追求などそううまくいかないと見限ることができれば、帰ってパチンコでもしたいだろう。だがそんな彼がさっさと立ち去れないということは、宝のにおいがしている証かもしれない。

パソコンに向かっている龍之介は、老松が用意してくれた麦茶で喉を潤しながら、〝マイダスタッチ〟の第三のファイル、〝地表探査データ〟に取り組んでいるところだ。思うに、お宝追求にはこのファイル内容が最も直接的で有力なのではないだろうか。金貨が埋まっていれば、金属探知機が反応する。――もちろん、そんなに単純であれば、今まで誰も苦労していないはずではあるが。

画面を横から覗き込んでいる茜に、龍之介は説明をしている。

「衛星写真など広い地域を写している写真資料は、場所のイメージを絞り込んでいく手順でしょうね」

「山梨県のここ、そして塩山のこの辺り、と、段階を踏んで判りやすいですね、確かに」

「ですから手掛かりがあるとすればやはり、地表か地中の、エリアを絞った探査データでしょう」

瀧満紀が勤めていた地図製作会社に、この一帯の地中探査を依頼したのは小津野家であることが先ほど確認されていた。武家屋敷を出たところで龍之介がその話題を持ち出したのだ。それに、当時の事情をよく知る此花と英生が応えた。

依頼主は小津野陵。

大々的な地質調査の理由には、東日本大震災が遠因としてあるそうだ。二〇一一年の、東北を中心とした未曾有の震災。山梨県も震度五弱の地震に見舞われた。

改めて言うまでもなく、原子力発電所の崩壊なども含めた甚大な被害と価値観へのダメージで日本人が言い知れぬ不安に打ち震えている中、東海地震や富士山噴火などの連鎖的な発生も懸念された。

震災のショックをなんとか消化して、小津野陵が動いたのは翌年、二〇一二年の秋口だ。自分の土地に、地震に弱い地質がないか、知る必要を感じたらしい。義務と感じたようだ。自分の土地にいた者に死んでほしくはないという思い。ここに本社を構える者の責任。また、私邸は言ってみれば、なだらかとはいえ崖の上に立っており、地盤が緩(ゆる)んでいるとしたら次の大地震で悲劇的な崩壊は起こり得る。

そうした危惧(きぐ)や防災意識から、小津野陵は地中探査のできる地図製作会社に調査を依頼した。と同時に、歴史景観研究センターのほうでも、地表の科学的データ資料の蓄積を望み、調査方法の多様性を要望した。ノウハウの向上に格好の事案であり、官公庁へ自社能力を売り込むための高精度データの制作見本となりうる。この要望も会長は了承した。

調査地域は、私邸や本部棟周辺から南西側、一般道際までのおよそ二百ヘクタール。東京ドーム四十二個分以上だ。

「実物のドローンは、あの時初めて見ました」と、英生は思い出しつつ言っていた。

工業用の大型ドローンだったらしい。

上空からのスペクトル分析や写真判読法は樹木が生(お)い茂(しげ)っている場所には適さないので、二百ヘクタールすべてを探査したわけではない。むしろ、データを得られたのは限られた面積の土地ともいえるが、調査と分析には何ヶ月もの時間を要し、費用も莫大(ばくだい)にかかった。

それでも、特に軟弱な地盤はないとの好結果を得ることができた。

そしてそれから数ヶ月後、なにを察知したのか、後(のち)に〝マイダスタッチ〟と呼ばれるデータの集積を瀧満紀が個人的に始める。地質調査は主に私邸が建つ台地において綿密に行なわれたが、〝マイダスタッチ〟で注目されているのは私有地の南西端の平地である。

そしてその地域のそばで、二〇一三年の十月二十七日に、瀧満紀は姿を消したと推定されている。これも英生によれば、「およっちょい祭りの日ですね……」ということだ。〝お寄りください〟が、土地の言葉で〝およっちょい〟になるらしい。市民総出の、甲州市をあげての祭りだという。

「金属探知でなにかを見つけたというのなら、もっと狭(せま)い範囲のマップになるはずです」龍之介が茜相手に言っている。「でも、このファイルに載せられているマップは百メートルで区切られたグリッドです。このスケールだと要件はやはり、地質的な情報のはず……。このファイルには、地中レーダーを使って得た資料はありませんね。すべてドローンを使った写真判読法のようです」

「写真で地面の下のことが判るんですか?」画面を注視する茜は不思議そうだ。「普通の写真ではないみたいですけど」

「例えば、土壌(どじょう)の質の良し悪しによって、その上に育つ植物の生育具合が微妙に変わりますよね。その変化を明確に判別できる撮影方法を用いれば、上空からの写真で地下の様子がある程度つかめるわけです」

「はあ、なるほど」

「遺跡発見のためなどによく使われる手法ですけれど。このファイルには、二種類の撮影方法で撮ったデータ図が集められています。でも、どの判読法を使ったのかは書かれていない……。植物?　熱?　……でも、重大だと思われるヒントがありますね。制作者による、〝7、11だ!〟という書き込みです」

「はいはい。発見した歓喜の叫び、みたいだ」

私も画面を見ようと、ピッチャーの麦茶をコップに注いでから席を立った。譲(ゆず)るよ、と身振りで英生に伝えると、じゃあ、という会釈をして、彼は腰をおろした。

　龍之介の肩越しに画面を覗き込む。

〝加根久保地域のデータマップ〟というタイトルの下に、四角いデータ図が、今は六つ並んでいる。赤から紫色の濃淡によって、なんらかの性質が識別されて表示されているらしい。等高線が入っているものもある。

「鉱脈候補が映り込んでる、なんてことはないんだな？」訊いてみた。

「こうした図表は僕も見慣れていないので、断言はしづらいですが、それらしいのはなにもないですね」

「地下の様子、って、岩石や鉱物の種類は判るのか？」

「無理ですね。上空からのマルチ・スペクトル法などのハイテクを使っても、地面に接する地中レーダーを使っても、〝大きな岩がある〟と判っても成分までは分析できません」

「まあそうだろうな。できたら、金鉱探しも簡単だ」

　龍之介は画面に集中している。

「7、11というのはこの各データ図に振られた番号なんでしょうね。7と11は上下で隣接している。そしてどちらのデータ群にもあります。ああ、どちらも同じ場所の図表だ……。どっちの〝7、11〟なんだ？　……どっちもかな？　いずれにしろ、その四つを抜き出して、配置や補正などを加工できるようにしてみます」

「そんなこと、できるんですか？」茜が驚く。

「その手の図表編集ソフトがありますから、ダウンロードしてそれに落とし込めば、なんとかなると思います。〝×4〟という書き込みもありますから、これは四倍にするという意味なのか……」

龍之介がカタカタと作業を進め始めると、犬山が英生に話しかけた。

「次男坊さん。もし、姉か妹がいるとしたら、どうする？　遺産が二分の一から三分の一になっちまうかもしれないが？」

ずいぶん遠慮のない仮定を持ち込んだが、英生は不快の念は見せなかった。

「かなり先の先にある仮定だから、想像もつきませんね。まあ、今でも恵まれてますから、ごちゃごちゃと欲をかく気にはなれません」それから少し、まぶしそうに微笑した。「女のきょうだいって、なんかいいような気はしますけど」

「向こうは、今まで自分を突き放していた家族が持つ恵みを、ごっそり味わい尽くしたいと思ってるかもしれないな。あんたみたいにおっとり構えるかな？」

「……それも仮定ですね。気を揉む意味はありません」

さすがに話を逸らしたくなったか、英生は、

「そういえば、刑事さんたちに……」と、意見を求める視線で他のメンバーを見回した。「犯行推定時刻以降に服を着替えた人はいませんでしたか、といった聞き取りを受けたんですけど、あれはどういった意味なんでしょうかね？」

若干の間の後、

「それはあれじゃない、犯行時に犯人の服は濡れているからよ」と一美さんが推測を口にした。

「川で争いがあって犯人は阿波野さんを水に沈めた。当然、犯人の全身も川の水でびっしょりになったはず。いくらなんでも短時間では乾かないから、着替えるしかない」

そうでしょう？　という視線に気づき、龍之介は肯定的に応じた。

「警察もまさに、そう推理したはずです。まったく妥当ですよね」

「そうか」

と納得した英生に、私はコップを置いてから訊いた。

「それで、服を替えていた人はいたの？」

「いいえ。いませんでした」

「靴はどうです？」龍之介が確認する。

「それもないはずですね」顎を包むようにして英生は記憶を追っている。「センターの人たちも、言及されてないってことは、問題なかったんでしょう……」

「それでしたら」茜の表情が少し明るくなる。「今まで事情聴取を受けてきた人たちの中には、殺人犯はいないってことですよね？ みんな無実なんですよ。犯人は外部の人で、素早く逃げてしまった。強盗とか、ひどいけんかだったとか。でしょう？」

残念ながら、簡単には同意できない間が生じる。

私が反論する役になった。

「遺体を放置せず、車に積んでセンターから遠ざかろうとするとか、殺害後の事後処理なんかは阿波野さんのいつもの様子をよく知っている者の仕業ですよ。〝マイダスタッチ〟を奪う動機を持つ者が犯人でしょうし……」

衣服も靴も濡らした者がいないというのは、確かに謎だが。

茜は気落ちしたように少しうつむき、そのままスマホの画面で時刻を確認した。

「龍之介」

私は静かに声をかけた。

「山桑からの次の電話は、かなり重要なものになると思う。山場かもしれない。もう一、二時間すれば日が暮れてくるからな。焦りや追い詰められた気分が高じて、相手の理性はどんどん黒く押しつぶされていく感じだろう」

「そうですね」龍之介も真剣な面持ちだ。「感情的にもなる」

「だろう。囚われている上園さんの体力気力も限界に違いない。だから……、山桑を満足させるエサがあってもいい。ここで投降と交換条件にできるほどの、壮大な夢を与えるのも策だろう。現時点で可能な限りの、なにかそれらしい〝マイダスタッチ〟の解答をまず作り出しておいたらどうだ?」

「……嘘をつくんですか?」

「方便だよ。策だ」

「……ですが、おっしゃったように、相手は暴発しやすい精神状態になっているはずです。そうした相手に、ごくわずかな違和感も不自然さも感じさせるわけにはいきません。かすかにでも躓けば、すぐに歯車が狂い始めて、ごまかしは察知される。激高を招きますよ。……少なくとも短時間で、全員で完璧なシナリオを共有できる架空の解答は作り出せません」

「……そうだな」言われてみればまったくだ。「お前がそう言うならそうだろう。今の提案は撤回しよう」

犬山が顔をしかめて言った。

「だがそうなると、長時間待たせた犯人に差し出すお宝情報はなにもないことになるな」

そして英生が、「〝お岩様〟が秘めている矛盾が――」と言いだした時だった、いきなり、一美さんの前にあったコップが割れた。あっ⁉ という悲鳴めいた声が幾つもクロスした。

さらにパチッと音がすると同時に、茜が「きゃっ」と小さな悲鳴をあげた。

ぱらりとさがった髪を慌てて押さえている。肩まで届く髪をまとめていたヘアゴムが切れて飛んだのだ。

「えっ……?」という、戸惑って呆けるような声を漏らしたのは、腰を半ば浮かせている英生だ。

だが誰もが同じような気分だったろう。室内が、しんとなる。

机の上に落ちている、切れたヘアゴムを、茜は凍った表情で見下ろしていた。

コップは大きめの破片になって割れていて、わずかに残っていた麦茶がゆっくりと流れている。コップが割れてしまう理由は、明らかになにもなかった……。

下駄の鼻緒が切れたからといって本気で不吉を感じてしまうようなメンタルは持ち合わせていないが、似たような出来事が二つ重なるとなると、やはりちょっとは気が迷う。

龍之介も息を止めていた。

「大丈夫かい、一美さん？」

「え、ええ。なにも問題はなし」

犬山が、「浅間山の噴火……」なんてことを言った。

茜の顔が、ハッと強張る。

「上園さん……！」

身を案じたのだろう。さらに彼女は、

「浅見さんは……？」と気を回す。

「いや、浅見さんは心配ないですよ」

珍しく龍之介があっさりと断定的に言ったものだから、同じ風に思いながらも、「その合理的な根拠は？」と、つい訊いてしまっていた。

「合理的な根拠はありません」

これもまったく龍之介らしくない答えだが、なぜか表情がほぐれてしまった。

手分けして、破片を片付けたりお茶を拭いたりしようとした時だった、茜のスマホが着信音を鳴らして、神経が張り詰めていたみんなをまた驚かせた。

ビクッとしてから呼吸を整え、茜は応答する。

「田中刑事さん。……あ、はい、判りました。……こちらでも向かいます」

スイッチを切りながら、茜は全員に告げた。緊張の色を隠せない。

「山桑から電話です。わたしか浅見さんを出せって」

言いつつ、彼女はもうドアをあけていた。

すぐそばの階段に向かっている。階段は二ヶ所にある。玄関ホールからあがって黄金の婦人像の前へ出るものと、長い廊下の中程にあるこの階段だ。

みんなも茜の後ろに続き、階段の下で田中刑事たちと合流する形になった。

添島部長刑事が、スマホで相手と話していた。

「ああ。もう代わる。落ち着け」

険しい顔つきをどうにか抑制しながら、添島刑事は茜にスマホを差し出した。ごく小さな声で、「話を合わせて」と指示する。

顔から少し離して上向きにしたスマホに、茜は、「はい。原口です」と声を吹き込むように言った。

『小津野のお宝の隠し場所を伝えているらしい岩石を、テレビ局が分析した映像があるって？それも調べるんだな？』

そこへの期待と興味で犯人の気持ちをつなぐのが、刑事たちの練った捜査方針のようだ。しかし相手の声が気になる。明らかに気が立っている。

間は一拍だけで、茜は答えていた。

「そうよ。すごく専門的な番組みたい」

『だが、その番組でも好結果は出てないわけだろうが。今さら、お前たちになにか探り出せるのかよ』問い質すというより不信感がこもっている。『浅見がそこにいないってのは本当か？』

「ええ。まだ戻って来ていません」

『小津野の過去を専門家と探っても進展はなしってことだな？　そうだろう！　あいつも役には立たないってことかな。浅見を出せ。電話で呼び出すんだ』

「その前に、こちらからのお願いがあります」

『なにっ⁉』

「この電話に、上園さんを出してください。あの人の声をしばらく聞いてないもの。無事を確認しなければなりません」

反応が、二秒、三秒と消える。勇気ある当然の要求ともいえるが、大胆さが裏目に出なければいいが……。

いい目が出た。

『わたしです』上園望美の声がした。

「ああ、上園さん」コップやゴムなどは、ここでは不吉な前兆ではなかったわけだ。「なかなか救い出せず、すみません。大丈夫ですか？」

『大きな問題はないわ。ほとんど車に座りっぱなしで腰が痛い程度ね』声にはさすがに憔悴の気配が滲むが、それでもまだ気丈さを見せた。『こうなるなら、映画を何本も見てたほうがましだったわよね』

そのすぐ後で再び山桑が出て、強い調子で浅見光彦の呼び出しを要求した。

2

時刻は間もなく六時。

浅見の車は、中心街を背にして、小津野財団本部へのルートを北上している。

高橋教授夫妻はとてもいい人たちだった。夫人は、あの部屋には危なっかしくてお茶を運べないから、ご用事が終わってからになって申し訳ないけど一服なさっていって、と誘ってくれた。時間がないからと、それを断るのは心苦しかった。

小津野家の金山奉行としての終焉の歴史、また〝お岩様〟の周辺事情という基本的な知識は得られたが、解決を引き寄せるほどの大きなヒントはまだ見えてこない。

ただ、（なにかが引っかかり始めた……）そのような直観にも似たもやもやが浅見の中に生まれていた。歴史を再び勉強しているうちに、なにか気になることが浮上したらしい。誰かの言動か、表情か。探れば意味のありそうなこと……。

だが、糸をたどり切る前に、邪魔するように着信音が鳴った。

信号で停車したタイミングだったので見てみると、井上デスクからだった。つなげてから携帯電話をフックに掛けた。

『地図製作会社の、当時の事情に詳しい職員を見つけたよ』

「そうですか」声が高まった。

『会社名は、アース地質測量技研。地図製作より地質調査が業務の主体だね。瀧満紀と同僚だったその男性の名は、米沢。もちろん、六年前の小津野家私有地の地質調査にも加わっている』

車を発進させ、浅見は聞き漏らさないように耳を傾ける。

井上の声の背景には、電話のベルの音や人が動き回る気配があり、新聞社の一部署の活気が伝わってくる。

『瀧が行方を絶ってからの捜索活動にも熱心だった。まだ気にしているから協力的ですよ』

「そうですか」

『瀧満紀の弟、つまり阿波野順の当時の様子も聞けましたよ。瀧が消息を絶って八、九ヶ月すぎた頃に、弟と名乗る男が会社を訪れたそうでね。米沢さんが対応したわけではないので名前までは記憶しなかったそうですが。男は、自然保護活動をしたりするネイチャリストとして二年ほどカナダやアラスカを歩いていて、瀧の失踪時はちょうどその時期で、連絡も取れなかったらしい。帰国して遅ればせながら事態を知った弟、阿波野は、情報を集め始めたのでしょう。ま、海外で大自然相手の活動をしていたというキャリアが、歴史景観研究センターの就職で有利に働いたのかもしれない』

「なるほど」

『今日は会社は休みだから、自宅をなんとか見つけて米沢さんとはコンタクトを取ったのです。事情を知ると、会社に駆けつけて、地質調査データや瀧の捜索時の資料を掻き集めてくれた』

「ありがたいですね。よくそこまで、うまく進めてくれましたね、井上さん」

『ところがです……』

声のトーンダウンは明らかだ。

『この米沢さん、警察に掻っさらわれてしまいましてね』

「えっ」

『刑事たちも参考情報を訊きたいと捜していたから、途中で割り込んできたんです。うちの部下も、捜査権を盾にされると抵抗し切れない』

「それは仕方ないですよ。それで、米沢さんの身柄は？」

『刑事がどこかに連れて行きましたが、その場所は不明。まず間違いなく、そっちの捜査本部に向かってるでしょうけれど』

「〝マイダスタッチ〟の内容のコピーは渡してあるのですか？」

『それはまだでした』

すぐにでも、〝マイダスタッチ〟の第二と第三のファイルの検証をしてほしかったが……。

「ま、警察も、そこはあのデータをすぐに見せて迅速に情報収集するでしょうけどね」

ここから井上デスクの声は、少し潜められつつ、ねばっこいものになった。

『それで、浅見さん。殺人事件の捜査の進展具合はどんなもん？　取材ポイント、なにかありますかね？』

言い方が巧妙だ。捜査内容を漏らせ、ではなく、パンくずを撒いてくれれば助かるという含みになっている。

「これは本当に、進展はほとんどないみたいなんですよ。十年ほど前のテレビ番組で、小津野家の家宝である〝お岩様〟を科学的に扱ったものはあるみたいですが」

『ほう』

「そうそう。小津野陵会長は、上園さんとの親子関係を完全否定しています」

『まあそうでしょうな。そこに対して、浅見さんの勘はどう言ってます？』

「特に疑わしいとは思えません。ただ、上園さんへのタレコミメールが、財団本部と無関係ではないとの事実があるみたいで、それがこれからの局面を大きく動かすかもしれません」

多少内容をぼかし、これ以上は会長や家族のプライバシーにも深くかかわるから、具体的な事実が判明したらお知らせすると伝えて、浅見は通話を切った。

が、その直後、また着信が入る。新〝光光コンビ〟の相棒からだった。

「どうしました？」

『山桑準が、浅見さんとの直接の会話を至急で要求してきまして……』

光章の声には一方ならぬ硬さがあった。

『つながざるをえません。いいでしょうか？』

「両手はもうフリーの状態です。いいですよ」

そう答えはしても、五体すべてが刺すような緊張を感じた。交渉も、最難局を迎えるかもしれない。鼓動が速くなり、それ故、浅見は速度を落として運転にも慎重になった。

『やあ、浅見さんかい』

山桑準の声が、ざらざらと聞こえた。


山桑が渡してきたスマホから聞こえている声を、光章のスマホで拾っているということらしい。

『あんたたちがうるさく知りたがるから、時間の節約をしてやるよ。望美はまったくの健康体だからな』

ここで横から、その上園望美の声が鋭く割り込んだ。

『その健康体のうちに、さっさとわたしを病院に戻しなさい！』言い返そうとする山桑の声を押し返して、『浅見さん、原口さん』と呼びかけてくる。『レシピエントの女の子はまだ元気ですよね？』

ここは茜にまかせた。

『容態が悪化すれば連絡がくるはずですが、それはありません。移植は一刻も急いだほうがいいのは間違いありませんが、急激に悪化しないようにスタッフがついています』

『俺だけを悪者みたいに言うな』と、山桑はまた身勝手な言い分を持ち込む。『小津野の奴は、お前を子供と認めないんだぞ。あいつがとっとと――』

『あんな大富豪が父親のはずないでしょう』

『諦(あきら)めんなよ。本当の父親のこと、知りたくないのかよ』

『そんなことはどうでもいいの！　小津野会長の反応は、〝遠くの無名〟氏の言葉から伝わってくるものとは質が違う。あのメールの内容が、わたしにとっての仮の父親なの。信頼もしている。だからね――』

　ここで上園望美は、『原口さん』と呼びかけた。

『は、はい』

『今回の移植だってね、あの匿名(とくめい)さんの言葉がきっかけで動き始めたことなのよ』

『えっ。そうなんですか？』

『四ヶ月ぐらい前かな。わたしがちょくちょく献血してるってことを書いた時、返信で、そうした市民貢献意識があるなら骨髄バンクのドナー登録もぜひしてみたら、って勧(すす)めてきたの。それで、登録したのよ』

　〝遠くの無名〟氏は、上園望美に対して想像していた以上に影響力を持つ存在になっていたらしい。いずれにしろ、勧めに従って上園が行動を起こしたことで、山内美結には希望が生まれたことになる。

『判る、ひとし？　そういう関係性でいいのよ。緩やかにその先があればいい。無理やり求めると、溝(みぞ)ができちゃうこともあるわ』

『無理やり求めたから、阿波野の奴も殺されたってのか？』怒鳴(どな)った山桑の声が震える。

（とうとう、それを知ったか。〝軍師〟の最期を――）

どこかでニュースに触れたのだろう。そして山桑は、小津野関係者が阿波野順を殺したと思っている。

『弔い合戦で、小津野に一泡も二泡も吹かせてやる！』

『一人で合戦をするの？　浅見さんたちの力を当てにしてるつもり？　でもね、人の力を当てにした軍隊って、分裂するのよ』

うまいことを言う。なにより、直言しながらも、暴発しそうになる山桑をうまくコントロールしている。付き合っている時も、尻に敷いていたに違いない。山桑が今まで最悪の暴走をしなかったのは、上園望美のさり気ない懐柔策が多分に効いていたからだろう。

そうはいってもここ半日、望美は、恐怖や緊張と文字どおり隣り合わせだったはずだ。その場所にい続けて犯人を抑えていた彼女は、間違いなく最大級の功労者の一人だ。

だからこそ一刻も早く、無事に救出する。

『小津野サイドに罪があるなら、警察が法に則って弔い合戦をしてやる』堂々と言ったのは添島刑事だ。『そのためにも、あんたはそれ以上罪を犯すな。重大な罪は隠していないだろうな？』

『なんだ、重大な罪って？』

『殺人はどうなんだ？』聞き慣れない声がした。刑事の一人かもしれない。

『殺人？』山桑はかなり驚いている。『なんで殺人だ？　殺されたのは阿波野だろう？　俺の仲間で――』一瞬言葉を失った後、感情が爆発する。『仲間割れってやつか！　それを疑っているのか！』

刑事の一言は、良策とはとても言えない。

いきり立つ山桑を、添島刑事がなだめようとする。

『さっきの、弔い合戦って言葉にこもった感情は真実っぽかったな』

『真実さ！　無実だよ！　無駄な捜査、してるんじゃないぞ！』

『あ、あのう、ちょっとよろしいでしょうか、山桑さん』

緊張感を帯びながらも、場違いなほど丁寧な声音が聞こえてくる。天地龍之介だ。

『あなたの無実を確実に証明する方法はあります』

『──そうか？　なんだ？』

『阿波野さんが殺害されたのは十一時すぎぐらいの時刻です。その時はもう、あなたは上園さんを……ええ……強引に同乗させて、車を走らせていましたね』

『そうだ。そうだよ。当たり前だろ』

『で、でしたら、上園さんがあなたのアリバイを証言してくれます』

山桑は、ふっと口を閉ざした。

『ですからあなたは、絶対に、無事に上園さんを解放しなければなりません。判りますね。お願いします』

語りかけるような不思議なアプローチだが、効果はてきめんか。

山桑が黙っている隙を突くように、浅見は声を発した。

「添島さん。地図製作会社からは、まだ誰も連れて来られないのですか？」

これで通じるだろう。

通じたことは、二秒後の答えではっきりした。

『間もなく本部に着く人がいますよ、浅見さん』米沢のことは、明かしてもいい情報らしい。

『朗報だからよく聞くんだ、山桑準くん。地質調査の専門家で、瀧満紀の同僚でもあった人物がもうすぐ到着する。実に有力な協力者だろう？　ファイルの中身にも、もう最後の詰めを打てるかもしれない。可能性大だ』

もうしばらく辛抱しろ、と、添島刑事は相手に希望を持たせる。

この瞬間、なにが引き金になったのかも判然としないが、浅見は今まで隠れていた真実を眼前に見た思いだった。突然、それは閃（ひらめ）いた。

（その行き違いさえ正せば——‼）

全身に武者震いが走る。

肉眼としての目の前にあるのは、二股の道である。

右手は財団の本部エリアに通じている。左手の坂道をのぼれば、小津野の私邸だ。

3

私の手の中にあるスマホから、浅見光彦の声が飛び出してきた。

『山桑さん、いや、皆さん。僕は重大な発見をしたようです』

ざわっ……と、空気が揺れる。締まる。

『山桑さん。あなたの大きな要求の一つには応えられそうですよ。決定的な証言をしてくれる人を連れて行きます。——光章さん。皆さんは今、どこにいるのですか？』

「私邸の、一階廊下です。玄関ホールに移動しておきましょうか？」

『ではそうしてください。十分ほどでそちらに着くでしょう。だから山桑さん、十分後に電話し直してくれませんか』

山桑準からの返事も待たず、浅見は通話を切った。

これはよほどのことだ。確信的な自信があるのだろう。

それを山桑も感じたのか、『じゃあ、十分後だ』と言って大人しく電話を切った。

全員、顔を見回すしかない。

なにをつかんだの？　という言葉が口々に漏れる。

推測できるか？　と視線で龍之介に問いかけてみるが、解析不能という表情だった。

玄関ホールに移るとちょうど、一台の車が駐車場に入って来るところがガラス壁越しに見えた。だが、浅見のソアラではない。

おりて来た老人を見て、英生が「老松さんの旦那さんですよ」と皆に教えた。またちょうどこのタイミングで、老松当人も廊下の奥から姿を見せた。帰り支度をしている。

小津野親子の夕食の準備は終えてあるというが、他にも大勢の人間が残っていると放っておけないような気になるらしい。腕まくりをしたくてそわそわしている。

「厨房（ちゅうぼう）に案内してくれないか」犬山が、いつになく穏（おだ）やかな面持（おもも）ちで申し出た。「居酒屋で腕を振るっていた経験は長いものでね。居酒屋のＣＥＯさ」と、笑いさえした。「こういう連中に食わせる必要ができたら俺が面倒をみてやる。だからあんたは安心して帰りな」

そうさせてもらいなさい、と老ハウスキーパーの夫は言う。

老松が犬山を連れて行くと、一美さんが添島刑事に訊いた。

「刑事さん。山桑準の車は、手配に引っかかりそうにないんですか？」

「悪運が強いようです。実のところ、山桑準の顔写真や車両情報の入手に手こずっていましてね。友人や同僚のスマホの写真から拾い出した上園望美さんの顔を目当てに、探索班は展開しています。車種がはっきりしないのは痛い」

今度は私が、「地図製作会社の専門家が到着するというのは本当なんですか？」と、その点を確認する。

本当らしい。その米沢という男が、地質調査データと、瀧満紀の失踪当時の様子などに一番通じているようだ。

そうした話が済んだ頃、老松と犬山が戻って来た。

そして表には、ソアラが到着した。

無言で玄関に集まった我々の前に、浅見以外に車からおりた二人の男が姿を現わした。

楢崎聡一郎と、その息子、楢崎匠だ。浅見からどのようなことを聞いて来たのか、扉をあけて入って来た親子の表情は硬かった。

なにかただならぬことを察したのか、犬山は、取り出しかけていたタバコを途中で仕舞って神妙な面持ちになる。同じように、老松の夫は妻の腕を取るようにして外へ出て、二人はそのまま車で立ち去った。

「楢崎さん。懇親会は終わったのですか?」龍之介の声は、日常的で静かな響きを持っていた。

「もう少し続きますが、わたくしの出番は終わっています」相談室長が物腰丁寧に応じた。「それで、一緒に来てほしいという浅見さんのご要望にお応えできました。息子も、同じく」

さて、それでなにが始まるのかと、この場の問いが浅見に発せられようとした時、添島刑事のスマホが鳴った。それを添島刑事は、浅見にそのまま預けた。

浅見と犯人の間で音声がつながる。

『ああ、到着してたかい、浅見さん』

浅見は、外界から五感が離れているかのような仮面めいた無表情である。声も出てはこない。何事かに集中している気配だ。

『それで、なんの話だい?』山桑は自分で話を進めるしかなかった。『大発見てのは本当なのか?　なにが判った?』

「上園望美さんの父親問題ですよ」

ここへ戻って来てから初めて発した浅見の一言は、聞く者の耳を疑わせた。そんなに急に、あの問題に筋道が立ったのか？　小津野陵に接触もしていないではないか。……楢崎親子がなにかを証言するというのか？

問いの声を返せたのは、上園望美だった。

『父についてのなにが判ったというのでしょう？』

「その前に確認しますけれど、上園さん。あなたが匿名氏からドナー登録を勧められたのが四ヶ月ほど前なのですね？　それから間を置かずに登録したのですね？」

『そうですね。五月の頭ぐらいでした』

「コーディネート開始は今から三ヶ月ほど前と聞いていますから、五月の下旬。ということは、適合患者がいるという連絡は、上園さんのもとにけっこう早くに届いたことになりますね」

『登録して十日ぐらいだったと思います』

その辺の状況を、原口茜が補足する。

「適合検査などにそれぐらいの時間がかかります。十日というのは、ほぼ最短時間で結果が出たということになります」

「コーディネートが一度不調になった直後でしたから、大変な幸運と感じたでしょうね、原口さん？」と、浅見。

「ええ、それはもう。神様は、やま——患者さんを見捨てなかったと感激しました」

皆さん、と、浅見が事情を知らない我々に説明を始めた。

「前回不調に終わったコーディネートの時のドナー候補というのが、ここにいる楢崎匠さんなのです」

視線が集まる。まだ二十歳そこその青年だ。しかし血色があまりよくないので、無精髭が目立ち、老けた印象さえ醸し出している。

「医学的な条件を慎重に吟味して、〝骨髄〟採取は中止されたのです。四月頃のことでした」

そうですね？　と問う目で浅見が見たのは、父親である聡一郎で、彼は、

「さようです」と小さく言って頷いた。

「コーディネート開始時、匠さんは未成年を脱したばかりでしたから、当然、親御さんの了承がなにかと必要で、移植の事情は聡一郎氏も知っていたわけです。では、小津野陵会長はどうでしょう？　楢崎匠さんがドナー候補者としてコーディネートを受け始めていたことを知っていましたか？」

浅見の視線を受ける楢崎親子は、揃って口をひらかない。

『知っていたのか？　どっちなんだよ？』と催促したのは山桑だ。

「ご承知ではありません」答えたのは父親だ。「移植の日程などが最終的に決まればお伝えするべきか、と思っておりましたが……」

「原口さん」浅見は言う。「ここに最初のドナー候補がいたことは、やはり偶然ではなかったのです。患者にとって奇跡的とも思えた一連の流れには、説明のつく理由があったのです。〝ミダス王〟の正体を今の事態に代入すれば、真相が見えます」

——真相。どのような？

聞き手たちの集中が高まる中、浅見はさらに言った。

「上園さんが〝遠くの無名〟氏と名付けた相手は、財団本部の建物のパソコンから上園さんに連絡を取ったことがある。山桑さん、この事実は通信会社の協力を得て突きとめられているのです。そして直後には、恐らく別人が、同じパソコンから暴露メールを送ったことも。この事実も

踏まえて、事態を組み立ててみます」

　龍之介も聞き入っている。

「判りやすくするために、一つの仮定で話していきます。まず、〝遠くの無名〟氏は、息子がドナー候補になったことを知っていました。しかしその協力は不調に終わります。ここで〝遠くの無名〟氏が胸を痛めたのは、患者さんのことでした。ほぼ適合する人が見つかってコーディネートも進んでいたのに、育っていた希望が潰えてしまった。普通でしたら、気にはしてもこれはもうどうしようもないことでした」

「仕方のないことです」茜が静かに言う。「どこにも、罪や責任などはありません」

「ただここで、〝遠くの無名〟氏には、試す価値のあることが思い浮かびました。白血球の血液型といえるＨＬＡ型は、親子間では一致することが稀なのですが、兄弟間ではマッチする可能性がぐんと高まるのです。ですから〝遠くの無名〟氏は、息子の弟姉に声をかけてみたのです。息子の姉に」

　場の空気だけではなく、頭の中もしんとなった。その頭の中で、仮名が実名に置き換わる。楢崎匠の実の姉が、上園望美……。

「〝遠くの無名〟氏は、その女性に、ドナー登録していないのなら、ぜひしてみてはどうだろうと勧めます。その結果に、〝遠くの無名〟氏も驚いたでしょう。本当に、ひょっとしたらという程度の気持ちでやったことなのだと思います。患者のために、最低限できることをしてみただけ。ところが、結果は最良のものでした。〝遠くの無名〟氏の息子と患者の適合率はそれほど高いものではなかったのですが、それでも移植をしたいという患者の病態だったのです。それさえ駄目になったと失望した矢先、新たに登録してくれた候補者のＨＬＡ型は、患者とフルマッチだったのです」

……この話を、上園望美はどのような思いで聞いているだろう。もはや推測の域を超えて、浅見の語る内容には真実の手応えがある。

「さて次は、上園さんに父親のことを告げた告発氏のことです。……ここまできたら、仮名をはずしていいですかね？　お訊きしたいこともあるものですから。楢崎聡一郎さん、息子さんには教えていたのですか、上園望美という姉がいることを？」

　表情こそ変わらないが、楢崎聡一郎は口をひらく気がないようだ。匠は憮然（ぶぜん）としている。

『どうなんだよ？』

　今度は山桑が催促しても、二人から声はない。

「では、はっきりと教えたりはしていなかったと仮定して想像しましょう。匠さんは、詳しいことは両親からなにも聞いていなかった。しかし長い生育過程で、なにかあるとは感じていた」

　まあ、あるだろうな。薄々察するだろう。

「それがここ二、三年、気になる棘（とげ）のような形を取り始めていたのでしょう。仕事場も近く、生活の場も一緒ですから、共にいる時間の長い父親の、なにか隠している様子に匠さんは気づいていた。こそこそとどこかと連絡を取っているようだ。何者かに対してふと漏らす言葉に、肉親の情が感じられる……。自分には本当に、性別は不明にしてもきょうだいがいるのではないかと疑いを深めていた時、匠さんはその事実をはっきりとさせるある事態に遭遇した。十ヶ月ほど前ですね。本社の小部屋で、楢崎聡一郎氏がパソコンでなにかを送信していた。本来、相談室長がいる場所ではないのでしょう。辺りに人はいない時でしょうね。その姿を匠さんはこっそりと見ていた。その場はやりすごして、後で確認をしてみたのです。すると聡一郎氏がうっかりひらいたままだったメールサーバーに返信が入っており、その内容から、この相手こそ父親の隠し子だと直観したわけです。そして恐らく、アドレスや文面から、女性の名は上園望美と判明する。以前から匠さんはその相手に、残念ながら好感を持ち得てはいなかった。屈折した思いを持て余していた――」

中断して、そうかと呟いた浅見は、なにかに気がついた様子で先を続けた。

「やはり、聡一郎さんは、上園望美さんのことを匠さんには明かしていなかったのですね。事情が伝わっていたなら、あの日あの時のイレギュラーな出来事は起こらないでしょう。たまたま、匠さんも近くにいる場所で上園さんとメールで接触してしまったため、偶発的に、その事実を匠さんが知ってしまった。そこで感情的な暴発が起こり、タレコミメールにまでつながってしまう」

理解できるという顔色で、何人かが頷いた。私もすんなりと同意できた。

「知ってしまった衝撃に突き動かされ、匠さんはその相手――上園望美さんに、聡一郎氏が必死に隠してきた正体を暴露したのです。名前こそぼかしましたが」

「暴露……って、浅見さん」思わずといった調子で言う添島刑事は、不審顔だ。「匿名の告発者が書き送ったのは、〝甲斐のミダス王〟ですよ。楢崎聡一郎ではない」

「そこが最大の争点ではないですか」と田中刑事も疑問を呈する。間違えては困る、と言いたげだ。

「今までの想定をひっくり返す大混乱が起こりそうですが、簡単に整理はつきます」

浅見は落ち着いた目の色だ。

「単純な切り替えです。〝遠くの無名〟氏イコール楢崎聡一郎イコール〝甲斐のミダス王〟とすればいいでしょう。この等式で、すべてに筋が通ります。〝甲斐のミダス王〟とは、小津野陵会長ではなく、楢崎聡一郎氏のことだったのですよ」

4

静まりかえるホールの中で、最初に静寂を破ったのは、やはり浅見光彦の声だった。

「違いますか、楢崎聡一郎さん？」

これにも答えはなく、しかし否定し切れない沈黙こそが、すでに実相を告げているのではないか。

次に口をひらいた犬山は、

「〝甲斐のミダス王〟とは、この楢崎だって？」と、再確認しなければならないとばかりに、浅見の最前の言葉を丸ごと繰り返した。

「それで事態の混乱は収束しますよ。そもそも、〝甲斐のミダス王〟とは登録商標ではありません。小津野陵さんが、私が〝甲斐のミダス王〟ですと名乗ったわけでもない。世間が勝手に作った異名であり、小津野財団を目覚ましく引っ張る人物を対象にそう呼んだのです。もちろん、近年のことで……といいますか、昔のことではありませんよね」

「きっかけは二十年ほど前だそうですよ」私が解説役になる。「いち早くデジタルビジネスに舵(かじ)を切り、IT産業バブルに流されずに最適手(さいてきしゅ)を放ち続けた、当時における近代的なその感覚に対して、〝ミダス〟と命名したのですよね。命名が定着したのは十数年前のようですが。それまでは代々、〝甲斐の太閤(たいこう)〟だった」

「そうした、IT産業で成功するセンスの持ち主を〝甲斐のミダス王〟と名付けるなら、その相手は楢崎聡一郎さんなんです」

「時期も符合しますね」龍之介も言った。「楢崎さんが小津野グループに勤め始めたのが二十年ほど前。ミダス的なビジネスの好調が始まるのはその後」

今度は英生だ。

「当時、父は副会長就任が決まりかけていた頃で、楢崎さんを高いポストにどんどん抜擢していったのです」

「英生さんの父上、小津野陵氏の経済人としての才能が仮面だったということではありません。そこを疑う理由はありませんし、その気もありません。小津野グループはいうまでもなく企業複合体で、どの部門でも堅実な実績をあげ続けている。これは基本的には小津野会長の才覚でしょう。〝甲斐の太閤〟の血筋に恥じない経営者なのです。その才覚が、楢崎聡一郎さんの才能をいち早く見抜き、起用し、ＩＴ産業部門を急成長させた。そういうことだと思います」

「だが、そうした内部の実態を知らない世間が……」添島刑事は思考をまとめる目をしている。

「会長に〝ミダス王〟という称号を与えたか」

「ですから、財団内部の人たちにとっては、そのような称号の可否などどうでもいいことなのです。世間の誰が誰をそう呼ぼうと、それぞれの業務に影響はない。違います、などと、広報する必要も感じないでしょう」

「ま、響きのいいニックネームとして看板にはなるからな、利用はしただろう」

そう呟いたのは犬山で、小さな声だったが耳に入れたらしい浅見はこの言葉を拾いあげた。

「利用はしたでしょうね。公の場で〝甲斐のミダス王〟と呼ばれれば、会長は、肯定もしなければ否定もしない対応をしていたのでしょう。いや、〝ミダス王〟として振る舞ってもかまいませんね。それで周りは喜ぶ。詐称をしているわけではないし、影武者だとかなんだとか、そのような大げさな話でもありません。営業的に有利だから、調子を合わせているだけです。無論、こうしたことに、楢崎聡一郎氏もなんの不満も感じていないはずですよ」

だろうと思う。軍師的な役割を果たすことや、主君をサポートする二番めの地位にこそ充実を覚える心理傾向があるそうだが、楢崎聡一郎はまさにそのタイプだろう。信義を尽くすに値するトップを補助できることに誉れを感じ、息子に就職の道も与えてくれているのだから、雇い主に恩義すら感じているはずだ。

「楢崎さんにしたら、微笑で聞き流せる細かなことだと思う」英生が感想めいて言う。むしろ、役に立てたほうがいいと、裏で工作さえしたかもしれない。自分は〝王〟などとは呼ばれたくない人だろう。

「そして、どうでもいいことだからこそ逆に、長年の間に、会長が〝ミダス王〟でいいのだという意識は関係者の間で自然なものになっていった。そう対応し続けてきた癖です。喩えれば、改めて観察もしない、意識の上での見慣れた景色です」

「それは、小津野陵会長自身にとってもそうだった、ということですね」

一美さんが解釈を確かめるように言うと、

「そうなのです」と、浅見は強い声で応じた。「会長自身、〝甲斐のミダス王〟と呼ばれることに抵抗がなくなっていた。慣れ切っていた。ですので今回、〝甲斐のミダス王〟に娘がいるとの指摘がある、と警察に問われた時、自分のこととして否定したのです。その〝ミダス王〟とは楢崎聡一郎のことではないかという思考は働かなかった。聡一郎氏は息子にも、生き別れの娘の存在を明かしていなかったようですから、いかに信頼関係にあるといっても、親子関係の秘密を財団トップに打ち明けることはしていなかった。この情報もないのですからなおさら、楢崎聡一郎の隠し子のことを誤解しているな、などとは思考せず、ただのデタラメだと思うでしょう。あることないこと噂されるのは慣れているでしょうからね」

もっともだ。けれど、あの小津野陵である、そろそろ真相に気づき始めているかもしれない。

「話は少し戻りますけど」浅見光彦は言う。「経営陣首脳部の何人かはもちろん、〝甲斐のミダス王〟と呼ばれるべきなのは本来、相談室長楢崎聡一郎のことなのだと知っているでしょう。そして知っている者の中の一人が、室長の息子である匠さんだった。それで彼は、出現した姉に、『お前の父親は〝甲斐のミダス王〟だ』という動揺させるような告発を、いささか屈折した思いで送りつけたのではないでしょうか」

血色が薄くなっている楢崎聡一郎の顔を私は見ていたが、「そう……」と唇が動いたような気がした。しかしはっきりとした言葉にはならない。

声を出したのは匠のほうだ。

「でも、普通に考えてもいいんじゃないの、浅見さん」今だけなのか、声はあまり若々しくは聞こえない。「会長を〝甲斐のミダス王〟と思っている人が、勘違いか悪意でその告発メールを送ったって」

この発言には取り合わない様子で、添島刑事は楢崎聡一郎に向き直った。

「いかがです、楢崎さん？　上園望美さんはあなたの娘なのですか？　申すまでもないでしょうが、我々は、お宅の私的秘密を暴(あば)き立(た)てたいわけではない。ことは、犯罪解決に結びつくのです」

まったくだ。

楢崎聡一郎は、思案する様子で壁際をゆっくりと移動した。姿勢よく立ち止まると、半ば天井に目を向ける。だがまだ、口は動かなかった。

「あの時まで、娘さんが連れ去られる被害に遭(あ)っていることは知らなかったのですね？」

そんな切り口で、楢崎聡一郎に話しかけたのは龍之介だ。

全員の思いを、「あの時って？」と声にしたのは一美さんだった。

「ここの、会長さんの仕事部屋で、歴史景観研究センターの方々との通信を終えた後です。私と、会長さんと英生さんは、窓の外を見ていました。あの時、楢崎室長はメールを受けていましたね。息子さんからのものだということでした」

思い出した。二時二十分ぐらいの時だった。

楢崎からの返事は諦め、龍之介は浅見に尋ねた。

「匠さんは、浅見さんから連れ去り事件のことを聞いてすぐに父親にメールしたとのことでした。その時もう、被害者の名が上園望美であることは匠さんに伝えていたと思いますが、違いますか、浅見さん？」

眉間に軽く皺を寄せ、浅見は記憶を探っている。そして、

「ああ」と言うと、表情を晴れさせた。「言っています。伝えていましたよ、フルネームを」

「はい。わたしの記憶でもそうです」と、茜が裏付けた。

「その時、匠さんは驚きを隠していたのだと思います」龍之介が推理を語る。「いきなり自分の姉の名前が飛び出してきたと思ったら、攫われたというのですからね。事態の奇態さに、どうしても父親に知らせたくなった。〝上園望美という女性が連れ去られた事件の捜査班が来ている〟といった内容ですね」

むずかしい顔で長文を読み込んでいるという様子だったあの時……。

「常に優秀な執事のように、紳士的にそつなく何事もこなしていた楢崎聡一郎氏が、口ごもるように態度を曖昧にしたことが二度だけありました」

龍之介はそんなことを言いだした。なにを話し始めたんだ。論旨はつながっているのか？

「その中の一つがあの時でした。外の景色を見ながら、私たちはギリシャ神話のミダスの話をしていたのです」

「そうだったわね」と一美さん。「砂金の採れる川の後ろに山があって、その麓に住んでいる人の話」

「シーシュポスですね」英生は少しだけ微笑する。「冥界で、山の頂まで岩を押しあげ続ける永遠の苦役をさせられている男」

「この話題で知識を求められた時、楢崎氏は奇妙に答えをはぐらかしたのです。充分に知識があったはずなのに。ただ、もちろん、記憶は曖昧になることがあります。ですがその場合、そのままそう伝えればいいことです。失念してしまいました、と」

それがまさに、楢崎聡一郎だよな。

「ところがあの時、楢崎氏は、言い淀み、まさにはぐらかしたという印象でした。しかもそれだけでは済まなかったので、私も、変だなあと意識してしまったのです。珍しいことに、楢崎氏は、こちらの話に割り込んで中断させたのです」

なにやら私にも、軽く見ていいことではないのだと思えてきた。あの時、楢崎聡一郎は、まったく彼らしくなかったということだ。

浅見たちも集中して、龍之介の話の行き着く先を待っている。

「それで、あの時なにを話そうとしていたかというと、シーシュポスがそのような罰を与えられた悪事についてでした」

「一美さんがお前さんに訊いたんだよな」私は言った。「で、その男は、どんな罪を犯したんだ？」

「冥府の役人をだまして地上に甦ったとか、死神さえも手玉に取ったとかがありますが、こうしたのもあります。ゼウス神がかどわかした娘にかかわった、とされる逸話です」

「……そうかぁ」

英生が嘆息した。

あの時の話題は、娘が攫われたと知らされたばかりの父親にとっては生々しすぎるものだったのだ。珍しく楢崎の顔がしかめられ、両目が強く閉じられている。

「親の縁の薄い境遇に追いやってしまっている娘が、さらに悲劇の標的になったかのように誘拐された。楢崎氏は動揺せずにはいられなかったのです。自分の罪をも糾弾するかのような話題は、反射的ともいえる心情で避けたかった。赤の他人が連れ去られたというニュースだけでしたら、このような反応にはなりません」

龍之介は、楢崎聡一郎に声をかけた。首をわずかに傾げ、様子を窺うかのように。

「す、すみません、楢崎さん。もしすべてが私の思い違いなら、あの時息子さんから送られてきたメールを刑事さんに見せてください」

浅見の推理どおりに、匠が上園望美に対して屈折した思いを懐いているのなら、その文面は皮肉や揶揄を含んだものになっているのではないだろうか。あなたの大事な上園望美が男に拉致されているとさ……といったような。

もしかするとこの文面で初めて、楢崎聡一郎は、息子が娘のことを知っていると知ったのかもしれない。そして一方、上園望美がドナーとなったことは聡一郎はもちろん知っていたが、匠はそこまでは知らなかったわけだ。

しかし文面は手掛かりになりそうになかった。楢崎が、

「あのメールは削除しました」と答えたからだ。

これには添島刑事が目を剝くようにして声を荒らげた。

「削除ですって！　息子さんからの普通の連絡内容なら、なぜ削除などしなければならないのです？」

回答拒否の間に続いたのは、匠の声だった。

「俺も削除しちゃってます」

「そうですか」小声で受け止める龍之介は、貴重な文献をなくしたかのように残念そうだ。「もう一つの事件の発生を急報するのに、被害に遭っている人をフルネームで伝えることはほとんどないと思いますし、まして漢字で正確に書けるわけもないと思いますから、上園さんについて既知なのかどうかを知る傍証として、その文面は重要でしょうけれどねえ……」

文章のニュアンスそのものも大事だろう。上園望美の被害を、匠がどのような感覚で父親に伝えているのか。

添島刑事も苦い顔をしている。

「……令状がない現状では、それを無理に開示させられませんが……」

私は、浅見光彦へと目を移していた。少し前から彼は、山桑準たちとつながっているスマホを相手に小声でなにかやり取りしていたのだ。

浅見が動いた。

スマホの画面を、楢崎聡一郎の眼前に突き出したのだ。

そこには、車のシートに座っているらしい一人の若い女性の姿が映し出されていた。

『どうなのです、楢崎聡一郎さん。あなたはわたしのお父さんなのですか?』

どちらかというとスリムな体形で、髪は長め。黄色の化繊シャツが似合う、活動的ともいえる顔立ちをしている。

初めて目にする、上園望美の姿だ。

さすがに疲労感が滲むが、同時に、思いの丈を燃焼させているようなエネルギーも発散している。

　その気迫に圧されたのか、初めてといっていいほど、楢崎聡一郎の表情が激変した。相反する様々な思いが、中年男の面を揺らしていく。謝罪、感動、自責、情愛、弱々しさ——。

「無断ですみませんが、楢崎さん」浅見が機械的に言った。「このカメラも作動しています。あなたの姿も向こうに届いていますので」

　そんな言葉も耳に入っていないらしい楢崎聡一郎は、スマホ画面に指先をのばそうとするが、その動きを上園望美の声が止めた。

『あなたの姿を初めて目にします。あなたはわたしの顔を知っていたのですか？』

　楢崎は言葉も発せないようだった。しかしその目の光から察すると、成長した娘の姿をはっきりと見るのはこれが初めてなのではないだろうか。

『それが、お父さんの姿……。わたしを捨てたお父さんの』

　望美の声は急に冷ややかになり、瞬間的に楢崎を強張らせた。物理的な力を受けたかのように、姿勢が揺らぐ。

「すまない……」

　と、声が漏れた。

「今さら……、父親などと名乗れないさ。君が、次の家庭を築いて幸せになってくれればよかった。……なにが起こるか、判らないな」

　まるで空気を壊すまいとするかのように、添島刑事がそっと確認を取った。

「楢崎聡一郎さん。上園望美さんの実父だと認めるのですね？」

「……ろくでもない父親ですが」

「父さん」

声をかける匠を身振りで制し、楢崎聡一郎は口をひらく。

「上園さん。あなたの母親に罪はない。君と離れてしまった時のこと、私の罪、聞きたくはないか……？」

少しだけ、間があいた。

『知っておきたい』

「そうか……」

5

阪神淡路大震災の前日が、話の始まりだった。一月十六日。聡一郎、三十一歳。妻の忍（しのぶ）は二十五歳。

生まれて間もない女の子には、戸籍上まだ名前もついていなかった。出産した病院とは違う、家から通いやすい産院へ検診に連れて行った時、母親の忍は風邪がひどく悪化しかかっていた。産院は赤ん坊を預かることにし、とにかく風邪を治しなさいと強く勧めた。

「夫婦で風邪を引いてしまっていたんだ。だから産院の厚意にすがり、あの朝、親子は離れた別の場所にいた」

――たしか。

楢崎室長が、職場にあるパソコンを使ってでも娘に言葉をかけたくなったのは、有名な経済評論家がインフルエンザで死亡したと知ったからだったはず。気をつけろと、どうしても娘に言いたくなった。心理的にそこまで反応してしまうのは、たかが流感で家族がバラバラになってしまったことが、記憶の底で痛恨の傷跡になっているからではないだろうか。

「東灘区にあった自宅が、あの日の早朝、半壊した」

和室で寝ていた聡一郎は倒れてきたタンスの下敷きになって身動きができなくなった。妻の忍はキッチンに立っていたのかもしれないが、叫んで名前を呼んでも返事はない。聡一郎には幸い、怪我らしい怪我はなかったが、凍りついたまま地獄に取り残されたような絶望の数時間を経験した。それでも彼は近所の者たちに救い出される。正午頃だった。

キッチンのほうでかすかに声が聞こえたから、奥さんはそこじゃないか、と知らされた。しかしどう考えても、瓦礫の撤去には重機が必要だった。聡一郎は、指を泥と自分の血で汚しながら、少しでも妻を掘り出そうとし始めた。誰もが被害者として奔走の過程であり、集まってくれていた人たちもその場に留まってはいられない。他から至急の救助が求められればそちらに駆けつける。火災を食い止める。情報収集に走り回る。

「一人の時もあり、気も狂わんばかりの焦燥だったよ」

寒空だ。忍の風邪は重く、体調はただでさえ悪い。

「呼びかければ返事が聞こえるようでもあり、私は、妻の安否に気を奪われた。無事を祈り、狂ったように救助に力を振るった」

楢崎の視線が揺れるようにして、上園望美が映し出されている画面に触れたようだった。

「正直に言うが、その時、生まれたばかりの子供より、妻のことだけが……」

不意にそれは起こった。貧血に見舞われたかのように、楢崎聡一郎の膝から力が抜けた。

背の高い観葉植物に手を添えようとしたが、それは幹や太い枝がある木ではない、よくあるゴムの木で、楢崎の体を支えられるはずもなかった。楢崎はそのまま、へたりと床に腰を落とした。

彼の肉体が、当時の記憶と告白の重みに耐え切れなかったとしか思えない。

近くにいた刑事が手を貸そうとするが、それを拒み、大きな植木鉢に肘を乗せた楢崎は床に座り込んだままだ。

見ていたこちらにとっても少なからずショックだった。今まで寸分の隙もない振る舞いに終始していたスタイリッシュな男が、体面を整える最後の力さえ失っている。長い間、超然とした姿を保つために振り絞っていた力が尽きたともいえようか。

「あの時、私はそんな男だった、父親として人でなしの――。妻の命だけが大事だった。愛情のすべてをかけて救出を目指した。いうまでもなく、赤ん坊のことも頭に浮かんだが、周りの被害を見て、か弱い新生児では助かるまいと、言い訳を作りあげて意識から遠ざけた。……言い訳というなら、あれもそうだ」

楢崎はぐったりとし、目を伏せている。

「出産も育児も母親まかせにして当然と思っていたから、『俺は新しい家族のためにも仕事に専念しなければならないのだ』という、よくあるごまかしの理屈を自分で信じていた。だから、忍がどこの産院に子供を預けたのかも知らなかった。……そんな、まだ父親になるべきではなかった男が、なにもかもが崩れた街の中で、まず妻が無事であることを第一にしていた……」

画面の中の上園望美は、表情もなくひっそりと座っている。

責める責めないという気持ちに、私はなれなかった。まだ父親として若かった楢崎聡一郎を。あのような大異変は、実際に体験しなければ自分の行動も予測できないだろう。なにをするか判らない。父性や人間倫理の規範やらが不動でいるだろうか。

生き延びたことを実感し、多少落ち着けば、行動の指針も平静なものに戻すことができるのかもしれないが……。

「妻を救助できたのは真夜中をすぎ、曙光が差す前だった。後に、心療内科の医師は、もう少し救助が長引き、いっそ夜が明けてから瓦礫の外に出たほうがよかったかもしれませんと言った。――いや、細かなことは省くが、忍は心理的なダメージを負ってしまったのだ。真っ暗闇の中で圧死するような恐怖に一昼夜さらされ、その闇は、外へ出された後も続いていたのだ。日常の光を失った。閉所恐怖であり、暗闇恐怖であり、夜は悪夢に襲われた」

……大変な被害だな。聞いている我々には声もない。

「心にも体にも治療が必要な妻に、治療所の隅で数日間はかかり切りだった。妻とようやく、普通に近いコミュニケーションが取れるようになってから、私は赤ん坊の消息を探り始めた。しかしこの時は本当に、注目を集めたらしい金のナゲットを握っていた赤ん坊の情報は――」

言葉を中断した楢崎は、「ああ……」と思い出したように息を吐き、体を動かし始めた。一つ一つ動作を確かめるようにして立ちあがってくる。

背広の裾の土を払ったが、肘やその近くには土汚れがこびりついている。

「あの小さなナゲットは、新婚旅行の記念に持ち帰ったものだよ。北海道の枝幸にある砂金採掘公園で見つけたのだ。不思議と、金がついて回るな。だから、産院に預けてきたのだろう。貧しい中でも夢のような光を放つそれを、忍は子供のお守り代わりにした。だから、産院に預けてきたのだろう。自分の身代わりに。それを地震の直前、看護師が握らせたのだろうな。握った物を自分で飲み込む力もまだない新生児だったから、危険ではないと思ったのではないかな」

そのナゲットは赤ん坊の格好の目印になるだろう。……そのはずだった。

「一、二週間聞き歩いたが、誓って言う、私は金のナゲットを握った赤ん坊の情報に接することはできなかった。だから、子供の安否情報を待ち続けた忍に、死んでしまったと考えるしかないと伝えた。事実、そう思っていた」

『……いつ、生存を知ったの？』

そう問う望美の声のほうに、楢崎はある程度の角度まで顔を向けた。

「ガスや水道が復旧した頃か。震災から三ヶ月後ぐらいだな。だがその頃、私はもう、忍の杖となって二人で生きていく意志を固めたところだった。情けない本音を打ち明ければ、壊れかけている忍を支えて生活していくだけで精一杯だった。自分が子育てなど、あのような状況ではなおさら、想像もつかなかった。小さなあの子は、環境の整った施設で見守られて育つほうが幸せになると思った。だから――私は逃げたのだ、神戸から。放棄したことに背を向けた。逃げ出す理由に、妻の精神的な状態もありはしたがね……」

また言い訳として受け取られることは覚悟しているという表情だった。

「妻は、破壊され尽くした街並みを見ることに耐えられなかった。発作を起こした。テレビも見せられなかった。当時はどこでもその映像が流れ続けたからね。ラジオからのニュースは大丈夫だったが、テレビは駄目だった。それで、震災地区からは早めに逃げ出したのだ。視覚的な情報を遮断した。少しでも彼女の神経を休めたかった。何ヶ月経ったか……、神戸の行政機能が回復してから、様々な異例の手続きの中、私は子供の出生届と死亡届を提出した」

だからね、と、楢崎は望美に声を向けた。

「忍は、君を喪ったものと思っていた。その悲嘆と罪の意識が、彼女の心の力を奪ってもいただろう。だがそれは仕方がないと、私は目をつぶった……」

「最初から山梨に転居したのですか？」と浅見が訊いた。

「そうです。南部の、小さな温泉街に。妻は徐々に回復していきました。……それでも、蒲柳の質になってしまったといいますか、晩年までどこか体調が優れないままでしたし、稀に発作に襲われもしました」

母の思い出を背中で受けるかのように、前屈みの匠は重く頷いていた。

「越してから二年、三年、生活はそこそこ落ち着き、匠が生まれ、その少し前には小津野グループに吸収されることになる小さな観光イベント会社で私は働いていたのですが、合併時の交渉ぶりがよかったらしく、当時の小津野陵常務に目をかけてもらうようにもなりました。そうした人並の平穏を得てから、私は、生き別れている娘のその後を調べるようになったのです。記録はかなりガードされていましたが、金のナゲットを握っていた赤ん坊のことは噂になりやすく、その点でたどりやすかったですね。震災から数年を経て、私と忍の長女は上園望美となりました。いいご夫婦に引き取られたと確信できた時に、娘の人生を追うことはやめたのです」

『ふん。それから、見捨てる時期に入るわけだな』

そう皮肉な口調で責めたのは、山桑準だった。

楢崎聡一郎には反論する気配もなかったが、いささか意外なことに、匠が、にらむような視線をスマホに向けた。

ぎこちない空気には関知しない様子の添島刑事が、捜査上の確認を取るという口ぶりで相談室長に話しかけた。

「楢崎さん。上園さんの両親が亡くなった頃から、あなたは、上園さんが〝遠くの無名〟氏と名付けることになるかかわりを始めたのですね？」

楢崎は素直に頷いた。

「事故のことは報道で知りました。小さな扱いでしたが、上園雪乃（ゆきの）さんが交通事故で亡くなり、同乗していた娘さんも怪我を負ったというものでした。その後、上園望美さんが短文投稿サイトにアップした書き込みもすぐにキャッチできました。父も母も亡くなって独りになり、リハビリも大変だと打ちのめされていました。なにかせずにはいられなくなったのですが、まあ、やったことといえば、ネット上の交流で気持ちを守りたてるようにするだけでしたが……」

『判ったでしょう、ひとし』上園望美の硬い声がする。『小津野会長は、わたしとなんの関係もないの』

山桑準が黙り込んだのは、ほんの三、四秒のことだった。

『いや、待て。その楢崎って男は、財団の中でもかなりの地位なんだろ？ 高給取りの金持ちだ。たんまり払ってもらうことができる』

『あんた、身代金を要求して、言い訳のしようもない誘拐犯になりたいの！』

『いやいや、俺じゃない。お前がもらうんだ』

『おんなじよ！』

『いらないなら最終的に俺がもらうが、お前には堂々と、慰謝料をもらう権利がある。人生大逆転になる富の分け前をもらえ』

「それはそのとおりだ」楢崎聡一郎が、言い合いの流れには逆らわずに割って入った。「今までなにもしてこなかったのだ。父親としてここで——」

望美の声が爆発した。

『あなたは父親じゃない！』

画面が大きく揺れるが、楢崎に指を突きつける望美の姿は捉えている。

『わたしの母親は雪乃で、父親は隆太っていうの。父さんは、七歳のわたしが自転車で転びそうになった時、自分の指は骨折しても守ってくれた。中学の時、友達と旅行に行って来た時は、眠れなかったと言って笑った。自分の手でわたしの手を温めてくれる手袋ごっこが好きだった。それがわたしの父親なの！』

楢崎聡一郎はまた倒れるのではないかと見えた。

蒼白な彼は、壁に触れて体を支えている。

「そうだな。もちろん、そうだ……」

上園望美は、〝遠くの無名〟氏に父性を感じ、心の支えとしてきたはずだ。その相手ともし出会えれば、照れつつ感謝の思いをぽつぽつと語るはずだったのではないだろうか。

自分の反応に、彼女自身が嘆き惑っているかのように、額の辺りを——あるいは目元付近を手で覆っている。

『そ、そしてね……。見知らぬ生みの両親に、この子を幸せにすると心の中で誓ってくれた……そんな人たちなのよ』

楢崎聡一郎が、細く息を吐くように言う。

「素晴らしい父上で、母上だ……。君の両親でよかった……。さて、ここからは、そこの男性に言う。山桑くんといったかな」

楢崎の声の質は、日頃のものに近くなった。

「君の言うとおり、私は自分のできる限りのことをする。全財産を渡したっていい。だからもう、その女性を、ただちに解放してくれ」

『……』

「どうだね？ 君がもし刑務所に行っても、私からの譲渡は成立するように手続きをする。嘘はつかない」

こうした提案に、刑事たちは目を見交わしている。

「君が満足できるまで話し合おう。娘——その女性をここに連れて来てくれたまえ。その子に会わせてくれ」

山桑は望美に話しかけ始めたが、それはいかにも人の情理に疎そうな内容だった。

『なんだかよく判らんけど、望美があいつに復讐したいなら、もってこいじゃないか。むしり取ってやればいい。進んで差し出してくれそうだしな』

　望美から返事はなく、

『なんでもしてくれるっていうんだぜ』と不満そうにした山桑だが、なにか閃いたらしく、すぐに声を高めた。『楢崎って人。なんでもしてくれるっていうんなら、高飛びへの協力もしてくれないかな。そうすりゃ、望美は大事に引き渡すよ』

「判った」

　請け合ったその返答は、周りに様々な反応を巻き起こした。しかし楢崎聡一郎が理性をなくして安請け合いしているわけではないことは様子で伝わってくる。

「だがさすがに、電話で済ませられる話ではない。じっくり話し合って警察とも交渉するために、ここへ来るんだ」

『その交渉事に、娘の命を懸けるんだな？』

　一瞬認識が遅れたが、画面に突然映し出されたのはナイフだった。

　楢崎聡一郎は青ざめ、場の空気が固まる。私の後ろにいる茜は息を呑み、ついでに龍之介も息を呑んでいる。

　一番落ち着いているのは、画面の中の上園望美かもしれない。

　その気丈な眼光から力を得たかのように、楢崎は口をひらいた。

「法に触れるかもしれない交渉だ。彼女の無事を身近で確認しなければ、始める気もないからな。私がすべてをなげうって君の希望に添うのは、彼女の無事な解放との引き換えだ、いいね？」

　ここで添島刑事が、楢崎聡一郎をスマホの前から引き離した。

「後は我々が詰めます」

高飛びの是認など、譲歩を引き出す戦法だとしても、勝手に進めさせるわけにはいかないだろう。

楢崎は、「頼みます……」とか細い声で言うと、人のいない場所へと離れて行く。

一美さんが静かに近付き、「ご気分は大丈夫ですか?」と気にかける。

「ああ……。すみません、色々とお恥ずかしいところをお見せして……」

「いえ、そんなことは」

スマホを添島刑事に渡して歩み寄っていた浅見光彦に、

「これで、犯人が上園さんを解放してくれる公算が高まりましたね」

と、一美さんが明るめの声をかける。

「そうですね。あの男に、ナイフを実際に使う度胸はないでしょうし」

浅見のその答えは、楢崎聡一郎を思いやってのもののように、ちょっと思えた。武器も捨てさせるほど満足させるためにはまだ一押し必要かもしれないと、浅見が危惧していても不思議ではない。

龍之介も似たような表情をしていた。

楢崎はこの時になって、自分の服装の土汚れに気づいた様子だ。

「これは着替えないと……」眉をひそめる様子もまだ弱々しい。「ちょっと失礼してきます」

着替え？　と、私は横にいる英生に目顔で尋ねた。

二階の一番奥に彼らの母親のフィッティングルームがあり、その隣が側近スタッフの休憩部屋で着替え部屋でもあるという。直次の部屋の一つ奥になるらしい。ハウスキーパーの老松は、来客のクラスによって服装を替える。相談室長も、突発的で流動的な仕事などは日常の範疇であるから、喪服からカジュアルなウェアまで衣類が揃っているという。

スマホのスピーカー機能は切られていたが、山桑準の声が漏れ聞こえてくる。『高飛びは無理でも、そっちに出頭すれば減刑になるかな?』などと、相変わらず勝手なことを言っている。最後には、『決着はそろそろ考える。腹も減ってきたしな』と放言して通話を切ったようだ。

階段を一段一段のぼって行く楢崎聡一郎は、息子に、「すべて話していいからな」と言葉をかけた。

添島刑事らの動きは、慌ただしいほど機敏になってきた。本部と連絡を取っている。上園望美の父親は楢崎聡一郎であったことが報告され、山桑準が小津野財団本部エリアにやって来ることも想定できるようになったので、それに備えた布陣などが話し合われていく。

玄関の外、駐車場に車が何台もやって来た。警察車両かと思ったがそうではない。小津野陵会長や此花拓哉たち、そして、歴史景観研究センターのメンバーもいるようだ。

6

玄関ホールは、俄に人口密度が増した。靴もけっこうな数が並んでいる。

警察から足止め指示は受けていないので、センター職員のうち、湯川博巳と桐谷いおりはすでに帰宅しているそうだ。従ってここに来たメンバーは、センター長の校倉浩一。総合部長の戸田亮太。事務長の大久保すず子。そして、調査主任である近藤隼人の四人になる。

彼らは本部の様子を窺いに行こうとしたところ、会長らの車がこちらの道を私邸へ向かっているのに気づき、後を追う格好になったという。

本部職員は、黒部治、此花拓哉、小柴一慶の三名。懇親会はすっかり終了したわけだ。

ホールの一角には四人掛けの長椅子があるが、そこに一人で座っている小津野陵会長は、ややうつむき加減だった。

今着替えに行っている楢崎聡一郎が認めた、上園望美との秘められた親子関係。それを小津野陵は聞かされたところだ。そして、この件を密告まがいのメールで上園望美に伝えたのは楢崎匠らしいということも。

「そういうことだったか……」

霧の向こうでも見るかのように、少し目を細めている。

「告発メールの〝ミダス王〟は、正しく楢崎室長を指している可能性も何パーセントかはあるか、と思いはしたが……。まさかな……」

顔をあげた小津野陵の視線は、真っ直ぐに楢崎の息子を捉(とら)えた。

「匠くん。血のつながった姉のいることを、君はいつぐらいから知っていたのだね？」

蛇(へび)ににらまれた蛙(かえる)の如(ごと)く、匠は微塵(みじん)の抵抗もなく答えていた。父から、すべて話していいと言われたことも大きいだろう。

「確信したのはやはり、本部棟のパソコンで父がやり取りしたメールの内容が窺えた時でした」

その時の状況を匠は説明した。一人残っていた彼は、小さなホワイトボードを階段を使って二階からおろすという雑務をしていた。一階に近付いた時、慌てたようにして玄関から走り出て行く人影に気がついた。それがどうやら父親だった。不審に感じ、父がいたとしたら小部屋ではないかと当たりをつけ、作業を終えてから入ってみた。そして、もしやと思いパソコンの中を覗いたのだ。すると、メール画面に返信が入っていた。父は送信履歴は削除していたが、人の気配を察知して急いで離れたためか、メールサーバーからログアウトはしていなかった。それで匠は、返信者に告発文を送りつける衝動を覚えたのだ。

「あの時まではどうだったのだね？」と小津野陵の問い詰めは続く。

「震災で、生まれてすぐに死んだ姉のことは聞いていました。その姉のことを、父が時々口にするようになったのは、母がひどく弱ってからでした。母は、四年前の夏に亡くなっています」

「うん。残念だった」

「母が長く患っている時に、父は娘という言葉を出すようになりましたが、それが時に奇妙でした。『娘に介護に来てもらえるなら、気も回るだろうに』といったように、仮定というより今生きている相手のことを話題にしているようなことが何度かあったのです。それに、父には、誰かとこそこそ連絡を取っているような様子がありました。愛人かと疑っていましたが、母が亡くなってからも、その関係を隠し続けている気配です。一度など、父の後を尾けて、似合いもしないマンガ喫茶でパソコンを使っているらしいことを突き止めたりもしました。他にも、なにかを思い出している時の、父の表情や呟き。そういった色々なものが重なって、もしかすると姉は生きているのかと考え始めました」

「楢崎には……、父親には訊いて確かめなかったのか？」

初めて、小津野陵の問いに対して匠は躊躇の間をあけた。

「父にとってはその相手との関係は大事なもののようで、簡単に答えてくれるものなら、もっと早くに話してくれていたでしょう。俺は、いつも誰かと比べられているような気がしていました。どうやらそいつとなにか話したなと思える時、父は満ち足りたような様子でした。俺との生活にはないものを夢見ているようで……。まあ……」

自嘲する匠は、苦いものも味わっているようだった。

「俺もつまらなくくだらない不始末を幾度かして父を失望させていましたから、自業自得ですが。……それで、上園望美からのメール内容を初めて見た時、やけに素直で信頼感に満ちて、美しく釣り合った形をした関係だと思いました。でも、真実を知ってもその関係を保てる強度があるのかどうか、試してみたくなったんです。あんたは誰と交信しているのか知っているのか、と」

　姉への思慕がわき起こる余地は、彼の中のどこかにあるのだろうか。時間がそれを作り出すのか……。

「気を迷わすような文面のメールを上園望美さんに送ったのは、君で間違いないのだな？」

　頭を垂れつつ、匠は、「はい」と答えていた。しっかりと芯のある声だった。

　一つの自供を引き出すと、小津野陵は次に、添島刑事に顔を向けた。

「刑事さん。上園さんの実父が私ではなく楢崎室長だと知って、犯人はどう出たのです？」

　途中から加わっている他の聞き手も興味深そうな視線を注いでいる。

　添島刑事は、楢崎室長が山桑に持ちかけた交換条件のことを語って聞かせた。全財産と引き換えにしていいから、ここで上園望美の身柄を解放するように、という交渉。山桑は出方を明言していないが、引き渡しに向けた行動に出るかもしれない。

「それで、阿波野くんが殺された事件のほうはどうなっているのですか？」

　大久保すず子が気がかりそうに、焦燥を交えた声を出す。

　そうだ、と何人かの声も和す。

　黒い髭を揺するようにして、此花がこう言った。

「山桑という男と阿波野は、一応仲間だったのですよね？　他にも仲間がいるんですか？」

「まだ不明です」添島刑事はそう応じた。「山桑は二人だけだと思っている気配ですが」

「私たちセンターの者で、容疑が晴れた者はいるのですか？」

　そうした問いを発する校倉は、瞬きもせずに答えを待つ。

「まあそれも……」メガネをつまんでから、添島刑事は対応を決めた目になった。「これはもう本部方針になっていますから、犯行現場の捜索範囲を絞ろうとしていた時に転機となった発見をお話ししておきましょう」

龍之介も浅見も、ぐっと集中力を増している。小津野陵は長椅子から立ちあがっていた。

「発見とはなんです?」

浅見が訊き、添島刑事が話していく。

「我々は当初、被害者阿波野さんの体を乗せた車はセンター方向から走って来て、あの現場で事故を起こしたと考えていました。車体の頭が、浅い角度とはいえ下流のほうを向いており、車体は左前部で道の脇の岩にぶつかっていましたから」

下流に進んでいれば、右側の崖下が川原で、左が盛りあがっている岩場になる。左にぶれた車体が岩にぶつかったという想定とぴったり合うはずではないか。

「違ったのですか?」と龍之介が訊いた。

「違いました。タイヤ痕でそれが判明したのです。すっかり乾き切っている地面なので判りにくいですが、急ハンドルを切るようにして事故が起こっているので、さすがにそのタイヤの痕跡が残っていました。これによると、あの車は下流から走行して来ていたのです。そして右に向かってハンドルが切られ、岩には、角度的にはほぼ正面から激突した。その衝撃で、車は車体の後ろを上流側に向ける角度に弾かれた。反射角のイメージですね」

なるほど。

「車体の左前部でぶつかったのはたまたまです。岩の形状と、そこへの突っ込み方で、左が主に衝突部位になっていた」

「なるほど」浅見が言う。「それは充分に起こり得ることですね」

「タイヤ痕と岩の形状から鑑定されたこの検証結果は確かなものです」

そうか。それで、本部で行なわれた再度の事情聴取の折り、車道の車が見えなかったのは確かかと念を押されたのだな。上流ではなく下流から走って来ていたのを見た者がいないか知りたかったのだ。

添島刑事が続けていた。

「こうした状況になっていた車中で、犯人は阿波野順の息の根を止める所業を行なった。予想外の争い事でそうせざるを得なかった。半ばパニックになり、争いで息もあがっている犯人は、急いでその場を離れようとして操作ミスを犯し、脱輪した」

ああ……と声を漏らしつつ、何人かが頷く。

「事後処理に必死に頭を絞った犯人が火を放ったのには、こうした理由もあったと思われます。炎が車体全体に回ればやがて爆発もするでしょう。その爆風の影響とバラバラに吹っ飛んだ車体の破片や炎の広がり、さらに消火剤が、地面のタイヤ痕をすっかり消してしまう。そうなれば、車はセンター方向から来たという誤認から捜査陣は抜け出しにくくなるでしょう。ところが……」

添島刑事は、私や一美さん、龍之介に視線を向けた。

「そうなる前に車を消火してくれた方々がいたので、犯人のこの点での偽装計画は未遂で終わったのです」

ここで添島刑事は、今度は小津野陵らに視線を巡らせた。

「これで、本部の皆さんも容疑者になったのはご理解いただけるでしょうね」

普通に考えれば、センターにいたメンバーよりも下流の人間たちのほうがずっと怪しくなったのではないか。下流から車を走らせた犯人は、車と阿波野順の体を、本来あるセンターに戻したかったのだ。

龍之介が言った。

「センターで阿波野順さんの姿が見えなくなったのは、十時二十数分頃。事故が発生して殺人が行なわれたのが、およそ十一時十五分。下流にまで行っている時間は充分にありますね」

「だいたいなんだって、阿波野は仕事中に持ち場を離れたんだ？」総合部長の戸田が、少し厳しい顔で問いを発した。「犯人に呼び出されたのか？」

「いや、それはあれだろう」此花拓哉が推測を言う。「〝マイダスタッチ〟ってやつで探っていたお宝だかなんだかを発見した気になって、突撃精神を発揮したんだろう」

「あんな時間帯に？」

「必然性があるのかどうか……」浅見が、思案がちな目を我が従兄弟に向けた。「その点、龍之介さんにはなにか推測があるのですか？」

龍之介は少し間を取った。

「小津野家の内情を探り、歴代受け継いできた周辺の土地を隈無く調べたいと執念を燃やしていた阿波野さんは、今年の春、遂に、阿波野さんの思惑にとっては絶好の場所に建つ職場に就職できたということだと思いますが、まずそこからの流れであの方の思考や行動を推し量ってみてはどうでしょう」

龍之介らしく、不器用ながら丁寧に話を進めている。

「この度の砂金採りイベントは、県が主導したのですね？　重川の選定もそうですか？」

本来なら楢崎室長が答えるところだろうが、今はセンター長の校倉がそれをした。

「そうです。重川も、向こうの希望でした。ご承知のとおり、財団側ではセンターが対応することになった」

「なるほど。重川を選択するほどの発言権は、阿波野さんにはなかった。しかし、重川のあの場所を会場にするように仕向けることは、阿波野さんにとってもむずかしいことではなかったでしょうね。調査主任の近藤さんと阿波野さんが担当で、阿波野さんは大変熱心だったと聞きました」

「熱心で、頭角を現わすほどの力を発揮してくれました」これは近藤の発言だ。「でも、強引に誘導したとかそうしたことはないですよ。あの場所は、会場として実に妥当です。もっと上流ですと渓谷(けいこく)になってきますから、平らな川原で、なおかつ、周囲に迷惑をかける民家がないとなると、あの一帯が最適だと、誰でも候補にあげます」

「それは阿波野さんにとって好都合だったわけです」

「龍之介」私は思わず訊いた。「あのイベント会場の選定推移が、阿波野順の事件となにか関係あるのか？」

「背景としてはあると思いますよ、光章さん。まず、あの川原が候補地となった時点から、会場の下調べという名目であの周辺を歩き回ることができるようになります。〝マイダスタッチ〟でピックアップされている一帯まで、あの川原からは車で五分程の距離でしょう。仕事中に時間を見つけての独自の実地探索を目立たなくできます。あの一帯でセンターの車を見かける人がいても、気にされなくなりますね」

「そうだな」

と言う私と同じく、頷く者が何人かいた。

「確かに」と、近藤隼人も思い出すように言った。「よく出かけていた。職場への拘束力、うちは緩いしねえ」

「そうしているうちに、阿波野さんは目当てのお宝の実在を嗅(か)ぎつけ始めた。仮に、お宝は埋蔵軍資金としておきましょうか。その埋蔵場所を最終的に確信したのが二週間から十日程前になります。〝マイダスタッチ〟を完成させつつ、後は、お宝の実物を手に入れるなり、証拠の写真を撮るなりすればいいだけになりましたが、この行動計画に、砂金採りイベントを利用できると阿波野さんは気づきます」

「どう利用できるんです？」と茜。

「当日、直接の上司である近藤さんはイベントにかかりっ切りになります。朝の準備から始まって昼すぎまでかかるでしょう。この間に三十分程度時間を作り出せば、自分の目的は達せられる。そこで阿波野さんは今日、姿が見えないぞとすぐに騒ぎにならないように、センターに戻ってから仕事を中断しているらしいと見せかけ、目的地に急いで車を走らせたのです」

「いや、でも龍之介」疑問が浮かぶ。「夜があるだろう、夜が。誰にも見つからない暗闇の中、時間はいくらでもある」

「誰にも見つからなければそうですが、闇の中の明かりって目立ちますよね。見つかる危険が低くはない。阿波野さんが探索しようとしていた場所は小津野家の私有地である可能性も高く、そんな場所でうろついていて発見されたら言い訳も立ちません。昼間でしたら、まだ、センター調査部門の一員として言い抜けることもできる。それに、今まで何ヶ月もそうやって昼間に人の目をかいくぐって探索を続けてきたという成功体験もあるでしょう。ノウハウがあり、慣れているという精神的な強みがある」

ああ。最後の最後にやり口を変えて九仞の功を一簣にかくような失態になれば、悔やむに悔やめないという心理状態はあるかもな。

「また、この要件も大きいかと思います。作業の危険性です。森の中を迷わずに無事に移動することもそうですし、転落、滑落、土砂への埋没など、闇の中、一人でリスクなくできる作業ではない可能性が高いです」

自然の中を歩き回ることを専門にしている職員たちが、揃って頷いている。

阿波野順も、兄の最期を探るうちに様々な仮定が切実に脳裏に迫り、慎重になっていたのかもしれない。

「そして」と、龍之介の話を引き継ぐかのように、浅見光彦が口にする。「埋蔵軍資金を見つけてしまえば、そこで、事態も阿波野順の人生も劇的な転換を迎える。その時点で仕事を辞めてしまってもいいわけですよ。後のことはかまわない」

「だから、仕事中に強行してもかまわなかったわけか……」

と呟くセンター長校倉は、どこか寂しげな思案顔だった。

「発見時において、雇用主としてのトップである小津野家と権利的に対立する立場にもなるのですから」

それを浅見は指摘した。

「といっても元々、阿波野順は、対立を覚悟しなければならない相手の懐に潜り込んでいたのですけれどね。——そうだ」

浅見はさらになにか思いついた顔になった。

「阿波野順は、いわば敵地で小津野のような権力と対峙することになるから、大きな味方が近くにいる今日というタイミングを選んだとも考えられます」

「大きな味方？」龍之介が聞き返している。

「テレビクルーですよ、龍之介さん。テレビ撮影のメンバーがいたのでしょう？　お宝の物証なり証拠写真なりを、彼らに見せれば、もう公のステージにあげてもらったも同然ですからね。マスメディアの興味が阿波野順をガードすることになり、小津野家に個人として握りつぶされる危機を遠ざけられます」

なるほど！

ただ、阿波野順がこっそりと小津野家と交渉しようとしていた場合は、その手は取らないだろうが……。

といったようなことを口々に話し始めて場が少しざわつく中、小津野陵会長が、刑事ではなく龍之介に訊いた。

「龍之介さん。今度の殺人事件は、阿波野順が自ら(みずか)の秘策に沿って行動したところから発生したのはまず間違いないと見るのだね？」

「はい、会長さん。確証はありません。唯一の合理的な推論でもありません。ですが、これが総体的な流れとして最も自然だと感じます」

「僕の勘もそういってます」浅見光彦の目が深いところから光を浮かべる。

ざわめきが大きくなっていった。色々な疑問や臆測が交わされていく。

犯人は、阿波野の計画を察知して待ち伏せしていたのだろうか？　阿波野がなにかミスをしたのかもしれない。敵である犯人を呼び出し、刺激しすぎたのではないか？

そうした中、浅見が、「ちょっとスマホを貸してくれませんか？」と、茜に声をかけていた。

「どうしました？　携帯電話(ケータイ)のバッテリーが切れそうだとか？」

「いえ、ちょっと調べたいことがあって。でもそうなんですよねえ、バッテリーも切れそうなんです」

どこか少年っぽい顔で言った浅見の視線を追い、私もガラス壁の先にある駐車場に目をやった。浅見のソアラが、先ほど集まってきた車で囲まれている。車内に、充電器があるのだろう。

「その携帯電話(ケータイ)に合いそうな充電器でしたら、わたし持ってるかもしれませんよ」

そう言う茜に、浅見は「え？」と目をやった。

「バッグの中に、色々とぐちゃぐちゃ入ってるんですよ」茜は恥ずかしそうに微笑した。

「でもそれは助かります」

「バッグ、基地として使わせてもらっているご長男の部屋にありますから、待ってて——」

「いえ。一緒に行きましょう。基地も見てみたいですし」

こうした時の微笑は、本当に爽（さわ）やかだ。

二人の会話を聞きつけて、龍之介も、「では私も行きます」と近付いた。「あのパソコンでの作業、続けたいので」

私と一美さんも戻ることにする。

茜から受け取ったスマホを操作している浅見が傍らを通りすぎた時だった、小津野陵会長が、なにかを不意に察知したかのように急に振り返った。

「浅見さん。あなたは何代めなのだね？」

唐突とも思える問いかけに、足を止めた浅見は言葉も返せずにいる。

「君の血筋も名門なのではないかね？　歴史ある家系の、若き総領なのだろう？」

「と、とんでもない」浅見はうろたえるほどの様子で否定する。「家系や血筋をどうこういう家ではないですよ。ま、まあ、祖父や父が骨のある仕事をしてきたので恵まれた家庭だとは思いますが、歴史を背負う名門とは程遠いです」

「そうかね……？」

「はい、本当です。中でも僕は、落ちこぼれの困った次男坊ですから」

一礼して階段に向かう浅見光彦を、自分の勘がはずれて不思議そうになっている小津野陵が見送る。

途中まで階段をのぼった時、私はホールを見回してみた。犬山省三の姿が見えないようで、なんとなく気になったのだ。彼はやはりホールにいないらしい。

「ありがとうございます」

階段をのぼったところで浅見はスマホを茜に返した。

続いて浅見の携帯電話が鳴り、それに出て相手を知ったらしい浅見が、いきなり硬直した。立ち止まって直立不動の姿勢になり、かしこまっている。

――どういう相手だ？

驚くべき反応ではないか。浅見光彦に最敬礼させているようなものである。名探偵ぶりを堂々と示し、名門の総領だろうと小津野陵に言わしめたほどの男に。

私たちに、先に行っていてくださいと浅見は手振りで伝えた。黄金の像の前から、私たち四人は廊下の左側へ向かう。いたずらを見つかった子供のような足取りの浅見は、右側の廊下を奥へと進んで行くようだ。

「お母さん……」

と言っているように聞こえた。

7

浅見家のダイニングルームで、電話台の上の電話に姿勢よく向かっているのは、光彦の母、雪江(ゆきえ)未亡人だった。自宅にいても、和服姿に一分の隙もない。

「本当なの、光彦？」

真っ直ぐに発声された声が厳(おごそ)かに響く。

「ニュースで知ったのですよ。あなたの出向いている山梨で殺人事件が発生しているではありませんか。なんだか無性に嫌な予感がして、念のためと思って陽一郎さんにお電話したら――。いえ、そのようなことはどうでもいいのよ。ごまかすんじゃありません。あなたのことを訊いているのです」

戸口近くで慎ましく控えているような顔をしてしっかり聞き耳を立てているのは、お手伝いの吉田須美子である。

大奥様が光彦坊っちゃまを叱りつけすぎないか、内心ハラハラしどおしであった。

坊っちゃまは危なっかしくて仕方がないと、彼女自身心配し続けているのだが。

「どうしてあなたはそう、探偵まがいのことをするのです」

そうそうと、須美子は内心頷く。本当にどうしてでしょう。

「……時間がない？　なんですか、母親にその口のきき方は？」

離れていても漏れ聞こえてくるほど、光彦坊っちゃまは猛烈に弁解している。誤解を解こうと必死な様子。冷や汗は一リットルほどだろうか。洗濯が大変だ。

「……待っている女の子にとっての時間？　……まあ。移植を待っている患者さんなのね」

それからしばらく、大奥様は耳を傾けていた。

「あら、そんなことが……」

声や雰囲気が相応に落ち着いていく。同情して頷く気配もあった。

「そうですか。それは大変立派な人助けね。そのような事情でしたら、それはそれでしっかりおやりなさい。ですけど、判っていますね？」

浅見家の誰もが背筋をのばす間があけられた。

「なにからなにまで充分に気をつけること。陽一郎さんにご迷惑をかけるようなことがあってはなりませんよ。……必ずご連絡なさい。はい、気をつけて」

ゆっくり間をおいて、受話器は戻された。

少し疲れた様子で椅子に座った大奥様から、少しして、

「須美ちゃん」と呼びかけられる。「あの子は変わらないわねえ」

「はあ……」

「いつまでもふらふらして、将来にとって有望なお話もまったくなく……」

「ですけど、坊っちゃまは生き生きなさっておいでです」

つい、擁護もしてしまう。

「わたくしはね、須美ちゃん。あの子のことを本当に心配しているの」

「もちろんでございます」

「何度も何度もこうして気を揉んで忠告するけれど、まるで、運命を相手に心配しているような気になるわ」

「運命――」

「動かしようのない運命に、なにができるのでしょうね」

光彦坊っちゃまの運命。定められた道――。

「変えられないものに、挑発されながら無駄にあらがっているのではないかしら。……でも、まあいいわ。気を揉むのもわたくしの運命なら……」

「大奥様」

須美子は、うまくまとめられないながら、言葉にせずにはいられなかった。

「光彦坊っちゃまの運命でしたら、必ず、恵まれた場所に行き着きますよ。必ず」

そうだといいわねえ、と、大奥様は言う。

雪江は、かつて二十一歳の娘を喪った母親として、残った子供たちの安全をなにより重く見てしまうのも当然だと感じている。その一方で、避けがたいものへの覚悟も胸の内にあった。それが人生だ。特に男子たるもの、悔いなく己の生を全うすればいいのだろう。

こうした感覚が古風な猛母なのだと、光彦には恐る恐る揶揄されるけれど、どうなのでしょうか、と雪江は亡夫に尋ねてもみる。当時の大蔵省の主計局長にまでなりながら五十二歳で急死した秀一。

突然夫に去られながら、子供たちをよく育てたと思うし、みんなよく育ってくれた。弟より十四歳年上だった陽一郎も、しっかりと父親代わりをしてくれた。

改めて思えば、ニューヨークにいる次女の佐和子も含め、個性的な子供たちだと、微笑も浮かんでしまう。

人生を無事に長く過ごせることを祈るばかりだ。

気がつくと時間がいつの間にか経っていたらしい。

須美子の気配が少し離れた所で佇み、香り高く淹れられた紅茶が目の前にあった。

8

「ふうっ」

緊張を解く息を吐き、浅見は携帯電話をポケットに入れた。母の機嫌を直すことだけに神経を使っているうちに、廊下の一番奥まで来ていたようだ。

右斜め前方のすぐ近くに、高く、黄金で覆われた像がある。玄関側にあるのは裸婦像で、ここのは神話の登場人物だろうか。同じく女性だが、ドレスのような長い衣（ころも）をまとっている。頭には、月桂樹（げっけいじゅ）と思われるものを輪にしてつなげた冠（かんむり）。前に差し出された右手には、天秤を持っている。その天秤で、事や人物の善悪を裁く役回りだろうか。

天秤はもしかすると、先祖の金山奉行にも関係するモチーフなのかもしれない。金の精錬にも小判作りにも、正確な秤量（ひょうりょう）技術はかかせないだろう。そして、天秤で金貨の価値を計る様（さま）……。

玄関側の婦人像スペースと同じく、ここも薄く色の入ったガラス壁で目の高さぐらいまでが囲われ、その中央に堂々と、見あげる高さに像がある。威厳ある女性だ。

ふと苦笑が浮かんだ。お母さんのこんな像を建ててあげたら、どんな反応をするだろうか。

だが次の瞬間には、その表情も引き締まっていた。

善悪。罪。それらから連想するまでもなく、事件のことが頭に広がる。茜のスマホで調べて確認した簡単な歴史的事実。あれが意味するものは……。

どういうこともない説明がつくことなのだろうか？

そうではないような気がする。だとすると、阿波野順を殺害した犯人は――。

そこで思考は中断した。茜の姿が見えたのだ。廊下の中程でひょいと顔を覗かせ、浅見の姿を確認すると笑顔になって小走りで来る。

東西にのびるこの廊下は、二十メートルほどの長さだろうか。浅見が今いる東側が、玄関の反対側で、建物の奥になる。中央を走る壁によって、北側と南側の廊下に分かれているが、三ヶ所で行き来ができる。西と東の端、それぞれ女人像を回り込む形でつながっているし、中央にも、壁がないスペースがある。ここにはもう一つの階段も設置されていた。

龍之介たちと一緒に北側の廊下にいた茜は、この中央のオープンスペースを抜けてやって来たのだ。

浅見の前まで来ると、手の中の黒い品を見せてくれる。

「ああ、この感じ。これだと合うかもしれません」

浅見が充電器をしげしげと見始めた時、その異様な声がかすかに聞こえた。

「来るな!」

かすれた男の声。恐怖かなにか、激しい感情によって発せられた必死の叫び。北側の廊下からだろうか。

「来るなぁ!」

第一声よりさらに強く、今度は確かにそう聞こえた。

浅見は像の展示スペースを回り込んで、北側の廊下に素早く移動した。ちょうどこのタイミングで天地龍之介の姿が先のほうに現われた。部屋のドアをあけて体を出したところなのだろう。

続いて浅見は、ガッというなにかがぶつかるような音を耳にした。

「誰かが叫んだんですか?」後ろから茜の不審そうな声がする。

「そうみたいですけど……」

不思議そうな顔をしている龍之介のほうに歩を進めながら、「なにか聞こえましたか?」と確かめてみる。

「え、ええ。『来るな!』と、誰かが叫びませんでしたか……?」ちょっと怯(おび)えている。

「そうですよね。僕も聞こえました」

「あの声、楢崎聡一郎さんのものではないでしょうか? だいぶかすれていましたが」

「そうかもしれません。そういえば楢崎さん、着替えにしてはずいぶん遅いですね」

龍之介が廊下を歩き始めた。こちらへやって来る。そして、両者の間のドアに目をやった。龍之介たちのいる部屋の隣室に当たる。

「ここが側近の人たちの着替え部屋のはずですよ」

浅見はそのドアをノックして、「楢崎さん」と声をかけてみる。

龍之介がいた部屋から光章が現われ、「誰の声だ、龍之介？」と訊いてきた。一美も姿を見せ、一緒に廊下をやって来る。

さらに大声で呼びかけても、室内から返事はない。そこで浅見はドアレバーを握って回したが、内びらきのドアが押してもあかなかった。

龍之介が振り返って、後ろに到着していた二人に言った。

「中に楢崎さんがいるはずなのですが、妙です。今までどの部屋にも錠なんてありませんでしたからね」

浅見は軽く体当たりをしてみた。ドアはしなったが、まだあかない。

「これは錠じゃないな。下のほうになにか……」

浅見がドアの下のほうを蹴ると、ガリッと嫌な音がして、少しドアがあいた。さらに蹴ると、人が入れるぐらいにそれは広がった。三度めの蹴りで目に入るようになった光景に、誰もが息を吞んだ。浅見も血の気が引くのを感じた。

頭を部屋の奥に向けて、楢崎聡一郎がうつぶせで倒れている。着替え終わっているらしく服装が先ほどとは違うし、顔も見えないが、楢崎に間違いないだろう。

「楢崎さん⁉」大声で言って、光章が踏み込んで行った。

浅見も後に続く。

やはり、楢崎聡一郎に間違いなかった。左の首に、斜め後ろから尖っている大きな鈍器で殴られたような無残な傷口があり、血にまみれている。目を閉じている楢崎に反応はない。口からも少し血が溢れている。

廊下から首をのばしてくる茜たちを、浅見は、

「入らないで！」と止めた。「救急車を呼んでください」

顔色の悪い龍之介が、横に立つ茜に声をかけた。

「田中刑事を呼び出して」

「は、はい」

浅見は、視線をドアの下に飛ばした。ドアと床の隙間に、平たいプラスチックケースが挟まっている、ひび割れ、半ば壊れながら。ＣＤやＤＶＤのケースを連想する。それを楔（くさび）として隙間に打ち込んだらしい。

誰がそうした？　楢崎を襲った犯人だろうか？　簡単には逃げ出せないようにしてから楢崎を襲撃した。そう仮定した上でなら、「来るな！」の叫びの意味は明らかだ。楢崎は必死に逃げ回り、恐怖と抵抗を示して叫んだ。——では、その犯人はどこにいる？

浅見は素早く、室内に視線を巡らせた。人が隠れられる場所は二ヶ所。

光章が楢崎に、「しっかり！」と声をかけている。

浅見は足音を忍ばせ、まずはクローゼットに近付いた。観音びらきの戸を勢いよくあけるが、中には衣類がさがっているだけで、猫も隠れてはいない。

もう一ヶ所は、部屋の右側にあるスペースだ。パーティションのような薄い壁とドアで区切られている。

近付き、ノブに手を掛けた。鼓動が緊張で高まり、瞬間、母と兄の顔が浮かんだ。

ノブを回してドアをあける。身構えていたが、異変は起こらない。少しずつ体を進めて中を覗き込んだ。女性用の服が何着もさがっている。それだけで、人など隠れていないことは明らかだった。老松の着替えスペースなのだろう。

そこを出て、浅見は窓を見た。一ヶ所だけで、二重窓。内にも外にも錠が掛かっている。

（どういうことだ？）

光章が、沈痛さに固まっているような顔をあげていた。

「体はもちろんまだ温かいですが、息が感じられません」

第八章　重要容疑者としての光彦と龍之介

1

いうまでもなく、小津野家私邸は騒然となった。連続殺人事件となってしまい、捜査本部からは吉澤警部補たちが駆けつけて来るところだ。

楢崎聡一郎は残念ながら不帰の人となってしまった。ようやくすべてを打ち明けることができた娘と会えそうな時に、なんということだろう……。

小津野陵会長と匠が遺体と対面していた。さすがにショックなのだろう、匠は言葉も発せられない様子で、硬い空気に包まれている。

小津野会長の落ち込みも尋常ではなかった。玄関ホールに戻って長椅子に腰を落としている姿そのものには、悲嘆の色は決して濃くはなかった。クールに唇を結んでいるだけなのだ。だが、表情も目も、そのままったく動かない。魂がそこにはないかのようだった。まさに、戦友にして親友を喪ったのだと見受けられる。

他の者には、殺人事件発生の恐怖が蔓延していた。

……しかし、犯人はどうやってあの現場から抜け出したのだろうか？

その辺も目下、重要な論点として、私たちはかなり厳しい事情聴取を受けている。これまでは協力者として警察にも特例的な便宜を図ってもらえていた立場だったけれど、一転、この五人は疑わしげな参考人になってしまった。私と一美さん、龍之介、浅見光彦、原口茜の五人だ。

場所は一階。eスポーツチームの壮行会に使われた広間である。あの後手早く片付けられただけらしく、パーティー道具を思わせる品は段ボール箱と一緒に部屋の隅に積みあげられている。長机も壁際に寄せられていたが、二つを引っ張り出して、私たち参考人と刑事たちがそれぞれ座っている。私たちの席と少し間隔をあけて向き合う位置に置かれた机には、添島部長刑事と田中刑事が座っている。

両者——特に添島刑事の目には、職務に集中している捜査官の厳格な光があった。

「『来るな!』という声を、浅見さんは二度聞いたのですね?」

添島刑事が重々しく再確認を取る。

「一度めはまだはっきりと聞き取れませんでしたが、二度めの叫びは確かにそう言っていました。最初の叫びも、それに間違いないはずです」

ふむ、と一拍あけ、添島刑事は茜を見やる。

「原口さん。あなたにはその声が聞こえた?」

答えをためらう茜は、助言を仰ぐかのように浅見に視線を送り、浅見は正直に答えればいいのですと伝えるように頷いた。

「それが……、刑事さん、叫び声は聞こえましたけど、なんと言っていたのかまでは断言できなくて……」

「いや、いいですよ。ご自分の知り得たことだけを正確におっしゃってくれればいいのです」

近くにいながらうまく聞き取れない者がいても、それは普通に有り得ることだ。先ほど二人の位置関係を確認した時の様子を聞けばなおさら納得できる。まず浅見光彦だが、彼は女神像より少し先にいて、ここは南側と北側の廊下がつながっているコーナーだ。二メートルほど移動すれば、北側廊下は玄関方向まで見通せる。

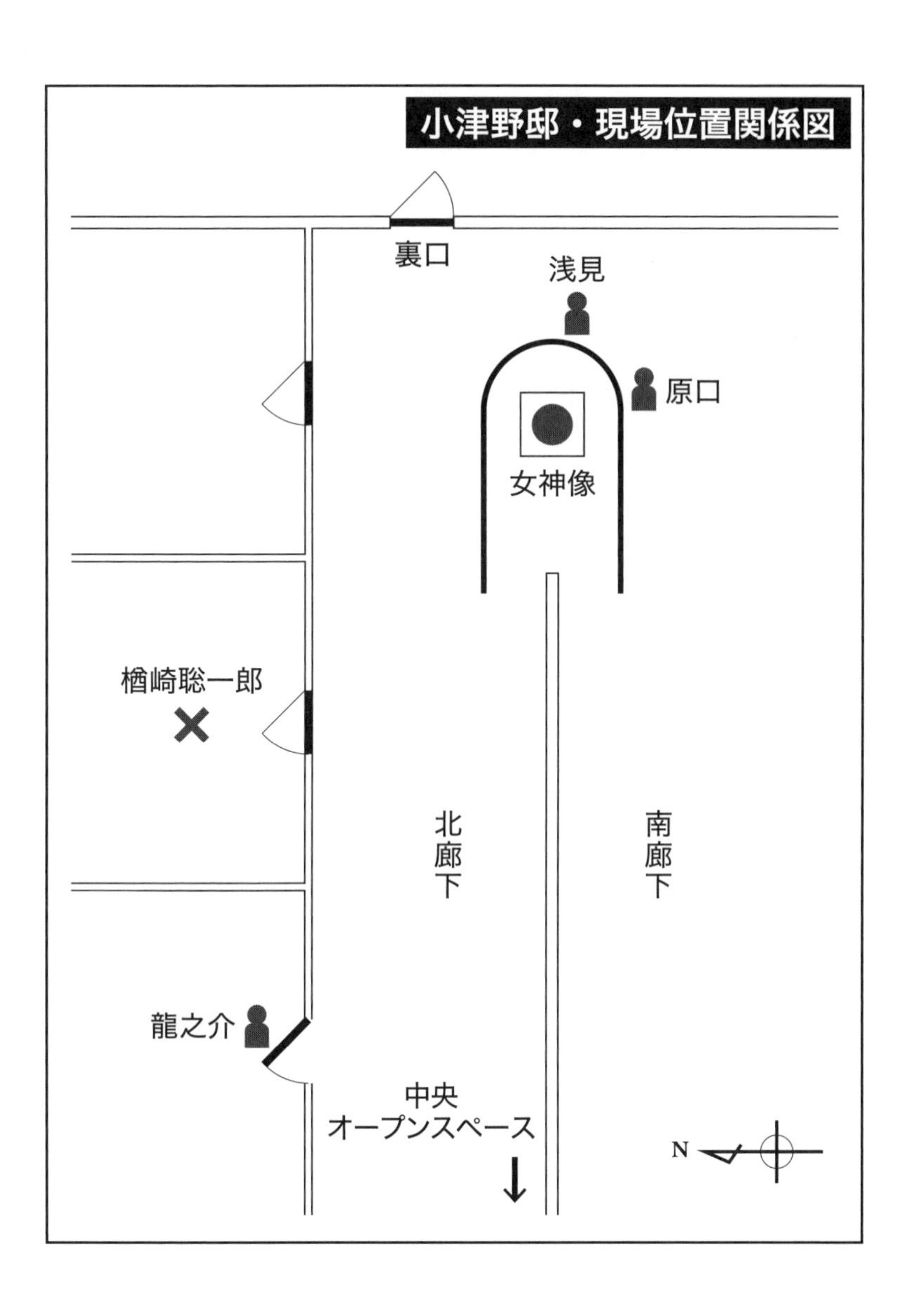

小津野邸・現場位置関係図
裏口
浅見
原口
女神像
楢崎聡一郎
北廊下
南廊下
龍之介
中央
オープンスペース
N

一方、茜は、まだ南側廊下にいた状態だ。わずかな角度の差だが、像の土台、仕切り壁などが完全に遮蔽物になるため、北側の部屋での声がはっきり聞き取れなかったとしても不思議ではない。

「では、龍之介さん。もう一度、あなたの場合はどのようにその声を聞いたのか、お話しください」

硬さをなかなか崩せないまま、龍之介は添島刑事に答える。

「は、原口さんが部屋を出る少し前でした。どこかから鈍い音のような、響きのようなものを感じたのです。それで、気になってドアまで行きました。後から来る浅見さんにあの部屋が判るように、ドアはあけたままにしてありました。この時に、充電器を見つけた原口さんが廊下へ出たので、そのまま見送る形になりました。そ、それで物音が気になっていましたから、そのまま廊下を窺っていたのです。ですが何事もないようなので、部屋に引っ込み、ドアを閉めようとした時に、叫びが聞こえたのです」

付随的に、原口茜もその時の行動をおさらいさせられる。

部屋から出た北側の廊下に浅見の姿がないので、まだ南側廊下にいるのだろうと、数メートル右側、中央にあるオープンスペースから向こう側に抜けた。左側奥に浅見の姿を認めたので近寄った、ということになる。

茜に礼を述べた後、添島刑事が顔を向けてきた。

「『来るな！』という叫び声ですが、これは、部屋の中にいたお二人にも聞こえましたか？　光章さん、長代さん」

譲り合うような格好の後、私が応じた。

「聞こえましたよ。隣のほうからの声でした。『来るな！』と、二度」

一美さんは、廊下から聞こえたようにも思った、と答えた。誰の声かは判然とせず、浅見さんが叫んだのかと半分ぐらいは思ったという。

「浅見さんは叫び声の後、ガッという音も聞いているそうです」添島刑事は私たち三人に目を配る。「この音を耳にした人は？」

龍之介は聞こえたと思う、と答えた。一美さんは、記憶にない。私はその中間だ。音か振動を感じたかもしれない。

「それよりも、龍之介も言っていますが、叫びの一分弱ほど前に、隣から、ドン！　と振動するような物音が聞こえて、こっちのほうがずっと大きかったですね」

「争う物音でしょうか、光章さん？」訊いてきたのは田中刑事だ。

「そこまでは、はっきりしません。物体の衝突音のような……としかいえませんね」

記憶を追いながら、事件現場の有様などが頭の中で整理されていく――。

事件発生は六時二十五分。

現場は、側近従業員たちの休憩室兼着替え部屋。

広さは全体が八畳ほどで、そのうち二畳程度が仕切られて、女性用着替えスペースになっている。ドアは中央にあり、女性用スペースは右側で、左側の壁には、クローゼットと、ティーコーナーがあった。そのコーナーにはポットとカップなどが用意され、緑茶やコーヒーが飲めるようになっている。

正面の壁に窓があり、その左側には全身用の鏡と衣服のさがったハンガースタンド。その向かい側、廊下に面する壁には、ＤＶＤ再生装置内蔵のテレビがある。時間があいている時、老松はここで過ごすことが多いようだ。癒やし系のＤＶＤが何枚も用意されており、中には、『冠婚葬祭の服装のマナー』といったハウツー資料もある。

楔としてドアの下に突っ込まれたのは、ここのＤＶＤだった。一枚でがっちりと隙間を埋められるようだ。

部屋の中央にはテーブルと椅子。この左側の床――グレーのカーペットに、楢崎聡一郎は倒れていた。首の左側に大きなダメージを受け、出血もひどかった。首はもちろん、背広の肩、胸、背中。傷を押さえたのだろう、楢崎の左手も血に染まっている。他にも、テーブルや倒れた椅子、床にも血は飛び散っている。

添島刑事の見立てでは、傷は気管にまで達しているようで、死因は窒息であろうという。凶器は、殺人の道具としてはあまり聞いたことのない、珍しい物だった。アイロンだ。小型、軽量で、色使いとしてピンクも入っていてファンシーだ。もちろん、この部屋の備品である。一美さんの知識によるとこの機種は、スチームアイロン機能が優れていて、ハンガーに吊したままで大抵の皺は取れるらしい。血塗られたアイロンは、被害者の頭のほうの床に転がっていた。被害者のスマホは、クローゼットの陰に落ちていた。

「では次に、現場への突入時の模様を改めてお訊きしましょう」

添島刑事に、改めてと問われても、主に私と浅見は同じ説明をするしかなかった。叫びや物音から異変を感じていたため、浅見が何度かノックをして返事を待ち、無反応だったので体当たりをした。ドアの下のほうに抵抗を感じたらしく、そこを蹴りつけてドアをあけた。倒れている人が目に入ったので、私は思わず駆け寄っていた。血で汚れていない楢崎の右手で脈を診て、呼吸も探っていたが、もちろん素人判断だったがどちらも停止していると思えた。私がこうしている間、浅見光彦は部屋全体を検めたようだった。

当然ながら、犯人は隠れていなかった。

「その現場内に犯人がいないとなると、楢崎聡一郎はなにを必死に拒んだのでしょうな。どこの誰を？」

添島刑事は顎の下をさすり、探るような目を、龍之介と浅見に等分に注いだ。

「叫び声のニュアンスはどのようなものでしたかね？　怯えの声ですか？」

「怯え。それは間違いありません」浅見がまず、実感を伝えた。その先、丁寧に記憶を探り……。「恐怖……でしょうか。とにかく、必死の思いがこもっていましたよ」

龍之介も同様のことを言った。

「懸命な、ある意味真摯な、心の底からの悲鳴だったと思います」

私も頷き、同意を示しておいた。

添島刑事が考え込み、「それですと、ぶつける相手がいない、恐怖の悲鳴になりませんかね……」と不可解そうに言ったところで、彼のスマホが振動音を立てた。

相手を確かめてから、彼はそれに出て、「うん？」と報告を待つ様子になった。

龍之介に目をやってから、添島刑事は通話をオフにして口をひらいた。

「血痕があったそうですよ、龍之介さん」

「そ、そうですか」

廊下に、楢崎聡一郎のものと思われる血痕があったということだ。現場の立ち番をしている刑事からの報告だろう。廊下は濃いえんじ色の絨毯で敷きつめられており、少量の血液が落ちていても気づきにくい。龍之介がその点を指摘し、調べてくれるように頼んでいたのだ。

「二滴ほどですがね。すると、どうなります？　被害者はあの致命的な傷を負ってから廊下に出たと考えられるわけですよね」

「は、はい。廊下に出て、そこで犯人の姿を見て、『来るな！』と叫んだのでしょう」

「ああ、そうでしょうな。なるほど。犯人は室内にはいなかった」

「それなら声の聞こえ方も納得できます」と一美さんが言った。「あの叫び、わたしは廊下から聞こえたように感じましたから」

「そうでしたね。そう、ドアの閉まった室内ではなく、廊下で声を発したから、浅見さんにも充分に声は届いたのでしょうな」

こうした整合性を取ることができる光景を頭に描き、龍之介はその傍証を求めてみたのだろう。

「廊下といっても、ドアをあけてすぐの場所でしょうね」

「そのようです」

龍之介に応じて、添島刑事はそのまま視線で先を促した。

「は、犯人はあの室内で、背後から不意を突いて楢崎さんを襲ったのでしょうね」

おずおずと、それでも龍之介は推測を組み立てていく。

「室内はほとんど荒らされていませんでしたから、あそこで逃げ回ったり争ったりがあったとは思えません。一撃で結果は出たのでしょう」

アイロンでの首への一撃な。

「楢崎さんは昏倒し、もう絶命していると思った犯人は部屋を出た。——いや、犯人に殺意があったとは限りませんか。感情的になって激しい暴力を振るったけれど、殺す気はなかった。ところが重大な事態を招き、驚いて現場を立ち去ろうとする」

「いずれにしろ、犯人は廊下へ出た、と」添島刑事は机に両肘を乗せ、口の前で両手を握り合わせている。「それで？」

「楢崎さんは意識を取り戻し、助けを求める必要もあり、首の傷を押さえながら部屋のドアをあけた。ところが、廊下のすぐ先に、まだ犯人がいた。そしてその犯人に姿を見られた。犯人は引き返して来ようとする。楢崎さんは怯えと自衛の思いを込めて『来るな！』と連呼する」

その状況なら当然だな。他の聞き手たちもすんなりと受け入れている。

「楢崎さんはドアを閉め、それだけではすぐにあけられてしまいますから、完全にロックしたいと知恵を絞る。そして、目についたＤＶＤパッケージを咄嗟に楔にした。ドアと床の隙間にこれを押し込み、がっちりと食い込ませるために蹴ったりもしたかもしれません。この時の音を耳にした浅見さんが、ガッという音と表現しているのではないでしょうか。私があの音から感じた印象とも符合します」

納得の面持ちの浅見は頷き、添島刑事は、

「なるほど！」と声をあげる。「被害者の叫び声や現場状況をこの上なくうまく説明できますな。楢崎さんは、犯人の侵入を防ぐ部屋を作ったけれど、その室内で間もなく息絶えてしまった、となる」……しかし彼は純粋に感嘆しているようには見えなかった。なにか、腹に一物あるような……。「しかしそうなりますとねえ、龍之介さん。被害者が『来るな！』と叫んだ時、犯人は廊下のすぐ近くにいたことになる。そうでしょう？　なのに、そのような人物の姿は、あなたも浅見さんも見てはいない。違いますか？」

まずはこの問いかけに浅見が応じ、

「確かに見ていません」と口にして、自分でも頭の中を整理している様子を見せた。「『来るな！』の叫びが聞こえるしばらく前から僕はあの場所に立っていました。すぐ北側にあったドアは会長夫人のフィッティングルームのものだそうですが、それももちろんよく見えていましたから、そこに誰かが逃げ込んだはずもない。あの北側の廊下で、少なくとも僕のいる方向に逃げて来た人はいませんよ、絶対」

「そして、その廊下の反対側です」

添島刑事が視線を据えるのは龍之介の顔だった。

「西側、玄関側の廊下にはあなたの視線がありましたね、龍之介さん。あなたたちがいた部屋のドアはあいており、原口さんが出て行く少し前からドアの近くにはあなたがいた。そして、原口さんが南側廊下へ移った後も、あなたがずっと廊下を見ていた。楢崎さんの叫びが聞こえた時も、まだドアは閉まっていなかった」

添島刑事は思わせぶりな間をあけた。

「それでもあなたは、廊下に誰の姿も見ていないのでしょう？　違いますか、龍之介さん？」

重みのある問い質され方だったが、答える龍之介は淡々としている。

「違いありません。誰も見ていませんね」

軽く唸って、添島刑事は腕を組む。

「困りましたねえ。室内の不可能状況には説明がつきましたが、その唯一の解答と思われる想定をした場合、今度は廊下に不可解な謎が発生する。犯人はどこへ逃げたのです？　どこへ消えました？　龍之介さん。この不合理な問題の先も考えているのですか？」

「いえ、その先はまだなにも……」

糸のように目を細めて、添島刑事が何事かの思案に沈む。数秒がすぎるが、なんとも嫌な予感がして仕方がない。

「どうしても現実的な解釈を加えようとした場合、容疑者が浮かばないことはありません」

目をしっかりとひらいた添島刑事は、姿勢を正してそう発言した。幾ばくかの決意を感じさせる。

「まず一人めの容疑者は、浅見光彦氏ですな」

まあ、ちょっとした爆弾発言だろう。空気が揺らぐ。

田中刑事までが目を剥(む)いて、「浅見さんが⁉」と、抑え切れない驚きを露(あら)わにした。茜は怒ったか、鼻の穴を広げる。

皆さん落ち着いて、といった仕草を見せてから、添島刑事は発言に弁解のニュアンスも付け加えた。

「推理として浮かんでくる一つの仮定ですよ。名探偵として、浅見さんに論破していただいてけっこう」

「では聞かせてください」と、浅見自身が受けて立つように言う。

咳払(せきばら)いをしてから添島刑事は始めた。

「楢崎さんは着替え部屋の戸口で、犯人の姿を見た。しかし浅見さんの目撃証言ですと、逃げて行った犯人はいないし、よって当然、現場に引き返そうとした犯人もいない。これが事実とするなら、楢崎さんが目にして怯えた犯人は、その場に立っていたのではないですかね。廊下のそれほど遠くない所でまだ立っている犯人に気づき、楢崎さんは、『来るな！』と叫んだ。つまり、浅見さんの姿を見ていたのですよ」

浅見光彦が犯人だ——という論理になる。

「しかし」浅見自身が反論を始める。冷静で、感情の乱れは感じない。「僕が立っていた場所から着替え部屋のドアは見えません。ですから、あの場所にいる人からも僕の姿は見えない——」

そこで言葉は途切れた。皮肉な発見をしたかのように苦笑が浮かぶ。「と、それは僕自身が申し立てているにすぎないわけですね。実際は、ドアが見える場所に立っていたのかもしれない」

「ええ。そばにいた原口さんも、そこはなにも確言できないでしょう」

「そ、そうですけど——」茜はぎゅっと拳(こぶし)を握っている。「でも、じゃあ、あの時に浅見さんが立っていた場所をお教えしますよ。それなら正確にお伝えできます。そこで現場の部屋のドア付近が見えるかどうか、確かめたらどうですか？」

「いえ、そこはこうも考えられますからね。楢崎さんは廊下に出て浅見さんのほうにたまたま歩いて来ていたのかもしれない。それで、女神像の陰にいた浅見さんに気がついた。恐怖に駆られて、楢崎さんは慌てて引き返し、着替え部屋に籠城（ろうじょう）した」

茜はもう、反論できない。浅見自身もそうか……？

「今の推理の全体像はこうなります」添島刑事は、なにがしかの自信を得たようだ。「楢崎さんに致命的な一撃を加えた浅見氏は、部屋を出て廊下の奥に向かった。そちらから南側廊下に戻るために。しかし、よろよろと廊下に出て来た楢崎さんが、浅見氏の姿を目にして叫びをあげた。この時、とどめを刺すなどの次の行動を浅見氏は取れなかった。原口茜さんがそばにいたからです。だからそこからは、悲鳴のような叫びを聞いた第一発見者を装うしかなかった」

——第一発見者か。

ミステリーの世界では最も怪しい立場だ。

「なかなかいい推理ですね」浅見は本当に感心しているようだった。他人事（ひとごと）ではないのだが。

「いや、実に見事な推理ですよ、それ」

危うく自供に聞こえてしまう。だから私は急いで言った。

「添島さんはさっき、一人めの容疑者と言いましたね？　他にも誰かいるのですか？」

言いにくそうに、メガネを指で押しあげてから添島刑事は応じる。

「もう一人は、そう、天地龍之介さんになりますね。反対側の廊下での目撃者ですから」

龍之介は動じていない。……小心者の拒絶反応で、糾弾（きゅうだん）の意味が脳まで浸透（しんとう）していないとか？　まさか、失神しているんじゃないだろうな？

違った。

「天地龍之介は、嘘の供述をしたわけですね」と声を出したからだ。ちょっと心許(こころもと)ない声量だが。「ど、どのような行動を取ったのでしょうか?」

「そうですねえ……。犯行後に廊下へ出たのは同じです。あなたたちのいた直次さんの部屋へと戻り、ドアの所で犯行現場のほうを窺っていた。この時に、瀕死(ひんし)の楢崎さんが着替え部屋から顔を出し、まだ見張っていた犯人・龍之介氏に気がついた。そして叫びと共に部屋へ引っ込んだ。その部屋へ、対処しようとして龍之介氏は駆けつけたが、ドアを封じられたのに気づき、諦(あきら)めて元の部屋へ取って返した。ぐずぐずしていると浅見氏に見つかる恐れを懸念(けねん)したからです。そして案の定、部屋へ入り切る前に浅見氏に見とがめられた。それで瞬間的に、今顔を出した風を装ったのです」

「いやいやいや、それはないでしょう、添島刑事」私の反論は当然の勢いを持っていた。「だって、龍之介が直次さんの部屋から出ていないのは、私と一美さんが証言できるのですよ。浅見さんと顔を合わせて叫びの正体を探りに出るまで、龍之介は一歩も部屋を出てはいません」

　残念そうに、添島刑事は言う。

「それは、お身内とお友達の供述ですね」

　——客観性のある反証とはならない、と?

「まあ、こうでも考えないと廊下で起こった不可能事犯の説明がつかない、ということですよ」

添島刑事は私たちの気持ちをなだめるように肩をすくめた。「私も本気で、その龍之介さんが粗雑な流血の暴挙に出るとは思いませんし、お三方がぐるとも思えない。ただ、しかし……」声が低く、重くなる。「疑えば疑える……と、捜査官としては言わざるを得ないということです」

「でもですね」刑事の言い分は判るが、私も重ねて言わざるを得なかった。「原口茜さんは、私たち三人にとっても第三者でしょう。彼女の供述と照らし合わせれば、龍之介には犯行の時間などないことはすぐに洗い出せますよ」

「まあそうでしょうな」

あまりピリッとした反応ではない。くそっ。

捜査陣本隊が大挙して押し寄せ、解決の形をできるだけ早くほしいお偉いさんが口を出すようになれば、浅見光彦と天地龍之介はかなりまずい立場になるかもしれない。

2

浅見は心底、添島刑事の推理には感心していた。あれは筋が通っている。

もう一人の目撃者である天地龍之介も疑えるという推理を添島刑事は披露したが、客観的に見て、自分のほうが不利だろうと浅見には思えた。犯行時刻、龍之介は何人かの人間と共にいたが、自分は一人だった。母との電話の通話時間も、確たるアリバイにはならない。そもそも、殺人容疑を晴らしたいのでアリバイ証言をしてくださいとあの母に頼むなど、想像しただけでぞっとする。次男坊の不出来を、末代まで語られるだろう。

添島刑事がスマホでなにかに目を通していたが、それを見終わると口をひらいた。

「阿波野順の部屋を捜索している班からの捜査経過です。皆さん、あの部屋にも〝マイダスタッチ〟の予備はないようです。今のところ見つかっていない。パソコンはありますがロックが厳重に掛かっていて、解除するには手こずりそうです」

（添島刑事はまだ、疑わしい輩として我々を遠ざけるまでの気持ちはないのだな）

それははっきりと伝わってくる。そこには、刑事局長の弟がまさか、という思いもあるのだろう。しかし不可能性の壁を破らなければ、感情ではなく物理が容疑者を決定してしまう。

「ああ、そうそう、光章さん」添島刑事が思い出したように言った。「犬山さんのことです。私も、玄関ホールで途中からあの人の姿が見えなくなっていたので気になっていたのですよ。彼の話では、厨房に行っていたそうです。この私邸に集まったのが大人数になったので、もし飲み食いが必要になった時になにができるか、見ておきたかった、と。単独行動ですから、証明はできませんが」

少しの時間、なにかを思い図るかのような目をした後、光章が、

「それだけじゃなかったのではないかなあ……」と思案がちに言った。「あの時、楢崎聡一郎さんと上園望美さんの間で、親子間の複雑な葛藤がぶつかり合っていた。犬山さん、娘さんとの仲では、辛く思うところがあるみたいだからなあ。上園さんの、娘としての激しい反応を見たくなかったとか、あの場にいたくなかったとか……」

「あるかもね」と一美が静かに言う。

あれを言うならばこのタイミングだろうと、浅見の心は動いた。

些細な引っかかりから生まれた大きな見通し。もし彼が言い抜けできないなら、阿波野順殺しに関しては有力容疑者になる。

「添島さん。実は、阿波野順殺害に関して、調べてほしいことがあるのです。些細なことですが、重要です」

「ほう！」

添島刑事は浅見と正面から向かい合うように姿勢を整えた。

場に張り詰めた緊張感も新たなものになる。

「自分への疑いを逸らすために、他の容疑者を差し出すわけではありませんからね」

「ええ。それはもうもちろん」

「僕の身柄が拘束されたらこの着想も表に出なくなるかもしれませんから、やるだけはやっておきたいのです」

「それで、なにを調べます？」

「ある人に尋ねたいのです。その反応を見たいですし、言い分があるのかもしれませんし……」

「ではここへ呼びましょうか。誰です？」

浅見が二人の名を告げると、田中刑事が立ちあがってドアへ向かった。

田中刑事に先導され、二分ほどして入って来たのは、黒部治と楢崎匠だった。戸惑いと訝しみの顔色である。

「まあ座ってください」

添島刑事が、あいているパイプ椅子を手で示した。そして、そうした二人に伝える。

「浅見さんがお尋ねしたいことがあるそうなんだ。答えてくれないかな」

ええ、と、二人はぼそぼそと返事をした。

「このような時にすみません」浅見は腰をあげ、楢崎匠に対して頭をさげた。「しかしこのような時だからこそ、捜査は進まなければなりませんので」

浅見は腰掛けた後、

「思い出してほしいのは、僕と会った直後です」と、二人に等しく視線を合わせた。「連れ去り事件の概要をお二人に伝えましたね。ドナーが連れ去られたこと。〝マイダスタッチ〟のデータで小津野家を強請れると考えている男が犯人で、彼には陰のブレーンがいる。その男を〝軍師〟と仮に呼んでいること」

「ああ、〝軍師〟」黒部が白い歯を見せた。「聞きましたね。実行犯はともかく、こっちは手強そうだって」

「はい。そして、黒部さん、あなたはこう言いました。その陰の〝軍師〟は『名軍師として実在しているかどうかが論争されている山本勘助もかくや』だと。だいたいの意味はこれで合っているでしょう？」

「そうです。そういったことを言いましたね。一部の資料では名軍師とされていたけど、それは疑わしいって説が出たりして。実在が疑われもしたでしょう。でも実際にいたらしいし、知恵者とみていいみたいだし……。それこそ陰の軍師だったのかもしれませんよ」

「ええ。そして黒部さん、あなたは僕を、陰の軍師、山本勘助と戦う敵の武将だと喩えられました。お二人は、信玄公時代の歴史には詳しいようですね？」

「土地柄か、武田がらみの歴史でしたらまずまず」と答えたのは匠だった。

「では匠さん。山本勘助が戦死したとされる戦いはなんだかご存じですか？」

なぜここで歴史の話をしているのかと半分怪訝そうな面持ちで、少しぼんやりと匠は答えた。

「川中島の合戦でしょう、たしか。第何回のかまでは知りませんけど」

「上杉謙信と名勝負を演じ続けた川中島の合戦は五回ぐらいまであったのだそうですね。では、その川中島の合戦最終戦と三方ヶ原の戦いは、どちらが後でしょう？」

「三方ヶ原……」

すぐに黒部が、いささか得意そうに知識を付け加えた。「信玄公は三方ヶ原で、徳川・織田の連合軍を一蹴して、上洛も目前という勢いを得るんですよ。でも牽制役を命じておいた朝倉勢が軍を引いたことで機を逸してしまう。そしてしばらくしてから病を得てしまいます。あの、運命の病を」

この辺の歴史的な事実を、先ほど茜のスマホで確認したのだ。

「はい、そのとおりです。さてここで最初の話に戻りますが、黒部さんが僕を、山本勘助と戦う敵の武将に喩えた直後、匠さんはこう言いました。三方ヶ原の後の北条氏政かもな、と。これは覚えていますよね、黒部さん？」

「はいはい、覚えています。正直、意味はつかみにくかったですけど……」

「そうなんです。意味が判りにくかった。それは、内容がおかしいからです。北条は確かにこの時期、武田と戦っていましたが、山本勘助はもうとっくに亡くなっているのですよ。三方ヶ原以降の北条氏政は、山本勘助と戦う敵の武将ではありません」

息を止めている気配の楢崎匠を、浅見は言葉をかけながら観察した。

「お尋ねしますが匠さん。どうして僕が、陰の軍師と戦う三方ヶ原の後の北条氏政なのでしょうか？」

答えはなく、歴史の話として聞いていた黒部も、俄に眉間を翳らせた。

周りの人間にもすでに、なにか看過できない事実が浮かび始めているのだと察する空気が広まっていた。

「どうしました、匠さん？　あの時なぜ、僕をあのように喩えたのか、教えてくれませんか？」

瞬きは多いが、それ以外に、血色のよくない楢崎匠の顔に動きはない。

（一つの賭けには成功したようだ——）まだ中盤とはいえ、浅見はわずかな安堵を覚えた。（単なる記憶違いや言い間違いだと即座に言い返さなかった時点で、彼は自分の退路を作り損ねたのだ）

歴史にそこそこ通じていることを明かしていただけに、そうした言い訳が出にくかった点も否めないだろう。

添島刑事も詰め寄った。

「自分の言ったことの説明ができないのですか、楢崎匠さん？」

さらに数秒待った後、浅見は口を切った。

「三方ヶ原の少し後の北条氏政でしたら、大変象徴的な役どころを演じて有名です。黒部さんが言ったように、信玄は病に伏し、程なく鬼籍に入ります。そして亡くなる直前、あの有名な秘策を遺臣団に残します」

天地龍之介が言う。「三年秘喪、ですね」

「そうです。三年間はこの信玄の死を隠せ、です。その間に情勢を整える。この策に引っかかった有名な武将が北条氏政といっていいでしょう。信玄の死の噂を知り、氏政は家臣を探りに行かせた。信玄の影武者が功を奏したともいわれますが、この家臣は、信玄の存命は疑いがないと報告する。氏政はまんまと亡き信玄の策にはまったといえるでしょう」

それと陰の軍師の話がどう結びつくのかしらといった顔をしている茜に、目顔で軽く、すぐに判りますからと告げ、浅見は続けた。

「謙信や信長などは、信玄の死を薄々察していったようですが、対して北条氏政は、だまされた武将のシンボルと見てもいいでしょう。死せる孔明、生ける仲達を走らす、の仲達です。ですので匠さん、あの時あなたは、僕にこう言いたかったのです」

浅見は、楢崎匠の顔だけに視線を集中した。

「〝軍師〟と名付けた敵の死も知らずにいるんですね。浅見さんあなたは、すでに亡き者の影に踊らされているだけですよ、と」

誰の身じろぎもない座の中で、浅見は告げた。

「匠さん。あの時点であなたは、僕が〝軍師〟と名付けた相手の死を知っていたのでしょう。この〝軍師〟とは阿波野順さんのことです。しかしこの知らせが入るのは、あなたの発言よりは後です。僕は電話で、瀧満紀さんの弟が阿波野順さんだと聞かされ、ここから〝軍師〟と阿波野順さんが結びついたのです」

その時の記憶が明確になったらしい茜が、目に光を浮かべて頷いている。

「警察も、この情報を関係者に伝えてはいませんでした」

添島、田中の両刑事も肯定の色で表現を固めている。

「匠さん」浅見は最後の詰めを始めた。「僕が話したばかりの〝軍師〟の正体が阿波野さんであることを、あなたはたちどころに察していたのです。なぜか？　彼の死に直接かかわっているとしか思えません。阿波野さんは重要な発見の場にいたのか、データも武器にして勝ち誇り、小津野家に仇なす意図と行為を披瀝していた。……僕は、あなたかあなたたちが、怪しかった阿波野さんを捕らえて拷問して事実をつかんだとは思いたくありません。そうは思えない。ですので、両者が対決した場で感情的に発せられた情報だったと思います」

「阿波野順の殺害手段からしても、突発的な犯行だったでしょうからな」と、添島刑事が言い添える。

「はい。いずれにしろ、殺された阿波野さんの隠されていた行動の細かな背景を、匠さん、あなたは知っていた。だからこそ、データの分析結果で小津野家を強請れると考えている男の陰の軍師が、単独行動を取っているのか行方が知れない――そう聞いて、正体が閃いていたのです。これ以外に、あの時点で僕を北条氏政になぞらえる理由がありますか、匠さん？」

楢崎匠が殺人の実行犯であるなら、出会って数分で殺人犯としての正体を露見させていたことになる。

薄笑いを無理に浮かべた後、匠は、鼻に抜けるような声で言った。

「考えすぎですよ、浅見さん」

　上園望美への暴露メールの送信者として追及された時にも、同じような反論をしていたな、と浅見は思い出す。

「顔の話ですよ、顔の。どこかで俺、北条氏政の肖像画を見ていたんだな。その顔が、浅見さんに似ていたんです。あくまでも俺の印象としては、って話ですけど」

「三方ヶ原以降の顔が、ですか？　それ以前、北条氏政は顔が違うのですか？」

「――」

　一瞬で、匠の顔は骨格が歪んだのではないかと思えるほど激変していた。醜悪なほどにしかめられている。

　身を乗り出そうとした添島刑事の気を逸らせるように、大げさな身振りで服の塵を払う仕草をすると、匠は表情を改めて言いだした。

「言葉尻を捉えるような臆測じゃなくて、合理的な疑いは持ち得るんですか？」

　眉間に深く皺を残しながらも、彼は態勢を整え直そうとし始めていた。

「合理的な疑いとは、例えば？」添島刑事が反問する。

「そうですねえ、アリバイとか。俺には、阿波野さんを殺害したり、遺体を運んだりする時間があるんですか？　そんなことしていないから、アリバイは成立しているかもしれませんよ。検討してくれませんか？」

　わざわざ言いだしたことで、浅見の中には懸念が生じた。

（やはりあのアリバイには自信があるのか？）

「でも、検討しようにも、犯行現場がはっきりできていないからむずかしいんでしたかね、刑事さん？」

声に余裕を取り戻しつつ、匠は浅見に目を合わせてきた。

「あのね、浅見さん。あなたたちが二階に行った後、犯行現場の検討が始まっていたんですよ。刑事さんがタイヤ痕の件を明かして、下流も怪しいと指摘したのはそのためだったんです。そうした新事実があるから、下流近辺、全域にわたって犯行現場になりそうな場所の心当たりを教えてほしい、と。まだ途中でしたけど、候補地はなかなか浮かびませんでしたよね、刑事さん？」

添島と田中、どちらの刑事もむずかしそうな顔で黙っている。

浅見は、犯人に迫っていた潮目が少しだけ変わったかもしれない——そう感じていた。

3

浅見光彦の推理は鮮やかだった。わずかな隙から、緻密に一手一手、追及の道を拓いていった。龍之介も、格好よかったですねと言いたそうな顔である。……一美さんもか？　原口茜は言わずもがなであったが。

だが残念なことに、アリバイと犯行現場の件が持ち出されると、攻守の立場の差がはっきりしなくなった。

逆風まで吹き出さないように、私はとにかく場の空気を動かした。

「添島刑事。犯行現場探しの流れ、どんな感じだったのですか？」

「まずは、被害者阿波野順の全身が濡れていたこと、その水質から——」

不意にそこで言葉を切り、添島は田中刑事に目をやった。

「続きも聞かなければならないし、彼らにはここに集まってもらうか。再度の確認も同時に進めよう」

はい、と返事を残し、田中刑事の大きな体が部屋を出て行く。

「では、匠さん」添島刑事は両肘を机に乗せ、無表情ともいえる顔になった。「もう一度、犯行時間帯のあなたの所在と行動を話してもらえますか？」

「はい。いいですよ」

緊張と昂然（こうぜん）とした様を半々に見せて、楢崎匠は語りだす。

「十時ぐらいに、黒部さんと一緒に、本部一階のプレゼンルームで午後の懇親会用の下準備をしました。十五分ぐらいまでですかね。その後私は、小津野武家屋敷公式ホームページ用の写真を撮りに、散策気分で外に出ました。同時に、黒部さんはマウンテンバイクで息抜きに外へ、というのがそれぞれの行動です」

少し口調も改め、〝俺〟が〝私〟になっている。

「写真は何枚撮ったのですか？」浅見が訊く。

「六枚か七枚だと思いますね。あんなことが起こったのでホームページに落とし込む作業もできていません。スマホに写真がありますから、見ますか？」

匠はスマホを机に置いた。

それに手をのばしながら添島刑事が確認を取る。

「本部に戻って来たのは何時ぐらいでしたっけね、匠さん？」

「十一時十分ぐらいでした。正確ではありませんがそれぐらいです。それから黒部さんを捜しながらプレゼンルームを覗（のぞ）いたりして、十分後に二階のオフィスで見つけました。そうしたら、十一時三十分頃です、あの電話が入ったんです。阿波野さんが死んだらしいとの知らせですよ」

「黒部さん。間違いありませんか？」

隣の男に対する気さくな態度がほとんど失せ、むっつりとしていた黒部が、

「間違いありません」と平淡に答える。「二十分ぐらいに、彼はオフィスに顔を出しましたね。私が走り回った場所に、いい写真ネタはなかったか、とか、そんな話をしていました。そんな時に、私の近くの代表電話が鳴ったので、私が出たのです」

「どうもありがとう、黒部さん。では、匠さん、そこから先を教えてください」

「とんでもない悲報に仰天して、父にも電話で知らせましたよ。そして父の指示で、此花さんにも事態を伝えようとしました。武家屋敷の中や周りを捜し歩きましたが、なかなか此花さんを見つけられなくて……、管理小屋の裏で見つけたのが五十分ぐらいの時だったと思います」

ここまで話が進んだところで、ドアの外から大勢の人の気配が伝わってきた。田中刑事を先頭に、六人の男女が入って来る。歴史景観研究センターのメンバーに、此花拓哉と小柴一慶だ。

小津野陵は立ちあがろうとせず、英生はその父のそばにいることを選択した。任意での捜査協力であるから、無理に付き合う必要はない。犬山も、この辺りの地理など知らないから、犯行現場探しの役に立てるはずもないと、玄関ホールに留まっているそうだ。

此花は見つけた椅子にどっかりと座ったが、他の者は立っている。

「さっそくですが此花さん」添島刑事が声をかけた。「阿波野順さんの死の知らせを最初に聞いた時のことを思い出してください。楢崎匠さんから聞いたのですよね？　何時何分ぐらいのことでした？」

「ああ、十一時五十分ぐらいだったでしょう、あれは。あちこち捜してくれたみたいだ。すでにお伝えしてあるとおり、私は携帯電話もスマホも持たないから、時々迷惑をかける。あの時はたまたま、管理小屋の裏で除草剤を撒いていたから、見つけにくかったようだね。〝館長〟などと呼ばれていますが、雑用係が別名だ」

豪快に笑ってみせるが、なぜこのことが蒸し返されるのか、内心では不思議がっているようだった。

楢崎匠のアリバイに関しては確かに、成立するように思える。私たちが阿波野順の遺体と遭遇したのが十一時十五分頃。その場にいた犯人が、五分後に本部にいるのはむずかしい。いや、まず絶対に不可能だ。

ただ、オフィスで黒部と会うまで、楢崎匠には一人きりの時間がたんまりとある――と考える時、犯行現場の特定はやはり重要だ。

添島刑事も、

「犯行現場であろう川がどこなのか。これを、皆さんの情報も得て最後まで突き詰めさせていただきますね」と、主目的を改めて告げていた。

「水質からして、沼や池とは考えられないのでしたよね」基礎の再確認とばかりに、戸田亮太がまず切りだす。

「有機物濃度やプランクトンの種類などからそれは確定的だそうです。重川の水と似ているけれど、微妙に違うらしい。しかしサンプルとして採取した重川の水が、歴史景観研究センター近くのものだそうでしてね、川と一口にいっても流域面積は広い。重川の他の場所の水である可能性は残りますね。何ヶ所かで汲んで一致する水質を見つけるまでには、まだ相当の時間がかかるでしょう」

「でも、お話では……」大久保すず子は困惑を思い出す表情だ。「その重川に、犯行を行なえそうな場所がないのですよね？」

この発言を受け、添島刑事が、主に私たちや浅見に向けて解説を開始する。

「阿波野順の死体が発見された事故現場から下流を論点とします。イベント会場は、百五十メートルから二百メートルの長さがありました。そしてこの下流ですが、あの時間帯は地元のテレビクルーがこちらに展開していたのです。周辺の環境を画（え）におさめたり、地元の人の声を収録したりしていたようです」

「なるほど」浅見が言った。「テレビ撮影している人たちがいる場所の近くで殺害行為に及ぶ人間はいない。最低でも、そのクルーの姿がまったく見えなくなる場所までは遠ざかるはず」

「はい、浅見さん。しかし、ところがですね、そうした場所まで遠ざかると、今度はもう、民家が建ち始めるのです」

「ああ……」

　これも、なるほどだ。住宅や店舗が建ち並び始める川原で、人を川に沈めるという派手な争いのある殺人が発生するはずがない。実行もしないだろうし、目撃者ゼロも想像できない。

「また、川岸はほとんどが自然のままで、灌木（かんぼく）や下草（したくさ）類が密生しているような状態です。争ったり、二人の人間が移動したりすれば痕跡（こんせき）が残りそうなものです。ところがそれも見つからない。ちなみに、クルーの撮影した映像に、捜査に役立つものはなにひとつ映っていません。そして、財団の方たちの知識の裏付けも得ましたが、この流域の重川に目立たない支流もない。そういうことなのですよ」

「考えてみれば……」私は口に出した。「昼間に、川原で殺人というのは、犯人にとっては危険だったでしょうね。そんなプランを立てるとは思えないから、思いもかけず、川原で発作的な殺意が目覚めたということを示している……」

「川原で殺人を犯して目撃者もいないという状況に説明をつけるためには、イベント会場より上流が現場であると考えるのが一つの見方です」添島刑事にそう指摘されて、センターの面々はまたちょっと表情を硬くした。「あちらだと、目撃者がいなくて当然といった環境ですから」

川の周辺は自然だけ、か。だが、タイヤ痕は下流を示しているし、水質も微妙に違うという。

大久保すず子が、

「川が現場だと、犯人は偽装したんじゃないかしら。川の水を、わざわざ遺体の体にかけて」

と、ミステリードラマ的な発想を語りだした。「本当は、地面の上か建物の中が犯行現場なの」

「そうした慎重さも必要でしょうね、大久保さん」添島刑事はひとまず肯定的に応じた。「ただ、遺体の肺にまで川の水が入っていますし、被害者は川の中で――一度は――窒息させられたのは間違いないでしょう」

「じゃあ、川の水をどこかに汲んでおいて、そこに顔をつけたとかは?」

すぐにはあきらめない大久保の意見に、近藤隼人は乗った。

「バスタブとかですね。あるかも。そういう計画……トリックかな、そういうの、フィクションでは時々見ますよね」

「しかし今回の犯罪に、それはそぐわないですね」と反対意見を出したのは浅見だ。「今の説のようなトリックは、時間をかけて練って、用意周到に準備するものです。阿波野順殺しはやはり、彼が秘密のうちに起こした行動が、偶発的に招いたものというのが本質だと思います。犯人側に、事前の計画性はないと思います」

反論の出る余地はなかった。

そうした空気の中、次に口をひらいたのは龍之介だ。

「阿波野さんの長靴の中から発見された砂金のほうに、偽装や錯誤がある可能性はないでしょうか?」と言う。

「……錯誤とは?」添島刑事が不思議そうに眉を寄せている。

「長靴というのは、細かな物が中に入っていることがありますよね。砂金は、犯行時ではなく、もっと前の無関係な時に紛れ込んでいたということはないでしょうか。念のための確認ですが。センターでは最近、砂金を使った催しなどはしていない？」

「川での砂金採取は、長い間やっていませんね」センター長の校倉が明快に答えた。「小規模のイベントはしばらく前にやりましたが……」

他の職員たちの記憶にもよると、一月半前に、十名ほどの子供たちを集めて屋内での採取体験をしてもらったという。

「でも、あの時に砂金が紛れ込んだなんて思えないなあ」大きな身振りで大久保が意見を口にする。「いくら小さな粒といっても、靴の底にあるそれに一ヶ月半も気づかないなんてことがある？」

「それもそうだし、あの採取体験イベントをしている時、阿波野は近くにいなかったろう」とは、戸田の記憶だ。

「長靴の保管場所に、砂金を持ち込んだこともない」と、近藤。

「そうそう、それに、龍之介さん」校倉が声を向ける。「ああいう催しで使う砂金は、その手の業者から購入する純金なのです。それらしい形状にしてあるだけです。天然のものではありません」

「それに関しては、鑑識の鑑定結果が出ています」報告口調の添島刑事だ。「長靴の底から発見されたのは、天然の砂金だそうです」

「そうですか」

と了解する龍之介に、浅見が言う。

「それに龍之介さん。偽装説を検討する必要はないと思いますよ。砂金を混入させる偽装の意図は、砂金の採れる川が現場だと思い違いをさせるということでしょう。でもすでに、川の水で偽装は済んでいることになります。重川が自然に有力候補になるのですから。さらに砂金まで紛れ込ませる意味はありませんよ」

　確かにそこまで強調する必要はないよな。余計ともいえるそんな細工のために、ちまちまと砂金を操作している余裕などどこにもないだろう。

「そうですね。そうなりますね」

するると結論としては、川で実際に犯行は行なわれ、水の中で暴れている時に、長靴の中にたまたま砂金が入ったということになる。川のどの地点で？　という大きな疑問が残るのだが……。

　――待てよ。

　ここで、あの謎を思い出した。衣服を濡らした関係者がいないという謎。川に被害者を沈める争い事があったのなら、犯人もすっかり濡れているはずだろう。でも、捜査対象の中にそうした人間はいない。……だとすると、大久保すず子説も、まだ捨て切れないのではないだろうか。被害者だけがバスタブなどの中にいたなら、犯人は濡れなかったかもしれない。

「ところで皆さん、この写真を見てください」

　不意に、添島刑事が話題を変えたように聞こえた。見ると、楢崎匠のスマホを手にしている。ＨＰ用に撮影したという写真を呼び出したのだろう。

　此花が代表して受け取り、左右から何人かが覗き込む。

「屋敷を、東のほうから写してますね」〝髭の館長〟は即座に見て取った。「ははあ。匠くんが撮ってくれた、ホームページに載せる写真の候補ですね」

「他の写真も見てください。どの場所で撮ったか判りますか？」

　二人三人と見ていくが、誰もが首をひねった。被写体は自然の一部であって、特徴のある事物ではないからだろう。ただ、あの一帯をよく走り回っている黒部治が、最後に言った。

「この崖は見覚えがありますよ。岩場の露出具合といい、間違いありません」

「その場所は？」

「他の写真も、屋敷のかなり東のほうで撮られたものと思いますけど、この崖はさらに、東に二百メートルほどですかね」

森が深まり、山裾が迫ってくる一帯だろう。

「そうですか」

添島刑事の声には、やや失望の色があった。

「ではこの辺りに、沢や池はありませんかね？」

この問いにはほぼ一斉に否定的な声が返った。ひどく乾燥している土地だという。

「蛙も見たことがない」黒部が言い、近藤も、「苔もないんじゃないかな」と体験的な知識を述べた。

「刑事さん」黒部はごくかすかに、丸メガネの奥に皮肉と自虐の気配を覗かせた。「マウンテンバイクで西のほうに向かった私なら、重川にも近付けたかもしれませんけどね。どうします？匠は、かなり距離のある逆方向の東にいたみたいですよ」

写真には当然、時刻もデータで入っているだろうから、楢崎匠にとっては有利なアリバイの傍証なのだろう。彼の態度がそれを物語っている。

添島刑事は、

「その写真は消さないでください」と注文をつけてスマホを持ち主に返した。「後で参考資料としてこちらでも保存します」

この時、考え込んでいた龍之介が、「あれを使えば……」と、ごく小さく呟いた。私と一美さんにしか聞こえなかったろう。

しかし次の一言は、もう少しだけ声が大きかった。

「あの言葉……連携したのだとしたら……」

これは添島刑事の耳にも入った。

「どうかしましたか、龍之介さん？」

龍之介は、「え？」と顔をあげ、視線が幾つか集まっていることに驚いた。

「なにか気になりましたか？」

龍之介はひらきかけた口をすぐに閉じた。そして、言葉に出かかったことを言い直すように、

「思いつきにもならない独り言です」と控えめに言った。

だが、添島刑事としては気になるだろう。

「なんでもかまわないので、話してみてくれませんか」

それでも龍之介は、「まだ形にもなにもなっていませんので」と固辞した。

田中刑事もじっと視線を注いでいる。浅見も同じく。

ここまで聞かせるのを拒んだことに、私はかえって彼の思いつきの有力さを感じた。話せば、特定の人物が強く疑われることを龍之介は意識している。今までのように、あくまで思考実験としての仮説、では済まない段階の推論を持っているのに違いない。現実に人を容疑者としてしまうから慎重なのだ。

それは一美さんも察知していて、目を合わせてきていた。

だが龍之介は、どんな重大な閃きを得たのだ？

さらに問い詰めようとした添島刑事だが、彼のスマホが振動し、そちらに注意を奪われた。電話に出て一声聞くと、途端に顔色が変わる。

「到着した」

田中刑事に鋭く告げ、間を置かず、二人の刑事は機敏な動作でドアへ向かった。

あいたドアの向こうからは、複数の男たちの緊迫感に満ちた声が聞こえてくる。本隊の到着だ。楢崎聡一郎の死に関しての取り調べが再開されるだろう。

4

時刻は七時を回っていたが、夏の夜はまだ完全には訪れていなかった。黄昏（たそがれ）の気配が残っている。窓の外の景色を眺めている限りでは、不謹慎かもしれないが、ビールでも呑（の）みに行こうと誘うアフターファイブの空気感である。

だがもちろん、邸内の空気は張り詰めていて重く、一部では慌ただしい。

浅見を含めた私たち五人は、吉澤警部補を中心とした刑事たちに聴取を受け、そのまま広間に座らされていた。斜め前方方向の少し離れた机に、田中刑事と福良部長刑事が残っている。容疑者たちの監視役だ。

取り調べともいえる厳しい聞き取りを経て、あの時廊下にいた三人の中でホッと安心できたのは、原口茜だけであった。彼女は私たち三人とずっと行動を共にしていたし、廊下に出た瞬間から後も龍之介が目にし続けていたことになる。南側廊下に出てからは、今度は浅見が目撃者だ。彼女は真っ直ぐ、浅見の前まで進んで来ただけ。行動の一部始終が第三者たちによって視認されており、犯行の時間など皆無だ。

龍之介への嫌疑は薄れてはいないが、彼にはそれよりも興味を引かれることが生じていて、そのおかげである意味平静を保てているともいえた。吉澤警部補たち一行は、アース地質測量技研の専門技官、米沢を同行していたのだ。理由は三つほどあるようだった。山桑準が本部エリアに乗り込んで来る可能性が高まったことと、ここは〝マイダスタッチ〟の指摘地域に近いこと、そして、歴史景観研究センターの専門家も揃っていること。

　米沢はもちろんもう、〝マイダスタッチ〟の地表探査データに目を通しているようだが、瀧満紀や阿波野順がなにを発見したのかはつかんでいないとのことだった。龍之介は、彼の知識を得て分析を深めたいと、うずうずしているのだ。

　一方、取り調べといえば、老松は呼び戻されて、気の毒にも指紋を採られていた。関係者指紋を排除するためだ。

　現場である着替え部屋のドアの下に押し込められていたＤＶＤケースからは、老松と楢崎聡一郎の指紋が検出されたようだ。しかし老松の指紋は付着してからかなりの月日が経っているのは明らかだそうで、事件とは関係なく、楢崎聡一郎が自分の手でＤＶＤケースを楔代わりにしたのは証明できた。ドアの内側のレバーにも、楢崎の右手の指紋がある。

　浅見も指紋を採取され、彼の指紋は、クローゼットの取っ手と、女性用小部屋のドアノブから検出されている。私は被害者の手首の脈を診ただけなので、室内から指紋は発見されていない。

　凶器のアイロンには、被害者自身の真新しい指紋がかなり付着していたようだ。その付着具合は、彼自身がアイロンを使っていたことを充分に想像させるという。また、被害者が着ていた背広上下は、あまりぱっとしたものではなく、上質なものでもなかったが、これには相応の意味があることが、楢崎匠と老松の供述で判明した。二十年ほども前のもので、貧しく不安定だった時期から抜け出して、聡一郎が人生の活路を進み始めた頃の思い出の背広なのだという。

　これらの事情から、一美さんや龍之介と、死亡前の楢崎聡一郎の行動をこのように想像した。娘と再会できるかもしれないと気持ちを高めた楢崎聡一郎は、昔の自分を知る、様々な思いの染みついた背広に着替えようとした。でも、皺でも寄っていたのではないか。聡一郎はそれをアイロンで直そうとした。それが終わって着替えをしたが、楢崎聡一郎のことだから安全にも当然の神経をつかい、アイロンの熱がさがり切るのを待ったのだろう。

凶器となったこのアイロンには、手袋をした者が触ったような痕跡も見当たらないそうだが、コードがある。犯人はコードをつかんで振り回し、聡一郎の首に叩(たた)きつけたのかもしれない。コードからの指紋採取は簡単にはいかなそうだった。

「福良刑事。楢崎聡一郎さんはスマホに文書を打ち込んでいたそうですけど……」

こうした、他にもしておきたいことがあったから、楢崎聡一郎はアイロンの熱が冷めるのをもついでに待っていたわけだ。

「それはどんな文面だったのでしょうか？」

期待薄だったが、私は訊いてみていた。

判断の短い間をあけて、

「まああれです、山桑準が捕まった後も、経済的に満足させるという誓約を明文化しようとしていたんですよ」と福良は大儀そうに言う。「他は、この措置(そち)に向けた、娘や会長さんへの協力希望など。まあ、そういったところです」

「直接見せてもらうわけにはいきませんか？」気持ちを込めて浅見が言った。「疑われている身としては、反論の足掛かりが少しでもほしいところです。あらゆる情報がありがたいのですが」

「残念ながら、浅見さん。私の一存ではどうにもなりませんね。疑いが残る人に、捜査状況を積極的に開示はできないですよ。吉澤警部補の判断を――」

その言葉を待っていたかのようにドアがあき、当の警部補が姿を見せた。

「どうも。浅見さん、皆さん」言葉づかいとは裏腹に、声や表情からは、親しみは排されている。「現場の廊下へ行ってみませんか。そこで細部まで検討して、最終判断としましょう」

最後通牒と言い換えたそうな刑事の背中が、私たちを廊下に誘う。

――最終判断。

私と一美さんは、直次の部屋の外にいた。龍之介は室内にいて、当時の行動を再現させられている。ドアを内側から押して閉めようとしたところで、

「この時に、楢崎さんの叫びを聞きました」と龍之介は報告する。

そばに立っている吉澤警部補が、「その後の動きもどうぞ。時間のかけ方など、なるべく忠実に」と促した。

龍之介はなかなか努力して、似合わない演技を見せた。一瞬身を固くした後、恐る恐る進んで戸口から顔を覗かせ、左右を窺う。

「なるほど。ありがとうございます」吉澤警部補も、着替え部屋のほうに顔を向けていた。「叫びを聞き終えてから数秒で、ここの廊下を視野に入れたことになりますね」

彼はそれから廊下の奥に進み、私たちにもついて来るようにと身振りをする。

女神像のすぐ先に、刑事に囲まれて浅見光彦がいた。

「さて、ここまで振り返りますと……」吉澤警部補はスマホで太股の横を叩いている。「天地光章さんと長代一美さんの供述を証言として採用しないのであれば、確かに、天地龍之介さんにも容疑は残りますね。現実的に見て、光章さんたちお二人が揃って偽証しているとは考えにくいですが、その場合でも、龍之介さんが殺害犯をかばったという疑いは残ります」

「かばった？」一美さんが、警部補の顔を覗き込むようにして尋ねた。「どんな風に？」

「目の前を通りすぎるのを、見逃したのですよ。被害者の悲鳴めいた叫びを聞いて数秒後、龍之介さんの体とドアが、室内にいた二人の視野を塞いでいるでしょう。この間に、犯人は龍之介さ

んの前を通り抜けて玄関側の隣の部屋へ逃げ込んだのです」

それを龍之介は黙って見逃した、と。

多少青ざめているけれど、龍之介はそのロジックを黙って受け入れている。

「事後従犯」と、吉澤警部補は切り取るように言った。「悪くすると殺害犯の共犯とも疑われますかね。ですが……」警部補は浅見光彦に向き直った。「もっといけないのはあなたですよ、浅見さん」

「そうなりますか」神妙だけれど、浅見は頭でも掻きそうな様子である。

「ならざるを得ないでしょう。まず、この廊下には、隠れてやりすごせる場所はありません」

その言葉の直後、浅見が上に目を向けたものだから、つられて多くの者が同じようにした。そこにあるのは、ただ平らなだけの天井だ。小さな、埋め込み式の照明があるだけ。

「いやいや」最初に呆れたように否定の声をあげたのは添島刑事だ。「浅見さん。現代のこの場所に忍者がいたとしても、あの天井に咄嗟に張り付いてやりすごすなんて、絶対に無理ですよ」

「そうでしょうね」今度こそ浅見は頭を掻いた。「僕もただ、盲点かなと思ってつい確かめてみたまでですよ」

「さてこれで、犯人は廊下を歩くか走って逃げるしかなくなったわけです」吉澤警部補は真面目な顔を保っている。「浅見さん。あなたはその場所に、『来るな！』の叫びが聞こえるどれぐらい前からいました？」

浅見がいるのは、彼と茜の記憶が一致している場所、黄金像の斜め後ろである。

「家族との電話をちょうど終える頃で、この像を見ていて……その後、原口さんがやって来てくれましたから……一分弱でしょうか」

「叫び声の響く一分近く前からあなたはここにいた。この一角にドアは二ヶ所」

そう言って吉澤警部補は、廊下の突き当たりに進んだ。東側のその壁には、アルミ製のようなドアがある。

「裏口であり、非常階段用の出口です。内側からだとレバーを回せば当然あきますが、外からだとロックが掛かっている。このドアもあなたの視野に普通に入っていますね。そしてもう一つは、この北側の部屋のもの。会長夫人のフィッティングルームです。このドアも、あなたのほとんど真横に位置している。さて、あなたの目をかいくぐって誰かがこれらのドアを利用することはまったく不可能だ。そして、叫び声を聞いて移動した二、三秒後には、あなたは北側廊下をすべて見通せる位置に来ていた。それでも誰も目にしていない。……まずいですね」

——確かに、まずい。

どれぐらいまずいかを、吉澤警部補は改めて口に出した。

「以下のように考えなければ、現実世界の話ではなくなってしまう。瀕死の状態で部屋を出た楢崎聡一郎氏は、数メートルこちらによろめき歩いて来たのです。そして、襲撃犯であるあなたの姿を目にした」

警部補は、ちょうどその位置に立たせている若い刑事に質問を投げた。

「そこから、浅見さんの姿は見えるか？」

「見えます！」

「つまり、楢崎氏にも見えたわけです。それで彼は、恐怖の叫びをあげ、急いで室内に引き返した。その直後、龍之介さんがあちらのドアから顔を覗かせた」

「実に合理的です」

浅見自身は不可解さと冷静に対峙しているが、茜が取り乱しかけている。

「な、なにか、間違いかトリックがありませんか？」

トリックねえ、と思案し、私は龍之介に問いかけた。

「俺が気になるのは、この事態は声という音が起点になっているということだ。なあ龍之介、音を前後させることで犯行時刻を錯覚させるトリックってのは、けっこうあるよな？」

「ありますね」

「今回のは、その可能性は？」

「機械的トリックを想像するだけならできますよ――」

「どんなものです？」目力を感じさせて、茜が食いついてくる。

「き、着替え部屋には、テレビがあります。ここから、都合のいい録画映像、音声を流すことはできるはずです。『来るな！』という、椨崎さんの声か似た声をまずは録音しておく。それを、都合のいいタイミングで発せられるようにタイマーセットしておき……、いえ、今回の場合は不確定要素が多すぎるから、タイマーは無理ですね。リモコンで操作することになりますか」

意表外の着想を聞いたとばかりに目を丸くする刑事もいるが、吉澤警部補はそうではなく、すぐに分析的に返した。

「それほどトリッキーな用意周到な計画は、周辺の動きを完全に予見できる時にしか行なえないでしょう。誰が何時にこう動くから、この音を聞かせられるという予見です。今回はまったく違いますよ。椨崎聡一郎氏が着替え部屋に向かうことは当人ですらその瞬間まで決めていなかった。突然の事態だった。皆さんがここに集まったのもまったくの偶然だ。計画された機械的工作の余地は一切ない」

「残念ながら賛成です」と同意したのは、他ならぬ浅見光彦だった。「あの事件は、まさにあの時に進行していたという生々しい実感を伴（ともな）っています。謎はその瞬間にあり、解答もそこにあるはずです」

龍之介までが言う。

「私も、総論としてはそれ以外ないと思います。用意されていた犯罪計画は、実際には存在しないでしょう」

そうですかあ、と、茜はちょっと沈む。

私や一美さんは、龍之介が犯罪に加担することは微塵（みじん）もないと知っている。それに観察眼も尋常じゃなく優れているから、その目撃情報を百パーセント信じられる。そうなると、重要容疑者は浅見光彦だけになってしまうのだ。

二人の〝探偵〟が視線で作りあげてしまった透明な壁を通り抜けられる犯人がいないのなら、残る可能性は二つ。

「自殺か、事故」

声に出てしまっていた。

「自殺？　自殺ねえ。まだそれを論じますか？」

吉澤警部補は、やれやれといった面持ちだ。論じ尽くして、これ以上は時間の無駄だという顔のまま、

「自殺や事故は、真っ先に検討しましたよ。皆さんも推理力のある方々だ、その辺の推論は何度も済ませているでしょう」

「まあそうなんですけど……」望み薄を承知で言ってみた。「楢崎聡一郎さんがスマホに打ち込んでいたという文面、遺書めいていたってことはないんですね？」

眉をひそめ、耳を貸したくないことから頭部を遠ざけようとするかのように体をよじった吉澤警部補だったが、吐息を一つつくと、

「いいでしょう」と譲歩（じょうほ）を示した。「目を通してみてください」

その文章の最初の一言は、御前様だった。

「御前様？」

声を出した私に、吉澤警部補は軽く説明した。

「複数の人から確認を取りました。楢崎聡一郎氏は、ごくごく身内のみがいる場では、小津野陵会長をそう呼んだそうです」

文面はこうだった。


御前様。なんとも恥ずかしい成り行きで大変なご迷惑をおかけいたしますこと、面目次第もございません。深くお詫び申し上げます。

上園望美というのが私の娘なのですが、この娘が無事に解放された暁には、山桑という男へできる限り希望に添った対価を支払うという私の意志を書面にしておきたいと思います。ですが私はすぐには動けない身柄となるかもしれず、その場合、甚だ恐縮ですが、なにとぞ、御前様の采配によって形式が整うようにお計らいくださいますように。あなた様だけを頼りとしております。

匠から納得を得られるようにし、細部を詰めておきます。娘とも勿論話し合いたい。


そこで文章は終わっている。

すぐに吉澤警部補が付言した。

「これからやるべきことも書いてあり、遺書であるはずがありませんよね。『すぐには動けない身柄となるかも』しれないというのは、連れ去り事件の参考人聴取を受ける可能性や、もしかすると娘を助けるために負傷する覚悟も持っていたということかもしれません」

それから警部補は、自殺ではないとする主な理由の二つをあげた。

まずは動機。死を望む理由など、楢崎聡一郎にはまったくない。むしろ正反対の精神状態であろう。娘と再会できる時が近付いていたのだ。服装もそれに合わせて選び、文章にもその先の希望を書いている。娘がまだ救出されていないのに、その役にも立たずに命を捨てる道理はない。

第二に、手段。自殺をするのに、アイロンを首筋に打ちつける方法など選択するか？　手段として空想することもしないだろう。実効性を具体的にみても、右利きの楢崎聡一郎が、左側後部から凶器を深く叩きつけるなど不可能である。方法としてはそれ以外では、力学的に作用するなんらかの工作を利用するしかなくなるだろうが、これもまったくもって論外であろう。

「事故？」問題視もできないというつまらなそうな表情で、吉澤警部補は首を左右に揺する。「どうやったら、アイロンが飛んで来る事故が起こるのです。そしてなにより、決定的なこの事実。被害者の悲痛な叫びがあります。よろしいですか、凶器のアイロンは一撃で深く喉の奥に達していて、声帯さえ傷つけていた。被害者の口から血が流れていましたが、これは力を振り絞って叫んだためのようです。事故や自殺の場合、いったい誰に、まさに必死で『来るな！』と叫び、部屋に入れまいとするのです？」

相当の恐怖を感じる相手だろう。

推論は見事に立つのだが、こうして、殺人犯が廊下を逃げたという以外の可能性が着実に否定されていく度に、浅見と龍之介の容疑は固まっていってしまうのだ。

龍之介が、吉澤警部補に訊いていた。

「上園さんが拉致されていることを伝えたと思われる、匠さんから聡一郎さんへのメールは残っていましたか？」

「いや。楢崎聡一郎の申し立てどおり、削除されていたよ」

ここで、現場から出て来た刑事が、吉澤警部補に耳打ちするのが聞こえた。遺体を運び出すという。

すると、龍之介がなにやらそわそわし始めた。トイレではないだろう。その表情を読むと、惑うような、早く決断をしたがっているような落ち着きのなさがある。

「なにか言いたいことでもあるのか、龍之介？」

まだ躊躇(ちゅうちょ)を見せる龍之介に、一美さんも声をかけた。

「事件に関係あるんでしょ。言ってみなきゃ」

浅見にも、「聞かせてくださいよ」ときっぱり言われ、龍之介は、

「は、裸にはしてみたのでしょうか……？」

と言いだした。

どの顔にも、は？ という疑問符が並ぶ。

「なんのことです、それ？」添島刑事が聞き返した。

「な、楢崎聡一郎さんですけど、上半身を裸にしてみましたか？」

吉澤警部補は、周りの刑事たちと顔を見合わせ、そして言った。

「そんな検視はしていないが……」警部補の目に、瞬間的に光が走った。「なにがあると？」

「体の前に薄く、シートベルトによる圧迫痕がないでしょうか」

第九章　アリバイ崩れ

1

それはあった。楢崎聡一郎の胸部に、右肩から斜め左下にかけて。龍之介の推測したとおり、ひどいアザではないが、真新しい痕跡(こんせき)だという。

茜に視線で答えを求められ、浅見は教えた。

「楢崎聡一郎さんは運転席に座っている時に、ちょっとした衝突事故に遭(あ)ったのですよ。ちょうど、阿波野順の体を乗せていた車がイベント会場近くで遭遇(そうぐう)したような事故ですね」

少し時間をかけてその意味が脳内に染(し)み込むと、茜は凝然(ぎょうぜん)として青ざめた。

「――楢崎さんが!?」

死んでいると思っていた阿波野順の体を運搬していた犯人だ。

浅見たちは広間に戻されていた。この部屋に、別室で監視対象にあった楢崎匠も呼び入れられる予定である。龍之介が、楢崎親子が役割分担すれば、二人のアリバイは崩(くず)れると進言したからである。

光章と一美に挟(はさ)まれている席で、龍之介は、

「楢崎聡一郎さんのシャツのボタンは、ちゃんとはめられていましたか?」と、そんなことを刑事たちに確かめた。

「一番上のボタンは、はめられていませんでしたがね」

吉澤警部補がそう答えている。龍之介が今なお、刑事たちにとっては楢崎聡一郎殺しの容疑者には違いないが、傾聴に値する彼の推理を遇する姿勢にはなっている。

「楢崎さんらしくはないわね」と一美が感想を口にしていた。「でも、ボタンがどうかしたの？」

龍之介は返事をする間がなかった。ドアがあき、制服警官に伴われた楢崎匠が入って来たのだ。

視線と微妙な空気をたちどころに感じたろう匠は、誰とも目を合わせないようにして、指定された席に着いた。

「楢崎匠さん」吉澤警部補は改まった口ぶりだ。「浅見さんの丹念な追及に、あなたはアリバイを主張したそうですね。ところがここで、その防備に穴をあけるかもしれない発見と見解が登場しました」

虚勢とも見えるが、匠は強気に言い返した。

「発見？　また、言葉尻を拡大解釈するような話ではないんでしょうね？」

「物証の発見です。お父さんの体に残っていた痕跡です。ごく最近、お父さんは運転中に衝突事故を起こしたようですよ。シートベルトのアザがその証拠です」

顕著な反応があった。

あっ、と、口があいてから、楢崎匠の全身から力が抜け落ちたのだ。椅子の背に深く凭れかかって天井を見あげる目からは、絶望的に光が消えかけている。

これこそ真犯人の、自供に匹敵する反応だと、浅見は直観した。雄弁な有様だ。長年犯罪者と対してきた刑事たちも同じ手応えを得たであろうことは間違いない。彼らの目が、獲物をロックするように輝いている。

「そろそろ自供をなさいますか？　心証が良くなりますよ。どうです、匠さん？」

それでもまだ、匠は口をひらかない。虚脱が強いせいか、頭の中で自衛の策を練ろうとあがいているのか、それは外からは見て取れないが、最後のガードがまだ残っている。

「では、龍之介さんと話を進めましょう。龍之介さん、楢崎親子が共犯だという推理ですね？」

「そ、そうなります、吉澤刑事。浅見さんが展開した楢崎匠さん犯人説は精妙で堅固なものと思えました。その時、唯一の反証としてアリバイがあげられたわけですが、それは協力者を想定すれば破れます。楢崎聡一郎さんでしたら、息子を守ろう、かばおうと決めた場合、必死になるでしょう。……ただ、確認を取っていきたい事柄があるので、小柴一慶さんを呼んでいただけませんか？」

ほんの一分ほどで部屋に入って来た小柴は、引き立ててくれた楢崎相談室長の死を知らされた時とはまた違う意味で、やや青ざめていた。緊張しているのは明らかだ。

浅見は声をかけた。

「玄関ホールでは、埋蔵金の場所を図表上で探そうとし続けているのですか？」

「は、はい、そうです。主にセンターのメンバーと米沢さんとで」

犬山もそうだろうと、浅見は思う。

「進展は？」

「図表を四倍にしたりしているのですけど、目を付けるべきポイントがどうにも不明で……」

小柴の口もかなりほぐれてきて、その小柴から逆に問いが発せられた。

「あのう、先ほど、楢崎室長が車で交通事故を起こしたといった話を知っている者がいるかと刑事さんに尋ねられましたが、あれはどういう意味なのでしょうか？」

万が一にでも、楢崎聡一郎が事件とは無関係な事故を起こしていた可能性がないか、警察は玄関ホールにいる面々に尋ねたわけだ。その結果、彼が事故を起こしたという事実を見たり聞いたりした者はまったくいなかったということだろう。

玄関ホールはざわめいているかもしれない。阿波野順を扼殺した犯人が事故に遭っていることは、すでに誰もが知っている。その事故と楢崎室長を結びつけて問われたのだから、臆測が臆測を呼ぶだろう。

浅見は、「その件もまとめて、これから説明されるはずですから、少々お付き合いください、小柴さん」と応じた。「龍之介さんが話を進めてくれます」

龍之介は、浅見に軽く会釈をするような仕草をした後、すぐに小柴に尋ねた。

「十一時頃のことをお訊きします、小柴さん。その頃、ちょうどこの広間で、壮行会用の準備を楢崎室長としていたのですよね。室長さんと顔を合わせていたのは、何時ぐらいでした？」

「あれは……十一時の数分前だったと思います。それまでの十数分、途中は老松さんも加わって、準備の段取りを話していました」

「十時五十五分頃に、室長さんは広間を離れたのですね？」

「ええ。会長の仕事部屋の支度に向かったはずです」

龍之介は刑事たちに顔を向け、

「ここで、阿波野さんの遺体発見から逆算してみましょう」と言った。「遺体発見は十一時十五分前後。私は、阿波野さんの仮死状態を招いた最初の犯行は、〝マイダスタッチ〟でピックアップされているあの一帯で発生したのだと思えてなりません。どうしてもそのような推論パターンが多く組みあがるのです。浅見さんはどう思われますか？」

「同感です」浅見が歩き回ったあの一帯だ。近くの重川も含めていいだろう。「勘といわれればそれまでかもしれませんが、人や物事の動きがあの地に集約しています」

龍之介はホッとした様子でその先を口にした。

「その一帯を該当区域と呼びましょうか。遺体が車から転落してきた場所に十一時十五分頃に到着するためには、該当区域を十一時五分頃には出発しなければならないでしょう。当然ながらそれ以前に、該当区域で殺害未遂行為は行なわれた。場所はそう仮定しておき、やや演繹的に思考を進めます。そして楢崎室長さんですが、小柴さんのお話を信じれば、十時五十五分頃まではこの広間にいた。すると、ここからわずか十分で該当区域まで移動して殺害未遂行為を終えたことになってしまいます。こんな急いだ犯行は有り得ません。まるで、該当区域の特定のポイントに阿波野さんがいるのを知っていて真っ直ぐ駆けつけ、物も言わずに窒息させる行為に及んだことになる。今回の事件の実態にはまったくそぐわないことです。従って、楢崎室長さんは、第一の殺害未遂事件の犯人ではありません。同じく、小柴さんも」

小柴はホッとしているし、光章は、「そうだな」と頷く。「楢崎聡一郎さんのアリバイは成立だ」

刑事たちもまずまずの表情で、異論なく続きの展開を待っている。

「一方で、楢崎匠さんには、十一時二十分以前のアリバイが大きく欠けています。二十分にオフィスで黒部さんと顔を合わせる前ですね。そこで、それ以前の空白の時間帯に、匠さんが阿波野さんを川の水に沈め、窒息させてしまったとしたらどうか。匠さんは、阿波野さんを殺してしまったと思い、恐怖に駆られて父親に連絡を取った。この時刻が、十時五十五分すぎ。楢崎室長さんが広間を出た直後だった」

「なるほど」合いの手のように、浅見の声は出ていた。

「このケースでは、楢崎室長さんは駆けつけるべき場所が判っています。匠さんから聞いた場所に、車で駆けつける。そこにはもう、遺体と思われる阿波野さんの体が横たわっていた。移動中に事情を聞いていた楢崎室長さんは、善後策を息子に伝えた。これが十一時五分ほど。息子には、室長さんの車で本部に戻り、アリバイを作るように指示を出します。そして自分は、遺体と信じていたものを、息子と本当の犯行現場から少しでも遠ざけようとした。車と阿波野さんの体を、本来あるべきセンターへできるだけ近付けようとしたのです」

「その途中で事故を起こしてしまったのですね」浅見は言った。「死んでいると思っていた男に急に襲われたのだから無理もありません」

「はい。楢崎室長さんは、自分の足で本部に戻るしかなくなった。急ぎ、かなり引き返したところで、息子から電話が入る。イベント会場担当者から、阿波野順さんの死が報告されてきた、と。十一時三十分すぎです」

この私邸で聞いたのではなかったわけだ。楢崎聡一郎はあの電話を路上で受けた。

「これを機会に、楢崎室長さんは息子に次の策を授けます。室長さんの車でこちらへ向かってくれというものです。匠さんは、三、四分車を走らせれば楢崎室長さんと合流できたでしょう。室長さんは車中で身だしなみを整え、呼吸も気持ちも平静にして事故現場に引き返して行く。匠さんは、車に積んできておいた黒部さんのマウンテンバイクで本部へ戻るのです」

え？　という顔と、あっ！　という声が室内には混在した。

「車を手放した後の足か」光章が、パッと晴れたような顔で言う。「龍之介。センターの人たちのアリバイを検討した時のあれだな。本物の事故でないならば、帰り用の足となるバイクなどを積んでいくことが可能だ。その原理はこっちの計画で使われていたのか」

「折りたたみ式のマウンテンバイクなら、確かに打ってつけだ」添島刑事はその説の吟味を楽しむように顎をさすっていた。

この推理には浅見も同じく感心していたが、同時に、楢崎匠の表情も観察していた。苦々しげな様は、崩されていく防壁をじっと見て耐えている姿に感じられた。

「楢崎さん親子が車の受け渡しをしたのは、十一時三十五分から四十分の間でしょう」と、龍之介は推論をまとめていく。「本部に引き返した匠さんは、マウンテンバイクを元の場所に戻し、次のアリバイ証人である此花さんを見つけた。五十分のことです」

さらにきちんとした形にするべく、思い出したことがあるというように龍之介は、

「小柴さん」と呼びかけた。「あなたは、十一時四十分ぐらいの時に、楢崎室長さんから電話で指示を受けたのでしたよね？」

「は、はい。イベント会場での悲劇を伝えられ、二人で対処する必要があるから急いで来てくれ、と」

「事件と関係ない、普段の冷静な楢崎室長さんでしたら、自分がこの私邸を離れる十一時三十分すぎの時点で、小柴さんも同時に伴って出たでしょう。でも実際には、それはできなかったのです。三十分すぎの時点では、ここに楢崎室長さんはおらず、車もないのですから」

楢崎室長が犯人に違いないだろうと聞かされて、小柴は青ざめている。

龍之介は最後に付け加えた。

「話は、さいぜんの玄関ホールでのことに移ります。あの場で、〝遠くの無名〟氏の正体が明らかにされ、告発メールや親子関係のことも語られました。あの時、二階へあがる前の楢崎室長さんが匠さんに、『すべて話していいからな』との言葉を残しました。あの意味には、二人の罪を明かしてもいいとの思いも含まれていたのではないでしょうか。自供するなら自分も従うから、気にせずに認めろ、という……」

2

「そう考えれば……」福良刑事は思案がちの顔だ。「楢崎聡一郎がスマホに書き残した文面は、殺人の罪の贖いでもあったのか……」

　私も文面を思い出してみた。〝恥ずかしい成り行きで大変なご迷惑を〟とあり、〝深くお詫びするともあった。犯罪者となってしまったことも言っているのだとしたら、〝すぐには動けない身柄〟というのは、逮捕や拘留のことになる。

　吉澤警部補が言った。

「息子が自供しているかどうかは知らなかったから、中間的な書き方にしかならなかったというのは有り得るな」

　ここで、巨体に似合わずおっとりと話す田中刑事が、さらにやや控えめに上司に意見表明した。

「楢崎聡一郎が殺しの主犯格であるなら、彼には自殺の動機があることになりませんか？　潔く、身を処したのかもしれません」

　ざわついた空気の中、彼は自説を補強した。

「報道や裁判、社会的な断罪によって小津野財団に迷惑をかけることを恐れた。それと同時に、名誉を重んじる最大の償いをした、とか」

「ふーん。そのセンだと、彼が最後に発した叫びも別の見方ができるな」

「どういう見方だ、福良くん？」吉澤警部補が尋ねる。

「自殺をすれば、その動機を探られます。こうした事態の中での自殺でしたら、罪の償い、無言の自供という解釈はすぐにされる。そう疑われたら、なんとしてでも罪を逃れようとしているのかもしれない息子にも累が及ぶ。それを避けるために他殺を装ったのです」

「他殺の偽装か」

「ええ。自殺のはずがない、アイロンを凶器にした、奇抜で奇態な手段を実行する。その上で、殺害犯が実在するかのような内容の叫びをあげた」

いいね。これならば不可能性など消えてなくなる。龍之介と浅見はもちろん、無罪放免だ。

「そこだけを取りあげると、あの楢崎さんならやりそうではあります。でも……」そう意見を語りだしたのは一美さんだった。「娘さんのことに思いを及ぼすと、賛成できなくなります。ここまできて、娘さんと会う前に命を絶つでしょうか」

座の空気が静まる。

「娘さんが見せた態度がどうあれ、楢崎さんは、一目でも娘さんに会いたくて会いたくてたまらなかったはずです。親子の対面を果たすという宿願。殺人の罪を償うのであれば、その後でいいはずです。これまでそばにいてやれなかったことを心底悔（く）いているのなら——わたしにはそう見えましたけど——彼女のこれからの生活や人生に手厚く保護を加えてから身を処すでしょう。それなのに、娘さんの無事を確認してもいないうちに……」

この意見もまったくそのとおりだな。

ここでさらに、龍之介が口をひらいた。

「加えさせていただければ、私は、楢崎聡一郎さんのあの叫びが、演技などとはまったく思えません。心からの声でしたよ。怯（おび）えか必死さか、本当の内面からの、力を振り絞（しぼ）った真実の声でした」

なあ、龍之介。そこはあんまり力説しないほうがいいんじゃないか？

「龍之介さんにそう主張されたら、僕も否定できませんね」と浅見は苦笑している。

誠にすみません、浅見さん。

「確かにあの叫びはそう聞こえましたが……、龍之介さんは、本当に、気持ちの真っ直ぐな人なのですね」

どこか満足そうに笑う浅見の顔を、

「浅見さんもよくそう言われてるんじゃないですか?」と、茜がしげしげと見ている。

他殺を装った自殺説は、どうやら淡く消え去ったらしい。

吉澤警部補が、「さて」と声にし、楢崎匠に体を向けた。

「ここまでなにも発言しなかったが、大人しく罪を認めるかね、楢崎匠さん?」

考え込むポーズで額に置いておいた手を、匠はおろした。瞳には、あまり見たくはない反抗的な光が鈍く存在している。

「その人も言っていたけど、推論の土台が仮定じゃないの。細々と仮定の話をしてどうなるの?俺が阿波野さんを襲った場所ってどこ? 添島刑事。俺がラストに撮った写真て、何時何分?」

添島は記憶を呼び出した。

「十時四十二分だな」

「あれ、かなり東の森で撮ったんだよ。そこから十分足らずで該当区域って所まで行くの? 道もないあの一帯。ドローンにでも乗ったのかい?」

龍之介の推理も、そこが最大のネックだ。どこまでもついて回る、犯行現場未発見の重荷。

「だがね、匠さん。判明してきた事実によると、実際に阿波野順を扼殺したのは君の父親、聡一郎氏らしい」吉澤警部補は説得を試みる。「車の中で反撃され、思わず相手の首を絞めてしまったんだな。君は、殺したと錯覚しただけで、殺害犯ではない」

改めてのこの指摘を聞き、気が塞ぐといった気配で一美さんのまつげが伏せられた。

その気持ち、私も理解できる。最初から、楢崎聡一郎さんは好印象だった。スマートな対応に信頼が置けた。……それなのに、あの人の両手は人の首を絞めて命を奪ったばかりだったのだ。自分の両手を見ながら、紳士的に振る舞えたのか……。

――待てよ。もしかしたら。

ふと、あの人の裏の意図を想像してしまった。出会って程なく、私たちを小津野のゲストにしてくれた、あの時。ちょうど龍之介が、助手席の黄金の謎を、金アマルガムによるものだと見破って解説した後……。推理力に感心した体であったが、あの推理の結果は自分にとって都合がいいと楢崎聡一郎は受け取ったはずだ。金アマルガムはセンターで使うところだと自分でも指摘し、センターこそが事件の中心だとの印象を作りあげる。阿波野の体を車ごとセンターへ運ぼうとして頓挫した計画を、心理的にリカバーできるわけだ。

その印象操作をした後で、龍之介をあの現場から離した。警察にこれ以上余計な推理を聞かせないように。そこそこ頭が切れるらしい人物を囲い込んで監視し、できるだけコントロールしようとしたのではないか……。

だが、ああ見えて、龍之介のほうが一枚上手だった。

「だから君の罪は、傷害と、殺人の事後従犯といったところ」吉澤警部補は、楢崎匠を相手に懇々と説いている。「ほとんどを父親の罪として、君は自分のやったことのみ、すべて明かしたらどうだろう。心証を良くすれば、大した罪には問われないが」

「自白に頼っちゃダメだよ、刑事さん」

「マウンテンバイクを精査してみようか？」

「………」

吉澤警部補は立ちあがる姿勢を取った。「強情を張るなら仕方がない。署へ同行してもらおうか」

田中刑事は立ちあがって匠のほうへ足を踏み出していた。

だが匠は、「お断りします」と両腕を組んだ。

「なにっ！」福良刑事が凄む。

「これは任意でしょう？　令状がなかったら連行なんてできないはずだ。決め手もないのに令状が出るわけない。出頭は丁重にお断りさせていただきますよ」

押し問答があったが、楢崎匠は梃子でも動かない。

腰をあげていた吉澤警部補が、複雑な表情を見せると、

「浅見さん、龍之介さん」と、二人の顔を見た。「申し訳ないが、楢崎聡一郎殺しはまた別件です。その件では、楢崎匠は完全に無関係です。事件の間ずっと、玄関ホールで大勢と一緒にいましたからね」

「アリバイは完璧なわけですね」浅見が言った。

「ええ。……それで、容疑の確かさに鑑み、いかな刑事局長の弟さんといえど、これは署へ同行していただくしかありません。龍之介さんも。これももちろん、任意なのですが……」

「これは仕方ないですね」浅見はゆっくりと腰をあげた。「ご同行しましょう」

困った風ではあるが、龍之介も席から立ちあがる。

刑事は誰もが楢崎匠をにらみつけ、こいつこそ引っ立ててやりたいのにという感情を発散している。

そんな空気を吹き飛ばす勢いでドアがあいた。

若手の刑事が強張った顔で報告する。

「山桑準と接触しました！　そ、それで抵抗に遭い、上園望美が人質に取られています！　ナイフを突きつけられて！」

3

浅見は、内臓をカッと熱く揺さぶられるような衝撃を覚えた。殺人容疑をかけられた時もこんな風にはならなかった。手の平を机に叩きつけそうだった。

茜も瞬時に血色をなくして跳びあがっている。そして、「無事なんですか⁉」と叫ぶ。

「今のところは。膠着状態で――」

「場所は？」

廊下へ向かいながら、吉澤警部補が鋭く問いを発する。

「こちらへ向かう枝道より南、重川の下流数百メートルの地点です」

刑事たちは警部補に続いて部屋の外へ進み出る。浅見も足を止められない。茜や龍之介たちも後に続く。部屋に残ったのは、楢崎匠と、彼を見張るための刑事の二人だ。

空気を切るように足早に進みながら、吉澤警部補はさらに報告を求める。

「職質をかけたのか？」

「上園望美の顔に気づいたのですが、パトカーの警官たちで目立ったうえに、通達の不徹底で、こちらへそのまま向かわせず、止めてしまったようです」

「警官たちに怪我はないんだな？　何人で囲んでいる？」

「警官二名と、所轄刑事二名」

「要求はあるのか？」

「楢崎聡一郎に会わせろ、と」

この一言は玄関ホールに達した時に発せられたが、全員の足が一瞬で止まった。

(最重要の交渉相手だから当然だ!)

浅見は間の悪さに愕然となった。

「楢崎は死んでいると伝えるんですか?」

福良刑事の青い顔が、吉澤警部補に向いていた。

「伝えたところで信じるか? このタイミングで殺された、などと聞かされたら、莫迦にされていると思うだろうな。大嘘の時間稼ぎだと疑われるだろう」

「逆上するかもしれません。しかし……」

「偽らずに伝えるしかないだろうな。だがその場合も、犯人はまだ判っていないが、と、苛立つような事実を明かすことになる」

緊迫感に尖っているようなこの一団の気配は、玄関ホールにいた他の面々にもすぐに伝播していた。

小津野英生が走り寄って来ていた。

「どうしたんです?」

と問われ、光章が現状を教える。

センターの面々、そして此花や黒部は、どうなるんだ? という不安の面持ちになった。先を読むようにじっくり考え込んでいるのは犬山だ。初めて顔を見る男性もおり、彼が米沢だろう。

小津野陵も腰をあげていた。

吉澤警部補は、自分のスマホに現場からの通信が直接入るように手配を指示し、それを待つ間に外へと出ていた。外では闇が本格的に深まろうとしている。

浅見と龍之介一行も玄関ホールを出た。本来なら、容疑者として警察車両に押し込められると ころだった。

着信を受けて、吉澤警部補は厳しい目の色でそれに応じる。

「相馬刑事か。山桑からは見えない場所にいるのだな？　……そうか。楢崎聡一郎の死は伝わっているか？　……ああ、殺しとみるしかない」

吉澤警部補は簡潔に要点を伝えた。

「管理官には伝わっているはずで……、そうだね、そこは判断なさるだろう。私からも連絡を取る。――んっ？　指示？　山桑を移動させるためのエサ？」

背を向けて少し離れたのは、話の内容が漏れないようにしようとする警部補の反射的な動きだったろう。しかし浅見は耳で聞く以上に、話の内容を類推できた。

幹部たちは、膠着している状況を打開するためにも、山桑を移動させて隙を作りたいのだろう。

「楢崎氏の代わりになる大ネタ……！　誘導するための、絶対的な説得力⁉︎　――それはなんともいえないさ。……答えがたい問い詰めが上からこちらに来そうだな」

英生も出て来ていて、浅見に話しかけてくる。

「なんだか、〝マイダスタッチ〟の解答が必要なんじゃありませんか？」

「できればそうですね。山桑がずっと求めていることですから」

吉澤警部補が通話を終えると、英生は、

「刑事さんたち」と声をかけた。「山桑準が望んでいる答えを探るために一番役立ちそうな龍之介さんをどこへ連れて行く気です？」

それから龍之介に、自分のタブレットの画面を見せ、手渡した。

「兄の部屋のパソコンから、あなたの作っていたデータ編集ページを移しておきました。これを参照して、みんなで論議していたのですよ」

米沢と思われる、黒いポロシャツを着て書類鞄を抱えた四十年配の男が、英生の横に来ていた。

「このデータ処理は、見やすくて、実に要を得ていますね」

「どうも。天地龍之介といいます」

改まった自己紹介に、男も姿勢を正した。

「あっ、これはどうも。私はアース地質測量技研の技術部主査、米沢尚正といいます。よろしく」

「お二人ともありがとうございます。このタブレットがあると助かります」

龍之介が礼を言っている間に浅見は駐車場へ進み、覆面警察車両の後部ドアに手を掛けた。

「なにをしてるんです、浅見さん？」吉澤警部補が驚いている。

「僕を署に同行させるんでしょう？　行きましょう。皆さんは、山桑のいる現場に急行なさるんですよね」

「浅見さん……」

「街へ向かう通り道なんですから、一緒に行けばいいことです。車両に余裕があるわけでもないですし」

「浅見さん、あなた、現場を黙って通りすぎませんよね。それは絶対に許されませんよ。あなたに負傷などさせられないんだ」

「僕は臆病ですから、危うきには近寄りませんよ」

疑わしいという目をしている吉澤警部補に、今度は龍之介が言った。

「行きましょう、警部補さん」

タブレットを抱えて浅見と同じ車両に近付いて来る。

さらには原口茜までが、助手席に回り込んでいた。

「ドナーのいる所、わたしがいなければなりません」

呆れたのか、短気を起こさずにどう強制力を発揮すればいいのか思案したのか、動きの止まっていた吉澤警部補だが、彼のスマホに着信があった。

幹部からのようで、引き締まった顔でしばらく話している。

それが終わった時、吉澤警部補はこだわりを呑み込んだような目をしていた。

「時間がない。行きましょう」

運転は田中刑事がすることになった。彼がドアロックを解除する。助手席に茜が乗り込んだ。

浅見は、ソアラの鍵を光章に放った。

「愛車を預けます」

後部座席の右側に滑り込む。龍之介が左だ。

光章が龍之介に、親指を突きあげる拳を見せてエールを送っている。

一美も、年下のはずだが、弟を見送る姉のような顔をしていた。

警察車両のヘッドライトが次々と点っていく。

4

浅見の乗った車は、車列の最後尾についていた。

膝の上のタブレット画面を注視している龍之介は、マイクを通して私邸の米沢と言葉を交わしている。

「赤の濃淡で表わされている図は、温度分布のデータなんですね？」

『そうです。紫っぽいほうが温度が低い。コンマ何度の差を強調して表示しているのです。薄く彩色された通常の地図のように見えるほうは、植物の育成の差を視覚化しています。クロップ・マークですね』

浅見は運転している田中刑事に訊いた。

「目的地までどれぐらいで着きます？」

「十分前後でしょうね」

遂に刃物にものを言わせ始めた山桑準と対峙するまで、十分。これは龍之介たちにとっては、たった十分だろう。

龍之介ほどの天才にしても、この短時間で、何年も封じられてきた謎を解けるわけがない。もしかするとその秘密は、小津野家が何百年間も隠し通してきたものかもしれないのだから。

そうした分析をする上での時間の足りなさは田中刑事も察しているのだろう、

「急いだほうがいいのですかね？　それともゆっくりと……？」と戸惑いを吐露する。

「慎重に、にしましょう」

茜がそう言った。自分が人質になっているかのように彼女は青ざめているが、いい緊張感が表情を引き締めている。

「〝×4〟は、やはり四倍と考えたのですね」

『ええ。その倍率でアップしてあります』

「調査をしていてこのように倍率アップすることはよくありますか？」

『当たり前ですけど、必要があればやるということです。観察対象が見当たらなければ拡大などしない。そして、あの時依頼を受けた主要調査においては、拡大検証はほとんど必要ありませんでした』

　自分たちはきちんと職務を全うしたと申し立てるかのように、米沢の声は改まった。

『あの時の探査は、依頼地域の、地盤の軟弱さや、断層や空洞の有無を調べるというものでした。災害レベルで。小津野邸が建っている地所の崖面などは、水分含有率や岩石硬度などをかなり念入りに調べましたが、幸い、他の平地にも要注意の地盤はありませんでした。ですから、要所での拡大写真がある程度ですね』

「ここにある二種類のデータは、主要調査のためのものではないのですよね」

『はい。テクノロジー交流といいますか、小津野グループの研究施設に要望されまして、オプションです。しかしもちろんそれにも目を通しまして、やはり、地盤的なリスクは確認されませんでしたので、それで終了です』

「でも瀧満紀さんはなにかのきっかけでこのデータ図を拡大してみて、なんらかの発見に至ったらしい……」

『そうなるのでしょうねえ』現実感がわかないという、米沢の口ぶりだ。『主要調査データはしっかり管理されていて、社員でもアクセスは簡単ではありませんから、これらのオプションデータをいじっていたのかもしれませんが……』

　車は、国道に出ていた。重川と並んで下流へと走ることになる。後、数百メートル。

　龍之介は米沢に訊いていた。

「これらの調査は、地下何メートルぐらいまでの状態を探れるのですか？」

『それはテクノロジー精度ではなく、地面、地下の状況に大きく左右されます』そう答えつつも、米沢の声には自負のようなものが感じられた。『ただ、私どもの技術ですと、最高で六メートルほど下の様子を映し出すことも可能です』

「六メートル……」

『もう一ついえるのは、瀧がなにを見つけたにしろ、鉱脈のような、地質的な発見ではないだろうということです。そうした広範なものですと、原図の尺度か、せいぜい二倍に拡大すれば充分目に留まります。ですので、お宝伝説に無理に結びつけるのでしたら、この拡大図に映るのは、埋蔵金の類いでしょう』

「もう一つの手掛かりは、〝7、11だ！〟の書き込みですね。そのナンバーの図表をこうして連結させているわけですが、二枚必要ということは、二枚の接触部分に〝お宝〟が映っていることになるはず」

『ですね。それで私も、ここに集まっておられる方たちも、そのつなぎめを中心に観察していきましたが、なにも目に留まりませんでした』

「そうですか……」龍之介は一層、画面のデータに集中する。「なんだ？　どこにある？」

浅見は画面を覗き込んでみた。

今は、温度分布図が表示されている。上が7番の図。下が11番の図で、画面中央で接している。無論、ほとんどの部分が画面からははみ出している。四倍になった地表データは、目を通す面積がかなり広い。

「もっと広げるのか？　でも、それならなぜ……？」

龍之介は考えにふけるかのように天井に目を向けた。

彼の集中を乱さないように、浅見は声をそっとマイクに吹き込んだ。

「米沢さん。瀧さんは姿を消してしまう前、なにかヒントになりそうなことをしませんでしたか？　思わせぶりなことを口走ったとか、テンションが高い中で変な振る舞いがあったとか？」

『警察に訊かれましたし、私もずっと記憶を探っていますけど、なにも思い浮かびませんね。五年前のことですから。逆にいえば、五年間覚えているほどの変わったことはなかったということでしょう』

「なるほど、そうですか」

龍之介が再びデータに取り組み始めた。

「なんだ？　なんだ？」と呟きながら、猛烈な勢いで画面操作をしている。めまぐるしく瞳が動いている。脳内も同様に違いない。

田中刑事が口を閉ざしたまま、横にいる茜に視線でなにかを伝えた。

現場がもうすぐだという意味だろう。

車窓右側には、なだらかな起伏の土地が見えており、木々の周辺には闇が濃くなっている。

「いったい――」

そこまで呟いたところで、龍之介は不意に言葉を絶った。続いてゆっくりと、視線を浅見の顔に向けてくる。

「そうですよね。他の手掛かりも加味するべきだ」

そう言うと、目を閉じる。

「阿波野さんは宝探しに臨むつもりだった。装備は……」

瞬間、龍之介の両目がひらいた。射すくめるようでいて包み込むようでもある、その目の光りに、浅見は息を止めて次の言葉を待った。

「あの地名も……！　す、すると――」龍之介は覆い被さるようにして画面のデータに挑む。

「まさか、まさか、さっきのは――」

数秒後の、

「そうだったんだ‼」という龍之介の叫びは、車内の全員を驚かせた。茜は半分振り返っている。

「こんな単純なことだったのに！」なにを突き止めたのか浅見が訊く間もなく、龍之介は興奮して立ちあがりかけている。膝からタブレットが落ちそうだ。「すべての謎が一気に説明できる！」

右側の斜面にのぼるために車体が傾き、すんでのところで龍之介は天井に頭をぶつけずにすんだが、浅見のほうに倒れかかってきた。

その体を支えながら浅見は訊いた。

「お宝の在処が判ったのですか？」

「ええ。目の前にある大きな手掛かりに、ずっと気づかずにいただけなんです」

第十章　五百年の秘密

1

龍之介の歓喜と興奮は、私たちの所にも伝わってきた。玄関ホールにいる面々の下に。とはいっても、具体的な発見の意味がさっぱり判らない。長椅子の上で自分のタブレットを抱えている米沢は、センターのメンバーと顔を見合わせている。

「龍之介」私が問いかけ役になった。「どこでなにを見つけたって？」

『まだ見つけてはいません。確かな推論だと思いますけど。――光章さん。確認を取りたいのですけど、近くにセンターの職員さんたちはいますか？』

龍之介の慎重さがまた顔を出したな。

「ああ。ここに一緒にいる」

『皆さんに、阿波野さんの今日の所持品についてお尋ねしたいのです』

龍之介がすらすらと、品目をあげていく。

仕事用の小さなメモ帳。ペンが二種類。スリムな懐中電灯。方位磁石。ガム。ハンカチ。

『この中で、普段持っていない品がありますか？』

最初に答えたのは大久保すず子だ。

「のど飴の時もあったけど、ガムも持ってたわね。方位磁石は、今日の仕事では使わないはずだけど、ちょくちょく使うから、そのままポケットに入れっ放しってことはあるんじゃない？」

見回す彼女に答えるように、総合部長の戸田が次に言う。

「懐中電灯は奇妙じゃないか？　今日の仕事で使うはずないし、そもそも滅多に使う品じゃない」

　やはりそうでしたか、と言った龍之介の頭の中を、米沢の隣に腰掛けている一美さんが察した。

「もしかして、龍之介さん。こういうこと？　仕事のためじゃなく、阿波野さんはお宝探しに懐中電灯を使おうとしていた」

『そうです、一美さん！　そしてこのことは、〝マイダスタッチ〟が拾いあげていた歴史的史料の中身と興味深くリンクします』

「えっ？　どれのこと？」私は訊いた。

『〝家内灯明油渡帳〟です。まあ、イメージとしての傍証にすぎませんけれど』

「どう傍証になるんです？」かなりの興味を示して、英生は前のめりになる。

『江戸時代、慶長年間の小津野家では、家の明かりに高級な菜種油を使っている頻度が高かった。いち早く大量に使っていたようですね。ですがここで、金を採掘する坑道をイメージしてみます。ここでの作業には当然、明かりが必要ですね。ここで使う油が、質の低い魚油類では、環境が劣悪になってしまいます。においが激しく、煙や煤が坑道内を覆う。それを避けるためには、高級な油が不可欠なのです。ですがこの頃、黒川金山はほとんど稼働していませんし、そもそも、小津野家は金山の実務からははずされている。それでもどこかにあった採掘現場では高級油を使い続け、しかもそれを〝家内〟――家の中で使う備品だとして帳簿上の報告をする。つまりごまかしているわけです』

「そう想像すれば、主家を欺いて金を掘り続けていた小津野家の姿が浮かびあがる！」気持ちを高めた声を張りあげるのは犬山省三だ。

『あくまでも想像すればですけれど、少なくとも瀧満紀さんは、発想の起点としてこの史料をそう見ていたのではないでしょうか。私も、無視しがたい並行性を感じます……平成での懐中電灯と、江戸、慶長の時代の灯（とも）し油（あぶら）に』

龍之介流の美意識だろうが、こっちとしては現実的な追求を止められない。

「龍之介よ。つまり、阿波野は坑道の探検に出ようとしていたってことか？」

そうですと、普通に肯定の返事がくると思ったが、龍之介の言い回しは微妙だった。

『一般の坑道とは異なりますね。山に掘られた坑道を歩くだけなら、普通の長靴でいいと思いませんか？　でも、阿波野さんは、イベントの時の私たちと同じ、ロングタイプの長靴を履いていました』

目に浮かぶな。確かに長いサイズの長靴だった。だからこそ、その中から水も充分に採取された。

『ですので、光章さん。阿波野さんは川へ出かけてお宝を取るつもりだったのですよ。ずぶ濡れになった阿波野さんが、最初に息を止められた場所。重川のようだけれど重川ではない川。それがあったのです』

すぐに理解できずに棒立ちの者が多い中、ひそめられた龍之介の声が流れてくる。

『現場に到着しました。上園さんたちは見えない離れた場所ですけどね』

「そうか。気をつけろよ」

『ここでどう行動に出るか、浅見さんや田中刑事たちと相談します』

――おい！　待て！

ここまで話して打ち切るのか。それはないだろう。

相談する向こうの声がぼそぼそと聞こえる。誰もが身動きせずに待つ中、犬山は歩き回っている。

『光章さん』龍之介の声が返ってきた。『まずこの件をすべて明かすことになりました。車内のみんなでも、全体像を共有したほうがいいので』

「そうだな。そうだよ、うん」

「龍之介さん、しかし……」センター長の校倉が不可解そうな声を出す。「地表データが得られている区域もそうですが、もっと広く見回しても、川などないことは何度も検証済みではないですか」

『その事実があるために、犯罪を解決できずにいました』

「そうですよ」

『事態を複雑にしていた幻の川ですが、正体は実に単純です。むずかしく考える必要はない。どこにあるか、データ上で追ってみましょう』

「えっ？」

と、不意を突かれたように米沢が画面に視線を戻す。

『今、そちらの画面にはどちらの図表が出ていますか？』

「温度分布図です」

『7番のデータ図の、西側端を見てください。南側の端からは数十メートル北側ですね』

指摘された地点を、米沢が指で追い、探っていく。二つの図表がつながっているラインよりけっこう北側だ。

『多少温度の低いポイントが、二ヶ所ありませんか？』

「……あっ、これかな。もう一つは……これか。龍之介さん、少し距離をあけて、斜めに並んでいるやつですかね」

　私もじっくりとそれを見た。周囲よりかすかに温度が低く示されているポイントは、幅数メートルほどの細長い小判のような形で、これが二つ、時計の針でいうと、八時十分の角度で並んでいる。しかしこれらも、他との差はいわれてみれば判る程度の微妙さだ。この程度の濃淡の差はいくらでも分布しており、この二つに特に注目する理由は判らない。

『たぶんそれでいいはずです。そして次は、11番の図です。上で見つけた二つのポイントが形成している斜めのラインを延長してみます。そこに、11番の図でも、やや低温を示す細長いポイントがありませんか？』

　これは見つけやすかった。相変わらず濃淡の差はかすかなものだが、上の発見と関連づければ目に留まりやすい。上の二つよりこれはもっと細長く、イモ虫といった形か。幾分、右側にカーブしている。

『私がこれらに注目したのは、クロップ・マーク図のほうでも同じ特徴が見えるからです』

「えっ？」

　米沢は急いで画面を切り替えた。それを、身を寄せるようにして何人もが覗き込んでいる。犬山も、厳しいほどの顔で目を光らせている一人だ。

　温度分布図と同じ場所を注視すると、確かにそれはあった。

「なるほど」米沢は、戸惑う発見をしたかのように瞬きをしている。「三つとも、重なるといえば重なる……」

『クロップ・マーク図のほうでは、そのポイントは、植物の生育が多少悪いことを示しているんですよね、米沢さん？　どちらの図にも表われている、幅数メートルのこれらのポイントは一本の流れとしてつなぐことができ――』

　あっ！　と米沢が叫びをあげた。

「龍之介さん、あなた――」愕然としている。「地下を流れる川があると言いたいのか……！」

『地下を流れるその川では、砂金が豊富に採れるのです』

「まさか……!?」

『データ上ではそれを示唆してくれていると思います。地下三、四メートルの深さにその川はある。この程度の深さに造られている地下通路は数え切れないほどありますし、地下鉄駅もあります。浅くて崩れるという心配はない。その川は当然、天然の岩で形成された洞窟の中を流れている。冷たい水が流れ続けているし、いわば風穴でもあるわけですから、地表の温度を若干低くしている。そして植物の生育。洞窟の上では土壌が浅く、他は深いのかもしれません。低温と土壌の薄さによって、これらのポイントでは植物の生育が妨げられているのです』

「じゃあ、こういうことか龍之介。地表に影響が出ている所とそうでない所があるのは、地下洞の天井の厚さに差があるからだ」

『そうです、光章さん。もちろん、洞窟の上の土質、地質的条件も影響しますが』

　ここで、我に返ったかのように、米沢が声を高めた。

「あのですね、龍之介さん。あなたはさっき、実に単純だと言いましたが、これはとんでもない話――仮説なんですよ。このような川の話、私は今まで聞いたことがない」

　センターの戸田も興奮の面持ちだった。「そうですよね？　私も知らない。このような例は世界的にもないはずだ」

『そうなんですか？』

　専門家たちの反応に、龍之介はちょっと自信をなくしたようだ。それほど特異な例とは思わなかったのだろう。

「砂金が採取できる、地下の川……！」

改めてその仮説を口にしてから、信じられないとばかりに米沢は頭（かぶり）を振った。

「地底湖はありますし、地下水脈などは無数にある。しかし、砂金が採れる川になる場合は、一定以上の流速が必要になります。ご承知のように砂金は重く、それを満遍（まんべん）なく運んでいく川の速度が必要です。これはなかなかない。アマゾンの流域には、アマゾン川より広大な川が地下を流れている、ともされていますが、速度が実に遅い。川とは呼べないほどにね。しかしもし本当にここに砂金を採取できる地下水脈があるなら――」

熱弁を振るう米沢の目の色は、陶酔の域でさえあった。

「いや、これは間違いなく地下河川だが、他に例を見ないものだろう」

一美さんが言った。「奇跡的な条件が揃（そろ）ったということなんですね？」

「そうです。砂金を削り出して運ぶ水流があり、そこで人が作業できる広さのトンネル空間がある」

「するとこれは……」此花の髭（ひげ）が揺れた。「歴史的な発見なのだね？」

「そうです！　地質学的な大発見です！」

米沢に続き、戸田も熱く叫んだ。

「世界的な発見だよ！」

知識的にそれが常識である専門家のほうが、地下河川の可能性は無意識に排除してしまうのかもしれない。

「本当にあったのか、秘宝……！」犬山は拳（こぶし）を握り締めている。

英生が父親の様子に注意を向けたことに、私は気がついた。小津野陵は、ガラス壁に向かって立ち、外を眺めながら無言だった。

小津野家が数百年間秘してきた謎の答えがこれなのか、彼の態度からは判断がつかなかった。

英生が体の向きを変え、タブレットのマイクに、

「龍之介さん。するとその地下河川におりる穴が、該当する区域のどこかにあるということなんですね？」と問いを発した。

『垂直におりる穴ではありません。岩場の斜面にあいている穴でしょう。ドアをくぐるように入っていける。そしてその地下河川の川底には、天然の地形なのか人力で掘り広げたものなのか、大きな窪(くぼ)みがあるはずです』

米沢はギョッとしていた。私と一美さんに、天地龍之介という男は透視能力でも持っているのか、と問い質(ただ)したそうだった。

ようやく存在が浮上してきたばかりの地下河川だ。その河川の具体的な形質がなぜそこまで判る？

私としてももちろん知りたいところだが、龍之介たちのほうになにか動きがあったようだ。聞き取りにくいが、男の声が割り込んできていた。

2

懐中電灯を手にした吉澤警部補が近寄って来ていたので、田中刑事が出迎える形で車外へ出ていた。そのドアから首を突っ込み、

「浅見さんたちはそのまま車内にいてくださいね」と、吉澤警部補は厳しい目をして牽制(けんせい)する。

だがその言葉も終わらないうちに、茜が知りたがったのは、「上園さんは無事なのですよね？」

ということだ。

「無事です。傷一つ負ってはいません」

急ぎ足で来た五十年配の男がいた。肉付きのいい顔で、呼吸は落ち着いている。

「泊警部」と言って、吉澤警部補は場を譲った。

男は後部座席の二人を見比べて、浅見に目を合わせてきた。

「あなたが浅見光彦氏ですな。刑事課長の泊といいます」

「よろしくお願いします、泊さん。実は、至急お伝えしたいことができたのです」

「民間人としての名探偵ぶりはつとに知られているようですが、浅見さん、切迫した現場での口出しは謹んでもらいますよ」

「まして容疑者の身ですしね。ですけど、お伝えしたいのは、そちらが望んでいたことですよ」

「望んでいた？」

「楢崎聡一郎氏に代わる、絶対的な誘導力を持つネタです。お宝の。こちらの龍之介さんが見つけたのですよ」

「なんですって⁉」

思わず大声をあげた吉澤警部補は、慌てて自分の口を塞いだ。

泊警部も、これは無視できない。目を剝くようにして強く問う。

「金鉱か秘宝の場所が判ったと？」

「はい。まず間違いないでしょう」

浅見がかいつまんで、龍之介の推論を伝えた。

「地下を流れる川で砂金……！」

泊警部は唸った。

「これを、山桑にじっくり教えれば、興味をこちらに引きつけられるでしょう。でもそれよりも効果的なのは、地下河川への入口を知っている人にここへ来てもらうことです。龍之介さん、入口がどこにあるのか正確に判るのですか？」

「すぐにはそれは無理です。探す範囲は広い」

「ですと、刑事さん方。現時点で入口を知っているのが明らかなのは二人。地下河川で犯行を行なったはずの楢崎匠。それともちろん、〝おいわずの家〟の現在の当主、小津野陵会長です」

吉澤警部補が懸念を見せて言った。

「ですが、浅見さん。楢崎匠は犯行さえ頑強に認めようとしていない。地下河川の件を持ち出して問い質しても、協力的に口を割りますか？」

「その歴史的な秘密の暴露を梃子に、自供させるのですよ。彼は今まで何度か追い詰められましたが、持ちこたえたのは、この最後の砦があったからです。地下河川が見つかるはずがないという確信です。この決め手を捜査陣は入手できっこないとの思いが彼を支えたのです。でもそれを失った時、彼は脆いと思いますよ」

「確かに……」吉澤警部補は、今までの楢崎匠の様子を反芻しているようだった。

「龍之介さんの推断はこの後佳境を迎えるようです。これを楢崎匠にぶつければ、きっと観念しますよ。もう一人の小津野陵さんに関しては……」

浅見は龍之介に視線を合わせた。

「実は、小津野氏に関してはずっと不思議だったのですよ、龍之介さん。なぜあの人がいつまでも地下河川の秘密を明かしてくれないのか、理解しにくいところがあります」

「同感です。懇親会に参加していた間は仕方ないですが、ここ一、二時間は、小津野家のこの秘密が事件の重要な鍵だと承知し始めていたはず。それなのにどうして口をつぐんでいるのか？」

え？　という視線を、茜は浅見と龍之介に振り分けた。

「小津野陵さんは、絶対に秘密を明かさない一人じゃないですか。というより、反対に、秘密を護るためにはなんでもする一族の頂点でしょう。何百年も続いた家法を受け継ぐ人なのですから」

「しかし、時代はもう二十一世紀ですからね」

浅見に続き、龍之介が言った。

「それに小津野陵さんは、大義のためなら家の秘密も明かす人のはずなのです」

「大義……？」

「すべての問題の端緒になったのは、小津野家私有地の地中探査です」浅見は言った。「これを指示したのは小津野陵会長ですよ。依頼内容はこう。地震で大きな被害が出そうな軟弱な地盤や地下空洞がないか調べてほしい。地下の空洞ですよ」

「あっ⁉」茜は目を見開いた。

「この大規模な調査で、代々秘めてきた歴史的な秘密が科学的に暴かれるかもしれない。でもそれはもはやかまわないと、小津野会長は腹を決めていたってことです。そこまで決意させたのは、東日本大震災が与えた心理的な影響だそうですね。大災害への備えです。受け継いできた武家屋敷や、本部や家で働く人たちの安全を考え、それをなによりも優先して資産を投じた」

「発見されても、金をつかませて口封じをすればいいと考えていたのでは？」泊警部の見方だ。

「それよりも確実で手っ取り早い方法があります。この一画は調べなくていいと、地下河川の流域は除外させればいいのです」

「うむ」

「ところが、小津野陵会長はそれをしていません。中途半端な調査ではなく、全体的な安全を確信するために完璧な調査結果を望んだからです。家が護(まも)ってきた地下河川の秘密保持より優先して。だからもう、口はつぐまないはずなのに……」

今度は吉澤警部補が意見を口にした。

「震災の心理的な影響下ではそうだったけれど、今ではまた、命がけで家の秘密を護る当主の精神構造になっているのでは？」

「心理的な変化が多少あったとしても、自分のほうからわざわざ秘密を明かさないという程度の指針に落ち着いているはずですよ。命がけで護るなんてことはしないでしょう。そして今回は、殺人を解明するという大義があります。それでも口をつぐんでいるという、その辺がどうしても……」

「ええ」龍之介は頷(うなず)く。「不思議に感じるところです。もしかすると、明かせば、自分の片腕であり家族同然であった楢崎聡一郎さんの息子を追い詰めるから、と考えているのかもしれません。あるいは――」

ふと、なにかの着想を得たかのように、龍之介は言葉を途切らせた。そして、

「刑事さんたち」と呼びかける。「楢崎匠さんに、最後の砦が落ちたと知らせて揺さぶるのでしたら、その場に小津野会長さんも同席してもらってはどうでしょう。そこで相互作用が生まれて事態を好転させるかもしれません」

二人の刑事は顔を見合わせた。

膠着(こうちゃく)状態の現場を振り返ってから、泊警部は判断をくだした。

「いいでしょう」

3

現場の捜査責任者のゴーサインが出て、私たちは広間に向かうところだった。人数は四人。私と一美さん、タブレットを抱えた米沢、そして小津野陵だ。犬山も来たがったけれど、認められなかった。

邸内の者は全員、楢崎聡一郎が殺人の主犯格らしいということを知ったところだ。小柴が、ショッキングな話を半ば呆然と吐き出していたし、匠との連携など細かな部分は、誰彼なく問われた一美さんが答えていた。

犬山は犯人が判明して安心した様子だったが、他の者は信じがたいといった表情で言葉をなくしていた。

私は、チラリと小津野陵を見てみる。彼の顔は、深山にある波立つことも忘れた湖面のようで、気配も、ただ動いている人形のようだった。ここは彼の自宅のはずだが、裁判所か拘置所の面会スペースを歩いているようにさえ感じられる。

広間の中で、頭の後ろで手を組んでいた楢崎匠は意外と静かな表情だった。刑事ではなく、私たちが入室して来たことに戸惑っている。

張り番をしていた刑事の携帯電話が鳴り、彼は幹部からの指示を気張って聞いていた。

「了解です」と、通話を終えた刑事は、「どうぞお座りください」と私たちに席を勧めた。

小津野陵だけは立ったままだった。

「楢崎匠さん。あなたの切り札はなくなりましたよ」私が切りだした。考えてみると、進行役が私しかいない。「地下河川は暴かれたのです」

匠は明らかにハッとした。口元から力が抜けている。

米沢が、クロップ・マーク図が映し出されている画面を匠の前に差し出す。

「これから地下の様子が類推できるのですが、同じように色が薄いこれらの場所をつないでみてください」米沢は指でたどって見せた。「あなたが知っている地下河川の蛇行具合が再現されていませんか？」

「……そうか。遂(つい)にね」

力なく言ってから、彼はチラッと小津野陵に目をやった。お互いにこれといった反応は交わさない。

先を話そうとはしない匠に、米沢は顔を突き出して好奇心満々に尋ねた。

「砂金が採れるのだね？　採取量はどれぐらいなのかな？」

「パン皿を使う方法でも、一時間やれば、最低でも二十グラムは採れるんじゃないかな。もちろん、揺り板やむしろを使う採集法でごっそり採る時もある。でも滅多にこういうこともしないから、砂金はどんどん溜(た)まっていく感じだね」

米沢は天を仰(あお)いだ。驚倒しかねない感銘を受けたのだろう。

砂金がどんどん溜まっていってしまう、地下の川――。暗闇に潜(ひそ)んでいる黄金の川だ。

「川の長さはどれぐらいなのだね？」

気を取り直したように米沢は質問を続けるが、声は高ぶったままだ。

「曲がりくねっているから正確には判らないけど、数百メートルというところ」

「入口は、岩の斜面にあるのかな？」

「入口は三ヶ所ある。二ヶ所はそのとおりだ。真ん中のは地面に穴があいている。これは、坑夫があけたものだそうだ。中間での出入口と、空気孔(こう)代わりだとか」

「龍之介」私はマイクに声を送る。「入口の様子、どうして判った？」

『〝お岩様〟ですよ、光章さん』

――ここで〝お岩様〟か⁉

『小津野家に隆盛をもたらし、支え続ける守り神。その岩が地下河川発見と密接にかかわっていることは容易に想像できます。地面にあの大きな岩があったのなら、わざわざ持ちあげることはしないでしょう』

「相当に重たいんだからな」

『ええ。ですので、崖からあの岩がはがれたのだろうと想像したのです。何時間か前に一美さんも言っていましたが。岩が滑り落ちた。そこに穴が見え、人が入れる大きさだったので進んでみると……』

「地下に達したのね」一美さんは想像の光景を楽しむように言った。「そこには川が流れ、砂金が大量にきらめいていた」

「見事な推理だ」米沢は感嘆し、また匠に顔を突き出す。「川底には、大きな窪みがあるのかな？」

「ありますよ。元々の地形を活かして、そういう形に整えたとか。人工的に砂金溜まりを作る採集方法ですね」

「このことはどうやって知り得たのです、龍之介さん？」米沢が訊いた。

『地名ですよ』

「地名？」

『本部エリアも該当区域ももちろん含めたあの平地には、地名がありますよね、米沢さん。ご存じだと思います』

「ええ、まあ。ご存じというか……」米沢は画面を操作し始めた。「ああ、これですね」

画面は、温度分布図が並んでいる最初のページで止められていた。そこには、タイトルでこう記されている。〝加根久保(かねくぼ)地域のデータマップ〟と。

「そうそう、加根久保でした。龍之介さん、それがなにか？」

『一度仕事でかかわった会社のファイルにも載っている。つまり、誰でも知り得るし、地元の人なら知っていて普通の地名なのではないでしょうか？　どうでしょう、小津野陵会長？』

「そうだね……」瞳にはまだベールがかかっているようだが、小津野陵は、問いには素直に答えていた。

『光章さん、一美さん。名執事のように万事そつなく対応してくれていた楢崎聡一郎さんが、二度だけ口ごもったことがあって記憶に残ったと僕が言ったの、覚えていますか？』

「ああ。その中の一度は、上園さんが拉致(らち)されていると知らされた直後だな。娘がさらわれることをエピソードにしている神話にも触れたくなかった」

父親の名前が出てきたので、匠は緊張度を高めて耳を傾けている。

「もう一つのほう、聞いてませんでしたね」一美さんが言った。「それが地名に関係するの？」

『小津野邸に初めて到着した時のことですよ。僕が一帯を見回していて、一美さんが、地名はあるのですか、と聡一郎さんにお伺(うかが)いしました。その時、あの方は言葉を濁(にご)す調子で、私有地ですし、地名は特にないと言ったのです』

あっ！　と声をあげる思いで、私は一美さんと顔を見合わせていた。

確かにそうだった。あの時、犬山が、小津野平(だいら)はどうだと放言すると、聡一郎は、それもよろしいですね、などと言ってまで調子を合わせていた。

『相談室長楢崎聡一郎さんが、ここの地名を知らないはずがない。それをなぜ素直に口にできなかったのか。まず、砂金の採取方法ですけど、砂金は比重が大きいので、川底の窪みに溜まりやすい。今回勉強して知ったのですが、こうした地形を利用することもあり、溜まりやすいように川底を掘ることもある。こうした場所を、金坪と呼ぶこともあるようです。そしてそれが地名として残ることも往々にしてある。金壺や金窪などと、わずかに形を変えながらでも……。それで、ここの地名もそれではないのかと閃きました。加根久保は、音で捉えればまさに、金の窪みですからね』

拍手ものの明快な推理だ。ファイルタイトルで地名を見ていたのに、なにも考えを進められなかったことが悔しくもある。

米沢は唖然となるほどの衝撃を受けているようだ。

『こうした地名の残し方には、〝お岩様〟の伝承の仕方と相通ずるものがあります。〝お岩様〟は、表立って賑々しく奉られてはいない。それもそのはずです。秘密がある。恵みの神となった起源の詳細は伏せることにしたからです。でも、子孫後々まで、感謝の念を忘れてはならない。ですので、一子相伝的に崇める理由を伝えるのみで、積極的に開陳はしない家宝としたのです』

論点になっていた、〝お岩様〟の矛盾だな。

『地名も同様だと思います。家を栄えさせてくれる金の坪、壺である場所。しかしあからさまにそれを地名として残せない。そこで、形を半ば変え、伝わる者には伝わるようにした。半分は、忘れてはならぬとの敬虔な訓示であり、半分は、暴かれてはならぬとする禁忌でもある。それが、〝お岩様〟とここの地名の秘密なのだと思います』

そうしたことをじっくりと噛み締める思いで言葉もなかったが、龍之介はさっさと肝心の点に話を進めている。

『楢崎聡一郎さんは、加根久保という地名が地下河川の真相にも結びついているために、咄嗟(とっさ)に言葉を濁(にご)してしまったのです。ですが、砂金が採取できる地下河川というだけの問題でしたら、急にここで判断に迷うことはないはずです。地名はずっと公開され続けているのですから。あの時だけ隠しても意味はない』

現にこうして、後で露見すれば疑いの目で見られてしまう。

『自衛的な本能で、つい避けてしまったのでしょう、楢崎聡一郎さんは。地下河川で犯した息子の罪を肩代わりするために、人の命を奪ってしまった直後だったのですから』

仮の窒息(ちっそく)死を招いた、金坪のある地下の川という現場、か。それには少しでも触れたくなかった。

楢崎聡一郎の気持ちも判るなと思っていると、似たような思いを懐(いだ)いているのだろう楢崎匠の呟(つぶや)きが耳に入ってきた。

「そうか。そんなことも……」

頑(かたく)なさが消えているように見えた。

隣にいる刑事も、落ちる被疑者を見据(みす)えるような目をしている。

そして、完全自供開始の第一声は、

「あの川で、俺がやったのです」だった。

静まりかえる部屋の中、机上に視線を落としたまま、楢崎匠は語りだしていた。

「ホームページ用の写真を撮った直後だよ。最後の一枚を撮ってすぐ、俺は地下におりた。一番東側の入口がすぐそばにあるんだ。ああ、もちろん、入口は簡単には発見されないように、カムフラージュしてあるよ。……実はさ、今回の砂金採(と)りイベントにちょっと手を加えてあるんだ。

少しでも多く採っていってもらおうというんで、地下の川――俺たちは、砂金川とか砂金洞窟とか呼んでるけど――そこで採った砂金を重川に運んだのさ。センター長の校倉さんとうちの父さんが相談して決めたみたいだ。その砂金追加を実行していたのが、俺」

あのセンター長も、地下河川の秘密を知る者だったのか。

「でも、その時の道具の一つを仕舞い忘れているような気がしていたから、ちょうどいい機会だと思っておりたってわけ。三ヶ所の出入口それぞれに、梯子(はしご)があって、砂金採取道具が用意され、ロングタイプの長靴や懐中電灯が置いてある。地下のあの川原は歩きやすく――まあ、慣れたというのもでかいだろうけど――俺はどんどん西側へと進んだ。すると途中で、明かりが見えて人の気配がしたので驚いた。真ん中の出入口に近い場所だった。でも出入口の戸は塞(ふさ)がったままだし、そいつは西の出入口から入ってそこまで来ていたんだと思う。懐中電灯を消してこっそり近付いて確認すると、阿波野順だった」

加害者と被害者が出会ってしまった……。

「あんた、ここを知っていたのか？　と訊くと、暗闇でいきなり会って驚いたことも関係あるのか、最初から変に荒々しく突っかかってきた。『お前こそ知っていたのか。どれだけの数の一味なんだ』とか、声を荒らげてね。そして、ズボンのポケットを叩(たた)いて、『これで仮説の一つが正しいことが証明されたから、他の調査結果も説得力を持つ。ここにあるのはもう、一つの武器だ。これで世間の注目は集まって、あんたたちは騒ぎに巻き込まれるぞ』とにらみつけてきていた」

武器。〝マイダスタッチ〟の完成版だ。

「俺の顔もいきなり写真に撮ったりした。フラッシュで目がやられたりしてこっちも腹が立ってきていた、そんな時にあいつが、あれを言いだしたから……」

言葉を途切らせた匠が、探るように小津野陵に視線を留(と)めた。

タブレットのスピーカーから、浅見光彦の声が届けられてくる。

『彼のお兄さんのことですか？』

「……そう。そうだよ。瀧満紀。……阿波野順が、あの男の弟だったとはね」

匠は乱暴な仕草で髪を掻きあげると、すべてを吐き出す口調になる。

「会長。あなたも知らないこと、全部ぶちまけるね」

彼は一瞬だけ、もう一度小津野陵に視線を飛ばした。

「瀧って男を殺しちゃったのは、父さん、楢崎聡一郎なんだよ」

4

五年前の失踪(しっそう)事件も、ここで真相を明かされることになりそうだ。それにしても、あの室長が……？

小津野陵は、息も忘れたように立ち尽くしている。

「まあ、あれは事故だと思うよ。過失だよ。って、俺は現場を見てないけど、話に聞く限りではそうだ」

とここで、楢崎匠は慌てたように手を振った。

「ああっ、疑われるかもしれないから言っとくけど、俺が自分のやったことを父さんにおっ被(かぶ)せてるわけじゃないからね。死人に口なしだからって、罪を転嫁したりしない。それはひどすぎる。父さんに……さすがにそんなことはしないよ」

一美さんが頷(うなず)いて見せると、匠はまた話しだした。

「秋口……。市民総出の祭りの夕暮れだったよ。この辺ではお寺も祭りをしているしね。祭りは嫌いじゃない俺のご機嫌を取るみたいに、父さんは俺を連れ出していた。その帰り道から遠くもなかったので、父さんは、うかれた連中が小津野の私有地を荒らしていないかを見回ることにして、本部の駐車場に停めた車から一人で出て行った。そして出会ったらしい。地下の砂金川への、真ん中付近にある出入口の所で。穴を塞いでおいた戸板、蓋(ふた)ははずされていた。父さんが財団関係者だと知ると、『あなたたちはこの地下に、歴史的な秘密を隠しているのでしょう』と、その男は言ってきた。瀧は、何度めかの探索でその入口を見つけたらしい。板の上には精巧(せいこう)なフェイク植物を載せて、その上に本物の植物を絡ませてカムフラージュしていたけど、前日の強風で本物の植物は飛ばされていたみたいだ。そうなると、枯れ始めている草の中で、フェイク植物は青々として目立っていた。発見の経緯はそういったことだったらしい。父さんは、『ここは私有地だからとにかく立ち去ってほしい』と通告した。ところが、瀧は強硬だったらしい。とにかく見せろと言い、私有地だろうと歴史的な遺物があれば公的価値が優先されるから調査団を連れて来ると騒いだ。そして揉(も)み合いになっていた。手首を引っかかれた父さんは反撃し、気がつくと、男は入口の穴から転落していた。……頭を強く打ったことが死因だね」

　かつての同僚の死の様子を聞かされ、米沢は粛然(しゅくぜん)となっていた。

「すると」確認の意味で、私は訊いてみた。「地下の川へおりる真ん中の出入口は、本部エリアの近くにあるのかい？」

「軽く乗り越えなきゃならない地形もあるけど、直線距離だと百メートルぐらいかな」

「それで、当時の状況は？」と、刑事が本筋を促(うなが)す。

「車の中でじっとしているのもバカらしいから、俺も外を歩いていたんだ。そうしたら、人の争う声が聞こえてきた。それが、父さんと瀧が揉めている時の声だったんだ。走って行ってみると、真っ青になった父さんが穴から下を覗(のぞ)いていた。だから、俺たち二人で瀧満紀の死を確認したことになる。――実はこの時、地下のあんな歴史的な秘密を俺は知ったんだ」

そういうことか。二重三重の衝撃が見舞った夜だな。

「二人で下におりて様子を見た時にはもう、死んじゃってたのさ。ショックだったけど、徐々に、善後策を講じる頭も働き出した。一人で転落した事故に見せかけるのは無理だろう。警察が動けば不審点は色々浮かんでくる。第一、こんな無残で俗悪な悲劇でもって小津野家の〝秘宝〟を世間に明かすわけにはいかない。それにもう一つ大きな理由があって、正直に過失で殺してしまったと申告するのもためらわれた。……母さんが、重い病床にいてね」

小津野陵の表情が少し揺れた。かすかにうつむく。

「どんなショックも与えたくはなかった。どんな理由にしろ、どんな状況にしろ、父さんが人を殺したなんて知れば、その瞬間に母さんの鼓動は止まりそうだった。父さんはそれを恐れたし、俺もまったく同感だった。夫が人を殺したと知ってあの世に旅立つなんて、絶対にさせたくなかった……」

震災で心に傷を負い、恐怖症に長く苦しんできた女性……か。

「事件そのものを隠蔽(いんぺい)するしかなかった。でもあの夜は、祭りで遅くまで人が歩き回っていたし、花火まであがっていた。とても、死体を運ぶような気にはなれない。それに考えてみれば、あの地下そのものが、最高の隠蔽場所ではないだろうか。何百年も隠されている。数人しか知らず、何週間も人が入らないことも珍しくない」

するとまさか、瀧満紀の遺体は……!?

「あの地下洞窟に葬(ほうむ)ることにしたんだ。川とは離れている洞窟の奥の、狭(せま)い隙間(すきま)に押し込み、幾つもの岩で塞いだ」

小津野陵は額を指先でこすり、米沢の表情は沈痛の色に静かに沈んでいる。

「瀧の車も、二日経っても誰にも発見されなかった。それで、それも遠くへ運んで捨てた。……母さんは、あの日から七ヶ月間生きてくれた。それはつまり、それだけ経っても事件は発覚していなかったってことだ。そうなれば人情として、ずっと露見しないことを望むだろう？」

両肘を机に乗せた匠は、上体を小津野陵のほうに向けた。

「会長。父さんがその頃、プライベートな密約めいたことをあなたに申し出たでしょう。母さんの遺灰の一部を、地下の砂金川に流させてほしいと」

――ああ……。

想像してみると、それは類を見ないほどの、妖しく美しい弔い方法かもしれない。照明を灯さなければ真の闇である地下洞窟は、冥界の静寂に満ち、流れる水の音だけがかすかにする。そして永遠に輝き続ける黄金の粒に、人の灰は混じるのだ。

「許可したあなたに、父さんは言葉にしたのかしないのか、妻の慰霊の地はこの先も、人に広く知られることはないと期待していいでしょうね、といった気持ちを伝えた」

小津野陵は体を傾けるようにして机に手を突き、それから椅子に腰を落とした。

「そう。言葉は必要なかったな。忍さんが眠る場なのなら、今までどおり地下の秘密は歴史の陰に留めておこうと、私は決めた」

「……そして今日、父さんが死んでしまったから、その密約は父さんの遺言となって会長さんを縛ったのでしょうね。でももう、気にすることはありません、母さんの遺灰はあの砂金川には流していないんです。殺してしまった男の遺骸がある場所ですからね。それに母さんは、闇に閉じ込められる場所は嫌いだ。そしてお伝えしたとおり、父さんが秘密維持を願ったのは、俺たち親子の罪を暴かれたくないという利己的な動機からです。義理立てに値するものじゃないですよ」

匠は重い溜息をついた。

「もちろん父さんは、猛烈に後悔もしていました。小津野家の家伝の〝秘宝〟にとんでもない汚点を加えてしまったと。砂金川が公開されるようになった時、遺骸まで発見されたら、大変なスキャンダルを巻き起こすことになってしまう、と。……まあ、公開が検討され始めたら、遺骸を別の場所に移す計画に着手し始めたかもしれませんけど」

それと……と言うと、楢崎匠は手を首の後ろに回してなにやら動かし始めた。襟をめくりあげ、ネクタイの下から取り出したのは、赤いＵＳＢメモリーだった。

「これだろう、〝マイダスタッチ〟。争奪戦の中心だったもの」

遂に出現した。

「内容をすべて読んでみたかったんでね。なにかの力になるかもしれないとも思ったし」

それを、彼は刑事に渡した。

浅見の声がした。

『小津野会長。小津野家のお宝の全容を、山桑準に伝えてもらっていいでしょうか？　最も説得力を与えるのがあなたですし、完全な交渉役になれます。これで上園望美さんを救うしかありません』

5

返事を待つ時間が車内に流れる。

『やりましょう』

そうした答えをほとんど確信していた浅見だが、やはり、聞けば安堵を覚えた。しかし瞬時る。

に、気持ちはすぐに再び引き締まる。山場を迎えるのだ。直接交渉という危険がこれから始まる。

泊警部の指示で、田中刑事が現場に走った。小津野会長が直接話してくださると山桑準に伝えるためだ。大きな進展だと希望を持たせなければならない。

『まず、なにをすればいい？』

そう問われ、泊警部が身を乗り出した。

「会長。先ほどはどうも、泊です。この通信のまま、山桑に地下河川の砂金のことを伝えてください。実在を納得させるんです。それから、入口も教えて証明するなどと誘導することを意識してください。無論、その辺の中心的な交渉や進行はこちらで主導しますので、会長は必要に応じてお応えくだされば よろしい」

『判りました』

「通信はこのままと言いましたが、端末は軽量な物に替えましょう」

山桑準が渡してきたスマホが利用されることになった。そこで通信が張られる間に、浅見は車外に出た。龍之介も茜も同様だ。

警部たちももはや、なにも言わなかった。

ここは小高い丘の上だった。左手の方向が東で、重川が黒く横たわっているのが見える。

南には鄙びた住宅地があるようで、ガスってきているのか、ぽつりぽつりと灯る明かりがどこか侘しげに滲んでいる。少し進んで木々の遮蔽物がなくなると、傾斜のすぐ下にやや広めの市民公園があるのが判った。夜祭りが行なわれているようだ。屋台やワゴンが出ている。しかし人影がないのは、警察が避難させたからだろう。

公園もその先の住宅街もどこにでもありそうな風景だが、日常が日常すぎて、そこまでずいぶん距離があるように感じられる。浅見は、多くのかかわった事件を通して、ここにいる小さな自分も歴史と決して無縁ではないのだなと痛感させられたことが何度もある。今回も無論そうだ。戦国時代から脈打ってきた歴史の襞に直接触れている。気づけないほど長く広い、脈々とつながる関係性の中に、人は一人一人存在しているのだろう。

その一方、そこにある日常との縁が一番不確かであったりするのかもしれない。前触れなく、不意に瞬時に断ち切れるものでもあるだろう。

（でもきっと……）

断ち切れるものをつないでつないで、歴史という人の世はできている。

ごくなだらかなのぼり斜面に慎重に足を進めると、何台もの警察車両と共に刑事たちの後ろ姿が見えてきた。もう少し前へ出ると、横に並んで山桑たちを取り囲む制服警官たちの姿。

濃いブルーの軽自動車が右側に停まっている。運転席のドアはあいたままだ。そこから十メートルほど離れた場所に、上園望美と山桑準がいた。もちろん警官たちと向き合う格好だ。

山桑は左腕を上園の首に回している。アロハのように派手な色合いのシャツを着ていた。浅黒い骨張った顔で、そこに浮かんでいた汗を、ナイフを握っている腕の腹で拭った。あらゆる種類の汗を流していることだろう。両目が、病的にギラギラしている。

対照的に、上園望美の目には光がなかった。気丈さを感じさせていた芯の強さが抜け落ちかけているように見えた。左の手首から、玩具の手錠がさがっている。あれで、山桑が車を離れる時などは車内に拘束されていたのだろう。

そばにいた添島刑事が小さく話しかけてきた。

「楢崎聡一郎が殺されたことは知らせてありますのでね」

「ああ……」

「ごまかしでは時間が保たず、上園さんが危険でしたから」

思いもしていなかったであろうその悲報が、上園望美を打ちのめしたことは想像に難くない。ようやく見つけた実の父にぶつけようとしていたあらゆる思いが、急に行き場を失った。生の声をかけ合う間もなく、生みの親を永遠に喪ってしまうとは——。

冷酷すぎる運命の重さに自失しかかるのは理解できるが、（そのままではいけない。最後の気力を奮い立たせて）——と、浅見は祈った。

あの状態では、山桑の隙を見つけた刑事が「逃げろ！」と指示しても、体が機敏に反応できないだろう。

スマホを手にした泊警部が前へ進んで行く。ちょっと驚いたのは、同じような勢いで原口茜も最前列へ進み出たことだった。浅見の隣にいた龍之介も息を呑んだ。

警部たちが気がついて制止する間もなく、彼女は、

「上園さん！」と声を放っていた。「わたしです、原口です」

ぴくんと上園望美が反応した。瞬きをして、茜に目の焦点を合わせた。

「もう少しですよ。絶対に助かります」

望美はコクッと頭を揺すって見せる。

「意識が少しは覚醒しましたね」

ほんの少しでも良い兆候だと見た龍之介の言葉に、浅見は無言で頷いた。

泊警部が茜の前へ出て、山桑にスマホを差し出して見せた。

「小津野陵会長だ。直々、言い分を聞いてくれるぞ」

「本物なのかよ？」

追い詰められた獣めいた猜疑の目が、辺りを窺った。その視線が浅見に達したところで、山桑

の動きが止まった。直観が働いたらしく、

「あんたか？」と目を窄める。「あんたが浅見光彦だな？」ナイフの切っ先を向けてきていた。

青くなった添島刑事が、庇うように浅見の前に出た。

スマホから、小津野陵の声も、『今は私を相手にしなさい、山桑さん』と大きく響いてくる。

『遅ればせながら条件交渉をしよう』

浅見は山桑に言った。

「その人は本物ですよ。虚心坦懐に耳を傾けてください」

『〝マイダスタッチ〟の現物も手元にある』

この一言は、山桑の注意を完全に引きつけた。

『君の〝軍師〟は、ちゃんと真実までたどり着いていた。小津野家が世の中に隠してきた秘密は地下にあるのだ』

こうして現代の小津野家当主は、要領よく、地下の暗闇を流れる砂金を生む川の存在を明かしていった。予想外にして予想を上回る〝秘宝〟の話に、上園望美も気持ちを向け始めている。

「その秘密を守るために、あいつを、阿波野を殺したのか？」

『……ん？　なにか言ったかね？』

スマホまで声が届かなかったようだ。

「なにか言いたいなら、もっと近付くんだな」

泊警部が二歩三歩と前に出て行く。

「警部！」

慌てた部下の刑事や警官たちが周りを固めるように前進する。

「来るな！」山桑はナイフを振り回した。「それ以上近付くな！」

『私はそっちに行かせてもらうよ、山桑さん』

小津野陵の一声が両陣営に距離を保たせた。

『素晴らしい地下の砂金川に案内してやる。〝マイダスタッチ〟も持参する。それまで、乱暴をせずに待つんだ』

6

楢崎匠の身柄は捜査本部へ移されることになった。刑事にそうした指示を終えた、スマホの向こうの泊警部に、手の中のソアラの鍵を見ながら私は言った。

「では、小津野陵会長をそちらに送り届ける役は私がしますよ。浅見さんの車も届けられます。龍之介も心配だ」

泊警部の反応より早く、浅見光彦の声が返ってくる。

『よろしくお願いします』

小津野陵は、USBメモリーを握り締める。

「行きましょうか」

広間の外に歩きかけた足だったが、途中でそれは止まった。

「……匠くん。瀧満紀の死体はこの近くにあるのだろうと迫られて、君は阿波野順に手を出してしまったのか？」

「そうです。……どこまで知っているのか恐ろしくて、どこまでも追いかけ回して来そうだし……。なにもかもを破壊されて奪われそうだった。そんな目をしていた」

闇の底での、その時の相手の目を思い出しているようだった。

「殴り倒したら、川の中に倒れ込んで……。その時咄嗟に、梯子を使ったんです」

匠は、身内以外の私たちに説明するように言う。

「梯子ってのは、パイプを溶接した簡単な物でね。長さが三メートルぐらい。それが立てかけられているだけだから、持ちあげることができる。立ち上がりつつあった阿波野をそれで殴り倒すと、あいつは川の中でうつぶせになった。その首を梯子で押さえつけたんだ」

　棒状の凶器、か。

「後から考えれば、あんな物を使ったし、長靴も履いていたから俺はほとんど水に濡れなかった。それは好運だったのかな……」

　その後は龍之介の推理のとおりだったようだ。楢崎匠は父親に急を伝えた。十分ほどで西側の出入口に到着できるということで、その間、匠は阿波野の体を地下洞窟内でそちらへと移動させていった。

「でも父さんはさすがだった。服やズボンを濡らさないようにしろって、すぐに忠告してきたから」

　地上へは二人で運びあげた。阿波野が運転してきたセンターの車はそれほど遠くない場所にある。そうして偽装計画は動き始めたわけだ。瀧満紀の時と同じく地下河川に遺体を隠すという手段は得策ではなかった。瀧は、週末のどこかの時点で特定できない場所において消息を絶ったわけだが、阿波野順は違う。直前まで仕事場にいたのだ。そして今日のスケジュールからして楢崎親子には阿波野が使った車を処分する時間もない。あのワンボックスカーは発見されてしまうのだ。すると直ちに周辺の捜索が集中的に行なわれる。その結果、地下河川の入口が発見されるかもしれず、ひいては瀧満紀の遺体も見つかる危険が生じる。

　楢崎親子は、阿波野順と彼の使った車を現場から遠ざけるのが必然と考えた。そういうことだ。

　すべてを聞き終えて広間を出ようとする私たちに、楢崎匠は声をかけてきた。

「俺はもう、全部正直に話した。父さんを殺した奴にも、完全に自供させてよね」


　玄関から夜の駐車場へと出る。一美さんも当然のようについて来る。――彼女だけではなかった。犬山省三も、するりと出て来ていた。察しがいい。ソアラへと足を速めている。

「会長。私も、今日の小津野家のゲストですよね。砂金ハンターとして、世紀のお披露目からはずれるわけにはいきませんな」

　まあ、ごたごたしていても始まらない。私たち四人はそれぞれ、シートに座った。助手席に一美さん。後部座席の右に小津野陵。左が犬山だ。

　車を走らせると、私は訊いてみた。

「会長さん。地下の川の秘密を知っているのは、他に誰なんですか？」

「センター長の校倉と、近藤隼人だね。調査部門で長く勤務できそうな人材には伝えるのだ。私有地でも、植生調査、環境測定を行なうことがあるからだよ。あの川を、諸々管理してもらう人員も必要だしね。校倉は元々調査部門の人間だ。私が許可しない限り、彼らは絶対に秘密を明かさない」

「ご家族で知っているのは？」

　小津野陵は短く笑った。

「信じられないだろうが、妻も知らないのだ。家法がそうだからそれに従ったというわけではない。必要を感じなかったからだ。二人の息子にもまだ伝えていない。英生には、秘密をまかせられるだけの重さがまだない。あいつは地下洞窟を、演劇の舞台にしそうだ。直次には、武者修行から帰国した時の様子を見て伝えようかと思っていた」

「他に知っていたのは、別格のようにして楢崎相談室長ですね」一美さんが言った。

「……彼とは、なんでも話した。匠くんにはうっかり知られてしまったと言い、謝罪してきた。別にかまわなかった。……裏にあんな事情があったとはな」

スマホを取り出し、小津野陵は独り言のように続けた。

「さすがに、なにもかも話せる……とはいかなかったか」

彼はスマホで、泊警部側のスマホを呼び出した。

『小津野会長……』改まった警部の声が漏れ聞こえる。『無論万全を期してお迎えするとはいえ、危険な場に足を運んでいただくことになりますが……』

「かまわない。親友の娘を託されている」

そのためらいのなさに感動を覚え、私は、楢崎聡一郎の残した文面を思い出した。


　ですが私はすぐには動けない身柄となるかもしれず……あなた様だけを頼りとしております。


小津野陵は、これから話すことを山桑準にも伝わるようにしてもらう準備を整えさせた。

「聞こえているかね、山桑さん。仲間の阿波野順の意趣を果たすためにも、我が家の歴史的な後ろ暗さも知りたいところではないか？」

どうやら、一族の裏の顔の実像を、自ら具体的に明かすらしい。苛立ちの限界で待っている山桑準の気を逸らさぬようにする効果があるだろう。

小津野陵の知るところ、先祖が〝お岩様〟の導きで地下河川を発見したのは、武田氏が所有していた金山からの産出量が最盛期を迎える頃だった。最先端の採掘技術によって山から得られる黄金はわき出る湯水の如き勢いがあり、川金を集める程度のことは重きがおかれなくなっていた。そのような時勢だからこそ、当時の小津野家は、砂金が採れる一本の川ぐらい、主家に隠しても問題ではあるまいとの背信を犯してしまった。見つかることはまずない川であり、甲斐国にとっては微々たる量であるが一家にとっては軽視できない量の砂金を確保できる源だ。

　ここに、主家への信義を欠く、絶対口外無用の秘密ができてしまった。武田家の行く末が危ぶまれるようになればなおさら、独自で家を存続させる方策を模索せねばならず、地下の砂金川は価値を高め、秘密のベールを厚くした。

　徳川が天下をおさめても明かすことはできず、一度不実に口をつぐんだ以上、江戸幕府が続く間は白を切り通すしかない。明治の動乱期も、経済的な不安は抑えることができた。

　手に入る砂金は、一般的な河川よりは効率よく採取できるという程度であって、潤沢な利益をもたらすというような話ではない。時代的な状況がすべて苦しい時に小津野家の命脈を保つための多少の隠し財産といった性質だといえる。それは、昭和の幾多の事変や戦争においてまさに存在価値を発揮した。太平洋戦争末期など、貧しい家庭も供出として鍋釜を差し出さなければならなかった時、闇で砂金を捌いていた小津野家は時には贅沢もできた。

　そのような裏面史は、戦後が過去の歴史になっていくからといって自ら表に出せるものではない。地下で砂金を洗う川は、ひっそりと流れ続けることになる……。

　貧しい時代の遠のいた今、採取した砂金は余録になる程度で、小津野の邸宅の女人像や女神像の表面を飾った黄金はここから採れたものだという。

　そうした告白めいた話が終わる頃、車は現場に近付いていた。
電話からは道案内が聞こえてくる。

自分のスマホをなにやら操作していた一美さんが声をかけてきた。

「地下の川ってそんなに珍しいのかと思って調べてみたら、ギリシャ神話がらみで興味深いのがあった」

「へえ？」

「なんだか、事件との不思議な一致もあって……」

川の名前はステュクスらしい。地下の冥界を七重に取り巻いて流れている。生者と死者の領域を峻別して……。

阿波野順にとっての、ステュクス。それはまさに、地下の砂金川じゃないか。

神話によると、神々に誓いを立てる者には、ステュクスの水を飲ませるという。もし誓いに背くとその者は一年間の仮死状態に陥る——と聞き、私はステアリングを握り直した。

阿波野順は、仮の死に見舞われたのだから。誓いを破ったわけではないだろうに……。

意味はないけれど、一美さんの言ったとおり、不思議な暗合だ。

ステュクスの支流には、悲嘆の川コキュートスや、忘却の川レーテーなどがあるらしい。

最終章　忘られぬ河

1

小高い丘の上には、まさに息詰まる緊迫感が満ちていた。歩く音はもちろん、息も目立たせたくはない。

かなり端っこにいる龍之介の横に私は立った。一美さんはその後ろ。

キーを受け取った浅見は、愛車が見える位置に一度移動していた。犬山は、少し奥、警察車両が盾になっている場所をうろついている。

刑事たちにガードされて、小津野陵は山桑準の正面にいた。距離は七、八メートルほどである。

「今回の件をもって、小津野の敷地の地下を流れる川の存在は公になる」

小津野陵は山桑に告げている。

「だから君に、公式に権利を与えてやることができるわけだ。あの川での砂金すべての採掘権を君に与えようか？　君があの川を発見したことにして、財団から報労金を出す体裁を整えてもいいかもしれない。かなりまとまった金額にもできるはずだ」

「山桑くん」泊警部が説得に出る。「これ以上のお宝は望めないぞ。罪を犯すのはここまでにして、潔く裁かれた後に願望を形にしろ。小津野会長は、すべてを反故にするような人じゃない。悪いようにはしないさ」

「そう。罪を償った後ならな。こんな犯罪局面での誓約など、脅迫における無理強いとされて正式な契約になるわけがない。だからまず、その女性を放してそこから次に進もう」

山桑は、最後の踏ん切りを求めている。目の動きや仕草が落ち着かない。

そんな男に、小津野陵は確信を与えようとする。

「楢崎聡一郎の遺志も担っているつもりだ。男の二重の誓約だと信じてほしい。だから君もあの男の――」

ここで不意に聞こえた声は上園望美のものだった。父親の名前を耳にした瞬間、双眸が強く光っていた。

「そんなことを言っているあなたが、父になにも害を加えていないと信じられるの？　父はなぜ死ななければならなかったの？」

山桑はこの勢いに乗った。

「そうだ！　なにか都合が悪かったから、そっちの誰かが黙らせたんじゃないのか？」

「いや。会長さんはなにもしていないらしいぞ」

そう主張を返したのは犬山だった。いつの間にか、刑事の間に潜り込んでいる。

「というより、まだ謎めいているようだがね。なにしろ、あの浅見光彦と天地龍之介って男のどちらかが犯人じゃなきゃおかしいって話だからな」

言葉をかぶせるように吉澤警部補が急いで言っていた。

「それぐらい奇異な現場状況だということだ。早計な判断はできない」

「そう、残念だけど……」茜も呟く。

だが本当に、あの謎はどうなるんだ。

犬山の肘をつかんで後ろへ引っ張っていく刑事もいるが、彼らも長時間のせめぎ合いで気が高ぶっており、中には、「今は取引内容に集中しろ！」と山桑たちのほうへ怒鳴ったりする者もいた。

混乱していきそうな場の空気に、小津野陵の声が広がる。

「山桑くん。これを見たまえ」

ＵＳＢメモリーが二本の指でつままれている。

「〝マイダスタッチ〟だ。この内容は、お兄さんの事件の真相にも独力でたどり着いた優秀な阿波野順がまとめあげたんだろ。小津野を揺さぶる秘密情報の総まとめだ。小津野に対する〝爆弾〟はまだまだ入っているかもしれない。これを、そっちの交渉手段にするといい。こちらに対抗できるだろう。これを人質にして、そのお嬢さんは放したまえ」

いくよ、と合図を送ると、小津野陵は〝マイダスタッチ〟を山桑に放った。

片手では受け損ない、落ちたそれを拾おうと、山桑は身を屈める。彼の指が草の根を掻き分けている時に、動いた者がいる。上園望美だった。

視線も注意も地面に向けられていた山桑の手から、あっさりとナイフを取りあげたのだ。

誰もが虚を突かれているうちに、望美は持ち直したナイフを前に突き出して、龍之介のほうに進んで来た。

——えっ⁉

状況判断が追いつかない。

「あなたが龍之介さんね？」望美の貌には、怒りも憎悪もなく、ただ深すぎる疑問だけがあった。「あなたがお父さんを殺したの？」

「ち、違う！」

叫んで、私は棒立ちの龍之介の体を後ろに引いた。だが、踵が窪みに落ち、龍之介共々後ろに勢いよく倒れていく。「やめなさい！」と口々に叫ぶ刑事たちが制止に入る勢いを、私は尻をしたたかに打った激痛と共に感じていた。

痛みをこらえながら体を起こして見ると、上園望美の横には山桑準が立っていた。どこか朦朧（もうろう）とした目をしている望美から、ナイフをまた奪い返していた。「この女、なんてことするんだ？」と逆に呆（あき）れ果てている様子だ。望美の手からナイフを奪うのが刑事であったなら、人質事件も解決だったものを。ほんの一、二秒、タイミングがずれたか。刑事たちも悔（くや）しげに荒い息を吐いている。

龍之介が、「だ、大丈夫ですか、光章さん？」と青くなり、走り寄った一美さんも、「大丈夫？」と心配してくれる。

「平気、平気」と立ちあがるが、「いてっ！」と声が漏（も）れてしまう。「腰やお尻を打撲（だぼく）しただけだ」

一美さんが望美を軽くにらみつける。「あんなことするなんて」

「神経が限界なんだろう。ナーバスなんだ」混乱も当然だと私は思う。「神経が普通だったら、彼女がナイフを取りあげた時点で事件解決だったのにね」

ある意味、犬山も、感情的に突発行為に出た望美に反発を覚えたのか、

「あんまり過剰に被害者ぶるなよな」と言い放っていた。

望美を指差し、続いて山桑準にも指を突きつけている。

「阿波野順って男を殺したのは、その女の父親、楢崎聡一郎なんだよ」

――言ってしまった！

「阿波野殺害の件のなにかが動機となって、楢崎は殺されたのかもな」とも言う。

山桑準は唖然となっていた。

上園望美は、感情を失ったかのようにぼんやりしている。

その唇は、「嘘でしょう……」と、かろうじて動いた。

刑事たちに、「黙ってください」と制止させられている犬山は、それでもさらに言った。

「シートベルトの跡って証拠が楢崎の体に残っているから、嘘でも間違いでもないさ」

告発が局面を乱すことを避けようとするかのように次に口をひらいたのは、小津野陵会長だった。

「残念だがね、上園さん」心痛を抱えた声である。「間違いないらしいのだ。楢崎は、阿波野を殺してしまった」

この発言のタイミングに乗るように、吉澤警部補が冷静な口調で、楢崎親子のアリバイ工作などを手短に説明して聞かせた。

父が犯してしまった重い罪を知って、上園望美は、混乱しているというより虚無的な表情だった。

浅見と一緒に私の無事を確認しに寄って来ていた茜は、その視線をそのまま望美へも向けた。小声で懸念を漏らす。

「上園さん。ここへきて、命を粗末にするようなことしなければいいけど……」

まったくです、という調子で頷く龍之介は、

「み、皆さん」と私たちに言った。「どうやら僕は、楢崎聡一郎さんの死の真相をつかめたようです。そしてこの推理を役立てるのは今のようです」

え？　という反応しか返せずにいるうちに、

「ひとまず、全員落ち着こう」という泊警部の声が響くのが聞こえた。

そして続いて龍之介が取った行動は、泊警部の近くまで進み出ることだった。

「そ、そうです、上園さん」上園望美にそう声をかける。「落ち着きましょう。あなたのお父さんが最後に何をしたか、お伝えできると思いますから」

2

刑事たちも対処に迷った気配だ。ここ数分、民間人がらみで混乱が発生している。黙らせるべきとの判断も生じるだろう。だが浅見光彦が、穏(おだ)やかともいえる雰囲気で警部たちに近付き、信じましょうとの身振りを示す。

「楢崎聡一郎さんは、事故で亡くなったのです」

結論めいて、龍之介は言った。

そしてその後で改めて、謎めいたあの事件の大筋を語って聞かせた。

「……ということで、犯人が存在し得ないのなら、自殺か事故ではないかと問うのは基本的な論議でした」

望美は一応、じっと聞き耳を立てている。

「そして、あの現場でしたら事故は成立します。しかしそれを否定せざるを得なかったのは、必死の叫びがあったからです」

龍之介はその叫びの質と意味を説明した。上園望美もこれは理解したようだ。

「ですが、死の実態と叫びを切り離して考えた時、真相が見えます。まず、事故死説ですが、このように推定できます。聡一郎さんは、人を殺(あや)めた罪などを心の奥底に封じ込め、日頃の端整な仮面を気を張り詰めてかぶり続けていました。しかしそれが崩壊し去った瞬間がありました。上園さん、あなたも画面を通してご覧になっていましたよね。自分自身でも許しがたい父親としての罪を聡一郎さんが披瀝しようとした時です」

　力が根こそぎ奪われるほどの告白。

　思い出し、上園望美の面をさざ波のように感情が通りすぎた。

「あの楢崎聡一郎さんが、腰が砕けたかのようになりました。鎧が崩壊したのです。あの時、あなたと会えるという希望がなく、そして息子も小津野家の秘密も関係なかったならば、聡一郎さんは殺人の罪も自白していたでしょう。そのような精神状態で、あの方は着替え部屋に入った。ここでお父さんは、今日それまでの行動とはまったく別種類の行動を幾つもしました。着替え、アイロン掛け、そして、気を落ち着けての文章作成。こうした経験をしているうちに、今まで気にしていなかった痛みに気がついたのだと思います。鎧をまとっているうちは意識もしなかった痛み。胸の前にある、帯状の打ち身のような……」

　なにか？　と思ったか、まさか？　と怯えたか……。

「お父さんは立ちあがり、姿見の前に立った。シャツのボタンをはずしました。たぶんアンダーシャツも着ていたはずで、これまでは着替えなかった。だから、アンダーシャツをまくるのはこの時が初めてだった。そして知ったのでしょう、シートベルトによる圧迫痕を。……瞬間的に押し寄せたと思います、事故の時の驚きと恐怖。人の首を絞めたこと。その時の罪の烙印が体には押されていた」

　しわぶき一つしない。一、二分前までは、怒号が飛び交いそうだったこの場所なのに。

　ここにいる誰もが、呼吸を一つにして聞き入っているようだった。

「拭いがたい罪業を突きつけられたと感じたショックで、お父さんはシャツのボタンをはめ直している途中でまた倒れたのです。そして恐らく、アイロンはテーブルの上で先端部を上向きにして置かれていた。そこに首から倒れてしまったのです」

一美さんは瞑目し、茜は口を覆うかのように両手を握り合わせた。

上園望美は、悲しげになにかをにらみつけるかのようだ。

「アイロンは床に転がり、椅子も倒れた。致命的な傷であることはお父さんにも判ったでしょう。助けを求めようとしますが、遠くへ飛んだスマホは見つけられなかったか、取りに行っている時間も惜しく感じたのでしょう。直接助けを求めたいとドアをあけた。この時です、瀕死のお父さんは、激痛と苦しさの中、廊下をやって来るあなたを見つけ、上園望美さん、あなたに向かって『来るな！』と叫んだのです」


今度ばかりは空気が乱れた。

山桑準は上園望美の顔を見てから、龍之介を見つめ直し、「あの男はなにを言っているんだ？」という呆れ顔になる。

私ももちろん理解できない。私だけではなく、一美さんも、刑事たちも戸惑いを深め……ただ、浅見光彦だけが、落ち着きのある表情をしているように見えるが、勘違いだろうか？　安心したかのような、ちょっとした頷きもしているようだが……。

他の大勢の者の戸惑いがざわめきとなろうとした時、

「もちろん、本物の上園さんではありません」

と、龍之介は手で制するような仕草をしてから言った。

「お父さん、楢崎聡一郎さんにはあなたが見えていたということです」

それにしたって意味不明だ。意識が混濁していて幻を見たとでもいうのか？

「まず、上園さん。あなたがあの時にあの場所にいても特におかしなことではありませんでした。直接交渉をしに小津野家のあの邸宅に向かうかもしれないと、山桑さんはほのめかしていましたからね」

ああ。そうだった。

「息絶える予感の中、あなたを一目見たかったお父さんは、廊下に実際あなたの姿を見たのです。その実体は、原口茜さんだったのですけれどね」

名を出された当人は、息を呑むように硬直し、目をぱちくりしている。驚いた田中刑事が彼女の顔を見詰める。いや、そんな反応をした者は多い。

「龍之介。それはどういうことだ？」

「浅見さんのほうへ小走りで行った原口さんの姿が、聡一郎さんには見えていたということですよ、光章さん。あの時廊下にいた人は二人。浅見さんと原口さんです。でも、女神像が邪魔になって、聡一郎さんから浅見さんは見えない。ところが、北側廊下から南側廊下が見通せる箇所がありますね」

ここから、現場を知らない上園と山桑を相手に説明を加えたのは浅見光彦だった。

「女神像の周りは、色つきのガラスで囲われています。廊下に沿う方向で両サイドは少し長く、この一角には壁はない。ガラス壁の高さは、背の低い原口さんでしたらちょうど体が隠れるぐらいです。そして、ガラスの色は黄色」

「はい。黄色です」龍之介は、見比べるかのように、上園望美と原口茜に視線を交互に送った。「お二人の服の色、そして髪型の類似が真相なんですよ。原口さんの白いシャツ。そして上園さんのは黄色。黄色いガラス壁の向こうを一瞬通りすぎた原口さんの、斜め後ろから見えた姿は、上園望美さんだったのです」

原口茜は、自分の服装を見下ろして声もない。

上園望美も息を忘れたようになっている。

「原口さんの髪はずっと、後ろですっきり結ばれていて、それがまさに原口茜さんの髪型のイメージでした。ところが途中で、結んでいたゴムが切れ、髪型が変わった。こうなってから楢崎聡一郎さんが合流したのは、浅見さんの車に匠さんと一緒に乗せられてからでした。名探偵にそんな風に同行を求められたのですからすでに気が気ではなく、原口さんの髪型どころではなかったでしょう。玄関ホールであの時、原口さんは控えめに立っていましたしね。そしてなにより、それより後に、聡一郎さんは娘の姿を画面越しですが目にするのです。念願だった言葉を交わしながら。黄色いシャツに、肩までのびる髪。それは網膜に焼きついている。だから、ガラス壁の向こうを、廊下を回り込む方向に走りすぎたのは、原口茜ではなく娘の上園望美でしかなかったのです」

そういうことか。理解できた。心理的にも発生していた錯誤だ。……あの廊下では、楢崎聡一郎の中だけではもう一人の登場人物がいたのだ。そしてその人物だからこそ――。

「お判りでしょうか、上園さん？　楢崎聡一郎さんはあなたを護ろうとして、必死に『来るな！』と叫んだのです」

上園望美は、「え？」と、理解が急に遠ざかったかのような虚ろな目になる。

「お父さんにとってあなたは足早に迫って来ており、それは感情が高ぶっているせいだとしか思えない。実際、あなたは、感情を爆発させてお父さんを責め立てる姿を大勢に見せている。そして、致命傷を与えられた今の有様が相当に奇態であることもお父さんの頭に浮かんだ。事故というより、人による暴力行為と映るほうが自然だ。上園さん、お父さんはどう考えたでしょう？　このようにして死んだ自分のそばで、あなたが見つかったとしたら？」

望美の理解は一歩一歩進み、普段の理性的な表情が戻りつつあった。

龍之介が伝えることも最終段階だろう。

「あなたは殺害の容疑者になり得たでしょう。再会した途端、感情がエスカレートし、父を詰(なじ)り、手近な物を投げつけた。その場に、被害者と加害者しかいない。そのような舞台に、お父さんは絶対にあなたを近付けたくなかったのです。その叫びです、あの『来るな！』は。渾身(こんしん)の思いです」

　息を一つ継いだ後の龍之介の声は、静かなものだ。

「お父さんはあなたを育てなかったことを後悔し続けていた。苦労をかけ続けたと胸を痛めていた。あなたは育ててくれたご両親まで喪(うしな)った。そして今日は、人質になるという被害で想像もできない辛(つら)さを味わっている。この上、殺人の罪で苦しめることなど許されるだろうか。死ぬ瞬間まで、自分で娘を追い詰め、人生に苦悩をもたらすことなど……。

　私は、あの瞬間の楢崎聡一郎さんの叫びは、怯え恐れる、心からの悲鳴だと感じていました。でもあの方が恐れたのは、自分の命を奪われることではなかった。自分を殺した罪で娘が苦しむことを心底から恐怖したのです。だから必死で叫んだ。声帯が傷ついている喉(のど)で、文字どおり血を吐いてもあなたを止めようとしたのです」

　……それがあの「来るな！」の真実か。

「あなたが近付けないように、お父さんは部屋を内側から封じ、そして力尽きたのです……」

　誰も身動きさえしていなかったが、ただ、山桑準の左手だけは動いていた。小さく、ＵＳＢメモリーを放りあげている。そして言った。

「望美は実際にはその場にいなかったんだから、無駄なことをしたってことだよな」

　その瞬間、上園望美がもの凄(すご)い速さで動いていた。空中にあるＵＳＢメモリーをつかみ、それを刑事たちのほうへ投げて寄こしたのだ。

　一番大きく「あっ！」と声を張りあげたのは山桑準だったろう。次の二、三秒で様々な動きが交錯し、その不慮の事態も発生した。

投げた後体勢を崩した望美の脇腹と、USBメモリーを追って体を突き出した山桑の右手のナイフがぶつかり合った。

再び、「あっ！」という声がわき起こる。望美の悲鳴は驚きにも近かった。山桑も驚き、瞬間的に青ざめている。腰を抜かすようにそのまま地面に崩れ落ちた。ナイフは望美の脇腹にある。

吉澤警部補を先頭に、刑事や制服警官たちが山桑準に殺到して行く。無数の男たちの肉体が、被疑者を押しつぶすかのようだった。

「確保！　確保！」と何人かが絶叫する。

茜は、倒れた望美の下へと駆けつけている。浅見たちに続き、私もそうしようとしたが、ふと、USBメモリーが地面に転がっていることに気がついた。誰かの靴が近付いて行く。その男はそれを拾いあげた。

犬山省三だ。

USBメモリーを見詰める彼の目の色が徐々に変わっていった。分断しそうになる認識を必死にまとめようとしているかのようだ。自分の手の中にある物が、爆弾なのか宝なのか判断がつかないといいたげに。

3

横たわる上園望美の上体を田中刑事が支えていた。

「気をしっかり」小児科の医師のような口ぶりだ。「傷は深くありません」

浅見が見る限りでも、出血はひどくはない。ナイフも大きなものではなかった。しかしもちろん、体内の被害は判らない。今後もなにが起こるか――。

意識はきちんと保たれており、望美は、「最後にダウンとは情けない……」と呟いている。

茜が、医師の判断でも仰ぐかのように浅見の顔を見あげてきた。しかしすぐに、自問自答するように「抜かないほうがいいわね」と口にし、ハンカチで傷口を押さえた。

最初の観察以降、浅見はなるべく、出血している様子からは目を――というより意識を遠ざけていた。血が苦手なタチで、気分が悪くなるかもしれない。

願望が強すぎるのか、浅見は救急車のサイレンが聞こえているような気がした。

腰をのばし、聞き耳を立ててみる。

確かに聞こえた。それも、徐々に近付いて来ている。

山桑準がパトカーに押し込められている騒ぎを回り込むようにして、浅見は道の見える方角へ足を向けた。

長代一美が立っていた。のびる公道を見下ろしている。回転する赤いライトが近付いて来ているのが見えた。

一美が、まだ距離がある救急車に大きく腕を振り始める。浅見はソアラを移動させ、ライトで彼女の姿を照らした。

車から出た時だ、光章が声をかけてきた。

「浅見さん。来てください」

「なんです？」

切迫した様子の光章が先導したのは、望美のいる場所からは離れていた。

刑事たちがじわじわと距離を縮めている相手は犬山省三だった。刑事たちとにらみ合う彼は後ろ向きに傾斜をおりつつあった。背後はもうすぐ平地で、公園に隣接している。

「証拠品の〝マイダスタッチ〟を〝人質〟に、要求してきてるんです」

騒動に視線を注いだままの龍之介が事態を耳打ちしてくれた。

高く掲げて刑事たちに突きつけている犬山の指先には、確かにＵＳＢメモリーが見えた。もう片方の指先も近付けており、それはライターを握っているようだ。

「ああ。来たか、浅見さん」

視線を向けてくる犬山に、浅見は声を張った。

「なんの騒ぎです、犬山さん？」

「大したことを求めているんじゃない。〝マイダスタッチ〟の中身、すべてを公開してくれとお願いしているだけさ」

「どうして？」

「小津野会長もさっき言ったとおり、この中身は小津野を揺さぶる秘密情報の総まとめだ。相談室長の罪なんかじゃなく、小津野を直撃する別種の〝爆弾〟がまだ入っているかもしれない。それを世に知らせたいだけだ」

個人で小津野を揺さぶることができるかもしれない武器を不意に得て、犬山は別の現実に目を奪われたのかもしれない。捨て身だということも、莫迦げた白昼夢の中の出来事であるかのようにもはや現実味が薄く、ただ何事かをやり切ってみたい我執だけがある。握り締めているのは、自分の人生に敗色の岐路を与えたなにものかへの報復力か……。

しかしここまできて、こんな時に、という苛立つ思いが浅見の胸を圧迫する。救急車のサイレンの音は近付いて来ているようだ。

「では、警察に渡せばいいでしょう」

「ろくな返事じゃなかったからこうなったんだよ。明確な犯罪の根拠になる項目でもない限り、警察で抱え込んでしまうつもりだな」

吉澤警部補が確固として言い返した。

「犯罪が疑われるならば対処する。刑法に関係しないことならば関与しない。当然のことだ」

「そうかな？　犯罪とはいいがたくても、道義的に社会で糾弾すべきものもあるだろう。あんたたちじゃ、それに蓋をしてしまう。プライバシーにかかわるとかなんとか体面を繕って、すべてを小津野家に恭しくお戻しして差しあげるのさ。——おおっと、近寄るなよ！」

犬山省三は、公園の敷地を背にしていた。ごく低い柵の内側には、アートバルーンを扱っているワゴンがあり、動物の形になった風船がゆらゆらと、場違いなほどのんきに揺れている。

「そこで浅見さんだ」犬山が言う。「マスコミなら逆に、よほどのプライベートなこと以外は表沙汰にしてくれるんじゃないかな。大手の報道機関のほうがいいか、それとも、スキャンダルには大はしゃぎして際どい暴露もする、通俗誌がいいか。どう思う、浅見さん？」

「僕は、通俗誌の代表ですか？　あなたから、そのバトンを受け取れ、と？」

後ろの丘の頂上辺りで、救急車のサイレンが止まった。

「あいにくですが犬山さん。僕の付き合いのある雑誌はどれも、人を楽しませる誇張ではしゃぐ傾向はありますが、暴露スクープとは無縁なのです」

「どんなスクープでも、雑誌は喜ぶだろう」

「そんな雑誌があるかどうか、ご自分で探すしかないでしょうね」

犬山は失望の色を険悪に見せつつあり、ライターがＵＳＢメモリーの挿入部分に近付いている。

それを見た時、（タバコはそういえば……）浅見はふと気がついた。

「犬山さん。そのライター、使い物になるのですか？」

犬山の表情がビクッと変わった。

「いつだったか、あなたがタバコを持っているのを見ました。でも、あなたからタバコのにおいは全然しない。今日は待ち時間の長いことも苛立つことも多かったはずなのに、タバコを喫っていないのですね。厳格な禁煙中なら、タバコもライターも両方持っているということはないでしょう。とすると……」

「そういえば……」と、思い当たった様子の光章が呟いていた。

刑事たちの様子から、もうはったりは通用しそうにないと察したらしく、苦笑しつつ犬山はライターを持つ手をおろした。

刑事たちが駆け寄ろうとするが、「おおっと！」と、USBメモリーを側溝カバーの隙間に投げる仕草を見せて犬山は牽制する。

「こうなりゃ、不特定多数の人間にまかせるしか……」

独り言のように言った犬山は、脇のほうに視線を動かした。その先は、ベンチのそばにある木組みの柵で、紐を結びつけられた風船が一つ揺れている。

その紐を引きちぎると、犬山は、USBメモリーのわずかな凹凸に紐を結びつけ始めた。

「おい！」刑事の一人が叫ぶ。「なにをする気だ！　やめろ！」

紐を手放した時犬山が、「どこかで、小津野にとっての浅間山が噴火するのも一興」と呟いたように浅見には聞こえた。

「貴様っ！」

怒号と一体になった勢いを感じさせて、刑事たちが飛び出して行った。光章も反射的に走りだし、少し遅れて龍之介も、風船を見あげながら小走りで行く。

先頭を切るようにして犬山を取り押さえにかかった刑事は、必要以上に相手の腕をひねりあげてニヤリと笑った。梶野刑事だ。

　わずかにでも錘（おもり）をぶらさげているため、風船は高度を急にはあげなかった。風も弱い。未知の情報や手掛かりが含まれているかもしれない証拠物件を追って、刑事たちは公園の柵を越えている。

　浅見は逆方向へと走った。

　途中、光章たちのほうへ向かう長代一美とすれ違った浅見が救急車にたどり着いた時、上園望美の体が車内に運び込まれるところだった。原口茜も乗り込んで行く。

「この上園望美さんは、今日予定の入っている末梢血幹細胞移植のドナーさんなんです」

「えっ？」

　隊員たちは動きを止める。

「わたしはコーディネーターです。大至急、山梨県立先端医療センターに向かってください。そこでも治療できます」

　隊員は顔を見合わせた。

「そこは本日、救急指定病院ではなく――」

「受け入れ可能か問い合わせてください」

　上園望美自身も、痛みで顔をしかめながらも「そこにぜひ、急いで」と申し立てる。

　隊員は、該当病院スタッフや指令センターと協議し、山梨県立先端医療センターへ向かうことになった。

　茜と浅見は、目で頷き合った。

　後部ドアが閉まり、望美と茜を乗せた救急車は走り出す。

犬山との攻防があった場所の少し手前で、長代一美が立っていた。

振り返って、「犬山さんが、〝マイダスタッチ〟を飛ばしちゃったんですって？」と訊いてくる。

「それで彼に利益があるわけではないでしょうけどね。大袈裟にいえば、自己陶酔的に反旗を翻したかったというか……」

「誰かか、なにかに伝える狼煙だったのかもしれません」

「なにか……、運命を掻き回したかったのでしょうかねえ」

夜の空にあげる狼煙とは、どこかもの悲しい。

眼下の公園が見せているのは平和な世界だ。あまり力のない、夕暮れめいた明かりが、素朴な出店を照らし出している。そこに、わずかだが人出が戻ってきているのだ。

「あれっ？　龍之介さんじゃないですか？」

ワゴンにカラフルな飾りつけがある、アートバルーンの店。

男の子が二人いて、龍之介は苦労をしながら緑色の細長い風船をいじっている。

「龍之介さんは、右側の子に、亀のバルーンを作ってあげようとしてるんです」

「えっ、どうして⁉」意外すぎて、大きな声が出ていた。

「犬山さんが飛ばしちゃったの、あの子の風船みたいです。あの子、泣きそうになったんですよ」

「はあ？」

「お店の人はまだ帰って来ない。それにもう、あのお店に亀のバルーンはない」

細長い風船をよじって成形して作られている動物たち。ピンク色のウサギや白い鶴がプカプカと浮いているが、確かに亀はない。

「ホントだ。でも……えっ？　龍之介さんって、バルーン作りしたことあるのですか？」

「まさか。ありませんよ。一から見よう見まねです。形はもちろん、設計図も浮かぶのでしょう。技術がないので、もう二つ割ってますけど、さっきのは亀になりかけてました」

それはそれでお店には迷惑だろう。（でも彼のことだ……）代金を払っていくのだろうな、と浅見は、それは疑わなかった。

しかし、警察に協力して〝マイダスタッチ〟回収を目指していたはずだが、それはもう龍之介の眼中にないようだった。

「今ではかなりハマり込んでいるはずですよ、彼のことだから。ゴムの摩擦係数がどうだとか、破れる薄さの限界が何ミクロンだとか、緻密なデータ化に夢中でしょう。――あっ、できた」

確かに。緑色の亀ができていた。身を低くして、男の子にあげている。

「でもあれでいいんですよ、龍之介さんの場合。足は速くないし、運動神経もないんだから、暗い中、上を見ながら走ったりしたらかえって心配です」

「ははっ。あの天才も、こうした点ではやや足手まといなんですね」

「勢いで出て行ったみたいですけど、光章さんももう戻って来るでしょう」

「でしょうね。風船を追うなんて、無線で連絡取り合って展開する警察の領分だ。それに、万が一〝マイダスタッチ〟が人の手に渡っても、実害はないでしょう、たぶん」

「ええ。人手に渡る可能性もとても少なそうだし」

こうして二人で並んでいるせいか、先ほど救急車を呼び寄せている時に浮かんだ懸念を浅見は思い出した。

「ところで長代さん。さっきの救急車、来るのが早すぎませんでしたか？　どこか別の場所に呼び出された車両を誘導してしまったんじゃないでしょうか？」

「大丈夫。その点は間違いありませんよ。わたしが電話したんです」

「えっ？　いつですか？」

「わたしたちが小津野会長と一緒にあの場に合流した時です。あれだけのメンバーが揃ったのですから、事件は絶対に解決して、上園望美さんも解放されると思いました。ドナーを急いで運んでもらうなら救急車が最適でしょう？」

「……いや、ですが、怪我人か病人でないと救急車は運んでくれませんよ。上園さんが刺されることまで予測できないでしょう。怪我もしていないなら、いくらドナーでも……」

「その場合は、わたしが彼女のお尻を蹴っ飛ばしますから」

一瞬呆気にとられ、続いて浅見は内心で笑い声をあげた。（ははは。光章さんたちの仇討ちか！）

「驚いたな……」

浅見は、長代一美の横顔をまじまじと見詰めた。クールビューティーな面差しの奥に、かなり勝ち気な部分があるらしいと感じていたが、どうしてどうして、想像を超える行動力というか、カウンター力には舌を巻く。母とはタイプが違うが、この女性もけっこう猛母になるのかもしれない。

その一美が不意に目を合わせてきた。

「上園さん、きっと助かりますよね」

「ええ。必ず」

4

上園望美を乗せて移動するストレッチャーに、原口茜は歩調を合わせていた。

ナイフは抜かれ、応急の止血処置はされている。ナイフは証拠物件として、表で刑事に渡されていた。

緊急処置スタッフの他に、望美には、造血幹細胞採取担当医師の尾藤と外科医の田島も付き添っている。

「輸血はなしでもできるかもしれないが……」

二人の医師が素早い言葉のやり取りで相談し、田島がそう言った時、望美は咄嗟に口を挟んでいた。

「輸血しちゃったら、移植はできなくなるんでしょ?」

二人の医師は顔を見合わせ、ストレッチャーを止めると、尾藤が慎重に応じた。

「絶対できないと決まったものでもありません。移植前提の管理下において――」

「輸血の後の検査で安全確認して、また造血幹細胞を増やして、そうやって何日も空費するんでしょ?」唇の青い望美が医師たちを見あげている。「どうです?」

尾藤は、苦渋の返答をあえて静かに声にした様子だ。

「問題は、出血に伴って幹細胞量が充分に採取できない事態でしょうね。今のG-CSFの影響が抜けるのを数週間待たなければならないでしょう」

これは茜にとってもショックを覚える日数だ。

ここへやって来た、押し出しのいい中年、外来部長にも望美は、ここまできた移植を駄目にしたくないという同じ主張を繰り返した。

「お嬢さん。まずはあなたの身体条件の回復が最優先です」部長は、優しげだが有無を言わさぬ目をしている。「その大前提がなくなることはありません。処置室へお運びしなさい」

「待って!」

傷に響くだろうほどの望美の声が、男たちの動きを止める。

「出血多量でもないんだから、採取を優先してその後に輸血をすれば……」

「上園さん」尾藤が言い含めるように語りかける。「採取には最低でも二時間はかかるでしょう。外科治療をそんなに待てるわけがない」

「治療は……、そう、治療は同時にやればいいんです」

「同時？」

「二時間以上もあるなら無駄にしないで、その時間に治療をすればいい」

茜は専門家ではなかったが、治療内容を想像した。洗浄や損傷確認、局部麻酔、縫合——。輸血は必要になるのか、ならないのか。コーディネーターとしての希望はあるが、ここでは口は出せない。

「お嬢さん。あなたに万一のことがあったら、それは骨髄移植現場における医療事故になるのです。細かな事情や思いなど度外視して外部は騒ぎ立てる。いいですか、あなたのその誠意も、裏目に出て今後の移植活動の停滞を招くかもしれないのです。今は自分が助かることだけを考えて」部長は医師とスタッフに命令する。「急ぎなさい」

それでも望美は懇願した。

「わ、判りました。治療を優先してもらいます。でも、輸血は極力しない努力をしてください。医師」と、望美は外科医を見あげる。「わたし、輸血しなければ助からないわけではないですよね？」

「……ええ」

「今流れている血も無駄にしたくありません。楢崎望美の名に懸けて、役目を果たさせてあげたい……」

茜の胸は詰まった。そこにも思いを馳(は)せていたのか。

「わたし、助かりますよね？」

望美の目を見詰め、田島医師は答えた。「もちろんです。助けます」それから田島は部長にも目を向けた。

望美の懇願が続いた。

「部長さん。これはわたし自身が強く希望したことだと、ど、動画にでも記録しましょうか……」

ポケットのほうを見て、望美の腕がスマホへのびようとする。

その腕を、外来部長が止めた。

「判りました。意思は尊重しますが、迷走神経反射はもちろん血圧低下の問題などが生じても、躊躇(ちゅうちょ)なく輸血を開始しますので」

「はい……！」

処置に向けて二人の医師が連携を取り始めると、望美の目に呼ばれて茜は近付いた。

「わ、わたし……」

「うん？」

「お父さんと会えそうだったのに……どうして独りになっちゃうんだろう」

茜は彼女の手を握り締めた。

「独りじゃないよ」

エピローグ

1

怒濤の一夜が明けた。

造血幹細胞の採取、移送、輸注。全スタッフが夜を徹して役目を全うした。自宅に帰っていた者は引き返し、間に合わない部分は代役がカバーし、夜の病棟に明かりは灯り続けた。

患者、山内美結も頑張った。

今は安らかな顔で眠っている。両手にそれぞれ、浅見光彦から贈られたキャラクター人形を握って。

その姿を確認してから、担当医の早見久也は無菌病棟を歩き始めた。

ドナーは末梢血幹細胞を大量に採取しやすい体質だったらしく、こちらは必要量を輸注でき、移植は大成功といえるだろう。しかし治療はここで終わりではない。ここからまた、幾つもの山を迎える。それを、少女は乗り越えていかなければならない。

今回は、ドナーを含め、浅見光彦らが知力と体力を振り絞って大変だったようだ。大勢の力が事態修復のためにかかわった。

山内美結は賢い子供だから、移植医療が多くの善意で成り立っていることを知っている。今回は、さらにその先の背景にも、数え切れない力添えがあったことも察している……具体的な行動などは秘して伝えなくても。

しかし成長すればさらに、名を残さぬそれらの力の数や質がどれほどであるのかという実相を知っていくことだろう。そしてその新たな実感が、その時の山をまた越える力となるに違いない。

そんな彼女が、誰かの励みにもなる。

窓の外はすでに夏の陽に暑く照らされているようで、早見の少し眠たい目には刺激が強かった。

2

浅見のソアラは重川を上流に向かっている。もう少し進めば、犬山省三や山桑準を確保した丘だ。

原口茜に聞いたが、上園望美は輸血もせずに回復しつつあるという。望美の弟、楢崎匠は逮捕は免れず（まぬか）、一部は未成年時の行為とはいえ殺人未遂や死体遺棄などの重い罪を犯したのだから、しばらくは社会に戻って来られないだろう。二人が親しい肉親としての関係性を築いていくのかどうかは、なんともいえない。

担当医早見の話では、移植は無事に済んだということだった。山内美結の調子がいい時に、浅見は取材に出向く予定である。

（それにしても……）

なんという濃厚な事件だったろうかと、浅見はめまいにも似た感慨を覚える。五年前の失踪（しっそう）事件どころか、数百年にもわたる謎も直接かかわってきた。それらを一日で解決するなど、自分一人の力では到底不可能なことだった。天地龍之介。そして〝光光コンビ〟も結成できた彼の仲間たち。無論刑事たちもそうだが、やはり特に龍之介たちの存在は特筆に値する。彼らがいなければ、何日かかってもあれらの謎には太刀打ちできなかったかもしれない。

他にも、歴史学者や地質調査技師などの専門家たち。藤田編集長も若干は協力したか？　大勢の力の結集があってこその解決だった。

〝マイダスタッチ〟は未発見だが、捜査や起訴段階に大きな影響は出ないだろう。

報道が開始されて、騒ぎは相当なものになっていた。小津野財団の大幹部が殺人犯だったというだけでも世間は熱くなる。そこへもってきて、あの歴史的名家が秘めていた地質的なお宝。これも格段の話題である。世界のメディアもすでに食いつき始めている。

加熱していくであろう報道を思う時、浅見には懸念も浮かぶ。

事件とは直接関係ないのだが、〝ミダス王〟という呼称の真相や楢崎聡一郎の家族構成に触れると、上園望美にもスポットライトが当たるかもしれない。マスコミがそれ以上、彼女がドナーであった移植のほうまでほじくらなければいいのだが、と思う。

成人である上園望美はまだしも、レシピエント側のプライバシーは絶対に脅かされてはならない。

浅見の脳裏に、毎朝新聞甲府支局の井上デスクからの提案が浮かんだ。彼は、他社では知り得ない、事件解決時の細部をある程度浅見から知らされていて上機嫌だった。

「匿名医療に接する時のマスコミ精神、って記事でも書いてみますかい？」

そんな誘いをかけてきていた。

社会派記事の大新聞への執筆……興味なくはない。母に口うるさく言われている年齢相応の生活の足場というのは、そうした仕事内容でもって踏み固めていくものなのだろう。

「あれっ？」

景色の中に顔見知りを見つけ、浅見はブレーキに足を乗せた。

ウィンカーを出す。

3

狭い駐車場にソアラが入ってきて驚いた。ベンチから思わず腰をあげていたが、おりて来たのはやはり浅見光彦だった。

「やあ、光章さん」

と挨拶（あいさつ）してくる彼に、私はベンチの隣を勧（すす）めた。まだ、座れないほど熱くはなっていない。

「ここでなにを？」

浅見は辺りを見回している。

遊歩道のある商店街の一画だ。

「地下河川がどんな風に公開されるのか、見に行っていたんですけどね、もうすごい人だかりで近付けませんでした。入口はだいたいあそこにあるんだな、と当たりがついた程度でした」

「警察が第一陣ということになったのでしょう。現場検証優先は仕方がありません」

「各学会の専門家からは抵抗もあったみたいですけどね。せっかくの天然遺構が荒らされてしまう、って。でもさすがに、遺体が隠されている現場で学術研究もないでしょうからね。研究家たちが入れるのは早くても今夕以降になるんじゃないですか」

「あっ」

浅見は、商店街の人通りの中に目を凝（こ）らした。

「あれ、龍之介さんですね」

気がついたようだ。男の子と母親に、盛(さか)んに礼を言われている龍之介に。

「あっ。あの男の子、昨夜(ゆうべ)の……。アートバルーンの男の子だ。龍之介さん、風船で亀を作ってあげたんですよ」

「らしいですね。龍之介は次の予定があるので、地下河川見学はあきらめてここまでタクシーで戻って来たんです。一美さんが、あの朝市は見逃せないっていうのでね」

商店街の奥には、フルーツ農園朝市という垂れ幕が続き、最終タイムサービスが行なわれている。

「そうしたら、龍之介があの親子に見つかったわけです」

「ははは。お礼を言われてる龍之介さんのほうがなぜか恐縮していますね」

「まあ、あんなものです」

「でも……」

浅見は、少し口調を変えた。

「地下河川見学、龍之介さんだったら最優先で招待してもらう権利があるでしょうに」

「時間ができれば戻って来て、希望してみるかもしれませんね」

「僕は、高橋廉平教授や沓掛教授を優先してもらおうとしているところです。実地調査したがって仕方ありませんから。これから落ち合うのですよ。米沢さんのチームも押しかけて来るでしょうね」

研究者たちが進んで行く地下の川を想像しようとして、私は、あるシーンを思い出していた。

小津野の邸宅に招待されてすぐの時、龍之介は広い窓から眼下に広がる森林一帯を前にしていた。あの時、ミダス王の神話を語ったのだ。そして見える範囲には、木々はあるが乾いた大地が広がっているだけだと思っていた。ところがあった……。

あの大地の下に、砂金の川は流れていたのだ――。

人が入らぬ限り、闇に包まれている川。せせらぎの音。水滴が落ちる音もするのだろうか。所々、江戸時代に油を灯した窪みがある。

龍之介がこんなことも言っていた。

「フラクタルですね、光章さん」と。

龍之介が簡単に説明してくれたところによると、フラクタルというのは永遠に続く自己相似性のことらしい。全体も一部分も相似性のある図形。これでもむずかしいが、自然はこのことを判りやすく見せてくれているともいう。

航空写真で見る、広い扇状地を作る川の流れ。この流れの形は、川の一部に接近しても見えてくる。川は細かな支流となって枝分かれしているからだ。この形状は、木の葉の葉脈でもある。葉に地中の水分を流す川だ。そして人体に張り巡らされた血管の形状。これも川である。血液を流している。

だから――

と龍之介は言った。他者の命にとっても価値を持った上園さんの血の流れは、ミダスが触れた黄金の河なのでしょう、と。

「浅見さん」

「はい？」

「不可能犯罪になっていた楢崎聡一郎さんの死の真相、あなたも突き止めていたのでしょう？」

「えっ」浅見はいささかうろたえている。「いや、どうして……？」

「上園さんはじめみんなに龍之介が真相を伝えている時のあなたの様子でそう感じました。あなただけは、すでにある推理の確認を取るかのような耳の傾け方をしていた。でも、だとしたら、なぜ口をつぐんでいるのかが判らなかったのですが、小一時間前に閃きました」

「ほう?」

「あなたはなにしろ最有力容疑者でしたからね。その当人の口から、本当はこうした真相だったのだと話し始めても、客観性が乏しく、自己弁護と捉えられかねない。刑事の中には耳を傾けない者もいるかもしれない。でもそんな時に龍之介が謎解きを始めたので、あいつの推理力を信じたあなたはまかせたのです。龍之介が解明できなければもちろん、あなた自身で謎解きするしかなく、そうするつもりだったのでしょうね」

浅見は照れくさそうに、「いやあ……」ととぼける表情で頰を掻いている。そして、「龍之介さんの推理は見事にまとまっていましたよ。それでいいじゃありませんか」とだけ言った。

親子がようやく離れた後、龍之介は照れながらホッとして、穏やかな表情だ。

そんな龍之介の姿を見ているのか、浅見が呟いていた。

「人間っていうのは、面白いな……」

彼の携帯電話が着信し、遠慮がちに体の向きを変えると浅見はそれに出た。

「お久しぶりです、内田先生。軽井沢はどうです?　……いいですね。なにか?」

しばらく耳を傾けている。

「どうしてそんなことを?　……はあ、藤田編集長が心配して?　いやいや、心配いりません。僕は、雑文の中で捉えられる人の姿と向き合っていきます、これからも。社会派は内田さんにおまかせしますよ。えっ、じゃあさっそく、締め切りも近いから新しい事件簿を送ってくれですって?　嫌ですよ。どうせまたあることないこと脚色するんですから。母にまた、なにを言われるか……。まあ、そうですけど。……はははっ、そうですね、心に留めておきます」

では元気で、と言い合って、浅見は通話を終えた。

浅見は立ちあがって龍之介の姿を見ている。龍之介は、一美さんが買い込みすぎていないか心配するように、朝市のほうを窺(うかが)っていた。

「僕はもう行きますが、皆さんによろしくお伝えください。龍之介さんと光章さんは秋田へ帰るのですね」

「ええ」

「では、秋田によろしく」

「ふふっ。判りました」

歩きかけたところでまた携帯電話が鳴った。

相手を見ると顔をしかめた。

「また、噂(うわさ)をすれば影か」

急に笑顔を作ってから、浅見は電話に出た。

「これはこれは藤田編集長。ご機嫌いかがですか?」

浅見光彦は歩いて行く。

「……いやいや、書きますよ。ホントですって。……って、いきなり調子に乗りますね。……今回の? そうですねえ」

ソアラの前で立ち止まり、浅見は考えている。

「例えば、小津野家が仕えていた武田家が滅亡する時、浅間山の噴火を凶兆(きょうちょう)と捉えていた武将や民衆はいたそうなんです。今回、小津野の秘密の崩壊は、東日本大震災が当主に影響を与えたから起こったともいえます。大災害がらみですよね。この辺を関連付けて書けば、壮大なドラマは描けるかもしれません。……そうですか? ええ、個性的なのは確かかと思います。ではその辺で、文字数は……」

浅見はもう一度目礼をくれて、軽く手を振りながらソアラに乗り込んでいった。

だがなぜか、彼の姿がこれで見納めとは思えなかった。

滅多にお目にかかれないクラスの名探偵とはいえ、また会えるチャンスもあるのではないか。

この広い空の下、起こらないことはなにもないような気がする。

どんなことでも待っているだろう。

〈編集協力〉内田康夫財団

ご協力いただいた方々に感謝を捧げます

山梨大学医学部附属病院血液・腫瘍（しゅよう）内科　川島一郎氏
山梨県森林環境部の方々
甲斐黄金村・湯之奥金山博物館スタッフの皆様

浅見光彦関連以外の主な参考資料

『武田勝頼　試される戦国大名の「器量」』　平凡社　丸島和洋（まるしまかずひろ）
『武田信玄大全』　ＫＫロングセラーズ　二木謙一（ふたきけんいち）
『ギリシア神話　上・下』　新潮文庫　呉茂一（くれしげいち）
サイト　〈砂金採りのノウハウ〉

本書は書下ろしです。

切りとり線

あなたにお願い

この本をお読みになって、どんな感想をお持ちでしょうか。次ページの「100字書評」を編集部までいただけたらありがたく存じます。個人名を識別できない形で処理したうえで、今後の企画の参考にさせていただくほか、作者に提供することがあります。

あなたの「100字書評」は新聞・雑誌などを通じて紹介させていただくことがあります。採用の場合は、特製図書カードを差し上げます。

次ページの原稿用紙（コピーしたものでもかまいません）に書評をお書きのうえ、このページを切り取り、左記へお送りください。祥伝社ホームページからも、書き込めます。

〒一〇一―八七〇一　東京都千代田区神田神保町三―三
祥伝社　文芸出版部　文芸編集　編集長　日浦晶仁
電話〇三(三二六五)二〇八〇　http://www.shodensha.co.jp/bookreview/

◎本書の購買動機（新聞、雑誌名を記入するか、○をつけてください）

＿＿＿新聞・誌の広告を見て	＿＿＿新聞・誌の書評を見て	好きな作家だから	カバーに惹かれて	タイトルに惹かれて	知人のすすめで

◎最近、印象に残った作品や作家をお書きください

◎その他この本についてご意見がありましたらお書きください

100字書評

ミダスの河

住所

なまえ

年齢

職業

柄刀一（つかとうはじめ）
1959年、北海道生まれ。公募アンソロジー「本格推理」への参加を経て、98年『3000年の密室』で有栖川有栖氏のエールを受けてデビュー。著書に「天才・天地龍之介がゆく！」シリーズ、『密室キングダム』『翼のある依頼人』『月食館の朝と夜』（「奇蹟審問官アーサー」シリーズ）など多数。

ミダスの河
名探偵・浅見光彦 vs. 天才・天地龍之介

平成三十年七月二十日　初版第一刷発行

著者　柄刀一
発行者　辻浩明
発行所　祥伝社
〒一〇一-八七〇一
東京都千代田区神田神保町三-三
電話　〇三-三二六五-二〇八一（販売）
〇三-三二六五-二〇八〇（編集）
〇三-三二六五-三六二二（業務）

印刷　堀内印刷
製本　ナショナル製本

ISBN978-4-396-63546-6 C0093
祥伝社のホームページ　http://www.shodensha.co.jp/